中國語言文字研究輯刊

二三編

許學仁 主編

第 **28** 冊

何九盈先生學行述論

龐光華 著

花木蘭文化事業有限公司

國家圖書館出版品預行編目資料

何九盈先生學行述論／龐光華 著 -- 初版 -- 新北市：花木蘭
文化事業有限公司，2022〔民 111〕
目 2+278 面；21×29.7 公分
（中國語言文字研究輯刊 二三編；第 28 冊）
ISBN 978-626-344-042-5（精裝）
1.CST：何九盈 2.CST：學術思想 3.CST：漢語
4.CST：語言學
802.08 111010184

中國語言文字研究輯刊
二三編 第二八冊 ISBN：978-626-344-042-5

何九盈先生學行述論

作 者 龐光華
主 編 許學仁
總 編 輯 杜潔祥
副總編輯 楊嘉樂
編輯主任 許郁翎
編 輯 張雅淋、潘玟靜、劉子瑄 美術編輯 陳逸婷
出 版 花木蘭文化事業有限公司
發 行 人 高小娟
聯絡地址 235 新北市中和區中安街七二號十三樓
電話：02-2923-1455／傳真：02-2923-1452
網 址 http://www.huamulan.tw 信箱 service@huamulans.com
印 刷 普羅文化出版廣告事業
初 版 2022 年 9 月
定 價 二三編 28 冊（精裝）新台幣 96,000 元

何九盈先生學行述論

龐光華 著

作者簡介

　　龐光華，男，1968 年 6 月 19 日生於重慶，漢族。北京外國語大學北京日本學研究中心碩士；北京大學中文系漢語史博士。現為五邑大學文學院教授。

　　研究方向：漢語音韻學（尤其是上古音）、訓詁學、文字學、漢語史、語言學、古文獻學、學術文化史。

　　學術業績：《論漢語上古音無複輔音聲母》（60 萬字）、《上古音及相關問題綜合研究》（151 萬字，獲得「王力語言學獎」），發表漢語史、音韻學、訓詁學、文化史等方面的學術論文近八十篇。參與編撰四本學術專著。

提　要

　　本書是對我國當代語言學泰斗、古文獻學家、教育家、散文家北京大學 90 歲高齡的著名學者何九盈先生的生平事蹟、思想德操和主要學術業績做出比較全面而詳細的述論，並且對具體的學術問題做出實事求是的富有學術性的研究。

　　本書主要述論了何先生的思想言行、語言學史的研究、音韻學研究、古漢語研究、漢字文化研究、親屬語言和華夷語系研究、全球化時代漢語意識的研究、關於《辭源》的評論等諸多方面的內容，力求做出詳明而客觀公正的述論。

　　本書是國內第一部對學術大師做出全面述論的專著，與一般的《國學大師評傳》有諸多的不同。本書的主要特點是有作者自己獨到的學術研究，並非僅僅停留在一般的介紹上。因此，本書有明顯的學術價值，其述論的深度和廣度都遠遠超過一般的《國學大師評傳》。例如本書對先秦的「正名」思想的研究、對「唐宋文化異質性」的研究，對馬蒂索夫學術的批評，對《古越人歌》的研究、對俞敏關於漢藏語系假設的批評，對漢藏語是否同源的研究、對《辭源》的書評，都具有重大學術價值。對何先生的學術研究，既有高度的讚美，也有實事求是的嚴肅公正的學術商榷。本書的述論能夠立足於廣闊的學術史，學術視野比較開闊，這是同類型書所沒有做到的。

目 次

第一章　言行述略

一、緣　起

　　上海社科院司馬朝軍先生對我說很希望著名語言學家何九盈先生寫一篇學術自述，他說何先生學識淵博，在學術上客觀公正，沒有門派意識，持論正大，對黃侃的古音學予以讚賞，與某些名家不同。我知道何先生在《中國現代語言學史》（修訂本）[註1]中對黃季剛的學術有褒贊，尤其讚賞黃侃先生的《音略》用極其簡練的文筆闡釋了自己的上古音系（278頁）：「就學術論文的寫作而言，《音略》是20世紀語言學論文的典範之作。黃氏對古今音研究多年，鑽研了大批文獻，而寫出來的結論只有薄薄的幾頁紙。結構謹嚴，言簡意賅，幾乎是一字不能增，一字不能減。你可以不贊同他的結論，卻不能不佩服其行文的簡潔。」

　　2019年6月9日，我在電話中對何先生談及此事。先生對我說：「現在不是時候，自己還在學術上繼續前行，不想現在就回望自己的學術人生。當然，做學術自述是我國長久的文化傳統，也是很有意義的事。現代學者馮友蘭有《三松堂自序》，寫得非常好。學者的很多事情其實只有學者本人知道得最真切，很多言行和論著的背景與環境氛圍，旁觀者未必能準確把握，導致知人論世有失偏頗。天下學者都應一分為二，有得有失，瑕瑜互見，吹捧過高，嗤笑太甚，

〔註1〕商務印書館，2008年。

都有失公允。」這真是學者態度。我國學者自古有寫自序的傳統。司馬遷的《史記》有《太史公自序》，班固《漢書》有《敘傳》，淮南八公的《淮南子》有《要略》，許慎《說文解字》卷第十五也是《敘》。著《後漢書》的范曄有自序性質的《獄中與諸甥姪書》，劉勰《文心雕龍》有《序志》，劉知幾《史通》有《自序》和《忤時》，段玉裁《經韻樓集》卷八有《八十自序》〔註2〕。現代學者胡適、林語堂、郭沫若、趙元任都有自序或自傳。何先生這樣的前輩大學者理應有自序，但先生不大願意自述。

我對先生說：上海社科院主辦的《傳統中國研究集刊》準備發表北大古文獻學者孫欽善先生的學行述評〔註3〕。何先生說：很有必要，孫先生勤奮治學，頗多著述，為人親和，就住在我樓上。我在1501，孫先生住在1601。孫先生是北大55級，我是56級，高我一年級，但年紀比我小〔註4〕，因為我工作了七年才上北大讀書〔註5〕。

先生說喜歡讀我的文章，讚揚我文筆瀟灑。我忐忑問先生：我將來無論如何要寫一篇記述先生學行的文章，先生同意嗎？先生非常高興地說：「太好了，只有你最合適。要不是你主動說，我還開不了口。你要放開了寫，完全按照你的想法和作風去寫，我不會干預一個字，不會告訴你怎樣寫，你寫好了我也不會提意見讓你改。在出版以前，我也不看。我不要求你同意我的學術觀點，要有討論，文章要寫得生動活潑。」這是醇篤學者的風範！先生乃語言學一代宗師，百科全書式學者，而「許我忘年為氣類」〔註6〕，把心放在肚子裏頭，不怕我胡說亂說。我自知才唯下劣，「識絕深經，道淪要博。進無訪一知二之機，退無觀隅三反之慧。獨學無聞，古人傷其孤陋；捐喪辭書，達士嗟其面牆。默室求深，閉舟問遠，故亦難矣。」〔註7〕，卻能得到先生的這般信任，我如登春臺，如享太牢。尤其是先生對我說：「你寫的評述，我準備放進我今年在中

〔註2〕見段玉裁《經韻樓集》（《段玉裁全集》之二），鳳凰出版社，20210年版。趙航、薛正興整理。193頁。

〔註3〕我在北大聽過孫先生講授的古文獻學課程，孫先生非常隨和，平易近人，藹然儒者，在學術上精益求精。

〔註4〕何先生是1932年生，孫欽善先生是1934年生。

〔註5〕後來關於孫欽善先生的文章很快發表了，參看漆永祥《孫欽善先生學行述略》，載《傳統中國研究集刊》第22輯，上海社會科學院出版社，2020年5月。

〔註6〕語出陳寅恪《王觀堂先生挽詞》，見《陳寅恪集》之《詩集》，三聯書店，2011年。

〔註7〕語出酈道元《水經注序》。

華書局出版的學術論文集《抱冰廬選集》。如果你的評述不能按時完成，我就告訴中華書局推遲出版，等你寫完了再出。」先生乃語言學大師，一代碩學，「聲價動天門」！後生小子如我何德何能，竟蒙先生如此器重！我誠惶誠恐，臨淵履薄，「垂恩倘丘山，報德有微身！」本書題名「述論」，不作「述評」，乃是取法陳寅恪先生《唐代政治史述論稿》的「述論」。凡是網絡所能找到的關於先生的公開信息，我不再贅述。

二、北大往事瑣談

何先生幾次向我講起北大往事。先生說：五十年代的北大學生比較高傲，整體素質很高，高年級和低年級學生的區別很大。高年級的學生好像老師一樣，高高在上。五十年代的北大，學風開放，學術民主自由，學生可以發表對老師的批評意見，可以與老師討論，師生關係很平等。王力先生就喜歡聽取不同意見，這是北大的傳統。我聽了很受教益，深感北大的學術民主作風太可貴了。何先生在《〈聲韻語源字典〉讀後記》〔註8〕稱：「筆者並不完全贊同書中的論點，但很高興地肯定：這是有理有據的一家之言。」先生對齊衝天此書關於同源詞的分析方法雖然有不同意見，但是也予以充分肯定和推薦。這是學術民主、有容乃大的精神。我對齊衝天此書對「施」的 shi、yi 二音是來自不同聲符的觀點深表讚歎，這是我自己過去忽視的一種文字結構分析法。

先生對我提起高名凱先生，說他進北大第一節課就是上高名凱先生的《語言學綱要》，高先生學問很好，講課也很好，可惜五十多歲因患肝癌而英年早逝。先生的《中國現代語言學史》（修訂本）對高名凱的語言學成就評價很高。

先生說唐作藩先生人品非常好，對他幫助很大。唐先生是王力先生的助手，何先生上大學時經常得到唐先生的輔導。

先生稱道魏建功先生的學問人品都是為人楷模，對學生很熱情，而且鼓勵學生對老師有不同的意見。王力先生、魏建功先生都對學生提出不同於老師的觀點很包容。這是北大的學風和精神。

我問起先生對五十年代的北大才女林昭怎麼看？先生不想多說，只是淡淡地表示：「林昭的案件，黨和政府已經公開平反了，這已經說明了一切。」

〔註 8〕收入先生《書山拾夢》，商務印書館，2010 年，425 頁。齊衝天《聲韻語源字典》，重慶出版社，1997 年。

三、對不良學風的批評

　　先生還頗為感慨地提起對學術界的一些事情很失望。有一次和我談到國內高校過分看重核心刊物的現象，他坦率表示了批評意見。先生說：現在學術界過分高看學術刊物的等級，注重是不是核心，核心還有很多等級，這是不健康的。學術只能看實質，不能看表象。很多核心刊物發表的文章水平並不高，有些是靠關係才發的。有很多高水平的學術論文倒不是發表在核心刊物上。從前的段玉裁、王氏父子和所有的乾嘉學者的論著都沒有在所謂核心刊物發表，都做出了重大的歷史性貢獻。北京大學從來看重學術實質，不看刊物的級別，這是北大實事求是的學術傳統，難能可貴。我聽後對北大的風骨十分讚歎。我感慨一些地方大學慣於瞎折騰，官僚主義泛濫，大搞形式主義，條條框框太多，請君入甕，糟蹋了多少人才。我仰慕李白的氣節：「卷舒固在我，何事空摧殘？」

　　何先生《中國古代語言學史》〔註9〕第二章第五節 77 頁稱：「我對《爾雅》的研究成果得到學術界的廣泛肯定，也有不同意的，這很正常。但像《中國語文》1996 年第 5 期發表的《〈爾雅〉分卷與分類的再認識》這樣的文章，乃中國訓詁學的一大笑柄，後來者宜引以為戒。」先生對他人學術上的低級錯誤敢於仗義直言，予以嚴肅的批評，不怕得罪人，真是學者風骨！我深感敬重！

　　先生《中國古代語言學史》（第四版）第一章《敘論》29 頁：「你對史實的敘述應該是準確無誤的。如《廣雅》的作者本是三國曹魏時代的人，你卻說他是北魏孝文帝時代的人，這不是信口胡言誤人子弟嗎？」先生此言是針對某位很有地位的著名專家而發，可見先生的正義感。

　　先生對我說：學術界的某些評獎也是很不客觀、很不公正的。有的人擅長拉關係，遊走學術江湖，評上了獎，沒有公信力。有的人甚至貪天之功，誇大自己的貢獻，蓄意炒作自己的東西，撈取各種好處。先生對這些污泥濁水十分厭惡，羞與為伍。

　　有一件事本書不能不陳述。何先生與 W 先生合寫了一部學術名著《古韻通曉》。其實，這部書主要是何先生辛勤努力的結晶。後來，多家出版社準備再版此書，W 先生卻無端地一再阻撓，致使這部重要的學術論著至今冷藏在出版社，不能重見天日，學術界望梅不能止渴。關於《古韻通曉》的產生和相

〔註 9〕第四版，商務印書館，2013 年。

關事情，有幾個重要的歷史細節不應該被學術界遺忘：

1.《古韻通曉》是何先生整體進行全面的構思和設計，何先生個人於 1977 年 10 月 11 日獨立完成了至關重要的第二章《諧聲異同比較》，於 1978 年 8 月 19 日獨立完成第四章《歸字總論》。由於勞累過度，身體抱恙，於是主動邀請 W 先生來共同參與完成此書的寫作。在共同討論後，何先生將已經寫成的《諧聲異同比較》的一半初稿交給 W 先生做一些打磨修訂的工作，何先生自己負責此章的另外一半的修訂。書稿的其餘部分由他們二位共同撰寫完成，附錄的筆劃檢字表是 W 先生做的。但是最後 W 先生利用自己略微年長和專業副主任的身份將這部論著的第一作者寫成自己，並在《前言》中自稱「負責全書的統稿工作」，這明顯與事實不符。

2. W 先生後來調到某大學工作，利用這部主要是何先生的成果的學術專著於 1988 年獲得該大學的優秀學術成果一等獎，並不告知何先生。W 先生在九十年代進而以個人的名義用此書申報教育部的學術獎。對此書進行學術審查的評審專家於 1995 年 5 月 13 在評審書上寫出了真相：「《古韻通曉》是一部優秀的研究古韻的專著，但作者並非 W 先生一人，尚有何九盈。據我瞭解，本書初擬綱目和大部分創獲，均出於何九盈之手。《前言》中所云 W 先生『負責全書的統稿工作』，也不符合事實。此申請獎勵表裏僅署一人之名，我認為是不適宜的，也是不嚴肅的。」因此，W 先生未能心想事成。

3. 1980 年，中國音韻學會的發起人之一趙誠先生邀請何先生去武漢參加第一次全國音韻學研究會。何先生對參加會議沒有多少興趣，推薦 W 先生與會。但是 W 先生沒有學術論文，何先生將自己下了大工夫的長篇論文《古韻三十部歸字總論》拿給 W 先生去會上宣讀，W 先生因而當選第一屆全國音韻學研究會理事。後來該論文正式發表在《音韻學研究》（第一輯）〔註10〕上面，W 先生將自己署名第二作者。何先生後來將此文收編入自己的學術論文集《音韻叢稿》〔註11〕，據我瞭解，何先生是為了這篇重要論文的知識產權向學術界表明立場。

順便提及本師張雙棣先生的一件軼事。我 2018 年與張老師一同去浙江參加方勇先生主辦的諸子學論壇。張老師是作為專家與會，作大會致辭，不必提交

〔註10〕中國音韻學研究會編，中華書局，1984 年。
〔註11〕商務印書館，2002 年。

專題論文。我在自己的學術論文《論〈韓非子〉的民眾觀》〔註12〕上擅自將張老師署名第一作者，張老師知道後堅決要我刪掉他的署名，明確表態這是你的論文，我絕不可署名。我只好從命。於此可見北大學者的學術精神。現在很多導師強行在學生的論文上署名第一作者，我就聽到過很多次，廉恥道盡，斯文無存，我唯有一聲歎息。

先生在《僑吳老人三章》〔註13〕在講述了段玉裁對顧千里的嚴詞批評後，稱：「古今中外多少事實都告訴我們：一個學術氣量褊狹、心術不正的人，不僅敗壞學術空氣，對自身而言也很難有大發展。敢於挑戰權威並不錯，以怨報德，不遵守遊戲規則，那就請你去讀讀朱熹的《小學》吧。」當今學術界，正如朱子《小學題辭》所云：「利欲紛拏，異言喧豗。」學者必須要有一個高尚的人格精神才能做出真正的學問。

先生在《語文建設與人性塑造》〔註14〕論述到：「宋人高談氣節，也是有歷史原因的。宋承唐末五代之後，風化、人性已壞到了極點。歷史學家范文瀾說：五代是一個『賣國成風，醜惡無以復加』的時代（《中國通史簡編》第三編382頁）。北宋的范仲淹、歐陽修以及理學家們，開一代新風，恢復古典人文主義，弘揚崇高的人性，砥礪士大夫的情操氣節，於是世風丕變。朱熹的《小學》也就是這個特定時代的產物。」先生此文論述了語言建設和對小孩子的語文教育要有助於高尚人性的塑造，要有助於養成優良的道德情操。先生此文將「習相遠」的「習」訓詁為「塑造」，也是很有創見的解釋。

先生在《乾嘉傳統與20世紀的學術風氣》〔註15〕莊嚴宣告：「搞學問，真正要搞出一點名堂來，真得要把身家性命投進去。要甘於寂寞，要勇於探索。段玉裁四十多歲退出官場，全力作《說文解字注》，費時三十多年，完成了這部不朽名著。面對貧病交加的困境，他沒有退卻。大學問家不僅貧賤不能移，威武也不能屈，我們的老校長馬寅初先生堪稱榜樣。20世紀還有幾支『董狐筆』？還有幾枚『太史簡』？學術尊嚴是靠學人求真的骨氣、情操支撐起來的，

〔註12〕後發表於上海社科院主辦《傳統中國研究集刊》第21輯，上海社科院出版社，2019年10月。

〔註13〕收入先生《抱冰廬選集》，中華書局，2021年，918～919頁。

〔註14〕收入先生《抱冰廬選集》，中華書局，2021年，933～934頁。

〔註15〕收入何先生《語言叢稿》，商務印書館，2006年，原載《漢學研究國際會議論文集·語言文學卷》，2000年。

是靠真理、正義支撐起來的。華而不實，媚時媚俗，能取寵於一時，不能垂範於永遠。中國學術的優良學風，有乾嘉老傳統，有『五四』以來的新傳統，當務之急，是要從傳統中汲取營養，形成適應於新時期學術研究的好學風。」先生如此宣言，也身體力行，以身垂範，激勵著無數後學攀登科學高峰。

四、政治立場和愛國情懷

　　2020 年我國新冠肺炎疫情嚴重，多國對我國有很多不友好的行為，社會言論紛紜複雜。2020 年 6 月 21 日的父親節，我打電話問候何先生。何先生對我說：要有堅定的正確的政治立場，要熱愛祖國，跟共產黨走。現在社會上各種思想很複雜，你千萬不要迷失了自己正確的政治立場。中國知識分子幾千年都有愛國情懷，這是我國知識精英的精神傳統。黨和政府採取什麼政策，一定有多方面的考慮，社會上的一般人並不瞭解全面的情況，一時興起，任意做評論，主觀性很大，多半不正確，但是「俗情抑揚，雷同一響」〔註16〕，容易產生迷惑，很多人沒有鑑別能力，跟著起哄，「流鄭淫人，無或失聽」〔註17〕，你要堅持正確的政治觀念，不要認為西方什麼都好。我國這些年的迅猛發展，讓西方有的國家心態扭曲，採取了對我國不友好的行動，我們要堅決站在祖國和人民一邊。有些知識分子沒有看到我國數十年發展的巨大成就，吹毛求疵，抹黑政府，「曾是莠言，有虧德音」〔註18〕，是很不負責任的。何先生的話如醍醐灌頂，使我時刻保持警醒，不與社會上的雜音沆瀣一氣，雖然我認為任何時候健康的批評和大度的寬容都是極端重要的。

　　先生希望我潛心於學術，不要過問政治，因為我們並不真正瞭解政治的全面情況，隨便發言，「輕言負誚」〔註19〕，而且分散精力。有一次，先生特別叮囑我說：「絕對不能評論政治問題，不要給自己的學術研究帶來干擾。」我十分感恩先生對我的愛護。

　　先生多次對我說：現在是新中國建國以來最好的時候，「屬四海之有截，會八表之無虞」〔註20〕，一定要珍惜好時光，為學術做出貢獻。

〔註16〕語出《文心雕龍·才略》。
〔註17〕語出《文心雕龍·知音》的贊辭。
〔註18〕語出《文心雕龍·諧隱》。
〔註19〕語出《文心雕龍·知音》。
〔註20〕語出辯機所撰《大唐西域記記贊》。見玄奘、辯機撰，季羨林等校注《大唐西域記

先生在《抱冰廬選集‧自序》〔註21〕宣稱：「我所報的國，就是1949年成立的、無數仁人志士為之奮鬥終生的中華人民共和國。有此空前強盛的安身立命之地，才有此元氣簇新的拓荒文字，才有我今日的風骨與氣象。」可見先生是將自己的學術成就與新中國的命運緊密維繫在一起，也看出先生對自己的氣象風骨有著豪邁的自信和榮耀，同時如李白所言：「苟無濟代心，獨善亦何益？」

先生在《我的閱讀歷程》〔註22〕中說：「毛澤東思想是全民族的寶貴財富，對那些從根本上否定經典閱讀的人，我只有請杜甫老先生來作答了：『今人嗤點流傳賦，不覺前賢畏後生。』『爾曹身與名俱滅，不廢江河萬古流』。」可以看出先生對於毛澤東思想的真摯感情，將《毛澤東選集》四卷視為民族的經典。

五、對我的教育和關心

我在2002年進入北大前早已知道何先生在語言學界「高名動京師，天下皆籍籍」〔註23〕。只是我生不逢時，雖然早知道先生講課激情洋溢，卻沒有機會聆聽先生課堂面授，因為先生在2001年退官了。但當時正巧碰到漢語上古音研究發生較大的爭執，起因是梅祖麟院士在香港的一次語言學會上發表了漢藏對音是上古音研究的主流的觀點，並對王力先生的音韻學研究有明顯不公正不客觀的評論。這引發了學術界的波瀾。2002年10月，何先生為此應邀在北大中文系對我們研究生做過一次講座，呼籲學術討論要儘量理性平和，避免情緒化，對學術問題的論斷要掌握好分寸，不要說過頭的話，同時對漢藏對音的方法有所質疑。郭錫良先生對梅祖麟的講話尤其憤慨，在一次講座上發表了嚴厲的批評，並多次公開抨擊梅祖麟。我上北大前對上古音研究知之甚少，自以為最擅長的是訓詁學和古文獻學。正因為趕上了這次上古音問題的大辯論，才對上古音研究產生濃厚的興趣，最終決定選擇上古音到底是否有複聲母作為我的博士論文的研究專題。經過三年的辛勤研究，全面梳理文獻，我寫作了長達60萬字的博士論文《論漢語上古音無複輔音聲母》〔註24〕。何先生是我的博士論文的預答辯和正式答辯的委員會主席。在預答辯的時候，我早上在中文系門口迎候

校注》（中華書局，200年版）1040頁。

〔註21〕中華書局，2021年。

〔註22〕收入何九盈《抱冰廬選集》（中華書局，2021年）。

〔註23〕語出李白《贈韋秘書子春》詩。

〔註24〕中國文史出版社，2005年版。

何先生的到來，何先生見了我，很高興地拍著我的肩膀，熱情鼓勵道：「龐光華，你真能寫啊！大手筆啊！」在預答辯和正式答辯中，何先生對我大加讚賞，稱讚我是他在北大多年從未見過的有才華的學生，博士論文下了很大的工夫，視野廣闊，論證博雅，達到了很高的水平。前輩學者對我的誇讚令我極為惶恐，因為我清楚地知道，我論證上古漢語不存在複輔音聲母，這一學說與何先生的學術觀點完全相反。但是何先生絲毫不介懷，對青年學生不同的學術觀點非常包容和鼓勵，這種海納百川、不棄荑蕘的精神可與三光同耀，也是北京大學光輝的學術傳統。直到今天何先生也堅持商代漢語有複輔音的學術見解，但我們確是推心置腹的忘年之交，「留侯將綺里，出處未云殊」〔註25〕。日本學術界的學生必須擁護老師的觀點，否則不准畢業，導師要清理門戶。再看看北大學者的精神，可以知道中日文化的不同。

我因為博士論文與何先生結緣，真沒有想到萬法皆有因果。我畢業時找工作「坎壈盛世」，心情鬱悶。有一天我在北大東門邂逅陸儉明先生，隨口訴說了我的苦悶，陸先生對我很同情，說可以問一下香港科技大學張敏教授，是否可以去那裡做博士後研究，以緩解我找工作的壓力。我很快忘記此事，因為我知道陸先生作為國內外著名語言學家，非常繁忙，估計顧不上我這個古代漢語的博士生，而且陸先生對我並不熟悉，不瞭解我在北大的學業。沒有想到老輩學者不僅學術精湛，其為人風範也令人高山仰止。陸先生並不漠視我的隨口之言，果真聯繫了香港科大的張敏教授，為我獲得一個赴港深造的機會。同時為了慎重，陸先生專門給何九盈先生打電話，瞭解我在北大的學習態度和人品，何先生對我極盡讚美，我才能得以去香港科大做研究，進而在香港的各個大學圖書館縱意漁獵，「即山而鑄銅，煮海而為鹽」〔註26〕，尤其是廣泛採集日語的學術書和港臺學術界的資料，還有一些珍貴的英文書。我在香港科大的收入大部分用來買書和複印資料，生活簡樸，得過且過，沒有溺於洋場之歡，「松柏雖寒苦，羞逐桃李春」，基本上沒有辜負陸先生和何先生對我的知遇之恩。後來，陸先生赴港開學術會議，我們得以共進晚餐，我再次聆聽陸先生教誨。陸先生對我說：「珍惜這次在香港學習的機會，努力研究課題，做出成績來。」何先生也曾對我說：「作為科學家，要為國家和學術做出貢獻，沒有著作是不行的，要努力完

〔註25〕語出李白《贈韋秘書子春》詩。
〔註26〕語出《文心雕龍·宗經》篇。

成自己的科研，把優秀的研究成果留給後人。」我永遠銘記兩位恩師的耳提面命，同時想起魏文帝的名言：「蓋文章經國之大業，不朽之盛事。年壽有時而盡，榮樂止乎其身，二者必至之常期，未若文章之無窮。」〔註27〕

先生多次叮囑我要注意身體，說人到五十以後百病易侵。做學問很辛苦，不能坐得太久，不然會損害腰椎和頸椎。要經常散步，做一些鍛鍊，也不要過分激烈運動。先生對我語重心長的關心和教育，我永遠感恩！

何先生常常稱讚我家庭幸福，誇獎拙荊對我體貼周到，說家庭和諧溫暖是很不容易的事，在溫馨的家庭中可以專心於學問，做出更大的成績。我不敢懈怠，恐怕有負師恩。我2020年發表的《今本〈尚書·說命〉非偽書新證》〔註28〕長達七萬言，列舉二十八證要平反《偽古文尚書》這一冤案，現在我進一步增補到了三十八證，將來要出版專書，或許沒有完全蹉跎近五年的歲月〔註29〕。

先生有一次在電話中說的話讓我銘感肺腑：「龐光華，你讀書很多，學術視野開闊，真心做學問，人才難得。如果我有權的話，會想辦法把你調入北大，北大的環境和氛圍有利於你更快成長。可惜我沒有權，心有餘力不足啊！」先生對我的愛護和期許，常使我「蒼然五情熱」。我「懷恩未得報，感別空長歎」！雖然我今生隱淪於小城鎮，但我永遠感戴教育過我、關愛過我的何先生，心情如《洛神賦》中的絕代美女洛神所言：「雖潛處於太陰，長寄心於君王！」

六、人文精神

何先生應中華書局的邀約，出版一部學術論文選《抱冰廬選集》。責編秦淑華編審在與何先生簽合同的時候，何先生說：「你們給我的稿費標準高了點，應該減半。送給我的樣書多了點，要減半。你們中華書局的財務並不寬裕，能夠給我出書，我已經很感謝，不能再給你們添麻煩。」秦淑華師姐大吃一驚，她在中華書局接觸過許多作者，不乏名家。有的著名學者還常常抱怨稿費太少，樣書太少。只有何先生才說稿費和樣書太多了，給一半就足夠。何先生的如此

〔註27〕見曹丕《典論·論文》。

〔註28〕見上海社科院主辦《傳統中國研究集刊》第22輯，上海社科院出版社，2020年5月。

〔註29〕我的《上古音及相關問題綜合研究》出版於2015年，距離發表《今本〈尚書·說命〉非偽書新證》五年了。當然，這五年我還發表了二十篇左右的論文，水平不敢自詡，卻都是嘔心瀝血之作，經得起歷史的檢驗。

學者情操和人文情懷，在這個浮躁功利甚至物慾橫流的世界，真如一朵精潔的蓮花、一顆璀璨的摩尼。

先生有一次對我說：「國家培養一個人才非常不容易，需要有很多條件。大學教授在 60～70 歲正是其教學經驗豐富、學術研究成熟的時期，應該盡可能讓這些教授繼續發揮作用。高校的教師退休制度應該有彈性，應該更加尊重教授自己是否有退休的意願。有很多教授對教學科研熱情洋溢，願意繼續傳道授業，撫育桃李，則應該重視繼續發揮其光和熱。」我深切感到何先生對教學和科研的感情恰似桃花潭水深千尺。

我曾對何先生說：我的有些宗教界的朋友很積極想拉我信仰佛教，有些朋友想我皈依基督。我是理性主義者，對佛教的三世因果六道輪迴、基督教的耶穌死而復活的信仰難以理解，科學的精神是懷疑和批判，宗教的精神是虔誠地信仰，二者難以相容。我明確表達了對宗教洗腦的做法非常反感。何先生對我說：「我國文化對宗教是寬容的，從來沒有西方的宗教衝突或宗教戰爭。我也不信宗教。但不要去介意別人的宗教信仰，憲法保護宗教信仰自由。」先生作為人文學者對宗教有如此明通之論。

北大中文系的胡敕瑞教授，當年考北大博士生時，闡述的語言學見解與改卷的何先生觀點不一樣，主張陰聲韻尾有濁塞音，這與北大學者的傳統學術觀點不合，但何先生看重胡敕瑞的研究能力，認為有培養前途，絲毫不計較具體的學術觀點的異同，果斷錄取了胡敕瑞。胡敕瑞是蔣紹愚老師的博士生，卻是何先生決定錄取的。於此可見何老師的胸懷是寬廣的，尤其對學生。

何先生在給高小方《〈辭源〉修訂匡改釋例》〔註30〕撰寫的《序》中說：「平生不跑會，不奔競，不謀求眼前風光，亦不希冀身後風光。」先生的風範乃如賈誼《鵩鳥賦》所云：「至人遺物兮，獨與道俱。真人恬漠兮，獨與道息。」但先生只要發現了真正的學術人才和好書，就會不惜鼓勵和褒美。先生在《序》中對《〈辭源〉修訂匡改釋例》大為讚賞，並對高小方教授的工作態度予以高度評價，稱讚高小方是真正的人才，是真學者。何先生條舉五點讚美高小方先生：「一、全面徹查，一絲不苟。二、深入考證，斷以己意。三、溯源補闕，多方照應。四、律己甚嚴，自糾舛誤。五、積勞成疾，抱病拼搏。」這篇序體現了先生的人文情懷。

〔註30〕商務印書館，2019 年。

先生在《一本別開生面的好書》〔註31〕對中年學者姚小平的《17～19世紀的德國語言學與中國語言學》〔註32〕一書頗為讚賞，並作出推薦，體現了先生對晚輩學者的愛護和鼓勵，也指出了一個「美中不足」是「沒有設立專章來介紹中西人士對此時德國語言學的評價」。先生在文章末尾說：「這樣的書，我是寫不出來的，別人寫出來了，自己就很高興。『平生不解藏人善，到處逢人說項斯。』我作為中國語言學史研究領域的一個老兵，搖旗吶喊，當個啦啦隊，讓開拓者不感到寂寞，奮勇前進，這就心滿意足了。」先生作為老一輩大學者對晚輩學者的鼓勵確實動人心弦。

先生在《喬永〈辭源史論〉序》〔註33〕稱道喬永先生為修訂《辭源》盡力盡責，讚賞其書《辭源史論》：「至於《辭源》本體的研究，固然由於喬永得天獨厚，與一般參與者大不相同，有條件直接看到各種原始資料，能與眾多高手交流，直逼疑點難點，很快就能登上理論高度，故視野開闊，洞察力、判斷力與年俱增；但重要的是鑽研精神這種內在條件〔註34〕，在《辭源》本體研究中隨處可見。喬永對《辭源》本體研究涉及形、音、義、書證等各個方面的內容，有分析、有實證、有一系列數據。尤其是對『音義契合，古今貫通』的闡釋，頭頭是道，縱橫無礙；對《辭源》注音音節的分析、未收音節的分析，對插圖的研究，都有許多新鮮見解。可以說《辭源史論》是當前研究《辭源》內容最全面、最豐富的總結性之作，難能可貴。」先生對晚輩學者的學術貢獻，點評精到，從不吝惜讚美之詞。

先生《前修未密　後出轉精》〔註35〕稱讚鍾如雄《〈說文解字〉論綱》：「由倉頡講起，並設有專章探討『漢字本源』，別開生面，值得稱道。」並讚揚：「《〈說文解字〉論綱》博採眾家之長，力避眾家之短，故整體框架，乃前所未有。」先生對學者取得的成績頗為褒獎。

先生在給王建喜博士所著《近代中原官話語音演變研究》〔註36〕撰寫的序

〔註31〕收入何先生《書山拾夢》，商務印書館，2010年，原載《中華讀書報》2002年4月17日。

〔註32〕北京：外語教學與研究出版社，2001年。

〔註33〕收入先生《抱冰廬選集》下冊，中華書局，2021年，947頁。

〔註34〕光華案，原文作「重要的是鑽研精神，這種內在條件」。我覺得不應該在中間點斷，徑直取消了逗號。

〔註35〕收入何先生《書山拾夢》，商務印書館，2010年，361頁。

〔註36〕語文出版社，2021年。

文中，充分肯定王建喜此書的三大貢獻：1. 王著考證出了明代中原官話的基礎方言是開封音，不是洛陽音。2. 王著將近代官話分為三個音系，即開封音、南京音、北京音，認為這三個音系都是當時通行的標準音，都是明代的官話，這項研究可以證明「散點多線式」歷史語音演變理論的正確性。3. 王著能夠運用構擬和比較的方法來展開研究。何先生情不自禁地鼓勵晚輩學者：「我深表贊許的是，如此浩繁、複雜、瑣碎的音標構擬，完全是磨人的慢工細活，建喜卻幹得如此縝密、完美、漂亮，僅此一點，就足以拍案叫絕。」王建喜此書將近代官話分為三系的觀點在何先生《漢語三論》中的《論普通話的發展歷史》〔註37〕也有闡發，當然，王兄的論文論述得更加周詳。

姚小平《17～19世紀的德國語言學與中國語言學》〔註38〕的《後記》稱：「何九盈先生，王力以後研究中國語言學史成果最多的學者。80年代中期我就開始讀他的論著，而初次與他見面，則遲至90年代末。那是在1999年6月中，北大中文系李娟女士的博士論文答辯會上。何先生思維敏捷，談鋒犀利，給我留下了深刻的印象；他面對學術批評的那種氣度，對同行的寬容和對後學的呵護，尤其令我感動。」這是實事求是的評價。

何先生在為高永安博士《明清皖南方音研究》撰寫的《序》〔註39〕中盛讚司馬光以19年的精力完成《資治通鑒》，主張慢工出細活，打磨出精品，要「慢騰騰地熱烘烘」。做學問不能急於求成，草率的作品沒有傳世的價值，只是「驀地燒天驀地空」，同浮遊旦暮而生死。

何先生《張民權〈清代前期古音學研究〉序》〔註40〕表達了對張民權此書取得成績的讚美，並且願意擁帚前驅：「我樂意為張民權的《清代前期古音學研究》作序，不只是出於個人友情，也不只是出於閱讀全稿後的激情，而是出於學術上的責任感和倫理上的道義感。一個人辛辛苦苦在學術上作出了獨特的貢獻，就應該有人站出來講公道話，張揚學術正氣，勇於高唱正氣歌，這是學術得以持續發展的重要保證。如果人懷嫉妒之心。『老夫』不願『避路』，害怕年輕人『出人頭地』，甚至千方百計擠軋之，詆毀之，這不只是當事人個人的不幸，也

〔註37〕語文出版社，2007年。後收入何九盈《中國現代化進程中的語文轉向（外一種）》，題作《普通話的發展歷史》（沒有「論」字），語文出版社，2015年。
〔註38〕北京：外語教學與研究出版社，2001年，357頁。
〔註39〕收入收入何先生《書山拾夢》，商務印書館，2010年。
〔註40〕收入何先生《語言叢稿》，商務印書館，2006年，240～241頁。

是學術的大不幸！我認為，這樣的『老夫』真是罪該墮入十八重地獄！而且我還認為，同輩人犯此嫉妒罪過者，起碼也應該墮入第九重地獄！嫉妒不僅可以毀滅一個人，也可以毀滅一個時代的學術，無數事實都可證此言不謬。」先生義正詞嚴，大義凜然，看到學術界有晚輩學者取得優秀成果而由衷喜悅，絕不藏人之善。先生此文對張民權每天坐火車去天津圖書館查找整理抄錄資料的勤勉精神滿含激情地發出讚賞：「為了追蹤萬光泰，他每天早早地從北京出發坐上火車自帶乾糧鑽進天津圖書館一幹就是一整天，晚上再拖著疲乏的身子回到家中整理抄錄的材料，第二天又早向天津進發。我說：『你為何不在天津住上幾天呢？』這位忠厚的農家子弟坦然地說：『住旅館太貴呀！』是啊，某些握有大把基金的人不去鑽圖書館，而他這個要外出鑽圖書館的人又囊中羞澀，這叫我說什麼好呢？我只能深表同情，由衷欽佩。他的這部《清代前期古音學研究》，有許多材料都是由他親手發掘而來，這些發掘後面究竟包含著多少苦辛、多少路程、多少抄本、多少乾糧、多少個不眠之夜，只有他自己知道。我跟張民權先生並不算太熟，只見過有數的幾面，我無法得知他的刻苦用功的故事，不能向讀者報導更多的感人的細節。對於中國當前的學術界來說，這類故事，這類細節，恐怕有著頗為重要的意義。」

　　先生此文還強烈地表達了反對在學術上一味崇洋媚外的態度，強調要保持中國學者應有的獨立的精神、自由的思想和批評的態度，在國學研究上，不能總是跟著外國人跑，不能追求軌跡接軌，要有文化自信和學術自信。先生的語氣十分堅決，態度十分鮮明：「是的，我也懂得學術無國界，可母語有國界，傳統有國界，話語權有國界。我也懂得，向西方學習，向一切優秀文化學習，大有好處，極為重要。但西方有人說，夏商周的語言是完全不同的；又說《詩經》時代漢語無聲調；又說上聲來自-？尾，去聲來自-s 尾；又說上古漢語只有兩個元音，等等等等。作為一種個人見解，未嘗不可；有人願意搜集證據，隨聲附和，為之幫腔，這也是個人自由，也應受到尊重。但主此說者，一定要別人也順口接屁，做應聲蟲，否則就是『落後』，就是不入『主流』，就要遭受橫掃，這不是太霸道了嗎。不論是在東方還是在西方，古往今來一切有品位有教養的學問家，似乎都不願意把自己的觀點強加給別人，都懂得檢驗真理的唯一標準是要出示鐵證，要靠事實說話，不是胡亂地抓幾個例子就可了事的。在事實面前，我們永遠要謙卑，因為事實勝於雄辯。一切無根遊談，可以自我欣

賞，可以在小圈子內互相恭維乃至吹噓，但它的必然命運就是滅亡。其實，他們這一套在西方學術圈內根本就沒有什麼影響，所以只能向大陸內地傾銷了。反傾銷，看來要提上日程了。現在人人都學會了『國際化』、『與國際接軌』的高調，這是好事。但物質文化的『接軌』與『國際化』和精神文明、人文社會科學的『接軌』、『國際化』性質完全不同。只要漢語還是我們的母語。漢語研究就不要亂談什麼『國際化』。現在有人理解的『國際化』是以犧牲本民族文化為代價而大搞『外國化』，或者更徹底地說是『美國化』。他們中的某些個人要使中國語言學家徹底喪失自己的話語權，拋棄自己的傳統，否定自己的權威，然後乘虛而入，以學術大佬自居，讓追星一族（事實上不存在這樣的『一族』）哈著、捧著，匯成浩浩蕩蕩的『主流』，豈不猗與休哉！」先生在此對學術界崇洋媚外的歪風邪氣發出了憤怒的聲討，表達了中國學者堅定的學術自信，這是偉大學者的風範！

　　先生接著闡述從事上古音研究的正確態度：「當前上古音的研究，正面臨著關鍵時刻。如何把文獻資料、方言資料、少數民族語言資料有機地謹慎地結合起來，這一直是困擾我們的難題。但無論如何，只要是研究上古音（指周秦時代），就應以文獻資料為基礎。基礎不牢，音標就有可能成為可玩弄的遊戲符號。我多次想過，李方桂、王力、董同龢諸前賢，他們之所以很少利用少數民族語言來談上古音，是他們不知道這個問題的重要性嗎，是他們不會玩弄這一套嗎，當然不是。他們不願意馳心於空談之域，是怕帶壞風氣，敗壞學術，蓋其慎也。也不是說，他們不利用或很少利用，後人就不可以利用這類資料，只要條件成熟，當然可以大膽利用。我個人並不反對利用少數民族語言資料來證上古音，但前提是必須與文獻資料相契合。我們完全可以大膽假設，邏輯推導，但前提必須是與漢語的歷史和漢語的系統相符合。我們並不要求在探索中寫出來的著作就一定要能經得起歷史的考驗，就一定不能出差錯。但也不贊同以探索性的東西為標的來劃分什麼先進與落後，主流與支流。大家取長補短，互相學習，平等討論，求同存異，有什麼不好呢！」先生的治學態度是完全正確的，具有嚴謹的科學精神，為音韻學研究指明了康莊大道！

　　先生幼時讀過私塾，整本背誦過《千家詩》、《毛詩》、《左傳》。在北大讀書期間，先生忘身向學，曾手抄董同龢的名著《上古音韻表稿》和陸志韋的《古音說略》。因此，國學功底深厚，天縱英才，鑒照洞明，對學術研究常常有獨到

的評價。先生多次對我評論學術界的一些人和事，總是秉學術之公，持是非之平，是其所應是，非其所當非，從無偏激過當之論，雖然有時也很尖銳。我感到先生是心地坦蕩的學者。先生對我說，寫作發表論文是一回事，在學術界發生影響是另一回事。好的學術研究也需要學術界的公正的評論才能產生積極的影響。這個思想太對了，我想起當年愛因斯坦的相對論出來後，瑞典諾貝爾獎評審委員會考慮授予諾獎，但是有兩位獲得諾獎的德國學者致信評委會，宣稱如果授予相對論諾獎，他們就退回已經獲得諾獎。可見學術界偏見之深。相反，諾獎評委會也有看走眼的時候，例如美國作家賽珍珠描寫現代中國的作品《大地》居然獲得諾貝爾文學獎，實在難以服人之心，錢鍾書先生予以譏嘲。因此，學術界客觀公正的評論萬分重要，有的人為了一己之私利，將一點點成績無限誇大，以博得名利。例如有人將一個很平凡的觀點自己誇大為「有重大原創性的理論」，這是自欺欺人，見笑通儒。有的學者對很重要的研究故意視而不見，不理不睬，我行我素，不斷重複已經被學術界論證為錯誤的結論。在自己的論文中根本不提已有的重要研究成果。這種不良學風，天天都在吹。然而白紙黑字公諸世人，這些偽學者終難逃脫歷史的鞭撻。正如習近平總書記所說：「別看現在鬧得歡，小心今後拉清單。」

先生在《顧炎武的〈日知錄〉》〔註41〕中讚歎顧炎武既能潛心學術，又能關注現實社會的人格精神，欽佩顧炎武慢工出精品的治學態度，不剽竊古人的實事求是的學者風範，不圖名利的高尚情操，尤其推服顧炎武的前世不曾有、後世不可無的寫作精神。我以為先生自己的治學態度又何嘗不是如此呢？

先生在《閻若璩的治學精神》〔註42〕讚賞閻若璩在學術上的懷疑精神和追求真理的態度，先生稱：「一個搞科學的人，如果墨守成說，不敢懷疑，是談不上開創的。然而，腦子裏只有懷疑，不進而解剖疑團，那對學術的發展，還是無益。必須遇有疑問，就抓住不放，猛打窮追，不達目的，絕不罷休，閻若璩就是這樣。」

先生《〈漢語學〉簡評》〔註43〕批評恩師王力先生早年關於「漢語學」的通

〔註41〕收入先生《書山拾夢》，商務印書館，2010 年，原載 1961 年 7 月 22 日《光明日報》，2009 年 3 月略作補充。
〔註42〕收入先生《書山拾夢》，商務印書館，2010 年，276 頁。
〔註43〕收入先生《書山拾夢》，商務印書館，2010 年，422 頁。

論著作《中國語文概論》「內容簡略，出版年代又早，無法反映漢語研究的新面貌。」認為許威漢的《漢語學》「實際內容已大大超過王著，這是目前論述漢語最全面的一部好書」。同時也指出了許威漢此書的若干錯誤。可見先生沒有學術門派意識，秉持客觀公正的學術評論。

先生讀書無極限，如蜜蜂兼採，而文筆爽朗，流利飄逸，學人散文，別具風味。先生《龍蟲並雕　小大由之》〔註44〕既讚賞短小精緻的箚記短章，也擁護千尺長松的浩蕩論著，文筆幽默，文風灑脫，讀來饒有風趣。先生的《一卷名山　兩袖清風》〔註45〕是為老同學程湘清《漢語史專書複音詞研究》〔註46〕所撰的序文，行文瀟灑，筆鋒清雋。敘事狀人，事富傳奇，語多機趣，是先生散文的代表作，其文學情趣遠比那些煞有介事的散文家的玩意兒更加令人回味。略舉兩小段以供玩賞（373頁）：

1. 那天，像開班會似的，大家熱熱鬧鬧、說說笑笑就把他們的婚姻大事給辦了。湘清這種不磕一頭、不請一客、輕取「圍城」、辦大事如烹小鮮的風度，何等瀟灑，何等風流！

2. 他右手寫時文，左手寫論文，白天當官人，晚上當學人。他當官人有十足的書卷氣，當學人可沒有令人討厭的官氣。

這樣富有妙趣的小品文頗令人回味。先生《相思樹下說相思》〔註47〕也是雋永散文，末尾說：「只有因死而永別所造成的長相思，或許還會一直存在下去。陰陽永幽隔，生死兩茫茫。『天長地久有時盡，此恨綿綿無絕期。』但我也不讚美這樣的相思，人生已經太苦太累，死亡既然具有必然性，是一切生命的最後歸宿，何不學莊子鼓盆而歌呢。我用經過思辨的心，再來看相思樹，只見『一樹碧無情』。可不，在『相思』情結進入兩性關係之前，被人稱之為『相思樹』的這種樹，不知已存在多少個萬年了。什麼花能解語，樹可相思，全是人的情意，與樹何關？再說，樹若能相思，怎會得青青如此！」在行雲流水的文筆中寄予了對生命多磨難的感歎和面對無可奈何的人生歸宿的曠達。從哲學的觀點，先生似乎不贊成「萬物有靈」的觀點。先生《讀劉月華〈漢語語法

〔註44〕收入先生《書山拾夢》，商務印書館，2010年，188頁。
〔註45〕收入先生《書山拾夢》，商務印書館，2010年。
〔註46〕商務印書館，2003年。
〔註47〕收入先生《書山拾夢》，商務印書館，2010年，原載《散文》1997年第4期，59頁。

和對外漢語教學〉感言》〔註48〕也是有趣的學人散文，文筆疏放郎暢。

先生《千古騷人一例愁》〔註49〕是對澳門詩人的《天涯詩草》所作的文學評論，是非常正宗的文學賞析和批評，文章美妙，「清典可味」〔註50〕；「品藻玄黃」〔註51〕，評騭精雅，與中國現代美學宗師朱光潛先生《欣慨室中國文學論集》〔註52〕中的文學評論頗能「辭趣一揆，情理同致」〔註53〕。

先生閱讀速度很快，博覽天下書，講學論道，妙語如珠，彷彿《三國演義》中的蜀中奇才張松「語傾三峽水，目視十行書」。他特別關注學術界最新的研究進展，每一篇論著都植根深厚，廣積薄發，穿穴群書，信手探囊，揮灑自如。先生挺生知之才，更加錐股勤學，所以學術成就極為豐碩。如果沒有文化大革命的曲折，先生的學術成就會更加璀璨。先生多次對我談起在文革中寶貴光陰被糟蹋，十分惋惜。先生說，在文革後，他堅持每天讀書治學，沒有休息過一天，正月初一也在讀書寫作。這種學者精神，無慚於古之聖賢。先生在《抱冰廬選集》〔註54〕598頁不無感慨地回顧既往的人生：「此文發表之後〔註55〕，是年秋我就下放到北京郊區（小紅門公社龍爪樹大隊）參加「四清」運動（清政治、清經濟、清組織、清思想），第二年6月就遭遇了『史無前例』，6月3日深夜兩點全體北大下放人員乘大卡車回校，聽市委吳德講話。氣氛之緊張，勢頭之猛烈，可想而知。這以後的十餘年間，沉淪於勞動、運動之中，身心備受摧殘，最美好的年華就這樣荒廢了，可記也。」

從2010年開始，先生參加新版《辭源》的修訂，從此五年多的時間和精力完全注入這項工程。先生作為第一主編，殫精竭慮，耗盡了心血，不能撰寫任何一部個人著作，為學術界提供了一部全新的《辭源》，功在千古，自己的個人研究卻沒有進展。我常常為此歡惋。我認為先生在此五六年中，完全可以完成一兩部個人論著。先生捨己為人，公而忘私，為學術界樹立了楷模。

〔註48〕收入先生《抱冰廬選集》，中華書局，2021年。
〔註49〕收入先生《書山拾夢》，商務印書館，2010年。
〔註50〕語出《文心雕龍·明詩》。
〔註51〕語出《文心雕龍·附會》。
〔註52〕收入《朱光潛全集》8，中華書局，2012年版。
〔註53〕語出《文心雕龍·明詩》。
〔註54〕中華書局，2021年。
〔註55〕指先生的《詞義辨惑》一文在《中國語文》1965年第1期發表後。

　　先生在《全球化時代的漢語意識》〔註56〕的扉頁上引述自己的《語言叢稿·自序》的話作題辭：「在古稀之年，我曾將自己的學術生涯總結為三句話；永遠要以振興中華學術為己任；要敢於向時間老人（或曰歷史老人）挑戰；要全心全意熱愛自己的冷板凳。」先生言必信，行必果，堅守冷板凳數十年，為學術奉獻了一生，這是何等的精神！無慚於古之聖賢！

　　先生在《語言叢稿·自序》〔註57〕中夫子自道：「讀書、寫書、教書，買書，就成了我的主要生活內容。我不在書房就在書店；不在書店，就在圖書館；不在圖書館，就在散步。平生兩大愛好，讀書與散步。我能老而不朽，就得益於這兩條吧。書是我的兩畝三分地，是我的卡拉 OK，是我的安樂窩。我家僅有的幾面牆壁，幾成了書的領地。常用的，『從壁上觀』；不常用的，就躺在角落裏，睡在床底下，甚至只能塞在陽臺上。眼睛因書而近視，思想卻因書而放飛；精力因書而消耗，心靈卻因書而崇高。書與我，相看兩不厭，一卷在手，忘乎所以。」如此鍾情於學問，不亞於王力、錢鍾書，是真正的學者精神。

　　先生堅持自己的獨學主義，堅守書齋，尚友古人，不與世俗周旋。先生最敬仰的前輩學者可能是清朝大儒段玉裁。先生在《僑吳老人三章》〔註58〕中稱：「我是『獨學』主義者。《學記》說：『獨學而無友，則孤陋而寡聞。』此話的重點在『無友』，第一個『而』是表假設的連詞，邏輯關係是能成立的。我的重點在『獨學』。人生不患『無友』，唯患不『獨學』。不獨學則不能堅守孤獨，不獨學則不能成為快樂的『單幹戶』。『獨學』的重點又在『學』。學必有對象，我的學習對象很廣泛，古今中外都有。我的個性與職業又決定了，我的學習對象也可以說我的朋友，多是從未謀面的古人。如蒙城那個窮得揭不開鍋還能遨遊蝴蝶夢鄉的莊生、長安那個因口語而闖下大禍的刑餘之人司馬遷、黃州那個貶不死的樂觀主義者東坡居士、衡陽那位『活埋』於深山的老鄉船山先生。還有，姑蘇城外楓橋那位貧病交加風骨嶙峋的僑吳老人。我對此五人的景仰，以僑吳老人為最。這位經師、人師是我平生最服膺的古典語言學家，給我諸多啟示與教益。」〔註59〕先生在這裡提到了他敬佩的五位古之聖賢：莊子、司馬遷、蘇

〔註56〕語文出版社，2015 年。
〔註57〕商務印書館，2006 年。
〔註58〕收入先生《抱冰廬選集》，中華書局，2021 年，912 頁。
〔註59〕先生文（917 頁）提到趙簡子之簡的典故不見於今本《韓詩外傳》，依據馬氏《驛

東坡、王夫之、段玉裁。其中最景仰清代傑出的文字學家和訓詁學家段玉裁。先生研讀《說文解字注》十多年，對段注爛熟於心，學有根底。在《僑吳老人三章》中，先生以滿含深情的文筆闡述了段玉裁的事蹟和為人治學的精神，詳細講述了段玉裁的啟蒙老師尹會一的故事和朱子《小學》。此文可見先生博覽集部和人文情操。

先生多次對我說：「學者應該明確表示自己的見解，學術觀點是不能含糊的。」庸陋不敏如我輩倒是能夠做到這點，然而當今學術界「風潮爭洶湧，神怪何翕忽」〔註60〕，我也因為堅持一些學術觀點而得罪了人，只好用賈誼《弔屈原文》以自我解嘲：「使麒麟可繫而羈兮，豈云異夫犬羊？」

史》引述。以我所考，段玉裁所引「趙簡子之簡」典故乃是出於《太平御覽》卷146《皇親部》之《太子》所引《韓詩外傳》（見《太平御覽》712 頁，中華書局影印版，1992 年），並非引自今本《韓詩外傳》。又見於《太平御覽》卷606《牘》部所引《韓詩》（見中華書局影印本2726 頁，引文有異同。當以《太平御覽》此處所引為優）。《資治通鑒》和《驛史》也應該是引自《太平御覽》。又，先生書918 頁引文作「簡子自為一書牘」，今據《太平御覽》712 頁當作「簡子自為二書牘」。作「二」為確，因為趙簡子是將書牘分別給了兩個兒子。《太平御覽》在「簡子自為二書牘」後，有「親自表之」。先生此文漏引（但先生《書山拾夢》287 頁有「親自表之」四字。商務印書館，2010 年）。又先生此文引作「乃出伯魯」，依據《太平御覽》「出」當作「黜」。

〔註60〕語出李白《天台曉望》詩。

第二章　學術述論

　　大學問家錢鍾書說：「大抵學問是荒江野老屋中二三素心人商量培育之事，朝市之顯學必成俗學。」[註1]先生正是有這樣執著信念的科學家，對學問有難以置信的熱情。先生常年枯坐書齋，手不釋卷，勤於筆耕，著述廣博，「富號猗頓」[註2]，流光溢彩。先生夏季每天六點鐘起身，冬季每天七點鐘起身，稍作鍛鍊，就開始研究工作，六十年焚膏繼晷，夏不避暑熱，冬不避邪寒，發憤以託志，情高以會采，氣盛於著論，思銳於撰文，乃《文心雕龍‧諸子》所稱：「唯英才特達，則炳曜垂文，騰其姓氏，懸諸日月。」我縱然「才愧疏通，學慚博達」，也不揣譾陋，對先生的學術成就管窺蠡測，稍加別裁，分類述論如下。

一、語言學史研究

（一）《中國古代語言學史》（第四版）

　　北京外國語大學姚小平教授《17～19 世紀的德國語言學與中國語言學》[註3]18《何九盈論中國古代語言學》粗略介紹了何先生的部分語言學著作和觀點，蜻蜓點水，浮光掠影，簡而不周，疏闊寡要，事多淺俗，理無要害，只

〔註 1〕見羅厚輯注《錢鍾書書札書鈔》第六十四，收入《錢鍾書研究》（文化藝術出版社，1992 年）第三輯。第 314 頁。又見《廈門大學學報》1988 年 3 期鄭朝宗文。
〔註 2〕語出《文心雕龍‧才略》。
〔註 3〕北京：外語教學與研究出版社，2001 年。

在門邊徘徊，未遑入室睹奧，無裨於參考。

何先生出版了兩本中國語言學史研究的專著：《中國古代語言學史》和《中國現代語言學史》。先生在出版後對這兩部專著不斷精打細磨，修訂完善，直到出版《中國古代語言學史》（第四版）〔註4〕和《中國現代語言學史》（修訂本）〔註5〕。這是兩部很有特色和成就的語言學史，與學術界已有的王力先生《中國語言學史》〔註6〕、趙振鐸先生《中國語言學史》（修訂本）〔註7〕、李恕豪《中國古代語言學簡史》〔註8〕、濮之珍《中國語言學史》〔註9〕相比照，可以看出何先生書的不同尋常的成就。我依據最新版闡述其成就如下，並略抒拙見：

1. 何先生《中國古代語言學史》的學術框架是獨到的，與諸家不同。第一章《緒論》關於《學術史觀》、《處理好五種關係》、《中西古代語言學的異同》這三節為諸家書所無，闡述了何先生關於語言學史的一些理論和方法問題，論述了要處理好漢語史和漢語史研究的關係、過去與現在的關係、本學科與相關學科的關係、主題研究與客體研究的關係、敘述與評議的關係，頗有卓見，斷非浮泛之論。關於中西古代語言學的異同，涉獵廣泛，博而能要，分析了我國古代漢語語法學不能發達的兩個原因〔註10〕。這一章高屋建瓴，視野恢弘，可見何先生學識淵博，治學嚴謹，是純粹的讀書人。

2. 第二章第四節《先秦諸子的語言理論》，討論了諸子學中關於語言與社會存在、語言與政治倫理、語言與邏輯思維三個問題。何先生是以語言學理論問題為綱，貫穿諸子的語言學理論，綱舉目張，條理分明。趙振鐸先生《中國語

〔註 4〕商務印書館，2013 年，先生此書初版於 1985 年（河南人民出版社），增訂版出於
　　　　1995 年（廣東高等教育出版社），北大出版社 2006 年出版新增訂版。

〔註 5〕商務印書館，2008 年。

〔註 6〕復旦大學出版社，2006 年，此書初版於 1980 年。

〔註 7〕商務印書館，2017 年。

〔註 8〕巴蜀書社，2003 年。

〔註 9〕上海古籍出版社，1999 年版，初版於 1987 年。

〔註10〕當然不能說我國古代沒有語法學，楊樹達《積微居小學述林全編》（上海古籍出版
　　　　社，2007 年）之《補編》有《中國文法學小史》簡要評述先秦和清代的語法學。孫
　　　　良明《中國古代語法學研究》增訂本（商務印書館，2005 年）下了很大的工夫爬疏
　　　　我國古代的語法學，難能可貴，厥功甚偉。孫良明《中國古代語法學在唐代的發展》，
　　　　載《中國語言學報》第 6 期，商務印書館，1995 年；孫良明《談韋昭〈國語注〉中
　　　　的語法分析》（載《漢語史研究集刊》第十一輯，巴蜀書社，2008 年）；邵敬敏《漢
　　　　語語法學史稿》（商務印書館，2010 年）第一章《漢語語法學的醞釀時期》對《馬
　　　　氏文通》之前的語法學有所闡述。但在《馬氏文通》以前確實沒有產生如《文通》
　　　　一樣的語法學系統專著。

言學史》第一章第一節《諸子的語言觀》分別闡述諸子百家的語言觀，未能以語言學問題一以貫之，未免散漫。二家所撰都稱良史。然而我想就何先生、趙先生、濮之珍、李恕豪各家之書和吳辛丑《先秦兩漢語言學史略》〔註11〕關於先秦語言學的研究稍作補苴，但願不為雞肋：

（1）各家書似乎都忽視了先秦文獻的聲訓材料，先秦訓詁學並不限於《爾雅》，在各書中散見許多聲訓，是研究語源學的寶貴資料，撰寫先秦語言學不可不提及。吳澤順《清以前漢語音訓材料整理與研究》〔註12〕上編第二章和下編的前 15 節彙編的材料極為繁富，梳理甚為完備。可知以聲訓為主要特徵的漢語語源學在春秋時代已經存在，為春秋戰國學術界所廣泛使用，並非偶一為之，而是先秦學術界的共同觀念，這正是漢代以來訓詁學的聲訓傳統源頭，在學術史上有重要價值〔註13〕，寫學術史是非闡述不可的。例如，我國的聲訓在《易傳》中有顯著的體現，這是東漢《釋名》的先驅。考《周易‧序卦傳》曰：蒙者蒙也；比者比也；泰者通也（雙聲）；嗑者合也；剝者剝也；頤者養也（雙聲）；坎者陷也；離者麗也；遯者退也（雙聲）；晉者進也；睽者乖也；蹇者難也（疊韻）；夬者決也；姤者遇也；萃者聚也；漸者進也；兌者說也。

另外還有不是聲訓的。例如《易經‧師卦》彖曰：師，眾也。《周易‧序卦傳》曰：蠱者事也；臨者大也；賁者飾也；恒者久也；夷者傷也；解者緩也；震者動也；艮者止也；豐者大也；巽者入也；渙者離也；另外《雜卦傳》中也有很多訓詁，與《序卦傳》比較吻合，基本一致。

《說卦傳》有一部分不是聲訓：離也者明也；坤也者地也；坎者水也；巽，入也；艮，止也；震，動也；有些是聲訓：乾，健也；坤，順也；坎，陷也；離，麗也；兌，說也。

《繫辭傳》基本是聲訓，只有「佑，助也」不是聲訓。其他如：爻也者，效此者也。象也者，像此者也。象也者，像也；爻也者，效天下之動也。

以上是《易傳》的重要訓詁學材料，有很多是聲訓，也有不是聲訓的。研

〔註11〕廣東高等教育出版社，2005 年。

〔註12〕商務印書館，2016 年。

〔註13〕我自己曾撰寫《〈釋名〉書後》（見安徽大學古籍整理研究所主辦《古籍研究》2003年第 2 期）也曾論述了在先秦早已存在聲訓，是我國固有的學術傳統，批評了饒宗頤先生以《釋名》的聲訓原理來自古印度《尼盧致論》的觀點。饒宗頤之文是《尼盧致論與劉熙的〈釋名〉》（收入饒宗頤《梵學集》，上海古籍出版社，1993 年）。

究上古語言學史，這些材料是不能不闡述的。要注意的是《易傳》的訓詁與《爾雅》的只有少數相合，如：師訓眾，晉訓進，震訓動，頤訓養。《易傳》的大多數訓詁不見於《爾雅》。我們因此推斷《易傳》的編撰者和《爾雅》的編撰者不是一個學派的人。兩書相吻合的訓詁只是當時訓詁學的共識。吳澤順《清以前漢語音訓材料整理與研究》還收錄了《論語》、《孟子》、《管子》、《莊子》、《尸子》、《左傳》、《公羊傳》、《穀梁傳》、《荀子》、《韓非子》、《逸周書》《國語》、《禮記》、《大戴禮記》、《毛詩故訓傳》等先秦典籍中的聲訓材料，爬疏頗詳。

（2）各家都忽視了《山海經》中關於物名起源的珍貴材料，這是諸家的疏忽。考論如下：《山海經·南山經》：「有鳥焉，其狀如鴟而人手，其音如痺，其名曰鴸，其名自號也。」《南山經》：「有鳥焉，其狀如雞而白首，三足、人面，其名曰瞿如，其鳴自號也。」《南山經》：「有鳥焉，其狀職梟，人而四目而有耳，其名曰顒，其鳴自號也」《西山經》：「有鳥焉，其狀如鶉而人面，蜼身犬尾，其名自號也。」《北山經》；「有獸焉，其狀如羚羊而四角，馬尾而有距，其名曰䑏，善還，其名自譑。」《北山經》：「有獸焉，其狀如白犬而黑頭，見人則飛，其名曰天馬，其鳴自譑。」《北山經》：「有獸焉，其狀如牛而尾，其頸䰩，其狀如句瞿，其名曰領胡，其鳴自譑。」《北山經》：「有鳥焉，其狀如赤雉，而五采以文，是自為牝牡，名曰象蛇，其名自譑。」《北山經》：「有鳥焉，其狀如梟白首，其名曰黃鳥，其鳴自譑。」《北山經》：「有獸焉，其狀如羊，一角一目，目在耳後，其名曰羊東羊東，其鳴自譑。」《北山經》：「有獸焉，其狀如牛而三足，其名曰獂，其鳴自譑。」《東山經》：「有獸焉，其狀如犬，六足，其名曰從從，其鳴自譑。」《東山經》：「有獸焉，其狀如牛而虎文，其音如欽。其名曰軨軨，其鳴自譑。」《東山經》：「有獸焉，其狀如狐而魚翼，其名曰朱獳，其鳴自譑。」《東山經》：「有獸焉，其狀如豚而有牙，其名曰當康，其鳴自譑。」以上是《山海經》關於物名的主要材料。《南山經》和《西山經》用「其鳴自號」，《東山經》和《北山經》用「其名自譑」，[註14] 意思都是這種鳥獸的名字就是其叫聲。這是物名起源的一個重要原理，是語源學的重要材料，與聲訓是完全不同的。近代大儒劉師培《左盦外集》卷七《物名溯源》、《物名溯源續補》[註15]、王國

〔註14〕從此似乎可以見出《南山經》、《西山經》屬於一個系統，《東山經》、《北山經》屬於一個系統，這兩個系統的編撰者可能是不同的。

〔註15〕收入《儀徵劉申叔遺書》第十冊，萬仕國點校，廣陵書社，2014 年，4382～4412 頁。

維《觀堂集林》卷五《〈爾雅〉草木蟲魚鳥獸名釋例》〔註16〕（上下篇）對物名的語源學有精湛的研究，論述也未及《山海經》此類材料。

（3）趙先生、濮之珍、李恕豪、吳辛丑在講先秦訓詁學時都忽視了《逸周書·諡法解》中的訓詁材料：「和，會也；勤，勞也；遵，循也；爽，傷也；肇，始也；乂，治也；康，安也；怙，恃也；享，祀也；胡，大也；服，敗也；秉，順也；就，會也；愆，過也；錫，與也；典，常也；肆，放也；糠，虛也；叡，聖也；惠，愛也；綏，安也；堅，長也；耆，強也；考，成也；周，至也；懷，思也；式，法也；布，施也；敏，疾也；捷，克也；載，事也；彌，久也。」這樣的訓詁學的寶貴材料是不能不提的，而且都不是聲訓。何先生書在《先秦時代的名物釋義》提到了《逸周書·諡法解》的這些材料，已是獨到。但這些訓詁實在與「名物釋義」無關，不如將這一節改稱為《先秦訓詁學》，《爾雅》也不是完全解釋「名物」的書。

（4）何先生、趙先生、濮之珍、李恕豪都很重視先秦孔子、墨子、荀子等的「正名」思想〔註17〕，這是必須的。但諸家闡釋都有重大遺漏，因為各家忽視了先秦「正名」文化的重要內涵是「諡法」。諡法是我國非常重要的傳統文化，通過諡號可以瞭解古代君王和貴族的生平德行，而且與語言學的正名觀十分密切，不可略過不提。《論語·公冶長》子貢問曰：「孔文子何以謂之文也？」子曰：「敏而好學，不恥下問，是以謂之文也。」可見諡號中的「文」可以涵蓋「敏而好學，不恥下問」這樣的德行。古人對於諡號是非常看重的。諡號是對君王和貴族的生平德行的巨大約束，讓權力者有所忌憚和敬畏。如果放縱敗德，就可能在死後得到惡諡（如「幽、靈、煬、厲」等等），留下千古罵名。《逸周書·諡法解》是保存諡號最完備的文獻，應當格外重視才行。且舉數例以窺豹一斑：「民無能名曰神，稱善賦簡曰聖，敬賓厚禮曰聖，德象天地曰帝，靜民則法曰皇，仁義所在曰王，賞慶刑威曰君，從之成群曰君，立制及眾曰公，執應八方曰侯，壹德不解曰簡，平易不疵曰簡，經緯天地曰文，道德博聞曰文，學勤好問曰文，慈惠愛民曰文，愍民惠禮曰文，錫民爵位曰文，剛強理直曰武，威強叡德曰武，克定禍亂曰武，刑民克服曰武，誇志多窮曰武，敬事供上曰恭，尊賢貴義曰恭，尊賢敬讓曰恭，既過能改曰恭，執事堅固曰恭，愛民長弟曰恭，

〔註16〕見《王國維全集》第八卷 138～143 頁。浙江教育出版社、廣東教育出版社，2010 年。
〔註17〕何先生書還提到了法家的正名思想。

執禮御賓曰恭，芘親之闕曰恭，尊賢讓善曰恭，淵源流通曰恭，照臨四方曰明，譖訴不行曰明。」《諡法解》還有非常多的諡號，保存了先秦重要的政治思想文化。這些諡號可以說是「正名」思想的最重要的內容，是語言學和政治學、倫理學密切關聯的文化，絕對不能置之不理。諸賢蓋萬慮之一疏乎？

（5）在我國春秋戰國還有一種「正名」的思想文化也非常重要，可能是來自「諡法」，但是與「諡法」不同。因為諡號是對君王貴族的德行的概括，西周春秋的諡號是一個字，戰國時代諸侯稱王以後有的用兩個字，如趙惠文王、秦昭襄王等；有的還是一個字，如齊威王、齊宣王、楚懷王、燕易王等。而在民間尤其在「士」中間很重視行為的道德規範和價值觀，顯示自己行為的價值和境界，往往用一兩個字來表示和包括。這種「正名」文化對「士」有很大的影響，也是我國重要的文化傳統。例如，《論語·學而》子夏曰：「賢賢易色，事父母能竭其力，事君能致其身，與朋友交言而有信。雖曰未學，吾必謂之學矣。」儒門大師子夏價值觀中的「學」不僅是讀書，包括了修身養德，這對於評價人的行為成就有很大的價值取向。詳考《論語》、《孟子》的這類「正名」思想如下：

《顏淵》司馬牛問仁。子曰：「仁者其言也訒。」曰：「其言也訒，斯謂之仁已乎？」子曰：「為之難，言之得無訒乎？」孔子將說話遲鈍也視為「仁」〔註18〕，這顯然是對司馬牛「多言而躁」的批評，也是孔子對於「仁」的一種「正名」。《子路》子曰：「剛毅、木訥，近仁。」孔子這裡對「仁」的正名與對司馬牛說的一樣。

《顏淵》子張問：「士何如斯可謂之達矣？」子曰：「何哉，爾所謂達者？」子張對曰：「在邦必聞，在家必聞。」子曰：「是聞也，非達也。夫達也者，質直而好義，察言而觀色，慮以下人。在邦必達，在家必達。夫聞也者，色取仁而行違，居之不疑。在邦必聞，在家必聞。」這是孔子對於「聞」和「達」的正名。

《子路》子貢問曰：「何如斯可謂之士矣？」子曰：「行己有恥，使於四方，不辱君命，可謂士矣。」這是孔子對「士」的定義，是孔子典型的「正名」思想。

《子路》子路問曰：「何如斯可謂之士矣？」子曰：「切切、偲偲、怡怡如也，可謂士矣。朋友切切、偲偲，兄弟怡怡。」這是孔子對「士」的行為標準

〔註18〕參看楊逢彬《論語新注新譯》（北京大學出版社，2016年），228頁。

的另一個「正名」。

《季氏》孔子曰：「侍於君子有三愆：言未及之而言謂之躁，言及之而不言謂之隱，未見顏色而言謂之瞽。」這是孔子對「躁、隱、瞽」的「正名」，雖然這是帶有形容的成分，但也是「正名」，因為「正名」有不同的方式。

《堯曰》子曰：「不教而殺謂之虐；不戒視成謂之暴；慢令致期謂之賊；猶之與人也，出納之吝謂之有司。」這是孔子對「虐、暴、賊、有司」的「正名」。

《雍也》哀公問：「弟子孰為好學？」孔子對曰：「有顏回者好學，不遷怒，不貳過。不幸短命死矣！今也則亡，未聞好學者也。」這是孔子關於「好學」的一個正名。「不遷怒，不貳過」屬於「好學」。

必須充分瞭解以上《論語》的正名思想，才可能全面理解為什麼孔子那麼強調要治理國家必須首先要「正名」。今天來看，「正名」就是要確定價值標準，分清是非善惡賢愚美醜，當然是治國理政的當務之急。子路不能理解孔子的「正名」思想，孔子嚴厲批評為「野哉由也」！並為子路作了詳細的解釋。

孟子繼承發揚了孔子的「正名」思想，體現在《孟子》中有很多。《孟子·梁惠王下》孟子稱：「從流下而忘反謂之流，從流上而忘反謂之連，從獸無厭謂之荒，樂酒無厭謂之亡。」這是孟子對「流、連、荒、亡」的「正名」。

《梁惠王下》孟子對答齊宣王：「賊仁者謂之賊，賊義者謂之殘，殘賊之人謂之一夫。聞誅一夫紂矣，未聞弒君也。」這是孟子對「賊、殘、一夫」的「正名」。

《滕文公上》：「分人以財謂之惠，教人以善謂之忠，為天下得人者謂之仁。」這是孟子對「惠、忠、仁」的「正名」。

《離婁上》：「故曰：責難於君謂之恭，陳善閉邪謂之敬，吾君不能謂之賊。」這是孟子對「恭、敬、賊」的「正名」。

《離婁上》：「言非禮義，謂之自暴也；吾身不能居仁由義，謂之自棄也。」這是孟子對「自暴、自棄」的「正名」。

《萬章下》：「用下敬上，謂之貴貴；用上敬下，謂之尊賢。」這是孟子對「貴貴、尊賢」的「正名」。

《告子下》：「不教民而用之，謂之殃民。」這是孟子對「殃民」的「正名」。

《告子下》：「水逆行，謂之洚水。」這是孟子對「洚水」的「正名」。

《盡心上》：「不暖不飽，謂之凍餒。」這是孟子對「凍餒」的「正名」。

（6）「正名」思想是我國先秦重要的禮義文化，還有一種「正名」的思想表現得也很明顯。例如：

《尚書·說命》：「知之曰明哲，明哲實作則。」這是對「明哲」的「正名」。

《孟子·梁惠王下》：「天子適諸侯曰巡狩，巡狩者巡所守也；諸侯朝於天子曰述職，述職者述所職也。」這是對「巡狩、述職」的「正名」。

《梁惠王下》又曰；「老而無妻曰鰥。老而無夫曰寡。老而無子曰獨。幼而無父曰孤。」這是對「鰥寡孤獨」的「正名」。

《孟子·萬章下》：「不能五十里，不達於天子，附於諸侯，曰附庸。」這是對「附庸」的「正名」。又曰：「在國曰市井之臣，在野曰草莽之臣，皆謂庶人。庶人不傳質為臣，不敢見於諸侯，禮也。」這是對「庶人」的「正名」。

《老子》通過正名來表達自己的價值觀和哲學思想。今考《老子》的正名思想如下：

《老子》十四章：「視之不見，名曰夷；聽之不聞，名曰希；搏之不得，名曰微。此三者不可致詰，故混而為一。」這是對「夷、希、微」的正名。

《老子》十六章：「歸根曰靜，靜曰覆命，覆命曰常，知常曰明。」至少《老子》認為「覆命」是「常」、「明」是「知常」，這就是《老子》的正名。五十五章：「知和曰常，知常曰明，益生曰祥。」這是對「常、明、祥」的正名。

《老子》第二十七章：「是以聖人常善救人，故無棄人；常善救物，故無棄物，是謂襲明。故善人者，不善人之師；不善人者，善人之資。不貴其師，不愛其資，雖智大迷，是謂要妙。」這是對「襲明、要妙」的正名。

《老子》第三十章：「物壯則老，是謂不道，不道早已。」這是對「不道」的正名。

《老子》三十三章：「知人者智，自知者明。勝人者有力，自勝者強。知足者富。強行者有志。不失其所者久。死而不亡者壽。」這是對「智、明、力、強、富、有志、久、壽」這些價值觀念的正名。

《老子》五十二章：「見小曰明，守柔曰強。」這是對「明、強」的正名。

《老子》十四章：「其上不皦，其下不昧。繩繩兮不可名，復歸於物，是謂無狀之狀，無物之象，是謂惚恍。」這是對「惚恍」的正名。同章：「能知古始，是謂道紀。」這是對「道紀」的正名。

《老子》三十六章：「將欲歙之，必故張之；將欲弱之，必故強之；將欲廢之，必故興之；將欲取之，必故與之，是謂微明。」這是對「微明」的正名。

《老子》六十五章：「常知稽式，是謂玄德。」這是對「玄德」的正名。

《老子》六十八章：「善為士者，不武；善戰者，不怒；善勝敵者，不與；善用人者，為之下。是謂不爭之德，是謂用人之力，是謂配天古之極。」這是對「不爭之德、用人之力、配天古之極」的正名。

《老子》七十八章：「是以聖人云：『受國之垢，是謂社稷主；受國不祥，是為天下王。』正言若反。」這是對「社稷主、天下王」的正名。

以上是《老子》主要的正名思想。

「正名」的思想在先秦廣泛見於諸子百家，各家都有各自的價值觀和文化觀，「正名」就是各家的價值觀。《禮記·曲禮》：「君天下曰天子。朝諸侯，分職授政任功，曰予一人。踐阼，臨祭祀，內事，曰孝王某；外事，曰嗣王某。臨諸侯，畛於鬼神，曰有天王某甫。崩，曰天王崩。復，曰天子復矣。告喪，曰天王登假。措之廟，立之主，曰帝。天子未除喪，曰予小子。生名之，死亦名之。」同篇又稱：「天子當依而立，諸侯北面而見天子，曰覲。天子當寧而公、諸公東面，諸侯西面，曰朝。諸侯未及期相見，曰遇。相見於卻地，曰會。諸侯使大夫問於諸侯，曰聘、約信、曰誓、蒞牲、曰盟。」這是《曲禮》的「正名」文化，是我國重要的禮義文化。《中庸》：「天命之謂性，率性之謂道，修道之謂教。」這是《中庸》對「性、道、教」的正名。《禮記·樂記》：「作者之謂聖，述者之謂明，明聖者，述作之謂也。」這是《樂記》對「聖、明」的正名。《禮記》這樣的「正名」材料非常多，難以枚舉。在《荀子》中這樣的「正名」思想更加普遍，充分體現儒家的價值觀，用以規範人們的言行。這樣的「正名」很多時候是一種評論，但這是帶有價值取向的評論，就是一種「正名」。因此，「正名」思想是先秦諸子中普遍存在的一種價值觀。學者們不把這些「正名」思想納入先秦的「正名」學說，顯然是極大的遺憾。

《莊子》也有自己獨到的正名思想，而且非常多，足以體現《莊子》的價值觀。例如《莊子·漁父》有明顯的正名思想：「且人有八疵，事有四患，不可不察也。非其事而事之，謂之摠〔註19〕；莫之顧而進之，謂之佞；希意道言，謂之諂；不擇是非而言，謂之諛；好言人之惡，謂之讒；析交離親，謂之賊；

〔註19〕摠，訓濫。看劉文典《莊子補正》833 頁，中華書局點校本，2015 年。

稱譽詐偽以敗惡人，謂之慝；不擇善否，兩容頰適，偷拔其所欲，謂之險。此八疵者，外以亂人，內以傷身，君子不友，明君不臣。所謂四患者：好經大事，變更易常，以掛功名，謂之叨；專知擅事，侵人自用，謂之貪；見過不更，聞諫愈甚，謂之很；人同於己則可，不同於己，雖善不善，謂之矜。此四患也。能去八疵，無行四患，而始可教已。」《漁父》篇關於人有八疵、事有四患的正名觀念，是《莊子》的重要價值觀。《莊子·駢拇》：「天下盡殉也：彼其所殉仁義也，則俗謂之君子；其所殉貨財也，則俗謂之小人。」「俗謂之君子、俗謂之小人」這是世俗的正名思想和價值觀。《莊子·天地》：「孝子不諛其親，忠臣不諂其君，臣、子之盛也。親之所言而然，所行而善，則世俗謂之不肖子；君之所言而然，所行而善，則世俗謂之不肖臣。」這裡有世俗關於「不肖子、不肖臣」的正名觀。《莊子·天地》：「泰初有無，無有無名。一之所起，有一而未形。物得以生謂之德；未形者有分，且然無間謂之命；留動而生物，物成生理謂之形；形體保神，各有儀則謂之性；性修反德，德至同於初。同乃虛，虛乃大。合喙鳴。喙鳴合，與天地為合。其合緡緡，若愚若昏，是謂玄德，同乎大順。」其中有關於「德、命、形、性、玄德」的正名觀念。《莊子·天道》：「所以均調天下，與人和者也。與人和者，謂之人樂；與天和者，謂之天樂。」這是關於「人樂、天樂」的正名觀。《莊子·刻意》：「能體純素，謂之真人。」這是關於「真人」的正名。《莊子·秋水》：「差其時，逆其俗者，謂之篡夫；當其時，順其俗者，謂之義之徒。」這是關於「篡夫、義之徒」的正名。《莊子·田子方》：「得至美而遊乎至樂，謂之至人。」這是《莊子》關於「至人」的正名。《莊子·繕性》：「繕性於俗學，以求復其初；滑欲於俗思，以求致其明：謂之蔽蒙之民。」這是關於「蔽蒙之民」的正名。《莊子·庚桑子》：「有恆者，人捨之，天助之。人之所捨，謂之天民；天之所助，謂之天子。」這是關於「天民、天子」的正名。《莊子·徐無鬼》：「以德分人謂之聖，以財分人謂之賢。」這是《莊子》關於「聖、賢」的正名。《莊子·天下》：「不離於宗，謂之天人；不離於精，謂之神人；不離於真，謂之至人。以天為宗，以德為本，以道為門，兆於變化，謂之聖人；以仁為恩，以義為理，以禮為行，以樂為和，薰然慈仁，謂之君子。」這是關於「天人、神人、至人、聖人、君子」的正名。《莊子·天下》：「至大無外，謂之大一；至小無內，謂之小一。」這是惠子關於「大一、小一」的正名。《莊子·齊物論》：「有左有右，有倫有義，有分有

辯，有競有爭，此之謂八德。」這是關於「八德」的正名。《莊子》的正名思想非常多，以上可見一斑，無需逐一詳考。

　　《荀子》中的正名觀念非常濃厚，隨處皆是，難以枚舉，這都是要為天下人樹立正確的價值觀，也就是正確的「正名」觀。就是這些「正名」文化才使得我國成為禮儀之邦。因此語言學史不能不提這些材料。

　　《荀子》卷八《君道》：「夫文王欲立貴道，欲白貴名，以惠天下，而不可以獨也。」《韓詩外傳》卷四略同。可知周文王就很重視「正名」。「欲白貴名」的意思是周文王要讓「貴」的名義傳揚於天下，讓民眾知道什麼才叫做「貴」，不要把不「貴」的錯認成了「貴」。研究我國禮儀文化，這些「正名」文化是重要內容。

　　以上六點是我對目前所有《語言學史》的補充，也是學術性的批評。

　　3.《爾雅》的成書年代問題在學術界有爭議。歐陽修、葉夢得、朱翌、梁啟超等前人都認為《爾雅》成書於西漢。周祖謨先生《〈爾雅〉之作者及其成書之年代》〔註20〕稱：「要之，《爾雅》為漢人所纂集，其成書蓋當在漢武以後，哀平以前。」這是傳統的觀點。濮之珍、李恕豪、吳辛丑之書也採取西漢說。周祖謨先生此文有一個缺點，他認為《爾雅》和《詩經毛傳》相合的地方，都是《爾雅》取材於《毛傳》，這是顛倒了本末，有意拉後《爾雅》的年代。何先生書第五節《先秦時代的名物釋義》對《爾雅》予以了詳盡的研究，考證了《爾雅》成書於戰國末年，作者是齊魯儒生，不是成書於西漢。何先生從《爾雅》內部舉證，與《周禮》、《呂氏春秋》相比對，考察了《爾雅》沒有記錄秦楚分野的星宿，將《爾雅》和曾侯乙墓漆箱蓋的二十八宿相比對，從多方面論證了《爾雅》成書早於《呂氏春秋》，且考訂《爾雅》的性質是教科書，幫助學者讀經。論證十分精彩，有很強的說服力。趙振鐸先生《中國語言學史》（修訂本）也持《爾雅》成書於先秦的見解，但論證疏略，只舉出漢文帝已經立《爾雅》博士這個材料來證明《爾雅》成書於先秦（這是學術界盡人皆知的史實），與何先生的精密考證相比，學術價值相去不止倍徙。趙先生書 52 頁稱《爾雅》是我國最早的綜合詞典，這個論斷也不如何先生稱其是「教科書」更加合理。另外，何先生在第五節論述到的《尸子》和《逸周書》的訓詁學材料是趙振鐸、濮之

〔註20〕收入周祖謨《問學集》（中華書局，1981 年版）下冊，675 頁。

珍、李恕豪之書所未及的。徐時儀《漢語語文辭書發展史》〔註21〕中編《傳統辭書》第二章第二節《爾雅》只是蜻蜓點水的概述，沒有深入的考論。只是我覺得在討論《爾雅》的最後還是應該提一下歷代研究《爾雅》集大成的資料彙編《爾雅詁林》，將在《爾雅》影響下產生的雅學文獻列表於後，這樣更能顯示《爾雅》在訓詁學史上的地位和影響。著名史學史專家金毓黻《中國史學史》〔註22〕第七章《唐宋以來之私修諸史》236頁稱：「尚有取某史之一篇而為之注釋考證者，亦不無可述焉。以其繁也，列表明之。」隨即將宋朝和清朝學者中注釋正史某篇之書清晰列表，同書258～260頁將《資治通鑒》以後的「通鑒」類著作列表展示，同書263頁將袁樞《通鑒紀事本末》以後的「紀事本末」體史書簡明列表，頗為明晰，以見學術源流。陳橋驛先生的《水經注》研究系列著作常常對相關信息進行列表。何先生固然可以不專門講解《小爾雅》，但如果列表提及《小爾雅》等《爾雅》系列的書，片言隻語也可見文化源流。

我既然接受何先生的《爾雅》成書年代和地域的觀點，那我就自然推測《爾雅》是荀子學派所編撰完成（在西漢前期有零星補益）。荀子思想開放，兼收並蓄，吸收了法家的思想，是戰國後期最著名的儒家大師。《荀子·堯問》：「今之學者，得孫卿之遺言餘教，足以為天下法式表儀。所存者神，所過者化，觀其善行，孔子弗過。世不詳察，云非聖人，奈何！」先秦時代學者就讚歎荀子可稱聖人，「孔子弗過」。《漢書·藝文志》：「大儒孫卿及楚臣屈原離讒憂國，皆作賦以風，咸有惻隱古詩之義。」整部《藝文志》稱大儒的只有荀子一人。《文心雕龍·才略》：「荀況學宗，而象物名賦，文質相稱，固巨儒之情也。」《文心雕龍》稱荀子為「學宗」和「巨儒」。戰國末期的儒家經典多由荀子學派所傳，《爾雅》全書不是一次成型，各篇的年代不同，全書可能是層類造成的，但《爾雅》可能是荀子學派所最後編撰而成（僅僅是集大成，荀子之前儒家已經開始編撰），現在僅為推測之言，非為定論。雖然《爾雅》是荀子學派最後編訂，但很多材料是繼承前人而來，所以《爾雅》的訓詁有時候與《荀子》不合，這是因為《爾雅》只是荀子學派編撰的，彙編了前人的訓詁，並不都是荀子學派自身的訓詁學。但也可能是戰國後期孔子的子孫在孔家大院編撰而成。現在的學術史研究表明孔子之後的孔家人非常熱愛學術，傳承並發揚光大

了孔子的學術文化，孔子的後人可能在戰國後期編撰了《爾雅》以便於學生學習《詩經》和《尚書》，同時瞭解百科知識，因為《爾雅》有百科全書的性質。

　　4. 何先生第三章《漢代語言學》主要闡述揚雄《方言》為中心的漢代方言學、許慎《說文解字》為中心的漢代文字學、劉熙《釋名》為中心的漢代語源學，皆極為清晰精闢，與趙振鐸先生《中國語言學史》的有關闡述各有特色，都很到位〔註 23〕。何先生告訴我這一章是八十年代寫成的，以後改動較少。我覺得對有些問題還可以更加挖掘一下：（一）華學誠《揚雄方言校釋匯證》（上下冊）〔註 24〕收編了關於揚雄《方言》的很多資料，可以依據這些資料做更深更廣的研究。（二）對學術界關於《方言》的研究成果吸收不夠，基本上是何先生自己對《方言》的研究〔註 25〕。（三）何先生概括了《方言》有四個方面的學術意義，指出了《方言》有大方言區、次方言區、小方言區。可惜沒有能夠從《方言》中研究出漢代的方言區劃，而前輩學者如林語堂《前漢方音區域考》〔註 26〕，後來的丁啟陣《秦漢方言》〔註 27〕壹《秦漢時期的漢語方言區》、李恕豪《揚雄〈方言〉與方言地理學研究》〔註 28〕都依據《方言》討論了西漢時代的方言分區。如果何先生能夠就此提出自己的學術觀點，可成一家之言。但是何先生對我說，他的《中國古代語言學史》是一家之言，不求面面俱到，別人闡述得比較充分的，就不詳寫。

　　何先生 94 頁對《方言》的分卷和體例有獨到的見解：「十二、十三兩卷，在體例上與前面的十一卷大不相同。除卷十三的個別條目有方言詞的比較，其他一律是以一個單詞釋一個或兩個單詞，其性質與《爾雅》的『釋言』相類似。另外，這兩卷所收詞條的數量大大超過前面的卷，其中十二卷有 102 條，十三

〔註 23〕羅常培《揚雄〈方言〉在中國語言學史上的地位》（收入《羅常培語言學論文集》，商務印書館，2004 年，發表於 1950 年）；周祖謨《方言校箋・自序》（見周祖謨《方言校箋》，中華書局，1993 年，後收入周祖謨《問學集》，中華書局，1981 年版）都對《方言》做過評述。

〔註 24〕中華書局，2006 年。

〔註 25〕近年來，學術界對《方言》的研究有較大進展。例如吳吉煌《兩漢方言詞研究：以〈方言〉〈說文〉為基礎》（高等教育出版社，2011 年）；謝榮娥《秦漢時期楚方言區文獻的語音研究》（高等教育出版社，2011 年）；王彩琴《揚雄〈方言〉用字研究》（高等教育出版社，2011 年）；王智群《〈方言〉與揚雄詞彙學》（高等教育出版社，2011 年）。

〔註 26〕收入《林語堂名著全集》第十九卷《語言學論叢》，東北師範大學出版社，1994 年。

〔註 27〕東方出版社，1991 年。

〔註 28〕巴蜀書社，2003 年。

卷有 149 條，合計為 251 條。我以戴震的《方言疏證》為根據作了一個統計，全書共收詞條 658 個，那麼，十二、十三兩卷的詞條占全書詞條的比例為 38%。因此，我懷疑原書是由十五卷變為十三卷，可能這後兩卷原本是分四卷的，經過合併，就使全書少了兩卷。至於十二卷和十三卷跟前面各卷的體例為什麼不一樣呢，記得有人說過，這兩卷可能就是《訓纂篇》的內容。這種解釋令人難以置信。這兩卷若是由《訓纂篇》雜入的，那揚雄所說的十五卷之數就差得更多了。合理的解釋是，揚雄生前並沒有把《方言》一書寫完，現在的後兩卷原本只是寫作提綱，按原計劃是要把有關方言的對比寫進各條之下的。」這個見解是很新穎和敏銳的，有啟發性，自成一家之言。

我大致比較一下何、趙二先生對《方言》學術意義的歸納：

何先生：（1）這是古代第一次也是最後一次用個人力量進行全國性方言詞彙調查的一本書；（2）《方言》為我們瞭解漢代普通話的詞彙提供了重要依據。揚雄明確提出了「通語」（又叫「凡語」、「通名」）這個概念。書中標明為「通語」或「凡語」的有二三十處。（3）《方言》是一座溝通古今的橋樑。上可以瞭解先秦古詞，下可以用來研究現代詞彙。（4）揚雄已經敏銳地覺察到，某些方言詞的區別是方音不同造成的，他把這種情況稱之為「轉語」。

趙振鐸先生：（1）注意到了語言在時間上的變化和地域上的轉移。（2）提出了漢語方言的分區問題。（3）注意到詞的語義差別。（4）提出了「轉語」的概念。（5）採用調查的方法收集方言材料。

另外，周祖謨《方言校箋序》對《方言》的學術價值也有歸納，沒有超出何趙二先生的範圍，此不詳及。稍加比較，可知何先生和趙先生的觀點幾乎完全一致，趙先生書只多了一條「《方言》注意到了區分詞義」。李恕豪《中國語言學簡史》強調了《方言》在訓詁學上的價值，這是對的。李恕豪書注意到《方言》和郭璞《方言注》中的方言的區別，反映了從西漢到東晉方言的演變，這是比較有趣的〔註29〕。總體來看，學術界對《方言》學術價值的研究至今沒有超越何先生在八十年代的論述。如果何先生能夠稍微敘述一下歷代對於《方言》的主要研究文獻，列表展示，則作為學術史就更加完美〔註30〕。對於歷代的研

〔註29〕李恕豪撰有論文《從郭璞注看近代的方言區劃》，載《天府新論》，2000 年第一期。
〔註30〕華學誠《揚雄〈方言〉校釋論稿》（高等教育出版社，2011 年）附錄二《〈方言〉及其注家研究論著索引》輯錄相關文獻最完備。

究論著當然只能放在那個時代來討論。吳澤順《清以前漢語音訓材料整理與研究》〔註31〕下編匯錄了《方言》音訓材料，對研究《方言》的訓詁學，尤其是聲訓提供了方便。

5. 何先生對於《說文解字》的闡述相當精要。對《說文》侷限性的論述也極為中肯，分為三類（1）有一些字的釋義嫌籠統和粗疏；（2）對字的本義解釋有誤；（3）用意識形態說教代替詞的釋義。這些批評都是正確的，但如果能聯繫到從甲骨文以來的古文字研究的眾多成果，則對《說文》的分析就可以更進一層。這些年的《說文》學論著都緊密聯繫了古文字學，例如季旭昇《說文新證》〔註32〕、董蓮池《說文解字考正》〔註33〕，都將《說文》與甲骨文、金文、戰國文字相參證。劉釗《談考古資料在〈說文〉研究中的重要性》〔註34〕這一長文綜述了學術界利用考古資料對研究《說文》的成績，討論了 64 例，對《說文》學很有意義。陸宗達有《說文解字通論》〔註35〕結合古文字學成果，頗注意《說文》的訓詁學價值和研究文化史的價值，也指出了其侷限性，趙振鐸先生對陸宗達此書頗為讚賞〔註36〕。古文字學家姚孝遂有專書《許慎與〈說文解字〉》〔註37〕對《說文》的闡述和研究比較全面具體。祝敏申《〈說文解字〉與

〔註31〕商務印書館，2016 年。

〔註32〕福建人民出版社，2010 年。

〔註33〕作家出版社，2006 年。

〔註34〕收入劉釗《古文字考釋叢稿》，嶽麓書社，2005 年。

〔註35〕中華書局，2015 年版，初版於 1981 年，北京出版社。

〔註36〕參看趙振鐸《中國語言學史》（修訂本）第六章《二十世紀》第九節《漢字的研究》675～676 頁。略謂：「陸宗達的《說文解字通論》有相當高的學術價值。陸宗達的傳統語言學的功底很深，音韻、訓詁、文字無所不通，對現代語言學也不隔膜。他研究《說文》，不但很好地繼承了傳統的理論和方法，並且結合文獻語言的實際，集中各種有關的文獻資料，進行具體的分析比較，考證核實，使《說文》的研究建立在更為可靠的基礎上。他密切結合甲骨金文來研究《說文》，認為沒有《說文》作階梯，識讀和研究甲骨文和金文將會遇到許多無法克服的困難，而甲骨文和金文又可以反過來驗證《說文》的正誤，正是基於這些認識，他對《說文》的研究能夠有勝過同時代學者的地方。……在不到十二萬字的篇幅中，作者把《說文》的編製體例、文字與解說、訓釋方式、六書、字形演變以及該書的侷限性等都講清楚了。特別是書中對《說文》常用的訓釋方法，即字形結構、常見的說解以及如何運用訓釋字與被訓釋字等作了全面的論述，並且對《說文》中所保存的古代社會文化科學資料詳加闡發，加深了人們對這部巨著的認識，重申了它在中國文化史上的地位，作者還寫有《介紹許慎的〈說文解字〉和《〈說文解字〉的價值和功用》都頗有新意。」可謂推崇備至。但何九盈先生《前修未密　後出轉精》（收入何先生《書山拾夢》，商務印書館，2010 年）有自己的評論：「陸宗達《說文解字通論》不乏真知灼見，但整體貫通有所欠缺。」361 頁。

〔註37〕精校本，作家出版社，2008 年，初版於 1983 年，中華書局。

中國古文字學》〔註38〕列有十五個圖表，資料性很強，一目了然，頗便於學者
參考取材。董蓮池《說文部首形義新證》〔註39〕、徐復、宋文民《說文五百四十
部首正解》〔註40〕、康殷《說文部首銓釋》〔註41〕、王彤偉《說文解字五百四十
部疏講》〔註42〕、胡安順《說文部首段注疏義》〔註43〕，凡此各書專門研究《說
文》的部首，都參證了古文字材料，探索字源。張其昀《說文學源流考略》〔註44〕
考述《說文》學的歷史源流相當明細，且具體評論《說文》的得失，還對歷史
上的《說文》學論著都有所考察和論評，用功頗勤，有益於參考。古文字學家
黃天樹有《說文解字通論》〔註45〕其分類敘述的體例有自己的特色。崔樞華《說
文解字聲訓研究》〔註46〕上編詳細討論《說文》聲訓的各種類型和同源詞問題，
下編《說文聲訓音譜》詳盡排比《說文》的聲訓資料，頗便於參考。我並不認
為何先生在書中要評述這些研究論著，只是覺得可以吸取其中某些研究成果，
以體現《說文》學的進展。

　　何先生對《說文》學的研究素有留心，只是在本書未能充分展開而已。先
生《前修未密　後出轉精》〔註47〕一文對學術界的一些《說文》通論的著作有
自己的評論，頗能切中要害。先生此文稱：「闡發《說文》內容、研究《說文》
體例的名著，前有王筠友的《說文釋例》，後有馬敘倫的《說文解字研究法》。
前者思精耳體不大，後者有條而無綱。陸宗達《說文解字通論》不乏真知灼見，
但整體貫通有所欠缺；蔣善國《說文解字講稿》簡明扼要，精於指南，可述而
不作，又過於簡略。《〈說文解字〉論綱》博採眾家之長，力避眾家之短，故整
體框架，乃前所未有。」〔註48〕這些通論性的點評是很見功力的。

〔註38〕復旦大學出版社，2011 年版，初版於 1997 年。
〔註39〕作家出版社，2007 年，董蓮池還有《說文部首形義通釋》（東北師範大學出版社，
　　　　2000 年）。
〔註40〕江蘇古籍出版社，2003 年版。
〔註41〕國際文化出版公司，1992 年。
〔註42〕巴蜀書社，2012 年。
〔註43〕中華書局，2018。
〔註44〕貴州人民出版社，1998 年。
〔註45〕北京大學出版社，2014 年。
〔註46〕北京師範大學出版社，2000 年。
〔註47〕收入何先生《書山拾夢》，商務印書館，2010 年。361 頁。
〔註48〕何先生此文是為鍾如雄《〈說文解字〉論綱》撰寫的序。何先生此文稱道了鍾如雄
　　　　此書關於《說文》「轉注」的定義「建類一首」的解釋，我對此有不同意見，參看
　　　　拙著《上古音及相關問題綜合研究》（暨南大學出版社，2015 年）第一章第二節 13

　　何先生對個別例子的批評還可以討論。例如，《說文》對「一」的解釋：「惟初泰始〔註49〕，道立於一，造分天地，化成萬物。」先生批評這是用道家的意識形態來解釋文字的本義，並聯繫到《老子》第四十二章：「道生一，一生二，二生三，三生萬物。」光華案，《說文》所稱的「道立於一」，意思是「道」就是「一」；《老子》「道生一」，即「道」比「一」更加原始。《說文》的「一」相當於「太一」，其觀念當出於《淮南子》。考《呂氏春秋·君守》：「夫一能應萬。」高誘注：「一者，道也。」高誘注「一」是「道」，但在《呂氏春秋》原文這層意思還不明顯。但在《淮南子》中「一」明顯是「道」了。《淮南子·原道》：「所謂無形者，一之謂也。」高誘注：「一者，道之本。」以「無形」為「一」，則「一」是「道」。《淮南子·精神》：「一生二，二生三，三生萬物。」《淮南子·天文》同。高誘注：「一，謂道也。」「一生二」出於《老子》第四十二章：「道生一，一生二，二生三，三生萬物。」但《淮南子》只有「一生二」，沒有「道生一」，這個區別非常重要，說明《淮南子》認為「道」就是「一」，而不是「一」的根源。《淮南子·詮言》：「洞同天地，渾沌為樸；未造而成物，謂之太一。同出於一，所為各異。」類例甚多。《說文》與《老子》是兩種相似而不相同的世界觀。從《老子》「道生一」到《淮南子·原道》：「所謂無形者，一之謂也。」這是道家思想的一個發展。《說文》訓「一」為「道」，正是許慎以「一」為《說文》開端的理據，因為「道」為萬物之始，「一」也為數之始。所以《說文》對「一」的解釋不可厚非。

　　如果先生能夠涉及一下《說文解字詁林》，將歷代《說文》學的主要論著略加列表，似乎更為完璧。董蓮池主編了《說文解字研究文獻集成》（古代卷）〔註50〕和《說文解字研究文獻集成》（現當代卷）〔註51〕兩套頗為廣博的叢書，都是重要的文獻資料彙編，對於研究《說文》學十分重要。

　　6. 何先生第九節《漢代詞源學》主要研究劉熙《釋名》，對《釋名》聲訓的價值有相當正面的評述，也予以了嚴厲的批評〔註52〕，自有其見地。何先生論

　　　　～15 頁關於「轉注」的論述。

〔註49〕段注本「泰始」作「大極」，小徐本作「太極」。段注本應該是採用了徐鍇《說文解字繫傳》。

〔註50〕作家出版社，2007 年。

〔註51〕作家出版社，2006 年。

〔註52〕王力先生《中國語言學史》（復旦大學出版社，2006 年版，初版於 1981 年，山西人民出版社）第一章《訓詁為主的時期》對《釋名》的聲訓抨擊很猛烈，也有所肯定。

述《釋名》的四點價值：（1）《釋名》的聲訓並不是一無是處，其中也有一些說解精當的例子。（2）《釋名》對我們瞭解東漢的詞彙面貌有參考價值。（3）《釋名》對考證東漢時期的語音有重要參考價值。（4）《釋名》對研究漢代社會文化生活有重要參考價值。這四點評論都是很精確的。

但是何先生書 127 頁稱：「劉熙對名實關係的看法並沒有成套的理論。」這卻失之一隅。饒宗頤先生《尼盧致論與劉熙的〈釋名〉》〔註53〕一文指出：貫穿《釋名》的語言學原理是用動詞或形容詞來解釋名詞的語源，即名詞的語源是動詞或形容詞。這個原理也見於古印度的《尼盧致論》。《饒宗頤二十世紀學術文集》〔註54〕卷五《宗教學》487～488 頁稱：「返觀我國西漢時候，已盛行聲訓的方法，董仲舒在《春秋繁露》中《深察名號》篇曾揭出兩個例子，解說王及君兩號各有五科……。他注意被解釋之名號具備的作用，都是採用同音字或音近字的動詞和形容詞來加以解說。其後緯候家及經今文學家都喜歡這種聲訓說字的方法。到了東漢末，遂有劉熙撰作這一部《釋名》，全面性地以聲音相同的動詞來探討名詞的根源之字源學（etymology）性質的著作。據劉熙自序稱：『夫名之於實，各有義類；百姓日稱而不知其所以之意，故……敘其指歸，謂之《釋名》。』他撰寫這書的目的，正是推究天地間形形色色各物名的來歷。質言之，欲探索其命名的含義，這與《尼盧致》一書的方法和目的，並無二致。」這是非常精闢的見解，學者如果忽視了《釋名》的這條原理，就很難深入理解《釋名》。周祖謨先生《書劉熙〈釋名〉後》〔註55〕稱：「《釋名》之聲訓可取者誠不多。」也未能理解《釋名》的語源學原則。周祖謨先生此文（887頁）還認為：「聲訓之學，起於《易傳》。」這肯定是不對的。因為在《左傳》、《論語》、《逸周書》等春秋以前文獻已經有聲訓，《禮記》中聲訓甚多〔註56〕。而《易傳》的產生只能是在戰國時代的儒家，不能推到春秋。從前有人以為孔子作《易傳》，這實在是誤會。不過，這個孔子未必是孔丘，可能是孔丘的子

〔註53〕收入饒宗頤《梵學集》，上海古籍出版社，1993 年，又收入《饒宗頤二十世紀學術文集》卷五《宗教學》之《悉曇學緒論》，中國人民大學出版社，2009 年，484～490 頁。

〔註54〕中國人民大學出版社，2009 年。

〔註55〕收入周祖謨《問學集》（中華書局，1981 年版）下冊 888 頁。此文寫於 1946 年。

〔註56〕以上各書的聲訓材料參看吳澤順《清以前漢語音訓材料整理和研究》下編《材料篇》，商務印書館，2016 年。

孫，例如子思或孔子的其他後代。只是絕不可能是孔丘。因為《易傳》尤其是
《繫辭傳》、《說卦傳》有明顯的陰陽論的思想，而《論語》完全沒有陰陽論的
觀念，二者有本質性的區別。《繫辭傳》和《說卦傳》的產生與陰陽家思想關
係密切，必在戰國中前期以後。《孟子》完全沒有提到《易經》和《易傳》。《易
傳》說不定在《孟子》之後，在《荀子》之前〔註57〕。由於《禮記》中多篇已
經有明顯的陰陽論思想，也許《易傳》的產生在《禮記》中的有陰陽論各篇之
後。《繫辭傳》稱：「一陰一陽之謂道。」將陰陽交替變化稱為「道」，這樣的
觀念在《禮記》中都不存在，所以我推斷《易傳》的產生在《禮記》之後。群
經的關係問題，有待於專論的研究。無論如何，《易傳》的聲訓，並非聲訓的
發祥地，這是可以斷言的。聲訓自然更不可能開始於西漢董仲舒的《春秋繁
露》。饒先生此文稱古印度的《尼盧致論》被印度學者考證成立於公元前 700
年〔註58〕。則其年代遠在孔子和《左傳》之前。由於春秋時代，我國與外族交
通發達，中外文化交流已經非常暢通，因此，古印度語言學的以動詞或形容詞
為名詞語源的觀念說不定在戰國以前已經從古印度傳入中國。這並非不可能。

　　陳建初《釋名考論》〔註59〕是其博士論文，是研究《釋名》的專著，但對
《釋名》的這個語源學原理未能洞察，奇怪的是其書末尾的參考文獻有饒宗頤
《尼盧致論與劉熙的〈釋名〉》，但正文沒有談論到這篇重要文獻，陳建初顯然
沒有細讀饒宗頤先生此文。徐時儀《漢語語文辭書發展史》〔註60〕中編《傳統
辭書》第二章第五節《釋名》226 頁在評述《釋名》時稱：「《釋名》從語音上全
面探尋事物命名的原理，並運用『聲同則義同，聲近則義近』的原則解釋詞義
的來源，探求語音和語義的具體聯繫，可以說是我國第一部自覺地從語言學的
角度研究詞源的語文辭書，其探索和創新精神是可貴的，對後人研究語音與語
義的關係具有積極作用。」這樣的闡述顯然也未能切中要害。

〔註57〕《荀子》有明顯的陰陽論思想，而且引用到了《易經》。考《荀子·天論》：「四時
　　　　代御，陰陽大化。」同篇：「所志於陰陽者，已其見和之可以治者矣。」同篇：「是
　　　　天地之變，陰陽之化，物之罕至者也。」《荀子·禮論》：「天地合而萬物生，陰陽
　　　　接而變化起。」《荀子·非相》：「故《易》曰：『括囊無咎無譽』。腐儒之謂也。」
　　　　《荀子·大略》：「《易》曰：『復自道，何其咎？』春秋賢穆公，以為能變也。」
〔註58〕見《饒宗頤二十世紀學術文集》卷五《宗教學》484 頁，中國人民大學出版社，2009
　　　　年。
〔註59〕湖南師範大學出版社，2007 年。
〔註60〕上海辭書出版社，2016 年。

　　略舉例證：天，顯也，坦也。「顯、坦」為形容詞。日，實也。「實」為形容詞，訓充實。月，缺也。「缺」為動詞。光，晃也。「晃」為形容詞。景，境也。《釋名》解釋道：「明所照處有境限也。」則是以「境」訓為「有境限」，也是動詞性的。暑，規也。「規」訓「規畫」，是動詞。曜，耀也。「耀」訓「照耀」，是動詞。星，散也。「散」是動詞。宿，宿也。第二個「宿」訓「止宿」，是動詞，第一個「宿」音「秀」，是名詞。風，放也。「放」是動詞。陽，揚也。「揚」是動詞。寒，捍也。「捍」是動詞。暑，煮也。「煮」是動詞。類例極多。這是貫穿全書的基本原理。趙振鐸先生書也未能意識到這點。但趙先生評述《釋名》是很不錯的。濮之珍《中國語言學史》〔註61〕第三章五 157～158 頁指出在我國語言學史上很重要的「右文說」是在劉熙《釋名》的基礎上發展出來的，這個觀察很獨到，但是沒有論證，頗為遺憾。陳保亞《20 世紀中國語言學方法論》〔註62〕《右文說》也有如此主張，且推到先秦的聲訓材料如《易傳》的「咸，感也；夬，決也；兌，說也。」《論語》「政，正也」。陳保亞認為這些材料是「右文說」的發端。我以為《釋名》與「右文說」都是語源學，有相通之處，但二者的區別非常明顯，在《釋名》中看不出有「右文說」的語源學原理。《易傳》和《論語》的聲訓都是用動詞來作為名詞的語源，是語源學，與「右文說」有別。

　　《釋名》還有一個特徵是在訓詁學中重視「雙聲」。王國維《觀堂集林》〔註63〕之《觀堂別集》卷四《〈爾雅草木蟲魚鳥獸釋例〉自序》：「余又請業曰：『近儒皆言古韻明而後詁訓明，然古人假借、轉注多取諸雙聲。段、王二君雖各自定古音部目，然其言詁訓也，亦往往捨其所謂韻而用雙聲。其以疊韻說詁訓者，往往扞格不得通。然則謂古韻明而後詁訓明，毋寧謂古雙聲明而後詁訓明歟！』方伯曰：『豈直如君言，古人轉注、假借，雖謂之全用雙聲可也。雙聲或同韻，或不同韻。古字之互相假借、轉注者，有同聲而不同韻者矣，未有同韻而不同聲者也。君不讀劉成國《釋名》乎？每字必以其雙聲釋之，其非雙聲者，大抵訛也』。」「方伯」是沈曾植，「余」是王國維。沈曾植甚至稱《釋名》「每字必以其雙聲釋之，其非雙聲者，大抵訛字也」。足見沈曾植很看重《釋名》的「雙聲」為訓詁之法。而且沈曾植意識到《釋名》以「雙聲」為訓的方

〔註61〕上海古籍出版社，1999 年版，初版於 1987 年。
〔註62〕商務印書館，2015 年。
〔註63〕河北教育出版社，2003 年，703～704 頁。

法並不是其首創，自古有之。沈曾植《海日樓題跋》〔註64〕卷一《釋名跋》：
「《釋名》以音言義，先輩之意多以為不足依據者。然此例自古有之，如祖之
為言且也，庠者養也之類，鄭君注經多用之。此書尤足考漢魏舊音，詁訓之支
流，古音之淵藪，不可忽也。」

　　陳建初《釋名考論》〔註65〕第四章第三節《〈釋名〉聲訓推源的意義關係驗
證》一《現代學者已證實的聲訓推源》列舉了已經得到現代學者的證明的《釋
名》聲訓385條。

　　7. 本來王力先生《中國語言學史》第一章就命名為《訓詁為主的時期》，
第三章第十五節《訓詁學》專門討論段玉裁、王氏父子、郝懿行、俞樾、章太
炎的訓詁學。可見王力先生並不漠視訓詁學。趙振鐸先生《中國語言學史》第
二章《兩漢時期》第一節《傳注裏的語言分析》也是對漢代訓詁學的分析研究。
李恕豪《中國古代語言學簡史》第三章第二節《毛傳和鄭箋》分析了毛傳鄭箋
的主要內容和學術價值，也是對漢代訓詁學的研究。清朝學者訓詁學登峰造
極，自稱是繼承了漢代學者的學術傳統，其實主要是繼承了漢學中的訓詁學傳
統。因此，兩漢訓詁學是我國重要的語言學成就，學術史萬萬不可略而不提。
何先生《中國古代語言學史》雖然高度重視漢代語言學三書（《說文》、《方言》、
《釋名》），但是對漢代訓詁學隻字不提（其實以上三書也是訓詁學名著，我們
現在說的訓詁學是漢代學者對古書的傳注），這實在是一大遺憾。何先生在電
話中對我說本來他對鄭玄的訓詁學有深入研究，但他將訓詁學納入了詞義學
之中，沒有專門闡述漢代訓詁學，這是一個不足。我們期待將來何先生對鄭玄
的訓詁學有所論述。王利器《鄭康成年譜》〔註66〕、張舜徽《鄭學叢著》〔註67〕、
錢玄等《三禮辭典》〔註68〕、唐文《鄭玄辭典》〔註69〕、王振民主編《鄭玄研
究文集》〔註70〕、張能甫《鄭玄注釋語言詞彙研究》〔註71〕、王鍔《禮記鄭注

〔註64〕見沈曾植撰，錢仲聯輯《海日樓箚叢》外一種《海日樓題跋》卷一，上海古籍出版
　　　　社，2009 年，14 頁。
〔註65〕湖南師範大學出版社，2007 年，159〜174 頁。
〔註66〕齊魯書社，1983 年。
〔註67〕齊魯書社，1984 年。
〔註68〕江蘇古籍出版社，1998 年。
〔註69〕語文出版社，2004 年。
〔註70〕齊魯書社，1999 年。
〔註71〕巴蜀書社，2000 年。張能甫是趙振鐸先生的博士，此書有趙先生寫的序。

彙校》〔註72〕、顏春峰、汪少華《〈周禮正義〉點校考訂》〔註73〕；敦煌文書發現有鄭玄的《論語注》部分抄寫本，學者們早已整理出來〔註74〕。這些論著為鄭玄的訓詁學研究提供了充分的條件。吳辛丑《先秦兩漢語言學史略》〔註75〕第八章五《鄭玄箋注舉例》歸納了鄭玄注經的六條凡例：（1）闡明經義，引申發揮；（2）辨析詞義，指明異同；（3）標注古今，以今釋古；（4）校正文字，注明音讀；（5）徵引異說，申明己見。（6）考證名物，說明禮制。以上六條雖然正確，稍嫌浮泛，經學色彩太重，似乎未能充分揭示鄭玄注的語言學規律，尚可後出轉精。

我以為漢代訓詁學研究還不能侷限於鄭玄，應該以經學為主線，兼顧諸子百家的訓詁，例如高誘注《淮南子》（今存 13 篇，另 8 篇許慎注《淮南子》）、高誘注《呂氏春秋》、王逸《楚辭章句》、韋昭《國語注》，都不能忽視，應該分別予以專門的語言學研究。胡繼明《〈漢書〉應劭注訓詁研究》〔註76〕歸納了應劭注《漢書》的十個體例，並指出應劭使用了九條反切注音。在應劭時代，反切之法日漸流行，因此反切之法並非服虔、孫炎所創造〔註77〕。

在經學中還有很多可以深入挖掘的訓詁學專題。例如，清代學者劉文淇《春秋左氏傳舊注疏證》〔註78〕專門搜尋杜預以前關於《左傳》的解釋（到襄公五年止），基本上都是漢儒的，這是非常寶貴的材料。當代學者吳靜安《春秋左氏傳舊注疏證續》〔註79〕接踵劉文淇的未竟之業，從襄公六年做起，完成了《左傳》的全部舊注疏證。從中可以梳理出司馬遷《史記》對《左傳》的訓詁學闡釋〔註80〕，這是司馬遷的訓詁學，絕對是漢代訓詁學的重要環節。劉文

〔註72〕上下冊，中華書局，2020 年 11 月。

〔註73〕中華書局，2017 年。

〔註74〕參看王素編著《唐寫本論語鄭氏注及其研究》（文物出版社，1991 年），有詳細的校勘記，還收錄了羅振玉、王國維等的研究論文，資料較全。王國維《觀堂集林》（河北教育出版社，2001 年）卷四《書〈論語鄭氏注〉殘卷後》。

〔註75〕廣東高等教育出版社，2005 年。

〔註76〕載《四川師範學院學報》2003 年 5 月。

〔註77〕光華案，此文似乎認為應劭的年代要早於服虔。實則二人年代非常接近，大範圍重疊。

〔註78〕科學出版社，1959 年。

〔註79〕東北師範大學出版社，2005 年，共四冊，135 萬字。

〔註80〕關於《左傳》與《史記》的關係，參看劉師培《左盦集》卷二《史記述左傳考自序》，收入《儀徵劉申叔遺書》第九冊，萬仕國點校，廣陵書社，2014 年，3758～3760 頁。

淇的曾孫、近代碩儒劉師培先生撰有《司馬遷〈左傳〉義序例》〔註81〕這一訓詁學的千古名篇，就是研究司馬遷訓詁學的皇皇巨著，訓詁學水準不讓高郵王氏父子。

還有司馬遷《史記》中的《五帝本紀》、《夏本紀》、《商本紀》、《周本紀》等多訓改《尚書》之文，可以看出司馬遷對《尚書》的訓詁〔註82〕，這也是不可忽視的重要訓詁資料，應當專門研究。吳澤順《清以前漢語音訓材料整理與研究》〔註83〕下編匯錄了《史記》引書異文音訓材料，為研究《史記》的訓詁學提供了相當大的方便。

劉師培先生《毛詩詞例舉要詳本》〔註84〕，仿照俞樾《古書疑義舉例》之體例，探索分析毛傳的各種訓詁學規律，歸納出毛傳的 31 類訓詁規則。劉師培《毛詩詞例舉要略本》歸納出毛傳的 25 類訓詁規則。這兩篇論著雖然稱為「詳本」和「略本」，其實內容完全不同，只是「詳本」舉例和解說甚詳，「略本」舉例與分析稍略而已。這兩篇論著是研究毛傳訓詁學的經典論著，壁立千仞，後人難以逾越。張舜徽《廣校讎略》〔註85〕附錄《毛詩故訓傳釋例》也分析出了毛傳訓詁的各種條例，也頗詳細，但不如劉申叔先生精湛。尤其是以張舜徽先生之博雅，居然沒有讀過劉申叔先生的這兩篇《毛詩詞例舉要》〔註86〕，千慮一失，聖賢所難免。另如劉師培《左盦集》卷一《司馬遷述〈周易〉考》〔註87〕研究了《史記》對《周易》的訓詁，要言不煩，是重要研究成果〔註88〕。

〔註81〕見劉師培《左盦外集》卷二，收入《儀徵劉申叔遺書》第十冊，萬仕國點校，廣陵書社，2014 年，4150～4178 頁。

〔註82〕參看段玉裁《古文尚書撰異》、孫星衍《尚書今古文注疏》、皮錫瑞《今文尚書考證》、王先謙《尚書孔傳參正》，這些《尚書》學專著都將《尚書》和《史記》的有關文句做了比照，頗便於研究。程元敏《尚書學史》（華東師範大學出版社，2013 年）上冊拾三二《司馬遷之尚書學》對《史記》訓改《尚書》有所闡述，然而不甚精闢，未能歸納條例。

〔註83〕商務印書館，2016 年。

〔註84〕收入《儀徵劉申叔遺書》第三冊，萬仕國點校，廣陵書社，2014 年，1057～1160 頁。同書 1165～1180 頁是《毛詩詞例舉要略本》。

〔註85〕華中師範大學出版社，2004 年版，《張舜徽集》本。

〔註86〕張舜徽此文沒有提到劉申叔先生的這兩篇《舉要》。

〔註87〕收入《儀徵劉申叔遺書》第九冊，萬仕國點校，廣陵書社，2014 年，3698～3702 頁。

〔註88〕章太炎《劉子政〈左氏〉說》（收入《章太炎全集》，上海人民出版社，2015 年）分析了劉向《說苑》、《新序》、《列女傳》所引《左傳》六七十條，其間有用訓詁字代替本字的，可以看出劉向對《左傳》的訓詁。但此書主要是分析劉向對《左傳》義理的理解，是經學範疇，涉及訓詁學的不多。

李鏡池《周易釋例》〔註89〕也是仿傚俞曲園《古書疑義舉例》的體例,從二十七各方面分析了《周易》的語言學問題,是研究《易經》辭例的重要著作,尤其值得注意。

孔安國《古文尚書傳》是訓詁學的精品,本來從漢至唐毫無疑義。宋朝的吳棫、朱熹僅憑直覺懷疑孔傳的真實性,妄斷為魏晉人偽造,元明清三代學者影響附會者不絕,雖然辨偽之學昌盛,終嫌「鑒而弗精,玩而未核」〔註90〕。終至「瓊草隱深谷」,學術界根本不敢將今本孔傳作為漢武帝時代的訓詁材料來對待,白白讓西漢十分珍貴的語言學材料《古文尚書傳》「與糞土同捐、煙爐俱滅」〔註91〕,孔傳完全得不到學術界當作西漢文獻來認真研究。我深懼先賢絕學見棄如埃塵,湮滅於後世,乃撰《今本〈尚書·說命〉非偽書新證》〔註92〕七萬言,列舉二十八證闡明《古文尚書》的三篇《說命》斷然是出於西周以前文獻(現已增補為 38 證,將出專著),非戰國以後所能偽造。不僅《古文尚書》是先秦真本,今本孔傳也完全是真實的西漢文獻(只有《舜典》的孔傳缺失,乃用王肅注填補)。至於為整本《古文尚書》撥亂反正,則俟諸異日。另外,曹魏時代何晏《論語集解》引述孔安國對《論語》的訓詁甚多,也可據此研究孔安國的訓詁學。

漢代訓詁學是我國古代極端重要的學術文化,是研究先秦文化的津梁,研究漢代語言學史是不可忽視的。曹魏的王肅乃一代宗師,學識淵博,遍注群經,多與鄭玄為敵,竊以為應該設立《王肅注的語言學研究》一節。《文心雕龍·論說》:「若毛公之訓《詩》,安國之傳《書》,鄭君之釋《禮》,王弼之解《易》,要約明暢,可為式矣。」則劉勰非常推崇《詩經》毛傳的、孔安國的《古文尚書傳》、鄭玄的三《禮》注,王弼的《周易注》。不妨還加上王弼的《老子注》,還有何晏《論語集解》,這都是漢魏訓詁學的重要研究課題。

吳澤順《清以前漢語音訓材料整理與研究》〔註93〕下編匯錄了《白虎通義》的音訓材料,對研究《白虎通義》的訓詁學提供了方便。

8. 何先生第四章第十節《反切的起源》,與我的觀點有所不同。我在拙著

〔註89〕收入《李鏡池周易著作全集》三,中華書局,2019 年。

〔註90〕語出《文心雕龍·辨騷》篇。

〔註91〕語出劉知幾《史通·自敘》。

〔註92〕見上海社院主辦《傳統中國研究集刊》第 22 輯,2020 年 5 月。

〔註93〕商務印書館,2016 年。

《上古音及相關問題綜合研究》〔註94〕主張自先秦就有的合音就是反切的原理，只是合音表示合音詞與分音詞是一個意思，不專門用於表音。到了曹魏博士孫炎（也許稍前）開始專門用反切來表音，與表意無關，這只是一個運用方法的問題，而不是原理問題。當然，何先生的觀點作為一家之言還是有其根據的。何先生指出正是因為反切法的創造，才為韻書的產生準備了條件。反切不僅能夠注音，而且還能夠有助於統一讀音。反切有助於我們研究古音。這都是很正確的見解。

9. 何先生第十一節《五音和四聲》是很有分量的論著，是何先生最新增補的內容，也是各家書都沒有的。先生「揮筆如振綺」，解決了一些重要的學術問題。先生全面考察了前輩學者對五音四聲問題的研究，認為「遺憾的是至今無人做出系統而又可信的結論，猜測推論居多」。先生廣徵博引，參證音樂史，考證「五音」的實質。先生研究發現「1978 年湖北隨縣曾侯乙墓出土的編鍾鍾銘所記錄的『鈞法』與《地員》的下徵調系統完全相同」。先生考證《管子‧地員》的五音系統是：

徵　　108　　最濁　　　最低

羽　　96　　　次濁　　　次低

宮　　81　　　清濁中　　不高不低

商　　72　　　微清　　　次高

角　　64　　　最清　　　最高

先生又構擬出《國語‧周語下》、《史記‧律書》、《禮記‧月令》及鄭注所揭示出的五音系統，反駁了黃侃、詹鍈對《文心雕龍‧聲律》篇的批評：「我以為黃侃與詹鍈的批評都是不可信的。他們用先秦樂律中的調式來指謫齊梁時代聲律中的五聲，缺乏歷史觀念，而且對何謂『聲』、『響』，也茫然無知。迄今為止，海內外那麼多『龍學』專家以及文學批評史家，無人對此二語做出正確解釋，就是《文心雕龍》中其他一些語句，被人誤解者亦不少。」

先生指出：「這不等於說李登、呂靜的韻書總計只有五個韻部，而應該是在五個聲調的基礎上，各調再劃分出若干韻部。」先生的推斷無疑是可信的。

先生發現：「早期『音韻』連用的意思是指五音協和，也就是字音協和。這

〔註94〕暨南大學出版社，2015 年，但同樣的觀點闡述於拙著《論漢語上古音無複輔音聲母》（中國文史出版社，2005 年）。

種協和的要求不只是韻腳，也包括句子中間的字音搭配的協和。」這是十分正確的結論。

先生稱：「關於聲律學，古今中外研究的文字已相當多，但就鄙見所及，似乎還沒有誰指出：所謂的『聲律』究竟有哪些『律』。一般的意見都是：聲律就是四聲八病之學。對於『五聲』與聲律的關係，聲律中『五聲』的性質，討論不多。本節首次將齊梁時代的聲律學說概括為四個律條：

1. 清濁律（或曰宮商律、宮羽律）；

2. 聲響律（或曰前後律）；

3. 雙疊律（包括不得「隔字雙聲」、「隔越疊韻」）；

4. 四聲律（不等於平仄律，平仄律始於唐代近體詩）。」並指出：「四個律條來自兩個系統，一是樂律中的五聲系統，一是齊梁時代產生的聲調系統。」先生的這個概括十分精闢準確，是第一次全面科學地闡釋了齊梁時代的聲律學，超越了往哲。先生此文對四條聲律有嚴密的論述，讀者諸君走過路過千萬不要錯過。

先生指出范曄《獄中與諸甥姪書》：「文中用『宮商』指代五聲，用『清濁』兼賅次清、次濁、最清、最濁等，不能把『宮商』、『清濁』看作是二分法，所以不能與『平仄』畫等號。」這是完全正確的。

先生 163 頁批評了朱東潤、羅根澤、郭紹虞、王力、周振甫對「浮聲切響」的解釋，稱：「諸家都把『聲有飛沉』等同於『浮切』，純屬誤解，與上下文也不符。」先生隨即展開自己精闢的分析：「我認為『切』與『沉、仄』毫無關係，《文心雕龍》中的『切』字基本上是切合、貼切、正確的意思。所謂『切響』就是與『聲』相切合的『響』，所以『聲』必定在『前』，『響』必定在『後』。『聲』與『響』等於倡和關係。但這個『和』就是劉勰說的『異音相從謂之和』。『前有浮聲』或『前有沉聲』，對『後』文的要求都是『後須切響』。區別在於浮聲的後響是『沉』，沉聲的後響是『浮』。不僅『聲』有『飛沉』，『響』亦有『飛沉』，否則就不能『異音相從』了。所謂『切響』不是跟『前聲』一模一樣，而是『異音相從』，這是不切之『切』。周振甫說『前用宮商，後用徵羽』，這是對的。但他不懂：若前用徵羽，則後須用宮商。『聲』與『響』是『異音相從』的關係，所以不能說『切響』就是徵羽，就是仄聲。沈約的話只說了一半（即『前有浮聲』），而另一半（即『前有沉聲』）沒有說出來。劉勰說『聲有飛沉』，

替沈約說全了。所以沈約極為重視《文心》，尤重《聲律》一篇。『約取讀，大重之，謂深得文理，常陳諸几案。』（《南史・劉勰傳》）而今人把『聲有飛沉』與『前有浮聲，後須切響』等同起來，這就錯了；又認為『聲飛』等於『浮聲』，這當然不錯，而說『切響正是沉』，這是把兩個問題混而為一了。原來注釋家們根本就忽視了『響』與『聲』是『異音相從』的關係。聲的『沉』不等於響的『沉』。《文心雕龍》的材料有助於我們瞭解聲響律。」先生的這些辨析是非常正確的，不能認為「浮聲」是平聲，「切響」是仄聲，而是「異音相從」的關係。何先生 167 頁還論述到：「劉勰的本意是：聲有飛沉，響亦有飛沉。但不能以飛對飛，以沉對沉，而是前飛對以後沉，前沉對以後飛。如果『聲』『響』均『飛』，則揚而不還；如果『聲』『響』均『沉』，則發而如斷。所以說『和體抑揚，遺響難契』。後『響』要『契』合前『聲』，前抑後則揚，前揚後則抑，這才叫作『和』。如果不『和』就犯了聲病。八病中的平頭、上尾，就是前後兩句之間，『聲』『響』均『飛』，或『聲』『響』均『沉』，不是有抑有揚，乃至『聲』『響』不『和』。」

先生 164 頁進一步分析道：「原來在『五音宮調』中『大不逾宮，細不過羽』，也就是宮為最濁（最低），羽為最清（最高），二者正好相反；商為次濁（次低），微為次清（次高），二者亦相反。『聲』與『響』為異音相從，也是相反的關係。《韓非子・外儲說右上・說三》『疾呼中宮，徐呼中徵』的『疾』、『徐』也是相反的關係。用五聲相反相成的清濁原理來說明『聲』、『響』的高下關係，這是『聲響律』的要點所在。」這是很到位的見解，足以擊破前人關於聲響律的誤解。

《文心雕龍・聲律》：「抗喉矯舌之差，攢唇激齒之異，廉肉相準，皎然可分。」這數句歷來難以解釋。何先生 166 頁對此作了精闢的解析：抗喉（張喉），為「宮」；矯舌（舉舌），為「徵」；攢唇（斂唇），為「羽」；激齒（發齒），為商。如此清晰的辯證發千古之覆盆，功高古人。

何先生 166 頁稱：「周（祖謨）先生所論『五音』（喉牙舌齒唇）純屬聲母問題，劉勰的喉舌唇齒四音並非單論聲母，而是指整個字的發音特點。」何先生的解釋非常精準，對周祖謨的批評是完全正確的。

何先生 167 頁解釋一向難以理解的「廉肉相準」：「就是音的鴻細互相搭配協調。宮商徵羽又可分為鴻細兩類，在文中前後搭配協調，這就是『聲』與『響』

的律條。」這是十分精確的。

先生 167～169 頁辨析「平頭、上尾、蜂腰、鶴膝」十分精湛，令人豁然開朗。「多歷年代，而此秘未睹」的「八病」問題終於被何先生破解，功在於秋。

先生 170 頁解釋「雙疊律」：「關於雙疊有兩個內容：一是指雙聲聯綿詞，疊韻聯綿詞；一是指凡聲母相同的字為雙聲，凡韻相同的字為疊韻。前者是雙音節單純詞，後者可能是雙音節詞，也可能是詞組，也可能意義上毫無關係。」可謂簡而能周，後文的舉證和分析均博而能要。此文還有許多精彩的論說，難以逐一縷述。

何先生分析了四聲學說產生於劉宋蕭齊之間的四點原因：1. 先秦兩漢，漢語的四聲尚不完備。其時只有平聲、上聲、入聲（入聲又分為長入、短入），去聲尚未產生。2. 樂律中的五聲促進了聲律中的四聲學說的產生。3. 文體的演進與四聲學說的產生可以說得上是血肉關係，詳細分析了陸機《文賦》四聲分用搭配的現象。先生批評隋代劉善經誤解《文賦》，指出：「陸氏未立『四聲』之名，卻能辨別四聲之實，未明言『條貫』，而創作中已『同條牽屬，共理相貫』，為百餘年後四聲說的出現奠定了堅實的基礎，這一點是古今研討四聲的人所未注意到的。」4. 梵文字音分析知識的啟發。佛教東傳，悉曇字母之學隨之輸入，對反切之學、四聲之學的產生無疑有很重要的意義。如經師轉讀的聲法中有「高調」、「平調」、「折調」、「側調」等，肯定跟四聲有關。這一節還討論了陳寅恪《四聲三問》和饒宗頤對陳寅恪的批評，都有很大的啟發性。先生最後分析了四聲學說的歷史意義，頗為詳明，字字珠璣，不再贅述，讀者切勿輕易放過。

何先生 206 頁做結論道：「本書用好幾萬字的篇幅來研討五音與四聲的關係，五音、四聲與聲律的關係，以及研討四聲的產生、四聲的發現、四聲學說的運用等問題，是因為這些問題從未有人認真解決，從未得到科學的如實的闡述，而這些問題在中國古代語言學史上乃至在文化學術史上都有極其重要的地位和意義。」先生「落筆搖五嶽」，撰成這篇數萬字的宏文，「言必貞明，義則弘偉」〔註95〕，是對語言學空前的貢獻，是先生《中國古代語言學史》最大的閃光點。我國古代語言學之千古秘案，「一旦曠若發蒙」，學術界必以為「稽古快事」而歡喜雀躍。先生此文「筆追清風洗俗耳，心奪造化回陽春」，定能標美

〔註95〕語出《文心雕龍·章表》的贊辭。

名於千古，流芳澤於九州〔註96〕。

10. 先生書第十二節《韻書的產生》、第十三節《辭書的發展》雖不能委曲詳盡，多所考證，卻能敘事該要，議論圓通。先生224頁稱：「近人劉聲木《萇楚齋續筆》卷四說：『任大椿所撰之《字林考逸》八卷，實為歸安丁傑所撰』乃『盜竊他人』之作（325頁）。此說來自江藩的《漢學師承記》。但江藩說：『然子田似非竊人書者』，而劉聲木即信以為真。此種厚誣古人的行為，非常錯誤。」這個批評也再體現了先生對學術實事求是的精神。

11. 在第十三節《辭書的發展》中，先生將陸德明《經典釋文》當作辭書，恐有異議，音義書是我國學術史的一個類型，與普通辭書的體例和功能有所不同，不好當作辭書看待。先生對《經典釋文》的體例和音切未作周密闡發，大概是因為學術界名家趙少咸、羅常培、王力、邵榮芬都有詳細的專著，先生故此有所詳略，不必再施考論，並非先生不重視《經典釋文》〔註97〕。另外日本學者阪井健一《中國語學研究》〔註98〕第一部分（前240頁）《經典釋文研究》考證了《經典釋文》中的劉昌宗音義、郭象《莊子音義》、徐邈音義、郭璞《爾雅音義》等等諸多代表性的音義，以上各家音義僅為舉例，並非全部。後來阪井健一還發表了《魏晉南北朝字音研究：〈經典釋文〉所引音義考》〔註99〕這一專著，研究更加詳盡，全書分為《研究篇》和《資料篇》，分別整理各家音義，很下工夫。由於這兩部書是日語，國內一般音韻學者難以尋覓和閱讀〔註100〕，在我國傳播不廣。但是我總覺得應該將《經典釋文》作為專節來詳細研討。近年來楊軍《漢語音韻叢考》〔註101〕和《安徽大學漢語言文字研究叢書·楊軍

〔註96〕日本學者吉川末喜著有《六朝文學評論史上にぉける聲律論の展開——劉勰·鍾嶸を中心に》，1984年島根大學法文學部紀要文學科編7。可惜我未能讀到此文。

〔註97〕陸志韋有《〈經典釋文〉異文之分析》和《〈經典釋文〉異文之分析補正》（都收入《陸志韋語言學著作集》（二），中華書局，1999年），蔣希文有《〈經典釋文〉音切的性質》（收入蔣希文《漢語音韻方言論文集》，貴州人民出版社，2005年）。近年來學術界關於《經典釋文》頗有專門研究，例如沈建民《〈經典釋文〉音切研究》（中華書局，2007年）；岳利民《〈經典釋文〉音切的音義匹配研究》（巴蜀書社，2017年）；王懷中《〈經典釋文〉陸氏音系》（中華書局，2019年）；畢謙琦《〈經典釋文〉異讀之形態研究》（上海人民出版社，2014年）；王月婷《〈經典釋文〉異讀之音義規律探賾》（中華書局，2011年）和《〈經典釋文〉異讀音義規律研究》（中國社會科學出版社，2014年）。

〔註98〕日本東京汲古書院，1995年版。

〔註99〕日本東京汲古書院。

〔註100〕我在香港城市大學圖書館發現此書。

〔註101〕鳳凰出版社，2019年。

卷》〔註102〕收有多篇專門研究《經典釋文》的論文，值得參考。

何先生在本書《85 年河南版自序》稱：「語言學又跟文學、哲學、佛學、經學等有密切的聯繫，把這些聯繫恰如其分地揭示出來，對研究古代文化史也不無裨益。」先生的這個思想很有啟發性，而王啟濤《魏晉南北朝語言學史論考》〔註103〕是討論研究魏晉六朝的語言學史專著，將語言學與佛學、儒學、玄學、文學、史學相聯繫予以考察，拓展了語言學史研究的領域，偏重於理論，這正是實踐了先生的語言學思想。趙先生書第三章第二節《語言學家郭璞》專門詳細闡述郭璞的貢獻。這些都值得注意。簡啟賢《〈字林〉音注研究》〔註104〕、范新幹《東晉劉昌宗音研究》〔註105〕、蔣希文有四篇研究徐邈反切的論文〔註106〕和《徐邈音切研究》〔註107〕、朱葆華《原本玉篇文字研究》〔註108〕，都是研究六朝語言學的專論，這些研究都能夠進一步充實六朝語言學史的內容，以後可以考慮融入語言學史的撰述。吳澤順《清以前漢語音訓材料整理與研究》〔註109〕下編匯錄了《文心雕龍》、《水經注》的音訓材料，有助於研究《文心雕龍》、《水經注》的訓詁學。

皇侃《論語義疏》〔註110〕對研究梁代關於《論語》的訓詁學有重大價值，應該專門一節予以研究。因為「義疏」這種注釋古書的體裁和方法是借鑒了佛學的方法，來源於佛教徒對佛經的注疏。這是我國古代訓詁學受到佛學影響的著例。陳寅恪《楊樹達〈論語疏證〉序》〔註111〕稱：「至經部之著作，其體例則未見有受釋氏之影響者。惟皇侃《論語義疏》引論釋以解《公冶長》章，殊類天竺譬喻經之體。殆六朝儒學之士，漸染於佛教者至深，亦嘗襲用其法，以詁孔氏之書耶？但此為舊注中所僅見，可知古人不取此法以詁經也。」陳寅恪發

〔註102〕安徽大學出版社，2013 年。
〔註103〕巴蜀書社，2001 年。
〔註104〕巴蜀書社，2003 年。
〔註105〕崇文書局，2003 年。
〔註106〕收入蔣希文《漢語音韻方言論文集》，貴州人民出版社，2005 年。
〔註107〕貴州教育出版社，1999 年，同時參看西南交通大學的劉丹《後漢三國徐邈音切考》（宣讀於中國音韻學第 21 屆學術研討會暨漢語音韻學第 16 屆國際學術研討會，2021～8～22 成都。會議論文集只有摘要）。
〔註108〕齊魯書社，2004 年。
〔註109〕商務印書館，2016 年。
〔註110〕高尚榘點校，中華書局，2013 年。
〔註111〕收入《陳寅恪集》之《金明館叢稿二編》，三聯書店，2011 年，262～263 頁。

現《論語義疏》在闡釋《公冶長》章時採用了佛學的譬喻經的方法。據湯用彤《漢魏兩晉南北朝佛教史》（《湯用彤全集》第一卷）〔註112〕354～355頁：「梁世皇侃作《論語集解義疏》。其行文編製，頗似當世佛經注疏。而其稱聖人無夢（見卷四），則佛典本有其說。弋釣之解（卷四），見於慧遠之書。（《答何鎮南》書）論者謂其直『刻畫瞿曇，唐突洙泗』。（黃侃《漢唐玄學論》）又其引繆播曰：『學末尚名者多，顧其實者寡。回則崇本棄末。』（卷三）此蓋以顏回之所以崇本者、在其心『屢空』，而空者猶虛也。言聖人體寂。而心恒虛無累。（此承何晏之說，見卷六。）又解顏回不違如愚有曰：『自形器以上，名之為無，聖人所體也。自形器以還，名之為有，賢人體之。』（卷一）似乎皇《疏》之意，以為顏子賢人，庶幾乎以無為體。但心復為未盡，故仍不超於形器之域也。總之，此仍為本末有無之辨，而以虛無為本，則仍是玄學。故就此疏觀之，則所討論之中心問題，釋孔固亦同也。」

考《高僧傳・慧遠傳》：「時遠講《喪服經》，雷次宗、宗炳等，並執卷承旨。次宗後別著義疏，首稱雷氏，宗炳因寄書嘲之曰：『昔與足下共於釋和上間，面受此義，今便題卷首稱雷氏乎？』其化兼道俗，斯類非一。」雷次宗聽高僧慧遠講《喪服經》，後來自己「別著義疏」。依據宗炳的信，雷次宗的「義疏」是《儀禮・喪服經》的「義疏」，不是佛經的「義疏」，而且其理論和方法都是從慧遠那裡來的。這是儒家學者受到佛學影響的例證，也是注釋儒家經典最早的「義疏」，在皇侃《論語義疏》之前。可以推知梁代的皇侃《論語義疏》之名出於佛典的「義疏」。《摩訶止觀》卷七下（《大正藏》四六・九九中）：「覽他義疏，洞識宗途。」考僧祐《出三藏記集》〔註113〕卷十二，可知六朝佛經有《毗摩羅詰提經義疏》（僧睿撰序，載其書卷八）、《思益經義疏》（僧睿撰序，載其書卷八）、還有《皇帝勅撰經義疏》。僧睿是東晉高僧，曾是鳩摩羅什弟子，最早作「義疏」類書的人很可能是僧睿，其《毗摩羅詰提經義疏》可能是最早的「義疏」，《毗摩羅詰提經》就是《維摩詰經》〔註114〕。還有僧睿的同門道

〔註112〕河北人民出版社，2000年。

〔註113〕中華書局點校本，2013年版，蘇晉仁等點校。

〔註114〕丁福保《佛學大辭典》【毗摩羅詰】條稱：「（菩薩）Vimalakirti，舊稱維摩詰，新云毗摩羅詰、鼻磨羅難利帝，譯曰無垢稱。《西域記》七曰：『毗摩羅詰，唐曰無垢稱，舊曰淨名。然淨則無垢，名則是稱。義雖取同，名乃有異。舊曰維摩詰，訛略也。』《玄應音義》八曰：『鼻磨羅難利帝，此譯云無垢稱，稱者名稱也』。」

融、道生，著述很多「義疏」，正是僧睿、道融、道生三人開創了「義疏」之學。在鳩摩羅什翻譯出《成實論》後，南朝宋的高僧僧導撰《成實義疏》，道亮撰《成實義疏》，北魏的曇度撰《成實大義疏》，南朝梁的智藏撰《成實義疏》，僧旻和法雲分別撰《成實論義疏》，南朝陳的寶瓊撰《成實文疏》〔註 115〕，陳朝的洪偃與智脫分別撰《成實疏》〔註 116〕。可知從東晉以來，《成實論》的「義疏」之學在南朝甚為流行，在梁代也很昌盛。此外，據《高僧傳・竺法汰傳》，竺法汰著有義疏。據湯用彤《漢魏兩晉南北朝佛教史》（《湯用彤全集》第一卷）〔註 117〕136 頁，竺僧敷，善大小品，並講之，且有義疏。同書 236 頁，僧導作《三論義疏》。同書 243 頁，道融著有《法華》、《大品》、《金光明》、《十地》、《維摩》等義疏。同書 243 頁，曇影著《法華義疏》四卷。同書 266 頁，僧睿有《維摩義疏序》。同書 465 頁，竺道生有《維摩經義疏》、《妙法蓮華經疏》、《泥洹經義疏》、《小品經義疏》。

佛學中的「義疏」之體，很可能是鳩摩羅什學派所開創，由鳩摩羅什門下弟子所創立的注釋佛經的體裁，在鳩摩羅什學派之前似乎沒有發現有「義疏」類佛典。在僧睿、道融、道生之外，很早的「義疏」可能是關於《成實論》的義疏。「義疏」類佛典主要在南朝流行，北朝不盛行。湯用彤《漢魏兩晉南北朝佛教史》（增訂本）〔註 118〕第二十章《北朝之佛學》「北方之《成實》師」節稱：「自羅什譯《成實》以後，北方義學當甚衰落。又史書失載，僅知彭城僧嵩授此學於僧淵。」「義疏」正是佛學中的「義學」，所以「義疏」類佛典在北朝幾乎不見。另參看湯用彤《漢魏兩晉南北朝佛教史》（增訂本）〔註 119〕第十章《鳩摩羅什及其門下》「義學之南趨」節：「據此則什公死後，即在姚興之世，法事已漸頹廢。而鳩摩羅什卒於晉義熙九年。其後四年而劉裕入關。又明年赫連勃勃破長安。此時前後，又有西秦後魏之爭戰。關內兵禍頻繁，名僧四散。」在兵禍連綿之下，鳩摩羅什的弟子門下都避難南方，北方佛教「義學」從此一蹶不振。佛典重要的「義疏」還有《無量壽經義疏》、《普賢觀音經義疏》、宋

〔註 115〕在佛學中「文疏」和「義疏」是不同體裁的著作。「文疏」重在解釋字詞的意思，類似傳統的訓詁學。「義疏」重在闡釋大義。
〔註 116〕參看湯用彤《漢魏兩晉南北朝佛教史》（增訂本）第十八章「《成實論》之注疏」，北京大學出版社，2011 年，403 頁。這些研究《成實論》的《義疏》都已失傳。
〔註 117〕河北人民出版社，2000 年。
〔註 118〕北京大學出版社，2011 年，468 頁。
〔註 119〕北京大學出版社，2011 年，187～188 頁。

朝的智圓《阿彌陀經義疏》、隋朝的吉藏《大品般若經義疏》、《觀無量壽經義疏》、《法華義疏》、唐朝的善無畏《大日經供養法義疏》、智凱說、灌頂記《梵網經菩薩戒經義疏》、《觀音義疏》等等，成為我國佛學的「義學」傳統。

12. 第十四節《〈切韻〉系韻書》既有先生自己的研究，也參考了其他音韻學家的觀點，例如張琨的《漢語音韻史論文集》〔註120〕、趙振鐸《集韻研究》〔註121〕、邵榮芬《集韻研究簡論》〔註122〕。先生曾經撰有《切韻音系的性質及其他》〔註123〕，可與此節合觀。〔註124〕先生認為《切韻》不是單一音系，是綜合音系，「具有雜湊性的特點」。但 249 頁同時指出：「我們說《切韻》音系在性質上具有『雜湊』的特點，而不是說《切韻》這部書是雜亂無章的，也不是說《切韻》沒有嚴密的語音體系。一部韻書有嚴密的語音體系和這個體系的性質是『雜湊』的，本是兩個不同的問題，怎麼能混為一談呢？就是說，一部韻書作為書本子上的體系可以是嚴密的，若拿這個體系與某一特定的活方音對比則又是『雜湊』的，在中國韻書史上這樣的例子難道還少嗎？如明代的《洪武正韻》，就具有古今南北雜湊的特點，可是我們不能說《洪武正韻》這部韻書沒有嚴密的語音體系。我們考察中國古代某些韻書，若不懂得書本體系和活語系之間既相聯繫又相脫節這一重要特點，就難免不失之於臆斷。我們說《切韻》音系具有雜湊性的特點，這個結論的全部含義僅在於說明《切韻》非單一性的音系而已，而不能理解為《切韻》音系與當時的實際語音沒有任何的一致性。」這段議論是很明通的，毫無破綻。先生此文反駁了以《切韻》為長安音系或東漢時代的洛陽音系的觀點。當然這是一家之言，學術到現在還有不同觀點。這一節完全不提到陳寅恪先生的《從史實論〈切韻〉》〔註125〕這一重要文獻，似乎不妥。何先生也沒有強調指出《切韻》是魏

〔註120〕張賢豹翻譯，臺北聯經出版事業公司，1987 年。

〔註121〕語文出版社，2006 年，趙振鐸先生《集韻校本》（上海辭書出版社，2012 年）是趙先生多年研究《集韻》的結晶，我們正期待趙先生《集韻疏證》問世。

〔註122〕商務印書館，2011 年。

〔註123〕見《中國語文》1961 年第 9 期。收入何先生《音韻叢稿》商務印書館，2002 年。

〔註124〕魯國堯先生《〈集韻〉——收字最多規模宏大的韻書》（收入《魯國堯語言學論文集》，江蘇教育出版社，2003 年）對《集韻》作了概論。張渭毅《中古音論》（河南大學出版社，2006 年）有作者多篇對《集韻》的專門研究。

〔註125〕收入《陳寅恪集》（三聯書店，2011 年版）之《金明館叢稿初編》。初發表於《嶺南學報》1949 年第九卷第 2 期。何先生《中國現代語言學史》（修訂本）討論了陳寅恪的《東晉南朝之吳語》（收入《陳寅恪集》之《金明館叢稿二編》）。初發表於

晉六朝以來的讀書音，而讀書音從來有保守主義的傳統，包含了不同時代層次的語音，因此與隋唐時代鮮活的各地方言音系（如長安音系、洛陽音系）都是不能逐一對應的。在這點上，我贊成何先生所論證的《切韻》音系有雜糅的特點，而以吳音為主。而隋唐時代的吳音（金陵讀書音），又是西晉從北方的「洛下書生詠」傳來的。陳寅恪先生《從史實論〈切韻〉》對此已經有精密的論證。當然，章太炎先生《國故論衡》（上）也主張《切韻》是綜合音系。李榮《論李涪對〈切韻〉的批評及其相關問題》〔註126〕依據李榮《隋韻譜》和六朝韻文，尤其是《庾信詩文用韻研究》〔註127〕指出了隋代詩文和庾信詩文的東與冬鍾分押和全濁聲母的上去二聲分押，這與《切韻》相合。實則，《切韻》本來是讀書音，上去二聲在《切韻》本來就不是一個韻母（聲調屬於韻母），不宜混押。東鍾二韻在李涪的方言中肯定已經相混了，但在隋代的讀書音中是不相混的。《切韻》是六朝隋唐的讀書音，吳音成分較為主要，因為吳音辨音較為精細。這個特徵極端重要，因此將《切韻》與隋唐時代任何方言音系相比對，都是無的放矢，在方法上都是錯誤的。王力《漢語語音史》不提《切韻》為中古音系的代表，這是很正確的。何先生的觀點其實比王力先生還要早出，因為王力《中國語言學史》〔註128〕第二章第七節55頁還稱《切韻》可能是以隋唐的洛陽音為主體。唐作藩先生《中國語言文字學大辭典》〔註129〕225頁《關於〈切韻〉性質的討論》條對學術界關於《切韻》音的性質有簡要綜述，將何先生的觀點歸屬於章太炎、黃淬伯、羅常培一派。臺灣學者陳新雄有洋洋大觀的專著《廣韻研究》〔註130〕。近年，熊桂芬出版了《從〈切韻〉到〈廣韻〉》〔註131〕。

13. 先生認為在隋唐宋時代存在實際的雅言，這是可信的觀點。先生此節將《集韻》看成是《切韻》系韻書，沿襲了學術界傳統的觀點，後來有人撰有長篇論文考證《集韻》不屬於《切韻》系韻書。這個問題尚待深論。趙振鐸先生

1936年《歷史語言研究所集刊》第七本第1分）。
〔註126〕收入李榮《方言存稿》，商務印書館，2012年版。
〔註127〕收入李榮《音韻存稿》，商務印書館，2014年。
〔註128〕復旦大學出版社，2006年。
〔註129〕中國大百科全書出版社，2007年。
〔註130〕臺灣學生書局，2004年。
〔註131〕商務印書館，2015年。

五十年研究《集韻》，功力深湛，著有《集韻校本》〔註132〕，曾撰《〈集韻〉研究五十年》〔註133〕一文，自道鑽研《集韻》的甘苦和心得，頗有意義。趙先生正在撰寫《集韻疏證》，踵武尊祖趙少咸先生《廣韻疏證》〔註134〕。

14. 要注意的是先生第五章《隋唐宋語言學》，將宋代語言學與隋唐合併為一個時期。趙振鐸《中國語言學史》（修訂本）是將隋唐五代與魏晉南北朝合為一章，宋元明為一章，李恕豪《中國古代語言學簡史》與趙先生相同。濮之珍《中國語言學史》第四章《南北朝至明代的語言研究》雖然是大幅度地混為一章，但在具體分節上也是將隋唐與南北朝合為一節，宋代的韻書獨立為一節。我個人趨向於將唐宋學術分為兩個階段，理由如次：

（1）隋唐學術與宋代學術在很多方面都有顯著的區別，唐宋之間存在巨大的學術轉型，明顯屬於學術史上的兩個階段，似乎不應合併為一個學術時期。臺灣學者傅樂成《唐型文化與宋型文化》〔註135〕較早提出唐宋文化是不同類型的文化，雖然其文多有謬誤，但是這個宏觀的見解還是不錯的。

（2）宋代也是《切韻》系韻書轉型的時代，產生了明顯不屬於《切韻》系統的《五音集韻》、《禮部韻略》。《集韻》的性質也不同於《廣韻》，在反切上有很多改良，先生240～242頁分析了《集韻》不同於《廣韻》的五個方面，非常中肯。

（3）等韻學在宋代繁榮，代表作有《韻鏡》和《七音略》，而唐代沒有等韻學。

（4）宋代的吳棫開始有古音學〔註136〕，先生第十七節《古音學的萌芽》討論吳棫的古音學，而隋唐沒有古音學。

（5）宋代有「右文說」，隋唐沒有。

（6）晚唐五代以後（公元九世紀以後），我國語言進入近代漢語〔註137〕，

〔註132〕全三冊，上海辭書出版社，2012年。
〔註133〕載《中國語言學》第一輯，山東教育出版社，2008年。
〔註134〕巴蜀書社，2010年。
〔註135〕見臺灣《國立編譯館館刊》1972年12月。
〔註136〕參看張民權《宋代古音學與吳棫〈詩補音〉研究》，商務印書館，2005年。
〔註137〕參看呂叔湘《劉堅〈近代漢語讀本〉序》，收入《呂叔湘文集》第四卷《語文散論》，商務印書館，1992年；呂叔湘《江藍生〈魏晉南北朝小說詞語匯釋〉序》（收入《呂叔湘文集》第四卷）：「這本書的內容又讓我想到古代漢語和近代漢語的分期問題。語音方面該怎麼分期是另外一回事，以語法和詞彙而論，秦漢以前

宋代漢語正是近代漢語的發展期，與隋唐漢語不同〔註138〕。從音韻學上看，在宋代音系，全濁聲母消失（南宋肯定已經消失了，北宋是否有全濁聲母還有爭論），這是重大的語言變化，而晚唐五代還有整套的全濁聲母。宋代喻母與影母合併，泥母與娘母合併，床母與禪母合併，知組與照組合併。另外，學術界有一派觀點（例如周祖謨《宋代汴洛語音考》〔註139〕、耿振生《音韻通講》〔註140〕349～350頁）為宋代的汴洛音構擬了舌尖後捲舌音聲母即翹舌音聲母，翹舌音有可能在宋代已經產生（一般認為在《中原音韻》才有翹舌音）。麥耘《漢語語音史上的ï韻母》〔註141〕一文經過長篇論述，認為〔ɻ〕見於莊組字是在莊組與章組聲母合流以前，朱翱音中已經有〔tʂ、tʂh、ʂ〕聲母聲母。這又是一個語音史上的重大變化，當然宋代是否有翹舌音的問題，學術界還有爭論，現在只能作為參考。因此，宋代和隋唐在語言學上最好分為兩段。

（7）宋代的經學、史學、子學和集部（詩、詞、文）都明顯不同於隋唐，而且在學術水準上超越了隋唐。陳寅恪《鄧廣銘〈宋史職官志考證〉序》〔註142〕稱：「華夏民族之文化，歷數千載之演進，造極於趙宋。」則明是判斷宋朝文化遠高於隋唐。鄧廣銘《宋代文化的高度發展與宋王朝的文化政策》〔註143〕繼承陳寅恪的觀點，稱：「宋代文化的發展，在中國封建社會歷史時期，之內達到了頂峰，不但超越了前代，也為其後的元明之所不能及。」〔註144〕陳寅恪《陳垣〈元西域人華化考〉序》〔註145〕稱：「有清一代經學號稱極盛，而史學則遠不逮

的是古代漢語，宋元以後的是近代漢語，這是沒有問題的。從三國到唐末，這七百年往怎麼劃分？」明確認定宋元以後為近代漢語。
〔註138〕江藍生、曹廣順編著《唐五代語言詞典》（上海教育出版社，1997年，1998年第二次印刷）；袁賓等編著《宋語言詞典》（上海教育出版社，1997年，1999年第二次印刷）。龍潛庵編著《宋元語言詞典》（上海辭書出版社，1985年版）。這些斷代語言辭典都是將唐五代語言和宋代語言分為兩段。另參看董志翹為《唐五代語言詞典》和《宋語言詞典》分別寫的書評（兩文收入董志翹《中古文獻語言論集》，巴蜀書社，2000年）。
〔註139〕見周祖謨《問學集》下，中華書局，1981年版。
〔註140〕河北教育出版社，2001年。
〔註141〕見《著名中年語言學家自選集——麥耘卷》，上海教育出版社，2012年。
〔註142〕收入《陳寅恪集》（三聯書店，2011年版）之《金明館叢稿二編》。277頁。
〔註143〕見《歷史研究》1990年2期。收入《鄧廣銘全集》第七卷，河北教育出版社，2005年。
〔註144〕見《鄧廣銘全集》第七卷421頁。
〔註145〕收入《陳寅恪集》（三聯書店，2011年版）之《金明館叢稿二編》。269頁。

宋人。」余嘉錫《古書通例・緒論》〔註146〕稱:「清儒經學小學資闈蹊徑,遠過唐、宋〔註147〕,其他一切考證,則無不開自宋人,特治之益精耳。至於史學,不逮宋人遠甚。乾嘉諸儒,鄙夷宋學,竊不謂然。」則宋代史學既然遠超清代,則更是超過唐代。陳寅恪《元白詩箋證稿》〔註148〕第二章《琵琶引》論唐宋兩代風俗之不同:「考吾國社會風習,如關於男女禮法等問題,唐宋兩代實有不同。此可取今日日本為例,蓋日本往日雖曾效則中國無所不至,如其近世之於德國及最近之於美國者然。但其所受影響最深者,多為華夏唐代之文化。故其社會風俗,與中國今日社會風氣受宋以後文化之影響者,自有差別。」這是表明唐宋兩朝社會風俗有較大不同。當然,宋朝也是一個社會風氣極端開放的朝代。唐朝因為受到《五經正義》的約束,經學三百年走向低迷。宋代思想自由開放,朝廷不加管束,《五經正義》沒有權威,不是科舉的標準答案,導致了宋代經學的繁榮遠遠超過唐朝。《宋史・選舉志一》:「神宗篤意經學,深憫貢舉之弊。」宋神宗重視發展經學。紹興議和後,秦檜極力主張用經義取士,甚至要專考經義而罷詩賦,雖然後來還是要考詩賦,但是經學在科舉中的地位明顯極大提升。《宋史・禮志一》:「南渡中興,銳意修復,高宗嘗謂輔臣曰:『晉武平吳之後,上下不知有禮,旋致禍亂。《周禮》不秉,其何能國?』孝宗繼志,典章文物,有可稱述。治平日久,經學大明。」元祐九年(即紹聖元年,公元1094年)五月,哲宗皇帝詔:「進士罷試詩賦,專治經術。」〔註149〕這都推動了宋朝經學的昌隆。公元1177年,宋太學建「光堯石經之閣」,以放置《宋高宗御書石經》(即《南宋石經》)。該石經乃南宋初期,宋高宗與吳皇后以正楷所書《易》、《詩》、《書》、《左傳》、《論語》、《孟子》、《大學》、《中庸》等的刻石,極大推動了南宋經學的發展。宋高宗、宋孝宗和秦檜對宋朝經學的發展有很大的貢獻,直接導致南宋經學的昌盛,這一點常常不被學術界重視。

〔註146〕見余嘉錫《目錄學發微・古書通例》(中華書局,2009年版,《余嘉錫著作集》本)185頁自注。

〔註147〕張舜徽《廣校讎略》(華中師範大學出版社,2004年)卷五《宋人經說不可盡廢》條稱即使與清儒經學相比,宋代經學也有其可取,其禮學和義理有超越清人之處。見96~97頁。同卷《兩宋諸儒實為清代樸學之先驅》條稱:「有清一代學術無不賴宋賢開其先,乾、嘉諸師特承其遺緒而恢宏之耳。」舉證頗詳。見95~96頁。

〔註148〕收入《陳寅恪集》(三聯書店,2011年版)。53頁。

〔註149〕見吳國武著《兩宋經學學術編年》上340頁,鳳凰出版社,2015年。

（8）宋代出現了古文字學，如《汗簡》、《古文四聲韻》都是尖端的古文字學著作，還有洪适《隸釋》專門解釋漢魏碑銘的專著。宋朝還有《類篇》這樣的文字學巨著，收字最多。隋唐沒有這類文字學書。

（9）宋代流行講學和辯論之風，《朱子語類》是典型例子，對語言有較大影響。宋代講學的風氣直接產生了「講義」類書籍，例如宋朝耿南仲《周易新講義》十卷、宋朝史浩《尚書講義》、宋朝陳經《詩講義》。這是宋代學術發展的一個重要形式，而且從此形成一個我國的文化傳統。但是「講義」類書很多水平不是很高，有的更是商業性質比較重，然而對普及經學有很大的作用。隋唐沒有《朱子語類》之類大規模的講學類語錄體文獻和講義類論著。考諸歷史，宋朝講學的風氣實際上是由皇帝親自倡導起來的。宋朝皇帝都喜歡學問，在宮廷設置經筵，專門招請學者講解經書。這種講學的風氣由皇帝開啟，上行下效，於是廣布民間，成為宋朝一個重要的文化傳統。「講義」類書籍大為流行。這一切在隋唐是沒有的。

（10）宋代的疑古風氣很盛〔註150〕，對宋代學術有巨大影響。宋代官方沒有《五經正義》之類標準答案約束學者和考生的思想，與唐代不同，導致宋代學術富有批判精神，每與漢儒立異，致使「先儒傳注一切廢不用」，與唐代嚴守《五經正義》不同。我們可以說正是唐代的《五經正義》這樣的標準答案限制了唐朝經學的發展，使得唐朝學者士大夫不敢自由發揮經義。例如《尚書》學，除了《尚書正義》，整個唐朝沒有一本《尚書》學的專著。而宋朝有很多；《詩經》學，唐朝除了《毛詩正義》只有一部成伯璵的《毛詩指說》，而宋朝《詩經》學很繁榮。《周禮》學，唐朝除了賈公彥《周禮注疏》，沒有一部關於《周禮》的專著，而宋朝有很多。《禮記》學，唐朝除了《禮記正義》沒有一部《禮記》學的專著，而宋朝雖然《禮記》學不算發達，但也有專著。《周易》學，唐朝除了《周易正義》，只有三本關於《周易》的專著，即李鼎祚《周易集解》、史徵《周易口訣義》、郭京《周易舉正》。而宋朝關於《周易》的專著非常多。我們稍加梳理，就知道唐朝的《五經正義》嚴重妨礙了唐朝經學的發展。我們可以說宋朝的經學成就遠遠超過唐朝。《宋史·選舉志一（科目上）》：「時方改更先

〔註150〕參看陳植鍔《北宋文化史述論》（中國社會科學出版社，1992年）第二章《宋學及其發展諸階段》第三節《從疑傳到疑經》。楊新勳《宋代疑經研究》（中華書局，2007年）。

朝之政，禮部請置《春秋》博士，專為一經。尚書省請復詩賦，與經義兼行，解經通用先儒傳注及己說。」尚書省主張「解經通用先儒傳注及己說」，可知在宋朝可以任意發揮「己說」，並不據守「先儒傳注」。《宋史・王安石傳》：「初，安石訓釋《詩》、《書》、《周禮》，既成，頒之學官，天下號曰『新義』。晚居金陵，又作《字說》，多穿鑿傅會。其流入於佛、老。一時學者，無敢不傳習，主司純用以取士，士莫得自名一說，先儒傳注，一切廢不用。」王安石的新學對宋學有很大的影響，其精神是懷疑和創新，否定前代權威。《宋史・周葵傳》：「平生學問不泥傳注，作《聖傳詩》二十篇、文集三十卷、奏議五卷。」周葵的學問「不泥傳注」，這正是宋學的精神。

（11）宋代科舉內容「策論」很重要，允許考生自由發揮，所以宋代思想極為自由，比唐朝的科舉有更大的自由，這對宋朝學術有很大的影響。《建炎以來繫年要錄》卷113載紹興七年（公元1137年）宋高宗之言：「詩賦止是文詞，策論則須通之古今。所貴於學者，修身、齊家、治國以治天下，專取文詞，亦復何用？」《宋史・馮拯傳》：「拯與王旦論選舉帝前，拯請兼考策論，不專以詩賦為進退。帝曰：『可以觀才識者，文論也。』拯論事多合帝意如此。」《宋史・王益柔傳》：「范仲淹薦（王益柔）試館職，以其不善詞賦，乞試以策論，特聽之。」《宋史・魚周詢傳》慶曆八年，魚周詢對答仁宗皇帝詔問：「願陛下特詔，進士先取策論，諸科兼通經義，中第解褐，無令過多。」《宋史・劉筠傳》：「三典貢部，以策論升降天下士，自筠始。」在科舉制度中，策論重於詩賦和經義，是從劉筠開始的，可知劉筠對宋朝科舉制度的改革發揮了重要作用。《宋史・范仲淹傳》：范仲淹向皇帝上書言十事，「三曰精貢舉。進士、諸科請罷糊名法，參考履行無闕者，以名聞。**進士先策論，後詩賦**，諸科取兼通經義者。」《宋史・選舉志一》載蘇東坡上疏皇帝；「自文章言之，則策論為有用，詩賦為無益；」《宋史・職官志四》：宋神宗熙寧元年「御史吳申言：『試館職者請策以經史及世務，毋用辭賦。』遂詔：『自今試館職專用策論』。」神宗朝甚至在試館職的科舉考試中廢除了詩賦，專以策論取士。宋朝科舉，策論重於詩賦。《宋史・選舉志（三）》在宋孝宗朝，「時朱熹嘗欲罷詩賦，而分諸經、子、史、時務之年。」理學家朱熹也反感在科舉中考詩賦。

陳寅恪《論再生緣》〔註151〕稱：「駢儷之文以六朝及趙宋一代為最佳。……

〔註151〕收入《陳寅恪集》（三聯書店，2011年版）之《寒柳堂集》，72頁。

六朝及天水一代思想最為自由，故文章亦臻上乘，其駢儷之文遂亦無敵於數千年之間矣。」陳寅恪先生認為宋朝思想自由與六朝一樣。這極大推動了宋朝的學術繁榮〔註152〕。鄧廣銘《宋代文化的高度發展與宋王朝的文化政策》〔註153〕強調了宋朝從來沒有實行文化專制主義，科舉考試可以從老莊之書出題。在思想、學術、文學、藝術上都採取兼容並包的文化政策。何忠禮《論科舉制度與宋學的勃興》〔註154〕比較了唐宋科舉的三點不同：（一）宋朝科舉徹底取消了門第限制，科舉不論身份。真正做到了唯才是舉。（二）廢除一切察舉制度的殘餘，防止考場內外的一切徇私舞弊，力求公平公正。光華案，例如《宋史·馮振傳》：「大中祥符初，嚴貢舉糊名法。」（三）考試內容多樣化。進士科從詩賦為主，轉向經義、詩賦、策、論並重。經義從純粹的「墨義」改為考試「大義」，這就為考生自由思想，隨意發揮創造了條件。關於宋朝文化與宋朝科舉的關係可參看何忠禮《科舉與宋代社會》〔註155〕李裕民先生《論宋學精神及相關問題》〔註156〕借用陳寅恪的話，認為宋學的主要精神是「獨立精神、自由思想」。宋學各派都拋開漢唐注疏，自尋義理。而且儒家學者多能從佛道二家吸取滋養，表現了宋學開放的精神。李先生將宋學精神產生的原因分析為四種：1. 宋代生產力的空前發展，農業、手工業和商業的發展為更多的讀書人提供了經濟條件，增強了競爭意識。2. 教育事業的發展提高了國民素質。3. 科舉制度的完善提高了社會競爭的公平公正。4. 朝廷對知識分子實行了寬鬆的文化政策，宰相須用讀書人，朝廷不殺士大夫。加強臺諫的監督權，使得知識分子敢於放言批評朝政和官府。官員犯顏直諫被罷官反而會使他獲得聲望。太學生敢於彈劾權臣。這四點分析都很中肯。李先生此文將宋學分為四個階段：1. 仁宗、英宗時代。2. 神宗、哲宗、徽宗、欽宗時代。3. 南渡後的高宗、孝宗、光宗、寧宗時代。4. 理宗、度宗時代。這個學術分期是很有見地的。當然，宋學的精神是多方面的，在「獨立精神、自由思想」這個主要精神之下，產生了懷疑的精神、兼容的精神、創造的精神、理性的精神、內求的精神、新

〔註152〕另參看參看陳植鍔《北宋文化史述論》（中國社會科學出版社，1992年）第一章第二節《北宋臺諫制度和宋學的自由議論》。

〔註153〕見《歷史研究》1990年2期。收入《鄧廣銘全集》第七卷，河北教育出版社，2005年。

〔註154〕收入何忠禮《科舉與宋代社會》，商務印書館，2006年。

〔註155〕商務印書館，2006年。

〔註156〕收入李裕民《宋史新探》，陝西師範大學出版社，1999年。

文化精神以及實用的精神。李裕民《尋找唐宋科舉制度變革的轉折點》〔註157〕稱:「隋唐時期誕生的科舉制度,到宋代起了極大的變化,考試的內容從重詩賦到重經義,取消行卷制,實行彌封制。考試環節除了鄉試、省試之外,又增加了殿試。考試時間從每年一次,變為三年一次,錄取名額大幅度增加。錄取後由不能直接做官到直接為官。進士由不分等到分若干等。又另外實行三舍法,並大量錄取特奏名進士。實行別頭試,不許做官人作狀元,等等,種種變化可謂紛繁複雜。」另可參看《漆俠全集》〔註158〕第六卷《宋學的發展和演變》專論宋學。宋學的這些變革和精神創造了與唐朝不同的更加輝煌燦爛的宋朝文化。

（12）宋代產生了《四書》和朱熹的《四書章句集注》,對元明清的科舉和民間文化產生了重大影響,地位顯赫。在元明清,由於科舉重視《四書》而不是《五經》,所以導致自從漢武帝建元五年（公元前136年）立五經博士以來〔註159〕,一直地位崇高的《五經》反而在元代以後地位下降。隋唐時代《大學》、《中庸》、《論語》、《孟子》的地位不能與《五經》相提並論。《四書》的出現,並受到學術界的推崇,這是唐宋學術轉型的一個重要現象。《宋史·理宗本紀（一）》寶慶元年（公元1225年）詔:「朕觀朱熹集注《大學》、《論語》、《孟子》、《中庸》,發揮聖賢蘊奧,有補治道,朕勵志講學,緬懷典刑,可特贈熹太師,追封信國公。」從此,朱熹《四書章句集注》得到朝廷的表彰,廣傳於天下,發生巨大影響。

（13）在北宋,《孟子》被確立為經書,地位大幅提高,這是宋代文化的重大現象。在隋唐時代,《孟子》不是經書。唐文宗太和七年～開成二年（公元833年～837年）完成的《開成石經》有儒家十二經,恰恰沒有《孟子》,足見唐文宗時代《孟子》不被列為經學。公元1014年宋真宗大中祥符七年,國子監上《孟子音義》,此書是孫奭奉敕編撰,《孟子音義》在南宋立為學官。學者多以為是宋真宗提高了《孟子》在宋代的地位。《宋史·選舉志一》宋神宗聽取了王安石、蘇東坡、中書門下的意見,將《孟子》列為為科舉考試科目:「於是改法,罷詩賦、帖經、墨義,士各占治《易》、《詩》、《書》、《周禮》、

〔註157〕載《北京大學學報》50卷第2期,2013年3月。
〔註158〕河北大學出版社,2008年。
〔註159〕參看李梅、鄭傑文等著《秦漢經學學術編年》上,116～117頁,鳳凰出版社,2015年版。

《禮記》一經，兼《論語》、《孟子》。每試四場，初大經，次兼經，大義凡十道，後改《論語》、《孟子》義各三道。」從神宗朝以降，《孟子》成為科舉考試項目，地位空前尊顯。《宋史·哲宗紀（一）》：元年「辛酉，詔顏子、孟子配享孔子廟庭。」《宋史·禮志·吉禮八》：「詔封孟軻鄒國公。晉州州學教授陸長愈請春秋釋奠，孟子宜與顏子並配。」公元1083年，詔封孟軻為鄒國公。公元1084年5月，詔春秋釋奠以孟子配食，與顏回共同配享孔廟〔註160〕。公元1091年宋哲宗元祐六年，吳安詩為皇帝講《孟子》〔註161〕，足見哲宗皇帝也喜愛《孟子》。公元1099年，游酢撰《論孟雜解》，將《孟子》與《論語》並列。《宋史·選舉志（三）》：「書學生，習篆、隸、草三體，明《說文》、《字說》、《爾雅》、《博雅》、《方言》，兼通《論語》、《孟子》義。」總體而言，在北宋，宋真宗下詔編撰《孟子音義》，宋神宗、王安石將《孟子》列為科舉考試項目，宋哲宗詔封孟軻為鄒國公，又與顏回共同配享孔廟，這三件大事極大提高了《孟子》的文化地位。從成為科舉考試的科目開始，事實上已經成為經學。《南宋石經》是南宋初期宋高宗與吳皇后以正楷所書，然後刻石。其中有《四書》，與《易經》、《尚書》、《詩經》、《左傳》並列。《孟子》由皇帝親書，又刻入石經，無疑極大提高了《孟子》的聲價。公元1212年（南宋嘉定五年），朝廷從國子司業劉溜請，以朱熹《論語孟子集注》立於學官。南宋又以孫奭《孟子音義》或稱《孟子注疏》列為學官。《宋史·王居正傳》宋高宗用《孟子》的「邪說」一詞來貶斥王安石父子之學，並且將北宋亡國之禍歸之於王安石變法，宋高宗還是熟讀《孟子》的。《孟子》的經學地位已是泰山難移。《宋史·藝文志》所錄研究《孟子》書目極多。南宋心學大師陸九淵特別推尊《孟子》一書，其論學書札所徵引的聖賢語錄大都是《孟子》〔註162〕，於此可見《孟子》在宋代地位尊顯。

（14）宋代禪宗語錄昌盛，對宋代語言有較大影響，導致口語大量記錄於文獻。例如，《古尊宿語錄》四十八卷、《大慧普覺禪師語錄》三十卷、《雲門匡真禪師廣錄》三卷、《楊岐方會和尚後錄》一卷、《楊岐方會和尚語錄》一卷、

〔註160〕見吳國武著《兩宋經學學術編年》上277～278頁，鳳凰出版社，2015年。
〔註161〕見吳國武著《兩宋經學學術編年》上324頁，鳳凰出版社，2015年。
〔註162〕參看牟宗山《從陸象山到劉蕺山》第4頁，臺灣學生書局，1976年版，又參看詹海雲《陸九淵心學與中國文化的正向精神》，載《傳統中國（經學專輯）》，上海社會科學院出版社，2021年，6～7頁。

《汾陽無德禪師語錄》三卷、《汾陽無德禪師語錄》六卷、《法演禪師語錄》三卷、《宗門統要續集》二十一卷等等〔註163〕。唐朝很少有禪宗和尚的語錄，從晚唐開始出現，宋朝才昌盛。唐朝的慧能的《壇經》明顯經過文人潤色加工，口語性不強，與宋代的禪宗語錄性質不同。

（15）宋代的史論發達，遠超於隋唐〔註164〕。再加上策論和禪宗的影響，導致宋代文章和詩歌都趨向於議論，抒情文學寄託於長短句，與唐代詩文有較大不同〔註165〕。

（16）宋代史學的編年史非常昌盛，成就輝煌，代表作有《資治通鑒》、《續資治通鑒長編》、《建炎以來繫年要錄》、《續宋中興編年資治通鑒》、《皇宋中興兩朝聖政》、《皇宋十朝綱要》、呂祖謙《大事記》〔註166〕。唐朝沒有什麼編年史，只有溫大雅《大唐創業起居注》三卷，時間範圍區區不到一年，以及歷代皇帝的實錄。哪能與宋朝的編年史相提並論？

（17）宋朝史學誕生了紀事本末體，這是符合近代史學體例的全新的史書體裁，梁啟超、胡適都予以高度評價。代表作有：袁樞《通鑒紀事本末》、章沖《春秋左氏傳事類始末》、徐夢莘《三朝北盟會編》。自此以後形成一個強大的文化傳統，明清兩朝都有紀事本末體史書〔註167〕。唐朝沒有紀事本末體。但是唐朝有文化通史的巨著《通典》，宋朝沒有。馬端臨《文獻通考》之類書為唐朝所無。唐朝的「會要」初具規模，並不完整，宋朝則有《唐會要》、《五代會要》、《西漢會要》、《東漢會要》，從此「會要」成為重要的一類歷史書籍的體例。宋朝的「會要」類書的成就遠超唐朝。

（18）宋代理學發達，影響學術、文學和語言甚多〔註168〕。

（19）宋有書院，隋唐沒有。宋朝的學校制度與唐代不同，廣泛地建設了州學、縣學，設置了學田以解決學校經費問題。政府鼓勵私人辦學，大量書院

〔註163〕參看《禪宗語錄輯要》，上海古籍出版社，2011 年。
〔註164〕參看曾棗莊、曾濤編纂《宋代史論分類全編》，巴蜀書社，2018 年。
〔註165〕參看錢鍾書《談藝錄》（三聯書店，2011 年）一《詩分唐宋》。
〔註166〕收入黃靈庚等主編《呂祖謙全集》第八冊，浙江古籍出版社，2008 年。
〔註167〕參看金毓黻《中國史學史》第七章《唐宋以來之私修諸史》三《以事為綱之紀事本末》，商務印書館，2012 年，260～266 頁。
〔註168〕參看侯外廬、邱漢生、張豈之主編《宋明理學史》，人民出版社，1997 年版（1987 年初版）。張立文《宋明理學研究》，人民出版社，2002 年版，宋朝理學對文學的影響可參看錢鍾書《談藝錄》（三聯書店，2011 年）。

因此產生。書院制度直接影響了宋代學術和文人精神，因為書院屬於私學，不是官辦，所以學風自由，言論非常自由開放，可以大膽表達自己的觀點。

（20）宋代金石之學昌盛，出現了一些專著〔註169〕和文獻資料，隋唐沒有。王國維《〈宋代金文著錄表〉序》〔註170〕稱：「趙宋以後，古器愈出，秘閣太常既多藏器。士大夫如劉原父、歐陽永叔輩，亦復搜羅古器，徵求墨本。復有楊南仲輩為之考釋，古文之學勃焉中興。伯時與叔復圖而釋之，政宣之間，流風益煽，摘史所載著錄金文之書至三十餘家。南渡後，諸家之書猶多不與焉，可謂盛矣。今就諸書之存者論之，其別有三：與叔考古之圖、宜和博古之錄，既寫其形，復摹其款，此一類也；《嘯堂集錄》、薛氏《法帖》，但以錄文為主，不以圖譜為名，此二類也；歐、趙金石之目，才甫古器之評，長睿東觀之論，彥遠廣川之跋，雖無關圖譜，而頗存名目，此三類也。國朝乾嘉以後，古文之學復興，輒鄙薄宋人之書，以為不屑道。竊謂《考古》、《博古》二圖，摹寫形制，考訂名物，用力頗巨，所得亦多。乃至出土之地，藏器之家，苟有所知，無不畢記，後世著錄家當奉為準則。至於考釋文字，宋人亦有鑿空之功。國朝阮、吳諸家不能出其範圍。若其穿鑿紕繆，誠若有可議者，然亦國朝諸老之所不能免也。」這段文章概觀宋代金石學頗為簡明。林歡《宋代古器物學筆記材料輯錄》〔註171〕，搜尋筆記中的關於宋代古器物學的材料，頗下工夫，值得參考。

（21）宋代的俗文學「話本」文學很發達〔註172〕。這成為元代戲曲和明清長篇演義小說的先驅，例如已經有了講三國故事的《三國志平話》。由於是面對一般庶民的文學，所以其語言的口語化得以發展。唐朝有俗文學變文，但是沒有發展為宋朝的話本。宋朝的講史平話的代表作有《全相平話五種》（包括《武王伐紂平話》、《樂毅圖齊國春秋平話後集》、《秦並六國平話》、《前漢書平話續集》、《三國志平話》）、《新編五代史平話》、《大宋宣和遺事》。除了長篇的講史話本外，還有宋朝的《醉翁談錄》輯錄了一些宋朝的話本，明朝的《清平山堂

〔註169〕參看《王國維全集》（浙江教育出版社、廣東教育出版社，2010 年）第七卷《宋代金文著錄表》；劉昭瑞《宋代著錄商周青銅器銘文箋證》，中山大學出版社，2000 年。
〔註170〕收入王國維《觀堂集林》卷六。
〔註171〕上海人民出版社，2015 年版（2013 年初版）。
〔註172〕參看鄭振鐸《中國俗文學史》，東方出版社，1996 年版，浦江清《中國文學史稿·宋元卷》，北京出版社，2018 年，葉德均《宋元明講唱文學》，商務印書館，2015 年版，2017 年第二次印刷。

話本》保存了幾篇宋代的話本小說。話本小說是宋朝開始才有的俗文學〔註173〕，對明清小說有重大影響。唐朝沒有講長篇的講史話本文學，也沒有話本小說這樣的市民文學。《太平廣記》彙編了很多唐五代的神仙鬼怪的傳奇，卻沒有講史話本之類的俗文學。

（22）宋詞是宋代抒情文學的傑作，唐朝雖有長短句，但是遠遠沒有宋朝繁榮。在唐詩之外，五代北宋的詞與音樂密切結合，抒情性和表現性更強於唐詩，是中國文學史上的重要成就。有唐圭璋編撰的《全宋詞》。

（23）宋代的詩話、詞話等文學評論大發展，隋唐沒有詩話、詞話〔註174〕。

（24）宋金時代產生了戲曲〔註175〕，已經有了雜劇。隋唐沒有雜劇這樣的戲曲，梨園子弟的戲曲與宋元不同。

（25）在宋朝自由包容的文化氛圍下，才有了真正的儒釋道三教融合。宋代的新儒家就是融合了佛教和道教的思想文化。陳寅恪《馮友蘭〈中國哲學史〉下冊審查報告》〔註176〕稱：「凡新儒家之學說，幾無不有道教，或與道教有關之佛教為之先導。如天台宗者，佛教宗派中道教意義最富之一宗也。……其宗徒梁敬之與李習之之關係，實啟新儒家開創之動機。北宋之智圓提倡中庸，甚至以僧徒而號中庸子，並自為傳以述其義。其年代猶在司馬君實作《中庸廣義》之前，似亦於宋代新儒家為先覺。……至道教對於輸入之思想，如佛教摩尼教等，無不儘量吸收，然仍不忘其本來民族之地位。」陳先生闡釋宋代的三教融

〔註173〕參看胡士瑩《話本小說概論》，中華書局，1982年版（1980年初版）；李劍國主編《中國小說通史·唐宋元卷》第七編《宋元話本小說》，高等教育出版社，2007年。

〔註174〕已經出版了《宋詩話全編》，吳文治主編，鳳凰出版社，2006年版，初版於1998年，詞話的資料彙編就有唐圭璋《詞話叢編》共五冊，中華書局，1981年；鄧子勉編《宋金元詞話全編》共三冊，鳳凰出版社，2008年；朱崇才編纂《詞話叢編續編》共六冊，人民文學出版社，20210年；張璋等編纂《歷代詞話》上下冊，大象出版社，2002年；張璋等編纂《歷代詞話續編》上下冊，大象出版社，2005年。

〔註175〕參看王國維《宋元戲曲史》，收入《王國維全集》第三卷，浙江教育出版社、廣東教育出版社，2010年。

〔註176〕收入《陳寅恪集》（三聯書店，2011年版）之《金明館叢稿二編》。284頁。另參看許尚樞《唐宋時期天台山三教關係芻論》（見《東南文化》1994年2月）；潘桂明《從智圓的〈閑居編〉看北宋佛教的三教合一思想》（見《世界宗教研究》1983年1月）；彭琦《宋元時期的三角調和論》（見《北京社會科學》1999年2月）；凌慧作《宋代「三教合一」思潮初探》（見《安徽大學學報》1998年5月）；賈順先《儒釋道的融合和宋明理學的產生》（見《蘭州大學學報》1982年4月）；王煜《北宋德洪覺範禪詩融合儒釋》（見《世界宗教研究》1992年4月）。韋政通《中國哲學辭典》（吉林出版集團有限責任公司，2009年版）還有54頁《三教合一》條敘述各時代關於「三教合一」思想的典型代表。

合甚為清晰。關於宋太祖、太宗兩朝對佛教的政策可以參看李裕民先生《論宋初的佛教政策》〔註177〕，闡述詳細清晰，其文的四《宋初佛教政策的效果》認為：「宋代三教思想互相滲透，佛教大量吸收儒家思想，而儒家也大量吸收佛學思想，從而出現了理學。儒生、僧人、道士互相交往，結為朋友者比比皆是。『三教具通，宛然有君子之風』，成為值得讚頌的美德。佛教滲透到民間，已成不可阻擋的趨勢」。另參看李裕民《北宋王朝與五臺山佛教》〔註178〕。劉長東《宋代佛教政策論稿》〔註179〕以專著詳細考論了宋代的佛教政策及相關問題，頗值得參考。劉浦江《宋代宗教的世俗化與平民化》〔註180〕認為：唐代是佛教義學最繁榮的時代，而兩宋以下則是佛教的社會影響最廣泛的時代。其所以發生如此大的影響，是因為宋代最流行的是禪宗，是世俗化和平民化的宗教，不是貴族化的經院式的義學佛教。宋代禪宗流行頓悟說，還有淨土宗，更加世俗化和平民化。禪宗和淨土宗盛行於宋代，這是唐宋二代的佛教文化異質性的重要體現。文章論述了宋代佛教世俗化的幾個重要表徵：火葬盛行〔註181〕；度牒商品化；僧尼往往不通經業，修行者少，違犯者多，居積貨財，貪毒酒色，鬥毆爭訟，公然為之〔註182〕。

〔註177〕收入李裕民《宋史新探》，陝西師範大學出版社，1999年。

〔註178〕收入李裕民《宋史新探》，陝西師範大學出版社，1999年。

〔註179〕巴蜀書社，2005年。

〔註180〕見《中國史研究》，2003年第2期。此文的論述有一些專業上的錯誤。例如1.其文稱：「自達摩以來的禪宗，傳統上信奉《楞伽經》，慧能開創的南宗則推重內容淺顯、文句通俗的《金剛經》，使禪宗的教義更易於為普通民眾所接受。」這是不準確的。因為南禪重視《金剛經》並不是從慧能開始的，而是從五祖弘忍開始的。另外，《金剛經》並不是「內容淺顯、文句通俗」，而是十分專業深邃的佛經，其中很多語言非常深奧。2.其文曰：「慧能對禪宗的修行方式也進行了重要的改造，由此形成最富南宗特色的『頓悟』說，以至後人稱南宗為『頓教』。」佛教的「頓悟」說興起於六朝，並不是創始於六祖慧能。據慧皎《高僧傳·道生傳》，東晉高僧道生（355～434）著《頓悟成佛義》。參看陳寅恪《論禪宗與三論宗之關係》，收入《陳寅恪集》之《講義及雜稿》，三聯書店，2011年，陳寅恪論道生自創佛教新意頗為詳細，尤其是道生提倡了頓悟成佛的觀點。

〔註181〕關於中國古代的火葬文化，還參看顧炎武《日知錄》卷十五《火葬》；《柳詒徵文集》卷十《火葬考》，商務印書館，2018年版；徐吉軍《中國喪葬史》第七章《宋元時期的喪葬》第二節《宋代火葬的盛行及其原因》，第七節《金代女真的喪葬習俗》一《金代的火葬習俗》，江西高校出版社，1998年；隋唐時代的喪葬文化還參看李斌城等著《隋唐五代社會生活史》第三章《婚喪》第三節《喪葬》，中國社會科學出版社，1998年，日本學者那波利貞有《火葬法之支那流傳》（載日本《支那學》第七號。未見）。

〔註182〕劉浦江此文還討論了宋代道教的世俗化和平民化。

宋徽宗崇奉道教，輕視佛教不合人情，於重和二年（公元 1119 年，同年改年號為宣和）正月八日發布《佛號大覺金仙余為仙人大士之號等事御筆手詔》〔註183〕，雖然對佛教有所批評，如詔曰：「然異俗方言，祝髮毀膚，偏袒橫服，棄君親之分，忘族姓之辨，循四方之禮，蓋千有餘歲。……其教雖不可廢，而害中國禮儀者，豈可不革？」但並沒有禁止佛教，只是將佛教的尊號改為類似道教的尊號，似乎有意將佛教合併入道教的意圖。宋孝宗皇帝《原道辨》：「以佛治心，以道治身，以儒治世。」這是宋朝皇帝三教合一的重要思想和精闢的表述。

隋唐時代並沒有真正的三教合一，三教常常相互辯論和排斥。由隋入唐的傅奕站在儒道和華夏的立場抨擊外來的佛教，撰寫了很有文采的《請廢佛法表》和《請除釋教疏》〔註184〕這兩篇駢文上奏朝廷，明確排斥佛教，遠在韓愈之前。初唐名臣狄仁傑在《諫造大象疏》〔註185〕已經有攻擊佛教的言論。中唐名臣韓愈以儒家道統反佛，於唐憲宗元和十四年（公元 819 年）撰《論佛骨表》〔註186〕，稱：「宋齊梁陳元魏已下，事佛漸謹，年代尤促。」韓愈嘲笑梁武帝佞佛，結果「餓死臺城，國亦尋滅」。他說信佛根本不可能有福報：「事佛求佛，乃更得禍。由此觀之，佛不足事。」因此他反對將法門寺的佛骨迎入宮廷供奉，甚至主張將佛骨「投諸水火，永絕根本，斷天下之疑，絕後代之惑」。結果幾乎招致殺身之禍。晚唐名臣、公認的唐代傑出政治家李德裕公元 830 年在蜀中拆毀私家佛廟數千座，禁止民眾剃髮如僧人。公元 845 年，唐武宗信任道士趙歸真、鄧元起、劉玄靖等，同時在名相李德裕的主持下，發起滅佛運動，是為會昌法難。李德裕堅決執行武宗皇帝毀佛政策，隨後上呈《賀廢毀諸寺德音表》〔註187〕，報導了滅佛的成果：「拆寺蘭若共四萬六千六百餘所，還俗僧尼並奴婢為兩稅戶共約四十一萬餘人，得良田約數千頃，其僧尼令隸主客戶大秦穆護襖二十餘人並令還俗者。」李德裕此文是駢文，氣魄不如韓愈，文采反在《論佛骨表》之

〔註183〕載《宋大詔令集》卷第 224，868 頁。司義祖整理，中華書局，2009 年版。
〔註184〕收入《全唐文》卷 133，山西教育出版社整理本，2002 年，第二冊 808～809 頁。
〔註185〕收入《全唐文》卷 169，山西教育出版社整理本，2002 年，第二冊 1036 頁。
〔註186〕見馬其昶注、馬茂元整理《韓昌黎文集校注》第八卷 683～688 頁，上海古籍出版社，2018 年版。
〔註187〕見傅璇宗等《李德裕文集校箋》卷二十，470 頁。中華書局點校本，2018 年，又見李德裕《會昌一品集》卷二十。

上。李德裕還有《武宗改名告天地文》〔註188〕稱：「釋氏之教，興於戎狄，悖君臣之禮，廢父子之親。耗蠹蒸人，殄竭物命。宣尼垂釣，不語怪神，因而漸除，咸一於正。」也有明顯的排佛的思想。晚唐著名文人杜牧《杭州新造南亭子記》〔註189〕、《書處州韓吏部孔子廟碑陰》等，均是反佛思想。其《杭州新造南亭子記》攻擊佛教火力甚猛，抨擊因果報應為虛妄，頗為深刻：「梁武帝明智勇武，創為梁國者，捨身為僧奴，至國滅餓死不聞悟，況下輩固惑之。為工商者，雜良以苦，偽內而華外，納以大秤斛，以小出之，欺奪村閭憨民，銖積粒聚，以至於富。刑法錢穀小胥，出入人性命，顛倒埋沒，使簿書條令不可究知，得財買大第豪奴，如公侯家。大吏有權力，能開庫取公錢，緣意恣為，人不敢言。是此數者，心自知其罪，皆捐己奉佛以求救。……有罪最美，無福福至。」杜牧此文與眾不同的是憤怒指出信佛的人很多是有罪之人，包括奸商和貪官污吏，知道罪惡太深，於是捐錢奉佛以求佛消災。杜牧反佛的立意是獨到的，很有趣。晚唐劉蛻崇拜揚雄，以儒家道統自任，所撰《移史館書》〔註190〕痛斥佛教的危害，彷彿孟子闢楊墨，謂：「伏以釋氏之疾生民也，比虞禹時，曷嘗在洪水下？比湯與武王時，曷嘗在夏政商王下？比孔子、孟軻時，曷嘗在禮崩樂壞楊墨邪道下？然而聖主賢臣，欲利民而務除民害，如此其勤也。今釋氏夷其體而外其身，反天維而亂中正。自晉以來，相率詭怪而往之，半天下而化其衣冠。」將佛教比為洪水猛獸。因此，唐朝的儒家和道教有機會就攻擊佛教，唐代的三教並沒有真正融合，主要原因是佛教危害國計民生。而且在唐朝人看來，佛教並不能給人帶來福報。唐憲宗在元和十四年迎佛骨，元和十五年就發生陳洪志之禍；唐懿宗咸通十四年（公元873年）迎佛，僅僅數月就駕崩。韓愈曾說：「奉佛以來，享年不永。」佛教在歷史上多次遭遇滅佛，也與佛教在中國自東晉以來就逐漸世俗化，佛門戒律鬆弛，腐敗嚴重有關係。參看錢鍾書《管錐編》〔註191〕第四冊177《全宋文卷四八》「僧侶醜行」〔註192〕。宋朝的歐陽修、司馬光雖然

〔註188〕收入傅璇宗等《李德裕文集校箋》卷二十，中華書局點校本，2018年。
〔註189〕收入《樊川文集》卷十。參看吳在慶《杜牧集繫年校注》，中華書局，2011年版，792～798頁。
〔註190〕見董誥主編，孫映逵等點校《全唐文》第六冊卷七八九，山西教育出版社，2002年，4864頁。
〔註191〕《錢鍾書集》本，三聯書店，2011年，2061頁。
〔註192〕考《南史·郭祖深傳》稱祖深上表梁武帝曰：「都下佛寺五百餘所，窮極宏麗。僧

作為儒家學者反佛，可能受到唐朝韓愈的影響（歐陽修很崇拜韓愈），但沒有影響時代風氣。

（26）唐代審美喜歡肥碩，所以愛牡丹花；宋代審美喜歡纖瘦，所以愛梅花。例如，南宋楊无咎有《四梅圖卷》，南宋林椿有《梅竹寒禽圖頁》。

（27）宋代書法與唐代書法不同。馮班《鈍吟書要》：「晉人盡理，唐人盡法，宋人多用新意，自以為過唐人，實不及也。」〔註193〕徐用錫《字學箚記》：「魏晉人多生動，唐人多平正，宋人多囂張，元人多頹唐。」〔註194〕梁巘《評書帖》：「晉尚韻，唐尚法，宋尚意，元明尚態。」〔註195〕梁巘《評書帖》：「晉書神韻瀟灑，而流弊則輕散；唐賢矯之以法，整齊嚴謹，而流弊則拘苦；宋人思脫唐習，造意運筆，縱橫有餘，而韻不及晉，法不逮唐；元明厭宋之放軟，尚慕晉軌，然世代既降，風骨少弱。」〔註196〕明朝董其昌《容臺集・論書》：「晉人書取韻，唐人書取法，宋人書取意。」〔註197〕清朝姚孟起《字學臆參》：「唐人嚴於法，法者左顧右盼，前呼後應，筆筆斷，筆筆連，修短合度，疏密相間耳。」同書又曰：「蘇書左伸右縮，米書左縮右伸，皆自出新意，不落唐人窠臼。」〔註198〕蘇東坡、米芾的書法與唐人不同。朱熹《晦庵論書》評米芾書法：「米老

尼十餘萬，資產豐沃。所在郡縣，不可勝言。道人又有白徒，尼則皆畜養女，皆不貫人籍，天下戶口幾亡其半。而僧尼多非法，養女皆服羅紈，其蠹俗傷法，抑由於此。請精加檢括，若無道行，四十已下，皆使還俗附農。罷白徒養女，聽畜奴婢。婢唯著青布衣，僧尼皆令蔬食。如此，則法興俗盛，國富人殷。不然，恐方來處處成寺，家家剃落，尺土一人，非復國有。」可見在梁朝的僧尼人數眾多，極為富有，生活奢靡，哪裏像看破紅塵的修行人？郭祖深還上表論述佛教危害國家的政治和經濟：梁武帝「比來慕法，普天信向，家家齋戒，人人懺禮，不務農桑，空談彼岸。夫農桑者今日濟育，功德者將來勝因，豈可墮本勤末，置邇效賒也？今商旅轉繁，遊食轉眾，耕夫日少，杼軸日空。陛下若廣興屯田，賤金貴粟，勤農桑者擢以階級，惰耕織者告以明刑。如此數年，則家給人足，廉讓可生。」深刻闡明了佛教在梁國盛行後，「家家齋戒，人人懺禮，不務農桑，空談彼岸」，對國計民生危害很大，他認為「豈可墮本勤末，置邇效賒也？」祖深點名批評佛教高僧僧雲、僧旻「所議則傷俗盛法」。明確認為佛教會「傷俗」。這是很精闢的觀點。在今天也很有思想價值。
〔註193〕見毛萬寶、黃君主編《中國古代書論類編》第五編《書法鑒賞論》518頁，安徽教育出版社，2009年。
〔註194〕見毛萬寶、黃君主編《中國古代書論類編》第五編《書法鑒賞論》519頁，安徽教育出版社，2009年。
〔註195〕見《清前期書論》176頁，湖南美術出版社，2003年版。
〔註196〕見《清前期書論》193頁，湖南美術出版社，2003年版。
〔註197〕見毛萬寶、黃君主編《中國古代書論類編》第五編《書法鑒賞論》515頁，安徽教育出版社，2009年。
〔註198〕見毛萬寶、黃君主編《中國古代書論類編》第五編《書法鑒賞論》503頁，安徽教

書如天馬脫銜，追風逐電，雖不可範以馳驅之節，要自不妨痛快。」〔註199〕米芾書法完全不講法度，隨心所欲，這正是宋朝藝術的創新。清朝翁振翼《論書近言》：「書尚古拙，宋人各出新意，所以不及唐人古拙也。」〔註200〕清朝王澍《論書剩語》：「唐以前書，風骨內斂；宋以後書，精神外拓。」〔註201〕康有為《廣藝舟雙楫》：「唐人之書，固多不善執筆者矣。宋人講意態，無施不可，東坡乃有『把筆無定法要使虛而寬』，以永叔指運而腕不知為妙，蓋愛取姿態故也。」〔註202〕宋徽宗以帝王之尊，創造了書法的瘦金體，這代表了宋代的審美趣味，與唐朝書法的風格大不相同。唐宋書法美學風格上的不同可參看金開誠、王岳川主編《中國書法文化大觀》〔註203〕第二編《千秋一脈》。

（28）宋畫與唐畫不同。明朝高濂《燕閒清賞箋》：「然唐人之畫，莊重律嚴，不求工巧而自多妙處，思所不及。後人之畫，刻意工巧，而物趣悉到，殊乏唐人天趣混成。余自唐人畫中賞其神具畫前，故畫成神足。而宋則工於求似，故畫足神微。宋人物趣迥邁於唐，而唐之天趣則遠過於宋也。」〔註204〕明朝張泰階《寶繪錄》卷一稱：「古今之畫，唐人尚巧，北宋尚法，南宋尚體，元人尚意，各各隨時不同，然以元繼宋，足稱後勁。……盛唐之畫，大都婉麗秀潤，巧法相兼，宋初之畫一變而為蒼老，如董、巨與郭河陽其選也。」〔註205〕清朝錢杜《松壺畫憶》：「白石甕師吳道子作衣褶有古厚之致；子畏師宋人衣褶如鐵線；衡山師元人，衣褶柔細如髮。三君皆具士氣，洵足傳世。」〔註206〕鄭午昌《中國畫學全史》〔註207〕第九章《宋之畫學》135頁稱：兩宋「共凡三百十餘年。期間圖畫之情形，與前代殊異：道釋人物畫法，比較衰退，南宋尤甚；花

育出版社，2009年。

〔註199〕見毛萬寶、黃君主編《中國古代書論類編》第五編《書法鑒賞論》511頁，安徽教育出版社，2009年。

〔註200〕見毛萬寶、黃君主編《中國古代書論類編》第五編《書法鑒賞論》520頁，安徽教育出版社，2009年。

〔註201〕見毛萬寶、黃君主編《中國古代書論類編》第五編《書法鑒賞論》522頁，安徽教育出版社，2009年。

〔註202〕見毛萬寶、黃君主編《中國古代書論類編》第五編《書法鑒賞論》93頁，安徽教育出版社，2009年。

〔註203〕北京大學出版社，2003年版，初版於1995年。

〔註204〕見周積寅《中國畫論輯要》增訂本217頁，江蘇美術出版社，2007年。

〔註205〕見周積寅《中國畫論輯要》增訂本292頁，江蘇美術出版社，2007年。

〔註206〕見周積寅《中國畫論輯要》增訂本297頁，江蘇美術出版社，2007年。

〔註207〕江蘇文藝出版社，2008年。

鳥、山水，則並稱盛；凡有製作，往往與詩文為緣，蓋已入文學化時期矣。」
這是很精闢的論斷。我另作歸納如下：（一）唐朝除了王維，幾乎沒有文人兼善
繪畫，而宋代的文人畫非常昌盛，詩人文學家往往擅長繪畫，蘇東坡、黃山谷
等都是例子。（二）唐朝的繪畫題材主要還是人物畫和牛馬畫，沒有花鳥畫。但
自從五代的黃筌《寫生珍禽圖》開創了花鳥畫的先例，宋朝花鳥畫非常繁榮，
與唐朝大不相同。（三）唐朝幾乎沒有山水畫，展子虔《遊春圖》是隋朝畫跡，
與唐朝無關。然而自五代關全、荊浩等以來，山水畫異軍突起，到了宋朝，山
水畫空前繁榮，這與唐朝不同。（四）宋朝人喜歡畫竹、畫樹木、畫松鼠和兔子，
例如文同《墨竹圖軸》、蘇東坡《古木怪石圖卷》、郭熙《窠石平遠圖軸》、北宋
無名氏《雪竹圖軸》、金朝王庭筠《幽竹枯槎圖卷》、金朝李山《風雪松杉圖卷》、
南宋吳炳《竹雀圖頁》。唐朝畫沒有這樣的題材。《宋史・選舉志（三）》在理宗
朝，「畫學之業，曰佛道，曰人物，曰山水，曰鳥獸，曰花竹，曰屋木。」唐朝
繪畫只有佛道和人物，沒有山水、鳥獸、花竹，屋木。（五）宋朝有歷史題材的
故事畫，如金朝宮素然《明妃出塞圖》，金朝還有《文姬歸漢圖》。而唐朝沒有
歷史故事畫。閻立本的《步輦圖》是當朝的事情，不是歷史故事畫。佛教畫除
外。（六）宋朝有生活風俗畫，最有名的是張擇端《清明上河圖》。還有王居正
《紡車圖卷》。唐朝沒有此類生活風俗畫，但是唐朝有宮廷畫《搗練圖》，這是
唐朝難得的宮廷生活圖。（七）宋朝有依據儒家經典來製作圖畫的創意。例如據
說是南宋馬和之《豳風圖卷》、南宋無名氏《孝經圖卷》、宋代還有《女校淨土》。
而唐朝沒有此類圖畫。（八）宋朝人有的依據唐朝著名詩人的詩畫成圖，例如南
宋趙葵有《杜甫詩意圖卷》。這是唐朝沒有的題材。（九）宋朝有歷史風俗畫，
例如南宋無名氏《大儺圖軸》。唐朝沒有這類繪畫。（十）宋朝有歷史人物風情
圖，例如南宋劉履中有《田畯醉歸圖》。唐朝沒有這類繪畫。（十一）具體比較
唐朝閻立本的《步輦圖》中的唐太宗，造型豐滿壯碩，頗顯富貴態，九個女人
環繞伺候。而宋徽宗《聽琴圖》〔註208〕中的徽宗皇帝作尋常人家打扮，在松下
悠閒撫琴，氣定神閒，沒有從侍，一副與世無爭的姿態。左右兩位也似乎是客
人或朋友，不是臣僚。從這兩幅圖可以看出唐朝人物故事畫的精神的不同。唐
朝審美傾向繁縟豔麗，宋朝審美傾向清素簡淡。凡此都是唐畫與宋畫的不同風
尚，而且宋朝的繪畫成就遠遠超過唐朝。

〔註208〕我以為題作《撫琴圖》更合適。

（29）宋朝的法醫學比唐朝發達，產生了宋慈的《洗冤錄》，這是世界上第一部法醫專著。還產生了第一個銅鑄的人體經穴模型，這是隋唐沒有的，標誌著宋代醫學大發展。宋朝的建築學理論很發達，產生了建築學名著李誡《營造法式》〔註209〕，明顯超過唐朝的建築學。宋代的造船技術、航海技術都比唐朝發達。宋朝發明了指南針，推動了航海業的發展。宋代雕版印刷盛行，還發明了活字印刷術。宋朝發明了火藥，並用於兵器。宋代在農學、數學、天文學都比唐朝有發展。

（30）宋朝產生了沈括的《夢溪筆談》這樣百科全書式的巨著，唐朝沒有。而且有大量的學術筆記體論著出現，這是唐朝沒有的。李裕民先生《論南宋國民素質高於唐朝與北宋》〔註210〕對此有所論列：「紹興七年，馬永卿《嬾真子》；紹興十年至十二年，朱弁《曲洧舊聞》；紹興十二年，王觀國《學林》；紹興十八年，朱翌《猗覺僚雜記》；紹興十九年，王灼《碧雞漫志》；紹興二十三年，姚寬《西溪叢語》；紹興二十七年，吳曾《能改齋漫錄》；隆興元年（1163），葛立方《韻語陽秋》；隆興元年至乾道三年，嚴有翼《藝苑雌黃》；乾道元年，胡仔《苕溪漁隱叢話後集》；淳熙七年，程大昌《演繁露》、洪邁《容齋隨筆》；淳熙八年，程大昌《考古編》；紹熙元年（1190），袁文《甕牖閒評》；慶元元年（1195），王楙《野客叢書》；慶元六年，朱鑒《朱文公易說》；開禧二年，程公說《春秋分記》；嘉定五年（1212），張淏《雲谷雜紀》；嘉定十七年，趙與峕《賓退錄》；寶慶二年（1226），高似孫《緯略》；就此一例，足以看出在知識的求精求深上，北宋超越了唐，南宋又繼續前進。」李先生列舉的這些材料是很能說明問題的〔註211〕。

（31）宋朝文獻目錄學發達。唐朝只有一部官修的《隋書·經籍志》，而宋朝除了仁宗官修的《崇文總目》〔註212〕等以外，還有《舊唐書·經籍志》、《新唐書·藝文志》，有私撰的晁公武《郡齋讀書志》〔註213〕、陳振孫《直齋書錄解

〔註209〕著名建築學家梁思成院士給兒子梁從誡取名為「從誡」，意思是「學習李誡」。
〔註210〕見《國際社會科學雜誌（中文版）》2016 年第 3 期。
〔註211〕另參看李裕民《十六種宋人筆記成書年代考》，收入李裕民《宋史新探》，陝西師範大學出版社，1999 年。
〔註212〕參看王欣夫《文獻學講義》第二章《目錄》第七節《官家目錄》44～45 頁，上海古籍出版社，2007 年版。
〔註213〕參看晁公武撰、孫猛校證《郡齋讀書志校證》，上海古籍出版社，2011 年版。

題》〔註214〕、尤袤《遂初堂書目》。整體上遠遠超過唐朝的目錄學。晁公武《郡齋讀書志》、陳振孫《直齋書錄解題》至今是研究學術史和古文獻極為重要的參考書。唐朝的佛教目錄學倒是相當有成就，有高僧道宣在初唐編撰的《大唐內典錄》、高僧智升編於開元十八年（730）的《開元釋教錄》等等，這是佛教的重要文獻學和目錄學〔註215〕。宋朝的佛教目錄學的成就不如唐朝。

（32）宋朝類書非常發達，遠遠超過唐朝。唐朝的類書代表作是《北堂書鈔》、《藝文類聚》、《初學記》、《白孔六帖》。另有《元和姓纂》這樣的姓氏書。而宋朝的類書在規模和質量上極大地超越了唐朝。其類書代表作是《太平御覽》、《太平廣記》、《冊府元龜》、《玉海》，都是規模極大的類書。《文苑英華》接踵《文選》，水平很高，保存了大量唐代文學作品，成為清代《全唐文》的主要源泉。《太平廣記》作為古小說類書，極為珍貴，是五代以前古小說的淵藪，魅力無窮。

（33）宋朝的方志學遠遠比唐朝發展進步。宋代有方志 40 部，失傳 35 部，現存 5 部，即《太平寰宇記》、《元豐九域志》、《輿地廣記》、《輿地紀勝》、《方輿勝覽》。還有地方志 976 種，失傳 947 種，現存 29 種。這是輝煌的成就，比唐朝有質的飛躍。

（34）宋朝的陶瓷技術水平遠遠超過唐朝，這是學術界公認的。參看中國矽酸鹽學會主編《中國陶瓷史》〔註216〕第六章和第七章。

（35）從北宋開始，宋朝皇室開始有對「玉皇大帝」的信仰，似乎發端於真宗朝。大中祥符七年（公元 1014 年）正月，宋真宗皇帝發布《改明道宮奉安玉皇像詔》〔註217〕，依據詔書，「玉皇」就是「玉皇大帝」，而且已經有造像，不僅是觀念而已。大中祥符七年九月，真宗皇帝發布《誡約諸州奉上玉皇聖號官吏務遵嚴肅詔》〔註218〕，告誡官吏務必嚴肅遵循「玉皇」聖號，不得懈怠，否則，「按劾以聞」。宋真宗天禧元年（公元 1017 年）正月，皇帝發布詔書《上玉皇大帝聖號袞服冊》〔註219〕。

〔註214〕參看徐小蠻等點校本，上海古籍出版社，2006 年版。
〔註215〕參看姚明達《中國目錄學史》之《宗教目錄篇》，上海古籍出版社，2005 年。
〔註216〕文物出版社，2006 年版。
〔註217〕載《宋大詔令集》卷第 135，476～477 頁。司義祖整理，中華書局，2009 年版。
〔註218〕載《宋大詔令集》卷第 135，477 頁。司義祖整理，中華書局，2009 年版。
〔註219〕載《宋大詔令集》卷第 135，479～480 頁。司義祖整理，中華書局，2009 年版。

更考《宋史·真宗紀二》：大中祥符三年（公元 1010 年）閏月「丁丑，召宰臣於宜聖殿，謁太宗聖容、玉皇像。」大中祥符五年（公元 1012 年）「十一月丙申，（真宗）親祀玉皇於朝元殿。」大中祥符六年「三月乙卯，建安軍鑄玉皇、聖祖、太祖、太宗尊像成，以丁謂為迎奉使。」七年「九月辛卯，尊上玉皇聖號曰太上開天執符御曆含真體道玉皇大天帝。」八年春正月壬午朔，真宗「謁玉清昭應宮，奉表告尊上玉皇大天帝聖號，奉安刻玉天書於寶符閣」。九年八月丙戌，真宗「製玉皇聖號冊文」。真宗「天禧元年春正月辛丑朔，改元。詣玉清昭應宮薦獻，上玉皇大天帝寶冊、袞服。」《宋史·徽宗紀三》：「政和六年（公元 1116 年）九月辛卯朔，詣玉清和陽宮，上太上開天執符御曆含真體道昊天玉皇上帝徽號寶冊。」

我們依據以上史料可以大致推論：正是宋真宗皇帝時代宋朝由皇帝開始崇奉「玉皇大帝」，最早開始於大中祥符三年（公元 1010 年）。從此「玉皇大帝」的文化觀念廣泛傳播於中國民間，成為民間文化的重要信仰。這與唐朝的道教信仰有明顯的不同，因為唐朝不崇拜「玉皇大帝」。

（36）劉復生《宋朝「火運」論略——兼談「五德轉移」政治學說的終結》〔註220〕認為，五運說的終結是北宋儒學復興的結果，歐陽修的《正統論》在理論上宣告了五德轉移政治學說的終結。劉浦江《「五德終始」說之終結——兼論宋代以降傳統政治文化的嬗變》〔註221〕稱以闡釋政權合法性為目的的五德終始說經過宋代儒學復興的衝擊，被歐陽修以來的宋儒以道德批評為準則的正統論取而代之。宋代知識精英對五運說、讖緯、封禪、傳國璽等傳統政治文化進行了全面的清算，從學理上消解它們的價值，從思想上清除它們的影響。宋儒的政治倫理觀念在當時是高調的、前衛的。也就是宋朝以歐陽修為代表的思想家以正統論思想取代了傳統的五德始終的政權變更的觀念。這與北宋的政治格局有密切的關聯。因為北宋面臨北邊廣袤而強大的遼國，西北有西夏政權，北宋要向這兩個國家每年納幣。再加上五代時期的後晉皇帝石敬瑭向契丹稱臣，自稱兒皇帝。因此，在三國鼎立的歐陽修時代，哪個才是天下的正統王朝，這是北宋思想家要面對的意識形態問題。由於當時三國鼎立，而且契丹或遼國的建立在北宋以前，其軍事實力明顯超過北宋，北宋沒有能力消滅遼國，甚至不可

〔註220〕《歷史研究》1997 年第 3 期。
〔註221〕見《中國社會科學》2006 年第 2 期。

能消滅西夏，因此北宋王朝的君臣不可能利用五德始終的學說來為北宋的合法性和正統性辯護，只能用正統論思想來替代五德始終的思想〔註222〕。這是宋朝的重要意識形態〔註223〕。

（37）我要特別強調隋唐的政治經濟文化中心在陝西長安，是西周秦漢的古都，在三國時為曹魏重鎮，在北朝也是京城，關中地區的文化綿延上千年，地位顯著，在隋唐繼續發展。然而長安在唐末戰亂中損壞嚴重（黃巢起義軍撤退時火燒長安城），再加上關中作為歷代帝都，開發過度，生態受到破壞。而江南地區長期享受和平安寧，未經戰亂。所以從五代開始，都城定在河南開封，通過大運河與江南溝通極為方便。開封地處中原，與鄭州毗鄰，四通八達，與各方的經濟文化交流都非常方便，從而有利於經濟文化大發展，尤其是商業的繁榮。宋代學術的繁榮與宋代商業的繁榮有密切關係，例如書籍的印刷業很發達，書籍眾多，而且宋人重視校勘，現在人多以宋版書為貴。從政治經濟文化中心從西向東的轉移這點上說，唐宋文化也應該分為兩個階段，日本學者很重視這個問題，例如日本著名漢學家內藤湖南《中國史通論》〔註224〕之《中國近世史》第一章《近世史的意義》。唐宋時代的地方政治制度也有較大的變遷，參看賈玉英《唐宋時期地方政治制度變遷史》〔註225〕。

著名宋史權威學者李裕民先生《論南宋國民素質高於唐朝與北宋》〔註226〕詳細研究了北宋文化高於唐朝，南宋文化又高於北宋。李先生從科舉文化、受教育人數的多少、啟蒙教育讀物的發展等多角度予以論證，考論很詳實。李先

〔註222〕另參看劉浦江《德運之爭與遼金王朝的正統性問題》，載《中國社會科學》2004年第2期。

〔註223〕關於歷史上的正統論思想，參看饒宗頤《國史上之正統論》，收入《饒宗頤二十世紀學術文集》卷六，中國人民大學出版社，2009年；錢鍾書《管錐編》四《全晉文》134，見《錢鍾書集》，三聯書店，2011年，1953～1956頁；陳福康《歷代正統論百篇》，商務印書館，2020年。

〔註224〕夏應元、錢婉約等翻譯，九州出版社，2018年，乃日文本《內藤湖南全集》第十卷。另參看內藤湖南《概括的唐宋時代觀》，收入《日本學者研究中國史論著選譯》第一卷，中華書局，1993年版（1992年初版）。內藤湖南此文稱：「唐和宋在文化的性質上有顯著差異：唐代是中世的結束，而宋代則是近世的開始，其間包含了唐末至五代一段過渡期。」（見前揭書第10頁）。日本學者竺沙雅章《獨裁君主的登場：宋太祖和宋太宗》，日文本，清水新書，日本清水書院出版，昭和五十九年版（公元1984年）。宮崎市定《東洋的近世》，礪波護編，張學鋒等翻譯，中信出版社，2018年，小島毅《中國思想與宗教的奔流：宋朝》，廣西師範大學出版社，2014年。

〔註225〕人民出版社，2016年。

〔註226〕見《國際社會科學雜誌（中文版）》2016年第3期。

生並且指出南宋的啟蒙教育有四個特點：其一，重視婦女的啟蒙教育；其二，重視殘疾人的啟蒙教育；其三，重視對當代人所撰啟蒙書的評價；其四，重視啟蒙教師的質量。

李先生此文還稱：宋代與漢、唐相比，還有兩點變化：一是創新意識增強。二是知識結構向深度、廣度拓展。先談創新意識。就國學而論，古代分漢學與宋學兩大派，漢學強調師承，宋學講求義理。漢、唐缺乏創新意識，缺乏新的學派。宋代自北宋中葉開始，另闢蹊徑，出現多個學派並存的局面，南宋學派尤多，詳見《宋元學案》，理學在諸多學派的競爭中脫穎而出，最終取得領導地位。經學之外，其他各個學科都有長足的發展。如考古學的前身金石學在北宋中葉誕生，同時出現考據學。又有年譜、詩話的新體裁和佛藏、道藏的彙編。

其次，知識結構向深度和廣度拓展。唐代的士大夫知識結構較單純，側重文學，水平甚高，其他學科就差一些，科學技術更差。北宋中晚期開始有明顯的變化，既講求知識面寬，又求其精。許多人不僅經、史、文，而且廣涉天文、地理、醫卜、佛、道。讀書風氣遠比唐代濃厚，以至幾百年後盛傳黃庭堅（1045～1105）的名言：「士大夫三日不讀書，則理義不交於胸中，便覺面貌可憎，語言無味。」

到南宋，有人進一步說：「登高望遠不可無，不可一日不讀書。」北宋晚期，沈括寫了一部百科全書式的名著《夢溪筆談》，這樣博大精深的筆記，在唐代是見不到的。這本書，國內外專家讚賞備至，是當時世界上無與倫比的傑作，但南宋人並不簡單地歎為觀止，而是精益求精，一百多年中不斷有人出來糾正其訛誤，補充其不足。」李裕民先生的論述甚為精闢。

其他類例甚多。我舉此三十七證，闡釋唐宋二代的學術文化有很大的不同。中央政治制度和經濟制度的不同還不在其內。綜合性的比較可將唐代和宋代的文化史拿來對照，一目了然。例如李斌成等著《隋唐五代社會生活史》〔註227〕、徐連達《唐朝文化史》〔註228〕、孫昌武《隋唐五代文化史》〔註229〕、日本學者那波利貞《唐代社會文化史研究》（日文本）〔註230〕、李錦繡《唐代制度史略論

〔註227〕中國社會科學出版社，1998年。
〔註228〕復旦大學出版社，2004年。
〔註229〕東方出版中心，2007年版。
〔註230〕日本東京創文社，昭和五十二年（公元1977年）。此書尚無中文譯本。

稿》〔註231〕等等所闡述的唐代文化和朱瑞熙等著《遼宋西夏金社會生活史》〔註232〕、葉坦等著《宋遼夏金元文化史》〔註233〕、姚瀛艇《宋代文化史》〔註234〕、包偉民《宋代制度史研究百年》〔註235〕的相關問題做一個比較，唐宋文化的區別是很顯著的。所以，我主張將宋代語言學也獨立為一章，也是獨立為一個時期。鄙見如此，不知先生是否認可？

15. 第十五節《字母之學》258頁指出「三十字母可能是在《切字要法》的基礎上發展起來的。」同頁又稱：「把《切字要法》看作是三十字母的前身是很可信的。」先生259頁在魏建功文章的基礎上，稱：「《歸三十字母例》雖為唐寫本，其產生時代應在隋唐以前，應當早於《切韻》，這是個人近來的新認識。」這是何先生新穎的觀點，相當可信。此節還討論了字母的產生與佛學的關係，這是非常必要的，而趙振鐸先生書沒有涉及這個問題。

16. 第十六節《等韻學的興起》、第十七節《古音學的萌芽》都敘述該練，條理分明，其中的不少詮釋是很到位的，足為音韻學者指示門徑。例如先生在《古音學的萌芽》292頁批評吳棫的古音學：「從韻目上看，吳棫似乎是分古韻為九部：東、支、魚、真、先、蕭、歌、陽、尤。實則這九個部也是一團亂麻。戈載批評它：「其所注『通』『轉』，頗多疏舛，如文曰古轉真，是以『通』為『轉』也；魂曰古轉真，痕曰古通真，是同一類而一作『通』，一作『轉』也。……」問題實不止此。他連m、-n、-ŋ三尾的大界限都打通了。如耕、清、青、蒸、登古通真，是混-ŋ尾與-n尾，侵通真，鹽通先，覃、咸、銜通刪，是混-m尾於-n尾。他的九部中根本就沒有閉口韻。就歸字來說，往往一個字歸好幾個部，如一東所收之『東』字、『登』字，均見於十陽；所收之『分』字又見於十七真，還見於一先。所以我說它是集『叶音』之大成。吳棫的分部、歸字，都有韻文材料為證，似乎是有根據的，實際上這些材料既無嚴格的時代界限，更談不上具體的韻例了。他不惟疏於考古，也完全不懂得審音，怎麼能建立起一個科學的古音系統呢！」何先生的這些學術性批評嚴厲而中肯。但是何先生也實事求是地讚賞吳棫的功勞，在錢大昕所舉的兩大功勞外，先生在

〔註231〕中國政法大學出版社，1998年。
〔註232〕中國社會科學出版社，1998年。
〔註233〕東方出版中心，2007年。
〔註234〕河南大學出版社，1992年。
〔註235〕商務印書館，2004年。

293 頁還補充了一條：「我認為吳棫還有一條功勞，他所說的『或轉入』已具有離析今音的傾向。書中提到『或轉入』的只有『江或轉入東』、『庚耕清古或轉入陽』，這兩條材料很值得留意。他把『江槓』等歸入一東，『京慶卿行』等歸到十陽，都符合上古語音特點。」這是很敏銳的觀察。先生此節也論述了為《韻補》寫序的徐蕆，讚賞其諧聲分析法是清儒的先驅。先生還論述了項安世的古音學，表彰他的音學成績，這是趙先生書所沒有涉及到的。《古音學的萌芽》295 頁評論南宋程迥的古音學：「他總結《韻補》的義例『不過四聲互用、切響同用二條』。」先生在注解中說：「楊慎《答李仁夫論轉注書》。盈按，關於『切響』二字，朱熹已『不審義例如何』。其實就是為了協韻而臨時改變音讀。」先生的注釋十分精審。

17. 先生第十八節《唐宋文字學》主要討論四個方面的內容：1. 正字形之學；2.《說文》之學；3. 右文說。4. 金石之學。這四部分論述相當周詳。我稍作補充：

（1）正字形之學全面收集了當時的俗字、通字、正字，對於研究漢字字形的演變有重大功用，對於研究隋唐以來的俗字有非常大的積極作用，極大地推動了俗字學的發展。這個是應該強調的。劉中富《干祿字書字類研究》〔註236〕對《干祿字書》的「俗字、通字、正字、易混字」做了詳細的疏證。

（2）在大小徐的異同上，我以為可以強調一下小徐本有《通論》多卷，尤其是有《祛妄》卷第三十六、《類聚》卷第三十七、《錯綜》卷第三十八、《疑義》卷第三十九、《繫述》卷第四十，這都是關於《說文》的全局性的和規律性的研究，是很重要的參考，這是大徐本沒有的，是小徐本獨到的貢獻。

（3）大小徐本在認定形聲字和會意字上有分歧。例如：《說文》：「元，始也。從一兀聲。」這是大徐本。而徐鍇《繫傳》說：「俗本有『聲』字，人妄加之也。」則徐鍇認為「元」是會意字，不是形聲字〔註237〕。類例甚多。徐鍇《說文解字繫傳·祛妄》卷第三十六也說：「六書之內，形聲居多，其會意之字，學者不了。鄙近傳寫，多妄加聲字，篤論之士，說宜隱括。」這是說會意字的問題比形聲字要複雜。胡樸安《中國文字學史》〔註238〕引盧文弨之言曰：「鼎臣於

〔註236〕齊魯書社，2004 年。
〔註237〕此說為錢大昕所駁斥。但是楊樹達《積微居小學述林》卷二《釋元》也釋「元」為會意字。論證堅確，足以反駁錢大昕之說。
〔註238〕第二篇《徐鍇之繫傳》章。

許氏本書，有難曉處，往往私自改易，而楚金獨否。蓋諧聲讀若之字，錯多於鉉。學者可由楷書以達形聲相生、音義相轉之理。即其於形聲諸字，求之不得者，雖刪去聲字，然猶著疑詞於其下。」盧文弨實際上是指出了徐鉉和徐鍇都曾懷疑《說文》中的許多形聲字都應該是會意字。錢大昕《十駕齋養新錄》卷四《二徐私改諧聲字》條批評徐鉉、徐鍇常常不明古音，擅自刪去作為形聲字標記的「聲」字。

（4）先生對宋代的金石之學主要介紹了郭忠恕《汗簡》和夏竦《古文四聲韻》，引述李學勤的文章闡述了二書的重要性，尤其是對研究戰國文字的重要性（因為其中有的字形與郭店楚簡的字形相合）。我覺得「金石之學」這題目似乎過於寬泛，因為歐陽修《集古錄》、趙明誠《金石錄》〔註239〕、呂大臨《考古圖》〔註240〕、王黼《宣和博古圖》〔註241〕這些書是宋代金石學的正宗，《汗簡》、《古文四聲韻》與那些書性質不大相同，不如就叫「古文字學」。清代學者鄭珍有《汗簡箋證》〔註242〕，現代學者黃錫全有《汗簡注釋》〔註243〕，王丹有《汗簡古文四聲韻新證》〔註244〕。如果取宋代「金石之學」這個題目，那麼洪适《隸釋‧隸續》〔註245〕還是要介紹一下的，這是研究漢魏碑銘的重要資料彙編。趙振鐸先生《中國語言學史》（修訂本）第三章《義疏和孔穎達〈五經正義〉》闡述了《五經正義》中的語法性質的成分；第四章《宋元明時期》第二節《筆記裏的語言學問題》討論了宋元明大量筆記中的語言學問題；第五節《語法的研究》討論了宋代和明代學者關於名詞動詞和虛詞的研究等語法問題，這都是趙先生獨到的撰述。

（5）關於「右文說」，無論如何要提一下集大成的著作是臺灣學者黃永武《形聲多兼會意考》〔註246〕，這是關於「右文說」最詳盡的論述和竭澤而漁似的資料彙編，應該說是論述「右文說」的權威著作。曾昭聰《形聲字聲符示源

〔註239〕參看趙明誠撰、金文明校證《金石錄校證》，廣西師範大學出版社，2005年。
〔註240〕參看呂大臨撰、廖蓮婷整理點校《考古圖》（外五種），上海書店出版社，2016年。
〔註241〕重慶出版社，2020年。
〔註242〕收入王鍈、袁本良點校《鄭珍集‧小學》，貴州人民出版社，2002年。
〔註243〕武漢大學出版社，1990年版，93年第二次印刷。
〔註244〕上海古籍出版社，2015年。
〔註245〕中華書局，1986年版，2003年第二次印刷。
〔註246〕臺灣文史哲出版社，1984年版，初版於1965年。

功能述論》〔註247〕是研究「右文說」的專書,其書第五章《現當代詞源學中的聲符示源功能研究》綜述了黃侃、沈兼士、楊樹達、黃永武、王力的相關研究,還綜述了近二十年(2002年前)學術界對聲符示源功能的研究。

我以為在隋唐語言學部分應該介紹和研究唐代的訓詁學,尤其是《五經正義》的訓詁學、《史記集解》和《史記索隱》的訓詁學、李賢注《後漢書》、顏師古注《漢書》、李善注《文選》、楊倞注《荀子》、尹知章注《管子》等等,一概不提,不免掛漏。《文選音義》〔註248〕、何超《晉書音義》尤其值得研究。而且隋唐佛學昌盛,佛教的音義書應該加以特別關注,納入語言學史的研究範圍,例如玄應《大唐眾經音義》、慧琳《一切經音義》〔註249〕都是唐代重要的佛經音義,不可不專門研究,本書對佛經音義有所闡述,似乎還可以更加詳細些。臺灣學者董忠思《顏師古所作音切之研究》〔註250〕是研究顏師古《漢書注》中的音切的專著,考論頗詳。張金霞《顏師古語言學研究》〔註251〕、孫顯斌《漢書顏師古注研究》〔註252〕都是研究顏師古的專著。李若暉《列子釋文反切考》〔註253〕討論唐朝殷敬順《列子釋文》的反切。

在宋代語言學部分,不討論朱熹《四書章句集注》、《詩集傳》、洪興祖《楚辭補注》,就不能明瞭宋代的訓詁學。北宋賈昌朝《群經音辨》〔註254〕是研究音變構詞和音義的對應關係的重要論著,是重要的「音義」類著作,是《經典釋

〔註247〕黃山書社,2002年。

〔註248〕現有李華斌《文選音義校釋》,中華書局點校本,2020年。

〔註249〕現有黃仁瑄校注本,中華書局點校本,2018年版,現在學術界有關玄應、慧琳等《一切經音義》的重要研究專著有:耿銘《〈玄應音義〉文獻與語言文字研究》(上海世紀出版集團、上海人民出版社,2016年);王華權《〈一切經音義〉文字研究》(上海世紀出版集團、上海人民出版社,2014年);徐時儀《玄應和慧琳〈一切經音義〉研究》(上海世紀出版集團、上海人民出版社,2009年);徐時儀《玄應〈眾經音義〉研究》(中華書局,2005年);於亭《玄應〈一切經音義〉研究》(中國社會科學出版社,2009年);徐時儀校注《〈一切經音義〉三種校本合刊》(上海古籍出版社,2008年);鄭賢章《〈新集藏經音義隨函錄〉研究》(湖南師範大學出版社,2007年);姚永銘《慧琳〈一切經音義〉研究》(江蘇古籍出版社,2003年)。還有大批的學術論文。因此,在語言學史上論述這些佛經音義,條件已經成熟了。

〔註250〕臺灣政治大學博士論文1978年,李無未《臺灣漢語音韻學史》(上)390~391對此書有介紹,中華書局,2017年。

〔註251〕齊魯書社,2006年。

〔註252〕鳳凰出版社,2018年。

〔註253〕載《語言研究》2003年第1期。

〔註254〕現有萬獻初點校《群經音辨》,中華書局點校本,2020年。

文》類的書，本書似乎介紹相對簡略了一點。遼代希麟《續一切經音義》〔註255〕也是佛教重要的「音義」類書，應該設立專節予以研究。

何先生關於元明清三朝語言學的敘述都很清晰明瞭，材料豐富，博及群書，議論公允，見解精闢。先生的所有撰述都能知人論世，將歷史文化與語言學相結合，富於人文精神，卓見迭出。

18. 第六章第二十節《〈中原音韻〉系韻書》334～335 頁論入聲在北方的消失：「入聲的消失必然有一個漫長的過程，就地區而論必然是不平衡的。大概唐末北宋時代，入聲已經開始起變化了，戈載《詞林正韻》指出：『惟入聲作三聲，詞家亦多承用。如晏幾道、柳永、晁補之、黃庭堅……此皆以入聲作三聲而押韻也。』（《詞林正韻·發凡》第 7 頁）夏承燾《「陽上作去」「入派三聲」說》，認為唐宋詞中已有『入派三聲』之例，透露了入派三聲的一點消息。元代韻書《中原雅音》也提供了入聲已經消失的旁證材料（見李實《蜀語》引文）。元末明初浙江人陶宗儀也說：『今中州之韻，入聲似平，又可作去聲。』明末清初的李實，在談到四川方言中一些入聲字的變化時，也追溯到《中原音韻》。他說：『玉讀若遇，蜀人皆讀為去聲』。『十讀若詩，楊升庵曰十，寬執切入聲，亦可作平聲。』『《歷代小史》錄虞集（1272～1348）一詩，以術、蜀同魚字押韻，《中原音韻》駁沈約（盈按：他以為《廣韻》即沈約《四聲譜》）頗多，然則今俗之聲亦有所本矣。』李實的話，可證西南官話入聲的消失是受中原北音影響的結果，他提到的這位虞集（字伯生，號道園，江西崇仁人，文宗時官奎章閣侍書學士），正是給《中原音韻》寫序的人，他的詩中以『術、蜀』同魚部字押韻，跟《中原》的歸字完全一樣，當不是偶然的。明代萬曆、天啟間，福建人姚旅曾客居京師，且『卒於燕』。他在《露書》卷九中說：『北人多讀入聲作平聲。燕中有諺云：馬快船進東進西，光祿寺宰鵝宰雞，翰林院作文作詩，中書科寫誥寫勅，這都是天下有名的，誰知道有名無實。』勅、的、實三字皆入聲，今與西一韻，其一驗也。』（221 頁）在《中原音韻》裏，西、雞、勅、的、實均歸齊微韻，詩歸支思，音近陸先生所謂的『無稽之談』，其實是有史可稽的。」這一段暢論入聲在北方的消失，徵引廣博，非常精闢。

19. 何先生在 335～336 頁明確表示《中原音韻》代表了元代的大都音系：

〔註255〕現有黃仁瑄《續一切經音義校注》，中華書局點校本，2021 年。

「大都，即後來的北平、北京，元明清三朝都是全國政治中心，從大都音到北京音，一脈相承，如果我們能從大處著眼，而不去糾纏個別語音演變上的問題，這種性質的討論幾乎就是多餘的了。周德清把清入聲派入上聲，而現代漢語這類字卻分別歸入四聲，這種不一致並不能證明北京音的來源非大都音。一則周德清的歸字不見得都很正確；再則當時入聲字的消失可能只是基本定局，口語還不統一，或變平、或變上、或變去，很不穩定，這是極為正常的，一變就定位了，反而不可能；另外，也不能排斥這類字的歸類是以北方另一種方言作為依據的，但這種可能性極小。總之，這個問題不影響《中原音韻》是大都音的根本結論。」這段話十分通達，指出入派三聲規律的複雜性。我只補充李清照《詞論》〔註256〕：「本押仄聲韻，如押上聲則協，如押入聲，則不可歌矣。」這幾句話很重要，表明宋詞有的押入聲，則不能歌唱。元曲也是如此，如果押入聲，則不可歌〔註257〕。此節可與先生《〈詩詞通韻〉述評》〔註258〕合觀。

20. 先生在 336 頁稱：「周德清稍後，燕山卓從之著有《中州樂府音韻類編》，這部書刊在元代楊朝英的《朝野新聲太平樂府》中，1958 年中華書局出版了隋樹森的校訂本，質量較高。」何先生堅持了傳統的學術觀點，但是耿振生先生《〈中原音韻〉的原始著作權和它的基礎方言問題》〔註259〕參考了明代程明善《嘯餘譜》、清代樸隱子《詩詞通韻》、戈載《詞林正韻》以及陸志韋《釋〈中原音韻〉》〔註260〕的觀點，經過考證認為燕山卓從之《中州樂府音韻類編》的成書年代在《中原音韻》之前。《中原音韻》的「韻譜」不是周德清所撰，是從卓從之那裡直接取來的。周德清依據了某個底本編寫《中原音韻》，這個底本可能是卓從之《中州樂府音韻類編》，但是沒有搞清楚它的現實依據。《中原音韻》的許多矛盾來自周德清自己沒有真正理解「韻譜」。燕山卓從之是北曲韻書的原始作者。由於卓從之是燕山地區的北人，所以其書所依據的方言應該是大都音。耿先生認為周德清沒有去過大都，其交遊範圍侷限在江西，不可

〔註256〕見徐北文主編《李清照全集》（濟南出版社，1990 年）245 頁。

〔註257〕方環海《二十世紀中國大陸〈中原音韻〉研究述評》（載《漢語史研究集刊》第五輯，巴蜀書社，2002 年）對《中原音韻》研究的綜述比較全面。

〔註258〕收入先生《音韻叢稿》，商務印書館，2002 年。

〔註259〕載《語言學論叢》第 31 輯，商務印書館，2005 年，其文第八《結論》對全文的觀點做了總結。

〔註260〕收入《陸志韋近代漢語音韻論集》，商務印書館，1988 年，又收入《陸志韋集》，中國社會科學出版社，2003 年。

能在大都搞過語音調查。《中原音韻》是在周德清的家鄉江西編撰成的，周德清沒有參加過大都的音韻論爭。「天下都會之所」可能是九江，不是大都。耿先生將《中原音韻》的問題引向了深入討論。耿先生此文明確贊成《中原音韻》的基礎方言是大都音，這與何先生觀點一致。

21. 第二十一節《元明等韻學》評述元明時代的十一種等韻學著作，簡而能周，疏而能要〔註261〕，解釋等韻學中的專業術語往往一語破的，使人豁然開朗，非厚積薄發者不克臻此。先生所作的評價都是客觀公正的，擺脫了傳統學術的偏見。此文可與先生《中國語言學史的研究方法》〔註262〕和《古漢語音韻學述要》（修訂本）〔註263〕第三章第二節合觀。

22. 第二十二節389頁，先生解釋楊慎《答李仁夫論轉注書》：「楊慎所說的義與理，實際上是指有無證據，如果有語言文字資料為證，就符合義理，否則就不能『互』，不能『通』。他這個話是針對宋人『四聲皆可轉，切響皆可通』的理論而發的。」先生的解釋很通達。先生此節簡要評述了楊慎和焦竑的古音學，尤其對於焦竑論述較為簡略，這個遺憾在先生的兩篇專論《楊慎》、《焦竑》〔註264〕得到了相當的補苴。

23. 第七章《概況》432～433頁，先生論述了清朝語言學繁榮的三大原因，針針見血，並強調指出：「關於清代的文化政策，過去只講文字獄，只講鎮壓的一面，甚至認為清代語言文字學的興起，是清廷實行高壓政策的產物，這樣的看法不能說毫無道理，但具有一定的片面性，與實際情形不完全相符。清代順、康、雍、乾四朝，的確不斷大興文字獄，也禁燬了一批書，後果極為嚴重。但在恢復和整理漢民族的傳統文化方面也做了不少工作。康熙開博學鴻詞科，開明史館，乾隆接受朱筠的建議，纂輯四庫全書，不論他們的動機如何，在客觀上促進了學術事業的發展。尤其是開四庫館，從全國各地徵集圖書資料，這就使一些學者能有機會接觸到大量的古典文獻，並有機會交流學術思想，作為政

〔註261〕寧忌浮先生著有《漢語韻書史》的《金元卷》（上海人民出版社，2016年）和《明代卷》（上海人民出版社，2009年），闡述金元明三代的韻書頗詳，可以參考。耿振生先生著有《明清等韻學通論》（語文出版社，1992年第一版。1998年第二次印刷），不以等韻學專書為線索，而是通論各韻書的等韻理論和等韻音系，頗有特色。
〔註262〕收入何先生《語言叢稿》，商務印書館，2006年。
〔註263〕中華書局，2010年。
〔註264〕收入吉常宏、王佩增編《中國古代語言學家評傳》，山東教育出版社，1992年。

治中心的北京，也成了語言文字學的研究中心。清代一些著名的語言學家，都跟北京有直接關係。」這些評論都是客觀公道的，世俗多以清代文字獄而抹殺清朝崇文的業績，先生並不附俗。先生的觀點與陳寅恪《陳垣〈元西域人華化考〉序》〔註265〕相合，陳寅恪稱：「有清一代經學號稱極盛，而史學則遠不逮宋人。論者輒謂愛新覺羅氏以外族入主中國，屢起文字之獄，株連慘酷，學者有所畏避，因而不敢致力於史，是固然矣。然清室所最忌諱者，不過東北一隅之地，晚明初清數十年間之載記耳。其他歷代數千歲之史事，即有所忌諱，亦非甚違礙者。」可見陳寅恪先生不主張誇大清代思想禁錮和文字獄對學術的危害。陳先生解釋清代史學的成就不如宋代是有另外的學術自身的原因，不能過分歸罪於文字獄之類的思想鉗制。

24. 對於學術界公認的清朝學者的巨大成就，何先生也能指出其缺點，例如先生在 434 頁稱：「清代語言學的成就很突出，問題也很突出。首先，他們有嚴重的復古主義傾向。具體表現在：對漢以後的語言文字學沒有採取分析態度。顧炎武就開了這個不好的風氣。但是，顧炎武的批判主要是針對明末的士人，他心懷亡國之痛，對明朝的士人很有情緒，認為這般人不務實學，空談性命，把國家也給『談』沒了。這樣的認識顯然不完全正確。我在上一章已經講了，明萬曆年間的語言學取得了很好的成就，不可一概否定。到了戴震、錢大聽，不僅批判明朝人，對明朝語言學的成就否定過多，就是對晉唐宋的語言學成就也否定過多。」先生對清儒的這個批評是實事求是的。

25. 先生 439 頁批評毛奇齡：「他的《古今通韻》一書，也是『巧於顛倒』，是大倒退，無『開始之功』可言。」440 頁稱：「毛奇齡完全是開倒車，他不僅要倒回到吳棫、鄭庠的老路上去，而且比吳、鄭還要荒謬。他把自己的古韻體系概括為一句話，叫作：五部三聲兩界兩合。」但也肯定其說有合理的地方：「陰聲韻的去聲與陽聲韻的入聲『互合』，有一定的根據，後來段玉裁主張古無去聲，與毛奇齡的『兩合』說有相似之處，二人都注意到去入關係密切。」441 頁引述黃季剛之言肯定毛奇齡的貢獻：「他的古韻學說不可取，而《通韻》全書也有可稱道之處。黃侃指出：毛奇齡主五部三聲兩界兩合之說，言雖唐大，而音之區分音、聲、韻三者則自毛氏始。」這是一分為二的辯證態度，可謂持

〔註265〕收入《陳寅恪集》（三聯書店，2011 年版）之《金明館叢稿二編》。269 頁。

論公允。

26. 先生在 462～463 頁評論段玉裁和孔廣森對上古音聲調的研究：「段、孔二人的意見正好相反：前者認為古無去聲，後者認為古無入聲。但二者都把去入合為一類來考察，這是有原因的。因為這兩個調類的字在上古韻文和諧聲系統中，關係非常密切。我們認為：古無入聲的說法是不可信的，孔是山東曲阜人，在他的口語中入聲已經消失，就誤以為上古也根本不存在入聲。不過，他承認上古去聲有長短之別，還是注意到了中古的去入二類在上古是有別的。」這個評論很敏銳，且中正公道。

27. 第三十節《清代詞源學》雖然筆墨無多，卻是先生獨到的取材和貢獻，各家語言學史都沒有論述到。

28. 第三十一節《清代語義學》536 頁總結清代訓詁學家科學的治學方法很精要：「應該承認：歸納匯證，包括發現問題與解決問題的全過程，是破疑義的重要法寶。從這個意義來說，證據就是學問，證據就是水平，證據就是力量。王引之說：『經之有說，觸類旁通。不通全書，不能說一句；不通諸經，亦不能說一經。』只有『觸類旁通』，才談得上科學的歸納匯證，隨意抓幾個例子就妄加解釋一番，算不得什麼『匯證』。」這是很正確的。可印證《清史稿·王念孫傳》對王念孫的評價：「既罷官，日以著述自娛，著《讀書雜志》，分逸周書、戰國策、管子、荀子、晏子春秋、墨子、淮南子、史記、漢書、漢隸拾遺，都八十二卷。於古義之晦，於鈔之誤寫，校之妄改，皆一一正之。一字之證，博及萬卷，其精於校讎如此。」關於清代訓詁學的理論和方法，孫雍長《訓詁原理》〔註266〕收集資料較詳。另外，我覺得作為訓詁學的重要理論和方法——古音通假，是清朝學者的訓詁學超越魏晉六朝唐宋元明的重大進展，應該予以介紹。我以為王引之為阮元的《經籍籑詁》所撰的《序》的前半部分可以引述，以闡明古音通假對訓詁學的重要性。又，本節同頁稱：「王念孫能發現問題，也能解決問題。陳奐在王念孫之後，連王念孫已經解決了的問題他都不能吸收其成果，二家識見之高下就可見一斑了。」對陳奐的這個批評是很中肯的，雖然王念孫也很看重陳奐。陳奐是段玉裁的高足，段玉裁去世後，陳奐拜訪王念孫。早已閉門謝客的王念孫聽說陳奐來訪，特意破例接待。

〔註266〕語文出版社，1997 年版。

29. 第三十一節 537 頁評論郭璞的反訓：「同詞相反為義就是一般訓詁著作中所謂的『反訓詞』。齊佩瑢曾經指出：『反訓只是語義的變遷現象而非訓詁之法則。』我很贊同這個說法，所以我主張不用『反訓』這個術語，改為『同詞相反為義』。」又稱：「郭璞舉的這些例子是否都屬於『義相反而兼通者』，後人有不同看法，有人還以此為理由來否定語義中有『相反而兼通』的事實，這也是徒騰口說，自以為是。我以為即使郭璞舉的這些例子均不確，他提出的『義相反而兼通』『義有反覆旁通，美惡不嫌同名』，也是一個頗為重要的發現。清代語言學家如王念孫、段玉裁、錢繹等都列舉了許多語義材料證實了這個理論的正確性。」〔註267〕這是肯定了郭璞「反訓」理論的貢獻，真正做到了客觀公允。此節可與何先生《古漢語的特殊詞彙》〔註268〕一文、何先生與蔣紹愚先生合撰《古漢語詞彙講話》〔註269〕二《詞彙的歷史發展》合觀。

30. 先生在《全書結語》歸納了中國古代語言學的五個特徵都非常精確到位，非高屋建瓴、通觀全局者不能有此見地，我唯有佩服而已。

31. 任何一部語言學史都不可能面面俱到，只能揭示歷史語言學的發展線索和各家論著的主要觀點、主要價值和缺陷。清代訓詁學極為昌盛，對各家訓詁學的詳細論評只能由專書去做。但我以為對於王念孫《讀書雜志·淮南內篇弟廿二》後所歸納的訓詁學義例 64 條，語言學史則是非講不可的，這是王念

〔註267〕郭錫良《反訓不可信》、《反訓問題答客難二文》都是批判郭璞的反訓觀點。收入郭錫良《漢語史論文集》增補本，商務印書館，2005 年，趙振鐸《中國古代語言學史》（修訂本）第三章第二節《語言學家郭璞》沒有討論郭璞的反訓問題。章太炎《小學答問》、劉申叔《古書疑義舉例補》、董璠《反訓纂例》、徐世榮《反訓探元》都承認有反訓存在。郭在貽《唐詩中的反訓詞》（收入《郭在貽文集》第一卷，中華書局，2002 年）討論了唐詩中確實存在的反訓詞。趙振鐸《訓詁學綱要》（修訂本，巴蜀書社，2003 年）第九章《反訓》具體研究了反訓的幾種類型，如「美惡同辭、施受同辭、正反同辭」等。王寧《訓詁學原理》（中國國際廣播出版社，1996年）110～125 頁討論了反訓的問題，並沒有否定反訓的存在，王寧還對反訓試圖作理論上的解釋。孫雍長《訓詁原理》（語文出版社，1997 年）反而沒有討論反訓。有趣的是梁啟超 1912 年 12 月給女兒梁令嫻的信《與嫻兒書》（收入《梁啟超家書校注本》，灕江出版社，2017 年）稱「康有為」的名號「南海」為「北江」，這是利用了反訓的原理。其書注（3）稱：北江，指康有為。古漢語訓詁學中，有反訓釋義或表達方法，即以反義詞解釋詞義：這裡以性質相同，詞義相反的方位詞互訓：「北」訓「南」；又以性質相同，詞義相近的名詞互訓：「江」訓「海」「北江」即「南海，』康有為是廣東南海人，稱康南海《長編》引梁啟勳的注解「北江，乃指南海」，即康有為（《長編》第 338 頁，頁下注）。

〔註268〕收入何先生《古漢語叢稿》，商務印書館，2016 年。

〔註269〕中華書局，2010 年版。

孫對自己畢生研究訓詁學的心得之言，是我國訓詁學原理和方法最高成就的集中展現。對於段玉裁《說文解字注》的研究〔註270〕，舒懷主編《〈說文解字注〉研究文獻集成》〔註271〕網羅資料最為詳盡，且加點校，可省學者尋檢之勞。郭在貽《訓詁叢稿》〔註272〕中有五篇研究段注的論文，合起來可以見出段注的價值和缺失。《清代語義學》一節對《說文》四大家的成就和不足採用通論的方法來撰述，這是不得已的，實在是因為要做各書的專論，確實篇幅太大，與學術史的體例難以融合。只是我以為講述清代《說文》學，無論如何要提到王筠的《說文釋例》二十卷，此書通論《說文》的各種規律，作宏觀研究，又能據實考據，對於綜合理解《說文》有很大的貢獻，至今所有的《說文解字通論》類型的書都不能望其項背。王筠對自己《說文》學的成就頗有信心，以為可奪段注首席，雖言過其實，卻自信可欽，因為他有《說文釋例》，不僅有《說文解字句讀》而已。

呂叔湘先生在 1953 年《中國文法要略》第六版題記稱：「希望讀者瞭解這部書的性質，在裏面找著他所能找著的東西，而不求全責備，這是我誠懇的願望。」這應是我們對待任何學術論著的態度。何先生的《中國古代語言學史》是富有先生個性和特色的學術史專著，前後歷時三十年，精鋼百鍊。先生「搖筆而散珠，動墨而橫錦」〔註273〕，核要而不失於淺，博瞻而不患於煩，事義該練，議論明達，筆銳干將，思呈異彩，有巨大的學術成就，亦富於人文之美，展現了先生浩瀚的學識和精湛的功力。先生敦崇實學，言必有據，「學無所遺，辭無所假」〔註274〕，「下筆如宿構」，絕不「吐峥嶸之高論，開浩蕩之奇言」〔註275〕，我讀後受無窮教益。本書注重點面結合，每個階段都有《概況》作通論性描述，然後展開重點研究。因此，本書各處的詳略是何先生有所為的取裁，詳其所應詳，略其所當略。先生在本書的《85 年河南版自序》中已經表明了這個立場：「怎麼寫跟為誰而寫是分不開的，本書是為大學生和具有同等水平的語

〔註270〕何先生通讀過段玉裁的《說文解字注》，見何九盈《我的閱讀歷程》，收入何先生《抱冰廬選集》（中華書局，2021 年）。何先生《僑吳老人三章》，收入先生《抱冰廬選集》（中華書局，2021 年），以及先生《書山拾夢》（商務印書館，2010 年）。

〔註271〕湖北教育出版社，2018 年。

〔註272〕收入《郭在貽文集》第一卷，中華書局，2002 年。

〔註273〕語出《文心雕龍・時序》。

〔註274〕語出曹丕《典論・論文》。

〔註275〕語出李白《大鵬賦》。

文工作者而寫的，這些同志一般都學過『音韻學』、『漢語史』這樣一些課，所以我要力避重複，凡是在這些課程中已經解決得很透的問題，本書就少談或不談，如《廣韻》是古代語言學史中第一流的名著，本書只用不多的篇幅就交代過去了，就是基於以上的考慮。」讀者諸君能夠從中「酌奇而不失其貞，玩華而不墜其實。」〔註276〕一卷在手，我國二千五百年之語言學宛在目前！

（二）《中國現代語言學史》（修訂版）

《中國現代語言學史》（修訂本）〔註277〕是何先生的又一力作，也是迄今為止唯一的一部全面闡述中國現代語言學的專著，本書榮獲「北京市第四屆哲學社會科學優秀成果一等獎」、「教育部普通高校第二屆人文社會科學研究成果二等獎」，這足以彰顯出先生「下筆有光焰」。先生在書前自題兩句古人詩：「水流萬折心無競，月落千山影自孤。」這完全是夫子自道，前一句說先生無意與世俗爭名利，後一句說自己甘願書齋寂寞，遠離塵俗的喧囂。

趙振鐸先生《中國語言學史》（修訂本）〔註278〕第五章是敘述二十世紀語言學，貫穿整個二十世紀，然而篇幅僅僅160頁左右，未能充分展開論述，許多問題浮光掠影，語焉不詳，尤其是不能有所評騭，讓人看不出現代語言學學術水平的發展和每個時代的主要成就，很多地方像是流水帳。缺少學術性批評是趙先生論述二十世紀語言學的主要不足。何先生《中國現代語言學史》（修訂本）取材限於1898～1949年，則是多達800頁的專著。先生在731頁初版《後記》稱：「這部書稿的正式寫作始於1990年7月，1992年10月5日脫稿，歷時兩年有餘。其間還有教學和別的寫作任務（如編寫《王力古漢語字典》），今夏住院開刀也耽誤不少時日，實際用來寫這部書的時間也就很有限了。我只有用『夸父逐日』、『跟時間賽跑』的精神，日夜兼程，努力搏擊而已。現在，此時此刻，望著堆在案頭10大本手稿，犯酷暑冒風雪奔走圖書館的情景，猶歷歷在目也。」先生為寫此書而「犯酷暑冒風雪奔走圖書館」，真是「草木結悲緒，風沙淒苦顏」〔註279〕。其艱苦卓絕，磨礪功深，「寂寞綴道論，空簾閉幽情」〔註280〕，不是

〔註276〕語出《文心雕龍・辨騷》。
〔註277〕商務印書館，2008年。
〔註278〕商務印書館，2017年。
〔註279〕語出李白詩《禪房懷友人岑倫》。
〔註280〕語出李白《古風》十三《君平既棄世》。

苦行求法之人難以體會。然而區區兩年有餘，就能成此巨構，沒有「虛負凌雲萬丈才」，也可知先生「下筆如有神」，慧性與天通。

先生此書不僅對現代語言學各領域有相當具體細緻的闡述和描寫，而且有先生的價值判斷，有學術性的批評。例如，第二章《語法學》151 頁充分肯定王力先生《中國現代語法》：「《中國現代語法》在探索漢語句法特點方面作出了重大貢獻，取得了輝煌的成就。它的謂語三分法得到語言學界的廣泛肯定，八種單句句法結構特點的揭示對漢語句法學的發展有重要意義。還有一點值得稱道的是，《中國現代語法》的取材只是一部《紅樓夢》。在此以前，還沒有任何一部語法著作進行過專書語法描寫。《新著國語文法》雖然研究的也是現代語法，但取材不成系統。對專書語法進行描寫的好處是，既可以保證系統的完整性，又便於進行歷史比較研究，也便於進行方言語法的比較研究。」這樣的正面評價是很中肯的。同時先生也指出其有兩個缺點：「一是忽視詞類劃分的意義；二是不成功地運用了西方某些語法理論。」這也是一語破的的批評。邵敬敏《漢語語法學史稿》（修訂本）[註281] 第三章第三節對《中國現代語法》的批評更加細密。趙振鐸先生《中國語言學史》（修訂本）對王力《中國現代語法》的敘述和評論都很簡單，完全沒有批評，這就缺乏學術性。

先生在 188 頁一面高度讚賞呂叔湘先生《中國文法要略》在文言白話的語法比較方面的成就：「我們至今還沒有見到，有任何一部講漢語語法的書，在文白比較方面下過如此深的工夫。」同時也指出了《要略》存在五個方面的缺點，對《要略》的缺點分析得很全面。（1）「存在的第一個問題是採納了三品說。關於這一點，1942 年 10 月嚴伯常在《介紹一本講文法的新書》中作了較為全面公正的評論。」（2）「《要略》的第二個問題是分析句子成分時設立了兩套名目，即主語、賓語之外，又有起詞、止詞之類。這種分別是過於看重邏輯意義的結果，缺點是抽象概括不夠。」引述了朱德熙先生的意見。（3）「《要略》全書不空發議論，不在概念術語上兜圈子，這是優點。缺點是沒有對書中運用的名詞術語進行『界說』，甚至連『詞句論』、『表達論』、『範疇』、『關係』這樣一些在書中佔有重要地位的用語，都沒有作出必要的說明。呂氏似乎不太重視概念模式。」（4）「《要略》對文言與白話的比較多著重於具體語法事實的研究，著重於具體規律的比較，而整體性、系統性似嫌不足，歷史演變的說明更嫌不足。」

[註281] 商務印書館，2010 年。

（5）「《要略》的修訂本存在一些技術性的問題，某些地方前後失去照應。」這
五點批判性分析是切中要害的。趙振鐸先生《中國語言學史》（修訂本）第六章
對在現代語言學史上非常重要的《中國文法要略》只有十分簡略的介紹，過於
粗線條，完全沒有做出學術性的批評，沒有深度可言。趙先生書 645 頁評論《中
國文法要略》時稱：「是迄今為止對漢語句法進行全面分析的唯一著作。」「全
面分析」應該是「全面語義分析」之誤〔註282〕，這個錯誤可不是無關痛癢的。
邵敬敏先生《漢語語法學史稿》（修訂本）〔註283〕也提出了五點批評，與何先生
的批評有的不一樣，也多能中肯。

何先生在第七節《古今語法比較研究》中討論呂叔湘《中國文法要略》，殊
具卓識，這完全符合呂叔湘先生本人的意願。考《中國文法要略》（1942 年版）
上卷「初版例言」：「要明白一種語文的文法，只有應用比較的方法。拿文言詞
句和文言詞句比較，拿白話詞句和白話詞句比較，這是一種比較。文言裏一句
話，白話裏怎麼說，白話裏一句話，文言裏怎麼說，這又是一種比較。一句中
國話，翻成英語怎麼說；一句英語，中國話裏如何表達，這又是一種比較。只
有比較才能看出各種語文表現法的共同之點和特殊之點。假如能時時應用這個
比較方法，不看文法書也不妨；假如不應用比較的方法，看了文法書也是徒然。
謹以此語獻於讀者。」可知呂叔湘正是強調要用比較的方法來研究語法，何先
生的布局是最合理的〔註284〕，而一般語言學史大都沒有「比較語法學」這一節
〔註285〕。

第二章《語法學》第九節《漢語語法理論研究》255 頁在詳細闡述了高名
凱的《漢語語法論》的主要內容之後，先生評論道：「《漢語語法論》在寫法上
有一個很突出的特點是書中不少章節都可以當作單篇論文來讀。著者注意追
溯某些虛詞、某些語法形式的源頭，對國外的有關說法以及國內的有關研究成
果進行介紹、評論，讀者可以從中獲得有關專題的較為全面的知識，無論是對

〔註282〕「全面語義分析」是朱德熙先生《漢語語法從書序》中的話。各家所言都是出自朱
　　　　德熙先生此文。
〔註283〕商務印書館，2010 年。
〔註284〕另參看《中國現代語言學史》（修訂版）88～89 頁。高名凱《漢語語法論》（商務
　　　　印書館，2011 年）第五章第二節《研究漢語語法的新途徑》60～61 頁也非常強調
　　　　用比較的方法來研究漢語語法。
〔註285〕邵敬敏《漢語語法學史稿》（修訂本，商務印書館，2006 年）第二章第六節《古今
　　　　比較語法的研究》沒有列入《中國文法要略》，與何先生不同。

入門者還是研究者來說都有意義。只是書中『標新立異』的地方較多，著者又喜歡使用一些與眾不同的概念，讀起來要有點耐心才行。上半世紀真正稱得上純理論性的極有個性的語法著作只有這一部《漢語語法論》，它的價值就在於創立了一個完整的體系，而且有不少具體的新發現，還提出了許多有爭議的問題。先生的理論勇氣，探索精神，永遠值得後人學習。缺點還是理論與實踐結合得不好，某些觀點（如詞類問題）缺乏健全的經驗的基礎。」既有高度的肯定，也指出其缺點 1. 標新立異很多，過多使用獨自的概念，造成閱讀理解的困難。2. 理論與實踐結合得不好。這些批評都是很中肯的。可惜後一個缺點講得比較籠統，未能作更加精細的分析。何先生用短短 11 頁（244～255 頁）的篇幅來概述《漢語語法論》（正文共 618 頁）的精華，穿插論評，明暢精當，非有高深涵養不能為，在整體上超過了邵敬敏《漢語語法學史稿》（修訂本）〔註286〕對《漢語語法論》的闡述。例如，高名凱針對有學者主張漢語實詞有形態而提出了四點批評，非常精闢，十分到位，我完全贊同高名凱的觀點。何先生簡要闡述了這四點批評，是非常必要的。當然，高名凱《漢語語法論》第一編《構詞論》第二章《漢語的詞形變化》第二節和第三節也闡述了漢語存在形態的觀點〔註287〕，並非完全沒有形態，只是沒有印歐語那麼豐富。邵敬敏先生書完全不提《漢語語法論》對漢語實詞有形態觀點的批評，似乎不妥。趙振鐸先生《中國語言學史》（修訂本）647～648 頁對《漢語語法論》的闡述過於簡略，而且毫無學術性批評，頗令人失望。

　　但是邵敬敏書這一節有兩點值得稱道：1. 在闡述《漢語語法論》語法體系時使用圖表來概括，似乎更加清晰明瞭，比單純的文字表述容易理解，在方法上值得稱道。2. 邵敬敏 134～135 頁批評《漢語語法論》在理論上的兩點錯誤和在分析上的六個缺點都很鮮明，在學術批評上更加具體。

　　第三章《音韻學》第十一節《上古音研究》在清晰闡述了黃侃的古本音學說後，引述了林語堂和齊佩瑢的評論。何先生對古本音問題十分慎重，不輕下斷語。雖然尊師王力先生有《黃侃古音學述評》〔註288〕對黃侃的古本音理論猛

〔註286〕商務印書館，2010 年。
〔註287〕《馬氏文通》已經有這樣的論述。例如，《馬氏文通讀本》（《呂叔湘全集》第十卷，遼寧教育出版社，2002 年）第一章《名字》1.4《名字辨音》、第五章《動字》5.11《動字辨音》。
〔註288〕收入《王力語言學論文集》，商務印書館，2000 年，又收入《王力文集》第十七卷，

烈抨擊為「循環論證」，幾乎全盤否定，何先生卻沒有選邊站隊。這是先生「獨立的精神、自由的思想」。第三章《音韻學》是何先生很專精的領域，寫得非常精彩，是全書的亮點，「乃一篇之警策」〔註289〕。

第三章第十一節《上古音研究》324 頁批評李方桂主張對上古之部收-g 的觀點和論證方法：「我們說，李方桂說的這些理由都很牽強、武斷，僅僅因為『來』字同入聲字有過押韻關係，就把他定為入聲字，又進一步把與『來』字押韻的陰聲字也定為入聲字，再進一步把同這類字的諧聲字也算做入聲字。蛛絲馬蹟，捕風捉影，實在是主觀得很。入聲字是一個有明顯語音特徵的集團，從現代保存入聲的方言到《切韻》音系到上古音，這個集團的整體格局是清楚的，也就是說它〔註290〕跟陰聲韻的界線是清楚的。上古陰、入相押的字佔一定的比例，這類字的性質須要研究，但不可隨意擴大化，以至於將陰聲韻字全部入聲化。」何先生的這個學術批評至今有重大學術意義，因為現在的音韻學者有的還在走李方桂的那條老路。

第三章第十一節《上古音研究》340 頁批評了黃侃、錢玄同否定「旁轉」的觀點：「我們認為『旁轉』屬於『合韻』範圍，如幽宵合韻，支歌合韻，真文合韻，古書不乏其例。從根本上否定『旁轉』，也就是否定合韻，錢黃之說不可從。事實上黃侃本人有時也大談旁轉。應當肯定。」先生的批評顯然是正確的。同時先生也讚揚錢玄同對「對轉」解釋得很精當。這完全是實事求是的評論，不作籠統之言。

第四章《方言學》482～483 對陳寅恪《東晉南朝的吳語》的批評也很科學：「陳氏的論證對於說明北音南漸的規律很有意義，但他的判斷帶有極端性。一點是『士人皆北語階級，庶人皆吳語階級』，近乎用階級地位的不同來區分方言，似乎方言也有階級性。我們只能說江東士族不少人能操兩種方言，除了

山東教育出版社，1989 年，何九盈先生在《中國語言學史的研究方法》（收入何先生《語言叢稿》，商務印書館，2006 年）一文稱：「80 年代初王力發表了《黃侃古音學述評》，這是中國語言學史上一篇很重要的論文，王力對黃侃的古音學體系進行了詳細的剖析，論據確鑿，說理透徹，有高屋建瓴之勢。我以為通過這篇文章可以看出傳統音韻學家和現代音韻學家在理論上和方法上的一些根本分歧。」另參看鄭遠漢主編《黃侃學術研究》（武漢大學出版社，1997 年）所有的多篇研究黃侃古音學的論文。

〔註289〕語出陸機《文賦》。
〔註290〕原文作「他」，逕改。

母方言吳語之外，還會講以北方方言為基礎的共同語。另一點是流行於金陵地區的共同語是否就是『西晉末年洛陽近傍之方言』，還有待於進一步論證。陳氏的這一結論是與他對《切韻》音系的基礎方言的看法相一致的。」這個分析相當公允，不能說東晉士族階級都只講北方共同語，不會講吳語。俄國的彼得大帝開國後，沙俄貴族曾崇洋媚外，有一段時間俄國貴族階級流行說法語，以顯示自己很時尚，有文化品位，但這並不意味著這些貴族不能說俄語。我自己無論在北京還是在廣州，與人交流都說普通話，但是我說得最流暢自然的還是我的家鄉話重慶話。

　　第八章綜述少數民族語言的研究，雖然這不是先生的專業領域〔註291〕，但先生博覽群書，對非漢語語言文字學的主要方面的闡述都很到位，有對專業學術的述評，並不亞於民族語言學的專業工作者，尤為難能可貴。

　　全書闡述並討論了中國現代語言學的各個方面，「充實而有光輝」〔註292〕，皆是來自對第一手資料的研究，絕無輾轉稗販。先生告訴我為了寫作此書，兩年的時間整天寢饋於北大圖書館，在大年三十北大圖書館閉館之時，最後一個離開圖書館的人往往是先生。從此可知先生艱苦力學不亞顧炎武。先生對於現代語言學的各個領域都有專門研究，對汗牛充棟的文獻了然於心，才能以一己之力完成這部巨著。書末《中國現代語言學史散步》廣徵博引論述了中國現代學術應該反思過度「歐化」的趨向，要將西方學術理論與中國的學術文化特徵相結合，建立中國特色的語言學和語言學史乃至各領域的學術史，反對盲目膜拜外國的學術理論，確實是針砭時弊，對那些一味高唱與世界接軌的人當頭一棒。這一篇論述充滿了人文精神，是先生人文關懷的肺腑之言，「篇終接混茫」，足以引發學術界的深刻反省。我對此抱有同感，我明確認為西方語言學中的「語言年代學」將碳十四測年的考古學方法生搬硬套到語言學〔註293〕，這是毫無科學根據的偽科學。

　　金無足赤，先生此書個別地方似乎也可以有所討論。請述芻蕘，聊為獻曝：

〔註291〕參看何先生《中國語言學史研究芻議》（收入先生《語言叢稿》，商務印書館，2006年，看270頁）三《團隊精神與學術個性》。
〔註292〕語出《孟子・盡心下》。
〔註293〕參看徐通鏘《歷史語言學》（商務印書館，1996年）17《語言年代學》。

1. 先生在第五章《漢字學》第二十節《古文字研究》討論甲骨文學的時候，甲骨學四堂只介紹了三堂，不提董作賓的《甲骨文斷代研究例》〔註294〕，也不提第一部甲骨文資料書《鐵雲藏龜》和第一部研究甲骨文的專著孫詒讓《契文舉例》〔註295〕，還有孫海波1934年出版了第一部《甲骨文編》，這是不應有的疏漏。綜述方面應該參考王宇信、楊升南主編《甲骨學一百年》〔註296〕、宋振豪主編《百年甲骨學論著目》〔註297〕、陳夢家《殷虛卜辭綜述》〔註298〕，這是文獻性很強的必備參考書。我將《古文字研究》節中的「于省吾」條和裘錫圭先生為《中國大百科全書》所撰的「于省吾」條相對照，如果何先生能夠多介紹一些于省吾考釋古文字的原則和方法，就更加完善。我總覺得應該專門介紹一下楊樹達的《積微居甲文說》等〔註299〕，不好略過不提，因為此書在古文字學界常常被學者引述。何先生在敘述郭沫若甲骨文的貢獻時，還可以談談郭沫若在甲骨文通讀上的貢獻，對郭沫若《甲骨文字研究》、《卜辭通纂》、《殷契粹編》〔註300〕都應該專門介紹。在《金文研究》節無論如何要專門介紹羅振玉的《三代吉金文存》〔註301〕、容庚《金文編》、徐文鏡1934年出版的《古籀彙編》〔註302〕，還有羅福頤的《古璽文字徵》，事實上卻並沒有。應該說《古文字研究》是全書比較薄弱的一節。如果先生參考過董作賓《甲骨學六十年》〔註303〕和裘錫圭、沈培合撰的《二十世紀的漢語文字學》〔註304〕和其他資料，這一節可能更加完美。另外，朱德熙先生在1947～1948年發表了五篇研究戰國文字的

〔註294〕裘錫圭、胡振宇編校《中國現代學術經典》之《董作賓卷》，河北教育出版社，1996年，書前有裘錫圭先生撰寫的《董作賓先生小傳》，書末有《董作賓先生學術年表》和《董作賓先生著述要目》。臺灣出版了《董作賓先生全集》甲乙兩編共12冊，臺灣藝文印書館，1977年。

〔註295〕樓學禮校點，齊魯書社，1993年版，《裘錫圭學術文集》（復旦大學出版社，2012年）6《雜著卷》有裘錫圭為《中國大百科全書》寫的《孫詒讓》條。

〔註296〕社會科學文獻出版社，1999年。

〔註297〕語文出版社，1999年。

〔註298〕中華書局，1992年版。

〔註299〕收入《楊樹達文集》，上海古籍出版社社，2006年。

〔註300〕這三部書分別收入《郭沫若全集·考古編》的一、二、三卷。

〔註301〕中華書局，1983年，初版於1937年。

〔註302〕上海書店出版社1998年重印。

〔註303〕收入裘錫圭、胡振宇編校《中國現代學術經典·董作賓卷》，河北教育出版社，1996年。

〔註304〕收入《裘錫圭學術文集》4《語言文字與古文獻卷》（復旦大學出版社，2012年）。此文原載於《二十世紀的中國語言學》（北京大學出版社，1998年）。

論文應該提及〔註305〕。

2. 何先生在 532 頁評錢玄同時稱：「錢氏本人所作的《說文部首今讀》、《說文段注小箋》都有一定的價值。」實際上，錢玄同的《說文段注小箋》〔註306〕很可能是利用了黃侃的手稿《說文段注小箋》，當作大學文字學課程的參考書。黃侃也有《說文段注小箋》〔註307〕，與錢玄同的《說文段注小箋》大面積雷同，很多地方一字不差，絕不可能如此「英雄所見略同」。郭萬青《黃侃、錢玄同〈說文段注小箋〉比勘》〔註308〕全面比勘二者，雖有差異，不妨礙其有共同來源，很可能錢玄同抄黃侃的手稿而稍施改訂，這重公案不是小事。畏友蕭旭先生認為：不是錢抄黃，而是錢去世後，錢的後人誤以為他的存稿是錢的遺著而出版。蕭兄的觀點事實上也是認為《說文段注小箋》原本主要是黃侃的書。

3. 第二十四節《訓詁理論的建立》專談訓詁學的定義、性質、範圍和原理，並且稱訓詁學成為學從黃侃開始，重點介紹了王力先生《新訓詁學》。我對此稍有不同看法。訓詁學在我國從《爾雅》算起也有兩千多年歷史，其中一定是有貫穿某些訓詁學理論的，例如在先秦就有廣泛的「聲訓」，將動詞形容詞視為名詞的語源（劉熙《釋名》為集大成）；漢儒的「讀為、讀若」也是訓詁學的原理和方法。清朝訓詁學權威學者王念孫《讀書雜志》在最後總結出 64 條訓詁學法則，俞樾《古書疑義舉例》所討論也是訓詁學的規律，劉師培《司馬遷〈左傳〉義序例》是訓詁學的名篇，揭示了訓詁學的許多重要方法，有極大的啟發性。段玉裁《說文解字注》既是文字學名著，也是訓詁學名著。朱駿聲《說文通訓定聲》和朱珔《說文假借義證》〔註309〕專門研究《說文》中的字在典籍中的通假問題，是典型的訓詁學。而且訓詁學與語源學、文字學、古文字

〔註305〕參看《朱德熙文集》（商務印書館，1999 年）第五卷附錄《朱德熙著作目錄》；裘錫圭《朱德熙先生在古文字學方面的貢獻》，收入《裘錫圭學術文集》6《雜著卷》，復旦大學出版社，2012 年，原載《朱德熙先生紀念文集》（語文出版社，1993 年）。李學勤《朱德熙先生對戰國文字研究的貢獻》，收入李學勤《綴古集》，上海古籍出版社，1998 年。

〔註306〕收入《錢玄同文集》第五卷，中國人民大學出版社，1999 年。

〔註307〕見黃侃《說文箋識》，收入《黃侃文集》，中華書局，2006 年。

〔註308〕載《臺北大學中文學報》第 15 期，2014 年。

〔註309〕余國慶、黃德寬點校，黃山書社，1997 年，畏友蕭旭兄告訴我：朱珔的《說文假借義證》價值不高，裏面許多是別人的說法。朱去世後，其孫把他抄別人說的紙條，都誤作朱珔自己的了。朱珔的《文選集釋》（收入許逸民主編《清代文選學名著集成》15～17 冊，廣陵書社，2013 年）才是他最好的書。我自己參考《說文假借義證》，也覺得精義不多，但還是有價值。

學、古文獻學、校勘學、語法學、版本學密切關聯，與純粹的語義學或解釋學不同。黃侃的《說文》學更多是關注本字和俗字、通行字的問題，與正宗訓詁學有區別。黃侃《字正初編》〔註310〕也是辨析文字的正體、變體、通行體、俗體等問題，是純粹的辨析字形問題，與訓詁學無關。因為正宗訓詁學是要解釋古書中的疑難字詞，以幫助閱讀理解古書，訓詁學與古籍整理關係密切，考本字只是訓詁學的一小部分，而且不是最重要的部分。王念孫《讀書雜志》、王引之《經義述聞》根本就不怎麼考本字。嚴格來說，黃侃是音韻學家、文字學家和校勘學家，不是訓詁學家，因為他沒有真正訓詁過一部典籍〔註311〕。《黃侃國學文集》〔註312〕中只有一篇《春秋名字解詁補誼》可稱訓詁學論文，恰恰與訓詁學理論無關，其方法只是沿襲了清代訓詁學泰斗王引之《春秋名字解詁》〔註313〕。趙振鐸《訓詁學綱要》（修訂本）〔註314〕、王寧《訓詁學原理》〔註315〕、孫雍長《訓詁原理》〔註316〕所闡述的各種訓詁學方法和原理都是漢儒和清儒已經廣泛使用過的，並無任何新創。何先生詳細綜述了王力《新訓詁學》六個方面的內容，其實這六點在清朝的訓詁學家都已經嫻熟運用。當然王先生強調訓詁學要與語法學、漢語史相結合，這是對的，但不能說清朝的訓詁學就沒有結合語法學與漢語史。例如，孫良明《清人訓詁考據中的句式類比分析法》〔註317〕詳細調查了清朝訓詁學著作中出現了眾多的「句法、文法」這兩個術語，可知清朝訓詁學與句法、文法緊密關聯，訓詁中慣用句式類比分析法：1. 依據句式類比分析分析詞序。2. 依據句式類比分析句讀。3. 依據句式類比分析實詞虛詞。4. 依據句式類比分析實詞類聚。5. 依據句式類比分析虛詞用法。6. 依據句式類比分析句法結構關係。7. 依據句式類比分析語義結構關係。8. 依據句式類比分析結構成分完整。9. 依據句式類比分析句式特徵。〔註318〕

〔註310〕黃念華編，黃焯校字，武漢大學出版社，1983年。
〔註311〕黃侃《文選評點》（中華書局，2006年版）不是訓詁學書，與《讀書雜志》、《經義述聞》有明顯區別。
〔註312〕中華書局，2006年。
〔註313〕收入王引之《經義述聞》。
〔註314〕巴蜀書社，2003年。
〔註315〕中國國際廣播出版社，1996年。
〔註316〕語文出版社，1997年。
〔註317〕載四川大學漢語史研究所編《漢語史研究集刊》第3輯，巴蜀書社，2000年。
〔註318〕另參看孫良明《「文法」術語的出現及其頻繁使用——兼談清人的文法觀》，載《煙臺師範學院學報》，1996年2期。

張先坦《讀書雜志句法觀念研究》〔註319〕詳細研究王念孫《讀書雜志》的語法觀念，條分縷析，頗為詳密。可知清朝訓詁學與語法學廣泛結合。王引之《經傳釋詞》是訓詁學和語法學的緊密結合的著例，以訓詁學的方法研究虛詞。呂叔湘《中國文法要略》1956年版《修訂本序》稱：「這是一本不很成熟的書，並沒有能夠建立一個嚴密的語法體系，主要還是類集用例，隨宜詮釋，稍加貫通，希望對於讀者的理解和運用各種語法格式能有一些幫助。這也就是前人寫書講虛字和句讀的精神，在書成十年之後我才覺察自己無意之中繼承了這個傳統，雖然在全書的組織上比前人多費了點心思，因而面貌很不相同。」可見呂叔湘先生承認被學術界公認為中國現代語法學最高成就的《中國文法要略》是繼承了古代訓詁學講虛字的精神，這是完全正確的。因此古代訓詁學講虛字就是和語法相結合。相反，我們倒是看到很多古漢語語法學者由於不通訓詁學，而錯誤分析了古漢語的語法。傅懋勣是民族語言學家，一生未專治訓詁學，卻發表《中國訓詁學的科學化》〔註320〕，彷彿傳統訓詁學不夠科學，他要為訓詁學更加科學化而鬥爭。他指出傳統訓詁學的五個缺點，都是無的放矢，這些缺點在王氏父子的《讀書雜志》、《經義述聞》、《經傳釋詞》、《廣雅疏證》中都不存在，在馬瑞辰《毛詩傳箋通釋》、郝懿行《爾雅義疏》、錢繹《方言箋疏》、孫詒讓《周禮正義》、《墨子閒詁》、王先謙《荀子集解》中也不存在。他自己討論的一些例子倒是莫名其妙，文不對題，例如在《忽略意義的時地性》〔註321〕一條中舉例「走」訓「趨、跑」，這是非常清晰的訓詁，是訓詁學常識。他卻說：「現在『走』的意義已經變慢了，而字典中還差不多都作『走，趨也』，就是忽略了意義的時間性。」這與傳統訓詁學的缺點哪有半點關係？傅懋勣同文三《現有的訓詁原則》稱中國訓詁有兩條極重要的原則是「右文說」與「音近義通」〔註322〕。這實在是誤解。「右文說」與「音近義通」〔註323〕是語源學的原則，主要不是訓詁學的原則。翻檢《讀書雜志》和《經義述聞》，哪有幾條「右文說」與「音近義通」（不是完全沒有）？傅懋勣之文一字不提傳統訓詁

〔註319〕巴蜀書社，2010年。

〔註320〕收入《傅懋勣先生民族語文論集》，中國社會科學出版社，1995年。

〔註321〕參看《傅懋勣先生民族語文論集》34頁，中國社會科學出版社，1995年。

〔註322〕參看《傅懋勣先生民族語文論集》25～27頁，中國社會科學出版社，1995年。

〔註323〕注意：「音近義通」不是訓詁學中的通假。詳細的研究參看張其昀《〈廣雅疏證〉導讀》（社會科學文獻出版社，2009年）第一章第七節《「聲義相近」類》。

學的最高經典《讀書雜志》和《經義述聞》而談訓詁學的科學化。折之私衷，未敢苟同。要批評傳統訓詁學，就必須批評訓詁學的最高成就的論著《讀書雜志》、《經義述聞》、《說文解字注》、《廣雅疏證》、《古書疑義舉例》〔註324〕。僅僅舉出俞曲園、章太炎的幾個訓詁學錯誤〔註325〕，而從根本上抨擊傳統訓詁學不科學，猶如在紐約看到了幾個窮人，就說整個美國都很窮；在倫敦抓了一個小偷就說所有英國人都是賊。

訓詁學與漢語史的結合在清人的訓詁學和古書辨偽中體現得尤為顯著。宋元明清學者在辨偽古書中使用的一個重要方法就是漢語史的方法，考辨某些語詞或文體風格出現在什麼年代，不可能在先秦兩漢產生，從而辨認偽書。《四庫提要》也擅長用漢語史的方法來辨偽。略舉數例：

1.《四庫提要》卷142《博異記》條：「《師曠鏡銘》一條，不似三代語爾。」明顯是漢語史的觀念。

2.《漢書·高惠高后文功臣表》：「使黃河如帶，泰山若厲。」王念孫《讀書雜志·漢書第二》「黃河」條：「念孫案：『黃』字乃後人所加，欲以『黃河』對『泰山』耳，不知西漢以前無謂『河』為『黃河』者，且此誓皆以四字為句也。《北堂書鈔》、《藝文類聚·封爵部》引此皆有『黃』字，則所見本已誤，《漢紀》及《吳志·周瑜傳》有『黃』字，亦後人依誤本《漢書》加之，《史表》無『黃』字。如淳注《高紀》引《功臣表》誓詞云『使河如帶，大山若厲』，此引《漢表》，

〔註324〕許威漢、金申《俞樾〈古書疑義舉例〉評注》（商務印書館，2012年）對《古書疑義舉例》推崇備至，《後敘》稱其「慧眼獨到，俱見匠心，發蒙百代，梯梁來學，嘉惠學林，功垂不朽」。因而為之作注，絕無抨擊。另參看許威漢《論晚清一部重要的訓詁學著作：俞樾〈古書疑義舉例〉研析》（收入《許威漢語文研究文存》，中華書局，2008年）。

〔註325〕本來章太炎自稱其訓詁學代表作《春秋左傳讀》十僅得五，並沒有自詡為傑作。據《太炎先生自定年譜》，《春秋左傳讀》成書於公元1896年，章太炎29歲。據《章太炎全集·書信集（下）》（上海人民出版社，2017年）第1200頁，1932年10月8日章太炎《與徐哲東》章太炎自稱：「《春秋左傳讀》乃僕少作，其時滯於漢學之見，堅守劉、賈、許、潁舊義，以與杜氏立異，晚乃知其非。」可見章太炎並不滿意此書，做了自我批評。此書是其青年時期所撰，難免有不成熟。當時其師傅俞樾就批評此書「立說纖巧」。另參看湯志鈞編撰《章太炎年譜長編》增訂本（中華書局，2013年）16～21頁。朱兆虎《章太炎〈春秋左傳讀〉成書時間考》（載《傳統中國研究集刊》第22輯，上海社會科學院出版社，2020年5月）考定《春秋左傳讀》成書於光緒19年，即公元1893年，他才26歲，怎麼可能有成熟完善的訓詁學著作？不能依據一些不成熟的訓詁學書而輕易抨擊傳統訓詁學。只能批評傳統訓詁學的最高成就，才能見出傳統訓詁學的缺陷。

非引《史表》也，《史表》作『如屬』，《漢表》作『若屬』。而亦無『黃』字，則『黃』字為後人所加甚明。」〔註326〕王念孫稱「不知西漢以前無謂『河』為『黃河』者」，這是典型的漢語史的觀點。

3.《漢書・禮樂志》;「音聲足以動耳，詩語足以感心。」王念孫《讀書雜志・漢書第四》「詩語」條稱:「念孫案:自漢以前無以『詩語』二字連文者，『詩語』當為『詩謌』，字之誤也。」〔註327〕王念孫稱「自漢以前無以『詩語』二字連文者」，這是正宗的漢語史的觀念。

4. 連文人紀曉嵐在辨析《文心雕龍・隱秀》篇是明朝人偽作的時候也使用過漢語史的方法。紀曉嵐批註《隱秀》篇〔註328〕稱:「嘔心吐膽，似摭玉溪《李賀小傳》『嘔出心肝』;『煆歲煉月』，似摭《六一詩話》周樸『月煆季煉』語。**稱淵明為彭澤，乃唐人語，六朝但有徵士，不稱其官也**〔註329〕。稱班姬為匹婦，亦摭鍾嶸《詩品》語。此書成於齊代，不應述梁代之說也。」這明顯有漢語史觀念。紀曉嵐最後認為今本《隱秀》是明朝人所撰。

事實上，即使在二十一世紀的今天，我們的訓詁學也沒有超越乾嘉諸老，很多方面反而退步，例如現在出版的當代學者關於十三經和諸子百家的校釋的專著，在訓詁上實在不能躡武清人。他們在抉擇前人的多種訓詁時，往往拾其粗而遺其精。出土文獻大量問世和古文字學的巨大進展只是擴展了訓詁學的材料範圍，並沒有產生出比清朝訓詁學更高明的訓詁學理論。無論是前輩學者楊樹達、于省吾、高亨，還是蔣禮鴻、郭在貽、董志翹，在訓詁學方法上只是繼承了乾嘉諸老的衣缽，都沒有超越王氏父子。這實在是因為訓詁學的方法和原理在清朝已經登峰造極了。王懷祖《讀書雜志》的 64 條、俞曲園《古書疑義舉例》〔註330〕、劉申叔《司馬遷〈左傳〉義序例》就是訓詁學方法的最高經典，後來學者尚不能望塵先賢，遑論凌駕古人？正如《文心雕龍・才略》所謂:「璿璧產於昆岡，亦難得而逾本矣。」

《中國現代語言學史》（修訂本）沒有專門的《詞彙學》一章，那是因為在

〔註326〕見王念孫《讀書雜志》197 頁，江蘇古籍出版社，2000 年。
〔註327〕見王念孫《讀書雜志》217 頁，江蘇古籍出版社，2000 年。
〔註328〕見黃霖整理集評《文心雕龍》（上海世紀出版社集團、上海古籍出版社，2010 年版）82 頁。
〔註329〕光華案，這一條是典型的漢語史方法。
〔註330〕見《古書疑義舉例五種》，中華書局，2005 年版。

49 年以前的詞彙學問題實際上包含在了語法學的論著中，沒有一部專書研究詞彙學，並非何先生的疏忽。詞彙學的專門研究發端於陸志韋在五十年代發表的《北京話單音詞彙》和《漢語的構詞法》〔註331〕兩書，時間範圍已經在此書之外。

通觀《中國現代語言學史》（修訂本），有幾大亮點應該注意：1. 中國現代語言學文獻浩繁，尋訪唯艱，先生博考搜求，幾無遺憾，僅有個別落網之魚。覽此一卷，可納須彌入芥子，融萬捲入寸心，授人以漁，金針度人，乃非常之人著非常之功。2. 對所有文獻潛心研究，爬疏別裁，條分縷析，「盡得脈絡曲折之詳。」〔註332〕提要鉤玄，表彰精華，抉摘舛謬，「捃選精切，除削疏緩」〔註333〕，昭學術之至公，示後來以法門。《四庫提要》乃萬人築長城，先生以一人建高樓，其考鏡學術源流不能說功高古人，至少可比肩先賢。3. 先生胸有成竹，目無全牛，使本書結構嚴謹，布局高明，條理清晰，闡述周詳，目光銳利，評騭精密。4. 駕馭材料遊刃有餘，如王良御馬，匠石運斤，非功力深厚者不能為。此書既出，群才擱筆，《中國現代語言學史》之類專著至今只有先生之書孤星朗耀，普照學界。

（三）小　結

先生這兩部《語言學史》「曜聯璧之華，標二俊之采」〔註334〕，可以照見先生「標心於萬古之上，送懷於千載之下」〔註335〕。先生神聰飄逸，才英秀發，博極萬卷，浩浩無涯，「筆追清風，心奪造化」，堪稱「妙極生智，睿哲惟宰。精理為文，秀氣成采。鑒懸日月，辭富山海」〔註336〕。先生不僅語言學專業學識蔚然大觀，而且視野宏達，酷好博覽，貫穿文史，彷彿仙人「浩蕩弄雲海」〔註337〕，終能「庾信文章老更成，健筆凌雲意縱橫」，斷然不同於現在的所謂專家狹隘得鼠目寸光，除了自己的蝸角專業外一無所知，根本談不上人文素養，

〔註331〕均收入《陸志韋語言學著作集》（三），中華書局，1990 年。參看晁繼周《二十世紀的現代漢語詞彙學》（收入《二十世紀的中國語言學》，北京大學出版社，1998年）。
〔註332〕語出《四庫提要》之《水經注提要》。
〔註333〕語出《切韻序》。
〔註334〕語出《文心雕龍·時序》。
〔註335〕語出《文心雕龍·諸子》。
〔註336〕語出《文心雕龍·徵聖》的贊辭。
〔註337〕語出李白《送王屋山人魏萬還王屋》詩。

哪能期望他貫穿群籍？我從這兩部學術史中領略到先生學術的磅礴氣象，難怪先生在學術界「白日懸高名」！

學術史有多種寫法，很多大家撰寫學術史都主要是寫自己的研究心得，並不是綜述學術界的已有的成果，這類學術史往往富於創見和個性，並不面面俱到，但恰恰有獨到的魅力和永久的生命力，例如羅素《西方哲學史》只從自己獨特的角度講述自己的觀察和研究，文筆優美，獲得諾貝爾文學獎。陳寅恪《唐代政治史述論稿》區區八萬言，完全闡述個人的研究見解，幾乎沒有稱引當代學者的任何著作，只提到了沈曾植的一個觀點，此書獲得國民政府頒發的優秀學術成果一等獎。魯迅《中國小說史略》、王國維《宋元戲曲考》、劉申叔《中古文學史》、蕭公權《中國政治思想史》、湯用彤《漢魏兩晉南北朝佛教史》都是自開園地，空諸依傍，成為一家之傑作，後世之楷模，留名青史。朱光潛《西方美學史》對傳統西方美學的研究和介紹並非鉅細不遺，有自己的選擇和研究的心得，很少提到學術界的其他研究成果，但此書論述精闢，學風嚴謹，早已成為學術經典，後來的「美學史」論著雖多，都難以追風朱先生。王瑤《中國新文學史稿》也主要是個人的研究，並不綜述學界對新文學作家作品的研究，後來的現代文學史著作多受其薰陶，此書奠定了王瑤作為新文學史家的地位。何先生的這兩部《語言學史》也是大木自運，別具洞天，並不綜述別人的研究成果，但凡是參考其他學者的研究都有詳細的標注。我相信這兩部《語言學史》也將與上述各家學術史名著一樣「文質相炳煥，眾星羅秋旻」。〔註338〕

先生對語言學史的研究除了以上兩部學術專著外，還有多篇重要的專題學術論文也值得高度重視。

（四）《語言叢稿》

1.《中國語言學史的研究方法》〔註339〕

先生指出研究要「從史實出發」。先生考察中國古代語言學文獻，認定中國古代有「語言學」，同時「語文學」也很發達。我完全贊成這個觀點，要說「等韻學」不是語言學，而是語文學，我打死也不認可。先生指出：「清代人從顧炎武到《四庫全書》的編者們，對明末的語言學基本上持否定的態度。他

〔註338〕語出李白《古風》五十九首之（一）。

〔註339〕收入何先生《語言叢稿》（我覺得應該命名為《語言學叢稿》才貼切），商務印書館，2006年，原載《語文導報》1987年第1～2期。

們看得起的只有一個陳第。明末出現了那麼多的音韻學著作，正式列入《四庫全書總目·小學類》的只有陳第的《毛詩古音考》和《屈宋古音義》，其他的只配列入『存目』，而且評價很不公正。」先生對《四庫提要》的批評是完全正確的。先生強調研究語言學史要網羅材料，研究第一手材料，並且批評當時的學術界：「用『網羅』二字來衡量，差距還不小。已出版的《中國語言學史》和《中國古代語言學史》，在材料方面都談不上齊全。」這是很中肯的學術批評。先生建議要加強語言學史的宏觀研究，要探索中國語言學發展的規律，要運用比較研究法。先生強調要克服封閉式的研究方法，主要包括三點：第一，關起門來談「師承、家法」，墨守舊說，拒絕接受不同意見，甚至排斥、貶低不同意見；第二，信息上的封閉。從事語言學史的研究，必須及時獲取各種新的信息，而我們在這方面是做得很不夠的。從 1949 年到現在，我們對臺灣有關中國語言學史的研究情況，對美國、日本、蘇聯等有關中國語言學史的研究情況，都知道得不多。這對我們提高研究水平是非常不利的。第三，專業分工過細，也是造成封閉的原因之一。搞語法的不管音韻方面的問題，不研究音韻學的文章；搞音韻的不瞭解語法研究中的問題；搞訓詁的往往也不注意語法研究中的情況。各自封閉，隔行如隔山。在這種情況下，即使有人願意對中國語言學史的發展情況進行系統的、創造性的研究，難度自然很大。我尤其喜歡先生談比較研究的一段論述：「比較應該是多層次、多側面的。《方言》與《爾雅》的比較，《玉篇》和《說文》的比較，《七音略》與《韻鏡》的比較，《集韻》和《廣韻》的比較，《古今韻會舉要》和《中原音韻》的比較；明代語言學和清代語言學的比較，清代訓詁學和漢代訓詁學的比較，現代音韻學和傳統音韻學的比較，現代語言學和古代語言學的比較，中國古代語言學和外國古代語言學的比較等等，都是研究中國語言學史的人應當考慮的。這種比較工作前人也做過一些，如清代的語言學歷來被稱為『漢學』，至今還有人把戴、段、二王當作漢學家。梁啟超通過比較，認為戴、段、二王諸家所治，亦並非『漢學』，其『純粹的漢學』，則惠氏（棟）一派，洵足當之矣（《清代學術概論》55 頁）。」先生的這些思想確實是痛下針砭，對於語言學史研究無疑有很大的指導意義。全文列舉了很多歷史語言學的具體實例，至今有啟發性，絕不是在紙上談兵法，在岸上講游泳。

2.《中國語言學史研究芻議》〔註340〕

此文主要討論了正確認識語言學史的性質和意義，研究和寫作語言學史的態度和方法，以及應該遵守的一些原則問題。全文分別論述了 1. 語言學史的性質；2. 語言學史的意義；3. 團隊精神與學術個性；4. 創建體系與重新改寫；5. 關於國外的漢語研究史。對研究語言學史有相當大的指導意義。要注意的是先生明確表達到了對學術個性的寬容和讚美：「好的學術史都是有個性的，學術史的個性差異，正是某一種學術史得以存在的理由，也是學術史研究得以繁榮的必要條件。現在已出版的中國語言學史著作，凡是有一定影響者都有自己的個性。讓各種不同的學術個性在競爭中、在比較中張揚自己的特色。」〔註341〕我太喜歡這段話了，完全擁護這一觀點。通讀先生的兩部語言學史，就明顯可以感到先生的學術個性，我認為先生的學術個性的一個重要體現是將語言學史的專門研究和人文精神相融化。閱讀先生論著者當能心領神會。大學者錢鍾書的名著《管錐編》和《談藝錄》都有鮮明的寫作個性，初讀其書或感覺其病於繁冗，疏於別裁，條理模糊，布局粗陋，事多錯雜，言喜狡獪，「雖志存該博，而才闕倫敘」〔註342〕，非學術論著之體，然而不害其為世界學術名著。錢鍾書《宋詩選注》的各位作家的小序都寫得很有學術個性，恰恰是此書的魅力所在，與社科院文學所編注《唐詩選》、俞平伯撰《唐宋詞選釋》的作家小序在風格上完全不同。《陳寅恪集》的各篇論著的學術個性非常明顯，其寫作方法也受到胡適、錢穆、錢鍾書等大學者的批評〔註343〕，但無損其學術成就。《經傳釋詞》和《古

〔註340〕收入何先生《語言叢稿》，商務印書館，2006 年，原載於《語言科學》創刊號，2002 年。

〔註341〕見《語言叢稿》271 頁。

〔註342〕語出劉知幾《史通・補注》。

〔註343〕曹伯言整理《胡適日記全編》（安徽教育出版社，2001 年）第六冊（657 頁）1937 年 2 月 22 日，胡適寫道：「讀陳寅恪先生的論文若干篇，寅恪治史學，當然是今日最淵博、最有識見、最能用材料的人。但他的文章實在寫的不高明，標點尤賴，不足為法。」錢穆批評陳寅恪文章不如王國維，「冗沓多枝節，每一篇若能刪去十之三四始為可誦，且多臨深為高，故作搖曳，此大非論學文字所宜。」（見余英時《錢穆與中國文化》附錄一《錢賓四先生論學書簡》，這是 1960 年 5 月 21 日寫給余英時的信。上海遠東出版社，1994 年，231 頁）。錢鍾書也曾批評陳寅恪文章寫得不高明（見汪榮祖《陳寅恪評傳》附錄三《陳寅恪與胡適》，255 頁，百花洲文藝出版社，1992 年版）。另參看劉大年《一個歷史學家的地位》：「陳寅恪先生懷抱高尚的志向，多才多藝，秉有大學問家的風範，但我們不應憑這些就給以過分的稱譽。例如把作者一再申明、自認的某些繁瑣冗長，其實際意義微小的考辨，冠上博大精深評語，加以推薦，未免太不切實際。從整體上看，他談不上建立了一個體

書疑義舉例》的寫作方法完全不同，但正如《文心雕龍·才略》所謂：「竹柏異心而同貞，金玉殊質而皆寶。」

3.《乾嘉時代的語言學》〔註344〕

這是先生評述乾嘉學術的重要論文，先生對清朝語言學了然於心，在《中國古代語言學史》（第四版）第七章分九節來做詳密的精彩述評，再加上《概況》，篇幅達 150 多頁，洋洋大觀，當與此文合覽。這篇論文發表於 1984 年，是先生比較早的研究乾嘉語言學的專題論文，固然沒有《中國古代語言學史》（第四版）第七章那麼詳盡，在當時也是尖端的綜述性論文。二者相比較，可以看出先生對於學術研究「又日新、日日新」地深入推展。此文的有些論述是《中國古代語言學史》（第四版）所沒有的，例如：「有人說：是清代經學的發展推動了小學的發展，故清代小學只不過是經學的附庸。筆者認為應當反過來說：是小學的發展有力地推動了經學的發展，清代經學水平之所以超越前代，在很大程度上得助於小學。清代的小學，人才輩出，著作如林，自成體系，蔚為大國，怎麼能說它是經學的附庸呢！」這是完全正確的篤論。清代的很多語言學與經學沒有直接的關係，例如關於《廣韻》、《集韻》的研究，關於《方言》、《釋名》的研究，都與經學沒有直接關聯。清代《說文》學昌盛，是相當獨立的文字學和訓詁學研究，不能說與經學無關，但不是經學的附庸。清代的訓詁學不僅僅解釋經學，也訓詁諸子百家和史書，例如關於《國語》、《逸周書》、《戰國策》、《史記》、《漢書》、《荀子》、《墨子》的訓詁之類。清代訓詁學的最高成就王念孫《讀書雜志》是訓詁子書和史書，不是經學的訓詁。我們稍微閱讀託名張之洞《書目答問》〔註345〕就知道清代語言學大致的成就。另如，此文有邵晉涵、郝懿行和王念孫的比較，這是《中國古代語言學史》（第四版）所

大思精的體系。」王季思《我們如何借鑒陳先生》：「先生的考證文章也確有一些過於繁瑣之處，如《論〈再生緣〉》中為了證明「樂志堂主人野蘋」即是陳端生的丈夫范炎，連舉《毛詩正義》、《植物名實圖考》等七條史料來證明；《韋莊〈秦婦吟〉校箋》中為證明『一斗粟』應作『一升粟』的一字之差，連舉《舊唐書》、《唐會要》等二十條史料來證明。這就未免貪多務博，也影響了文筆的清暢。胡適在 1937 年 2 月 22 日的日記裏說『寅恪治史學，當然是今日最淵博、最有識見、能用材料的人。但他的文章實在寫得不高明。』這話是確有見地的。」（劉大年、王季思文均收入《紀念陳寅恪教授國際學術討論會論文集》，中山大學出版社，1989 年）。

〔註344〕收入何先生《語言叢稿》，商務印書館，2006 年，原載《北京大學學報》1984 年第 1 期。完稿於 1983 年。

〔註345〕學術界或以為是清末著名文獻學家繆荃孫所撰。

沒有的。先生此文辨析了皖派和吳派的不同精神，全文充滿了論辯的寫作風格。由於二者的思路和寫作方法都不同，所以《中國古代語言學史》（第四版）第七章並不能取代《乾嘉時代的語言學》，雖然前者要晚出將近三十年。

4.《乾嘉傳統與 20 世紀的學術風氣》[註346]

這是先生反思學術史的重要論文，代表了先生的學術價值觀。先生高度評價乾嘉學術：「這是一個真正為學術而學術的時代，出現了一批專門學術家，他們對古代語言文字的研究達到了很高的水平，有些巨著至今還是高等學校最基本的教學用書。」而且現代學術深受其影響。先生憤怒地批判盲目否定祖國文化傳統的歷史虛無主義：「五千年的文明史沒有任何一個時代像 20 世紀這樣，一心要摧毀自己的傳統文化，在世界文化史上也沒有任何一個民族如此自己動手橫掃自己的傳統。」於此可見先生的人文精神。但是先生的個別提法可能先生自己已經有所變更，例如：「章、黃不能及時調整自己的學術方向，株守傳統的學科分類，缺乏新的學識和新的理論體系，學理資源單調陳舊。」這個比較籠統的提法可能需要揚棄了。先生說：「一個食古不化，一個食洋不化，新潮派與國故派各有是非。」如果說劉申叔、章太炎、黃季剛這些國故派都是「食古不化」，顯然是不公平的。《劉申叔先生遺書》既是國學寶典，是整理國故的尖端學術，也融化了西方學術思想，是結合中西學術的典範，具有鮮明的現代性，彰彰可考，安得以為「食古不化」？黃侃的音韻學、文字學，至今為學術界所敬重，又怎能稱為「食古不化」？也許先生的意思是「新潮派批評國故派『食古不化』」。先生其實對新潮派頗有不滿：「新潮派以虛無主義的態度對待民族文化、東方文化，盲目崇拜歐美，今天看來很幼稚，在當年卻有很大的蠱惑力。他們對國故派的批評也很不公正，缺乏學理上與事實上的根據，其水平跟大字報差不多。」這是先生很明確的學術史論斷。先生概括了現代學術對乾嘉傳統的繼承並取得很大成就的四個主要方面：1. 以語言文字學為根基。2. 以考據為治學方法。3.以學術為目的，不以學術為手段。4. 以實事求是為鵠的，重證據，為學術而學術，保持學術的獨立，終極目的是為了實事求是。這樣的概括非常精準。先生最後批判了 20 世紀的學術通病是 1. 形式主義的絕對化；2. 學術過

[註346] 收入何先生《語言叢稿》，商務印書館，2006 年，原載《漢學研究國際會議論文集‧語言文學卷》，2000 年。

分政治化；3. 華而不實、急於求成的學風。這些批評頗能切中要害，至今令人三省吾身。

5.《20 世紀的漢語訓詁學》[註 347]

這篇長文是先生梳理和綜述二十世紀的訓詁學的學術史，下了很大的工夫，足見先生諳熟訓詁學史。先生開門見山指出訓詁學在現代衰落的原因：「有的人甚至把鴉片戰爭的禍根，把太平天國的興起，都歸罪於考據訓詁之學，這跟顧炎武等人把明朝覆滅的原因歸罪於王陽明的心學一樣，都是號錯了脈，診斷失誤。考據訓詁只不過是少數學人從事的一種傳統文化，文化並不是行動的主體，它不能對一個王朝的盛衰負任何責任，行動主體是王朝的統治集團和王朝所規定的制度。瞭解這一點很有必要，因為兩千多年以來，中國的知識分子總是把政治與學術混為一談，把意識形態與人文知識混為一談，使學術發展經常喪失自己的獨立性。乾嘉而後，本世紀八十年代以前，訓詁學就一直面臨這樣的厄運。」這是要挽回訓詁學的聲譽，洗雪訓詁學蒙受的不白之冤。先生此文的重點是在綜述八十年代以後的訓詁學，還對一些訓詁學的概念區分和方法論的問題做了理論上的討論，並非浮泛的介紹而已，這些都是有意義的。

此文有的地方可以討論，我們分四層來闡述：

（1）先生談到了國學泰斗劉申叔和章太炎，稱：「『國學』並不就是訓詁學，而訓詁學是國學的基礎，人稱為『二叔』（章炳麟字枚叔，劉師培字申叔）的國學大師都是本世紀第一代訓詁大家。論繼承與發揚傳統文化之功，劉不如章。章氏堅苦卓絕，以振興國學為己任。」我看不能這樣說，《劉申叔先生遺書》廣博精湛的國學研究和卓越的成就絕不在《章太炎全集》之下，我以為是超過了《章太炎全集》。黃侃、劉文典、羅常培等名家都是劉申叔先生的學生。

（2）先生又稱：「在這樣的思潮籠罩下，加之劉師培、黃侃等人又不能及時地將訓詁學從『國學』中剝離出來，所以文字學、音韻學、語法學均已獨立成科，而訓詁學仍然成不了嚴格意義上的『學』。」這個提法似乎不科學的。我國的國學始終是以訓詁學為基礎的，訓詁學也是國學的重要成分，永遠不能剝離。而且在二十年代，清華大學研究院有國學門，導師王國維、梁啟超都重

[註 347] 收入何先生《語言叢稿》，商務印書館，2006 年，原載劉堅主編《二十世紀的中國語言學》，北京大學出版社，1998 年，原文作「二十」，《語言叢稿》本作「20」，今論文名依據《語言叢稿》。

視訓詁學。北京大學 1918 年成立了文科研究所，1921 年改名為研究所國學門，沈兼士、劉復先後擔任所長，後來歷任所長有胡適、傅斯年、湯用彤、羅常培，都是傑出的國學家，沒有任何一人蔑視訓詁學。幾個新文化運動的先鋒鼓吹白話文和新文化，實在沒有貶低訓詁學的意思。胡適《中國哲學史大綱》卷上〔註 348〕是用西方哲學體系的模式來寫作的第一部中國先秦哲學史，蔡元培在《序》中稱讚胡適有漢學修養：「留學西洋的學生，治哲學的，本沒有幾人。這幾人中，能兼治『漢學』的，更少了。先生生於世傳『漢學』的績溪胡氏，稟有『漢學』的遺傳性；雖自幼進新式的學校，還能自修『漢學』，至今不輟。又在美國留學的時候兼治文學哲學，於西洋哲學史是很有心得的。所以編中國古代哲學史的難處，一到先生手裏，就比較的容易多了。」並認為胡適通漢學，這是《中國哲學史大綱》獲得成功的重要條件。而漢學的主體就是訓詁學。梁啟超《評胡適之〈中國哲學史大綱〉》〔註 349〕：「總說一句，凡是關於知識論方面，到處發現石破天驚的偉論；凡關於宇宙觀、人生觀方面，什有九很淺薄或謬誤。」閱讀胡適此書，可知梁啟超先生說的「知識論方面」就是以訓詁學為主的考據。在 1919 年 8 月的《再版自序》中胡適稱：「我做這部書，對於過去的學者我最感謝的是：王懷祖、王伯申、俞蔭甫、孫仲容四個人。對於近人，我最感謝章太炎先生。北京大學的同事裏面，錢玄同、朱逖先兩位先生對於這書都曾給我許多幫助。」可見胡適認為他的《中國哲學史大綱》能夠寫成是多虧了訓詁學大家王氏父子、俞曲園、孫詒讓、章太炎的訓詁學（章太炎可能還有其中國學術史研究）。錢玄同是音韻學家和文字學家，朱希祖是明史專家，尤其精通南明史，二人都是章太炎的學生，也是漢學家。可知新潮人物胡適非常重視訓詁學，哪有半點輕蔑之意？胡適後來自稱有「考據癖」〔註 350〕，明顯是漢學的傳統。梁啟超、蔡元培、胡適之都非常重視訓詁學（即清朝的漢

〔註 348〕商務印書館，1987 年版，初版於 1919 年 2 月。

〔註 349〕收入《梁啟超全集》第十五卷，中國人民大學出版社，2018 年，見 342 頁。這是一篇非常精彩的論文式書評。

〔註 350〕考《胡適文集》（北京大學出版社，1998 年）第二冊第三卷《〈水滸傳〉考證》379頁稱：「我最恨中國史家說的什麼『作史筆法』，但我卻有點『歷史癖』；我又最恨人家咬文嚼字的評文，但我卻又有點『考據癖』！因為我不幸有點歷史癖，故我無論研究什麼東西，總喜歡研究他的歷史。因為我又不幸有點考據癖，故我常常愛做一點半新不舊的考據。現在我有了這個機會替《水滸傳》做一篇新序，我的兩種老毛病歷史癖與考據癖——不知不覺的又發作了。」這是胡適自稱有「考據癖」的出處。

學）。我還沒有發現有一個新派名流真正攻擊過訓詁學。魯迅先生有極端的反傳統文化的言論，同時嘲笑了庸俗的「國學」，諷刺商人借國學之名牟利〔註351〕，但魯迅從來沒有攻擊過訓詁學和正宗國學。他的《中國小說史略》還是用文言文寫作的國學論著。二十世紀前三十年似乎沒有人將「國學」與「傳統文化」等同起來，根本沒有認為訓詁學是陳腐的傳統文化。新潮人物反傳統，是反對在新時代下繼續踐行傳統文化（如裹足、納妾、吸鴉片、搞迷信等），尤其是反對極端的傳統道德（如愚忠愚孝、妻子殉夫當烈女、三從四德、貞節牌坊等）。而真正的「國學」尤其是「訓詁學」只是研究傳統文化，是學術活動，並不是要繼續履行傳統文化，反對西學。恰恰相反，研究國學的學者很多都有西學的學養，如劉申叔、王國維、梁啟超、陳寅恪、李濟、吳宓、湯用彤、楊樹達。胡適、魯迅、李方桂深通西學，都研究國學。反傳統很激進的傅斯年和毛子水也還是國學家。魯迅抨擊庸俗國學，卻從來沒有輕視訓詁學的。打孔家店的胡適有漢學修養，辦《新青年》的新文化急先鋒陳獨秀著有《小學識字教本》〔註352〕，這是專業的文字學和同源詞研究。陳獨秀還有《陳獨秀音韻學文集》〔註353〕。梁啟超1923年5月《與思成書》〔註354〕稱：「《荀子》頗有訓詁難通

〔註351〕參看《魯迅全集》第一卷《熱風》中的《所謂「國學」》：現在暴發的「國學家」之所謂「國學」是什麼？一是商人遺老們翻印了幾十部舊書賺錢，二是洋場上的文豪又做了幾篇鴛鴦蝴蝶體小說出版。」《熱風》的《題記》：只記得一九二一年中的一篇是對於所謂「虛無哲學」而發的；更後一年則大抵對於上海之所謂「國學家」而發，不知怎的那時忽而有許多人都自命為國學家了。《熱風》的《「以震其艱深」》：上海租界上的「國學家」，以為做白話文的大抵是青年，總該沒有看過古董書的，於是乎用了所謂「國學」來嚇呼他們。……國學國學，新學家既「薄為不足道」，國學家又道而不能亨，你真要道盡途窮了！《墳》之《未有天才之前》：「我們和古董商人談天，他自然總稱讚他的古董如何好，然而他決不痛罵畫家、農夫、工匠等類，說是忘記了祖宗：他實在比許多國學家聰明得遠。」《熱風》之《估「學衡」》：夫文者，即使不能「載道」，卻也應該「達意」，而不幸諸公雖然張皇國學，筆下卻未免欠亨，不能自了，何以「衡」人。這實在是一個大缺點。魯迅在二十年代的這些文章中經常嘲笑挖苦庸俗的國學家，尤其是上海地區的海派庸俗國學家。魯迅嘲諷的國學家與真正的國學家如梁啟超、王國維、陳寅恪、陳垣等當然不是一回事。《熱風》之《不懂的「音譯」》稱：「中國有一部《流沙墜簡》，印了將有十年了。要談國學，那才可以算一種研究國學的書。開首有一篇長序，是王國維先生做的，要談國學，他才可以算一個研究國學的人物。」可見魯迅很敬重國學家王國維。而且從魯迅的文章來看，當時提倡國學的人倒是非常多，像魯迅這樣挖苦嘲弄國學的是少數派。

〔註352〕劉志成整理校訂，巴蜀書社，1995年，另收入《陳獨秀著作選編》第六卷，上海人民出版社，2010年。

〔註353〕中華書局，2001年。

〔註354〕收入《梁啟超家書校注本》，灕江出版社，2017年。

者，宜讀王先謙《荀子集解》。」梁啟超的弟弟梁啟雄《荀子柬釋》〔註355〕常常引述其兄梁啟超的訓詁，梁啟超關於《荀子》的訓詁因此保留於此書。胡適1916年12月有篇日記《論訓詁之學》〔註356〕稱：「考據之學，其能卓然有成者，皆其能用歸納之法，以小學為之根據者也。王氏父子之《經傳釋詞》、《讀書雜記》，今人如章太炎，皆得力於此。吾治古籍，盲行十年，去國以後，始悟前此不得途徑。辛亥年作《詩經言字解》已倡『以經說經』之說，以為當廣求同例，觀其會通，然後定其古義。吾自名之曰『歸納的讀書法』。其時尚未見《經傳釋詞》也。後稍稍讀王氏父子及段（玉裁）孫（仲容）章諸人之書，始知『以經說經』之法，雖已得途徑，而不得小學之助，猶為無用也。兩年以來，始力屏臆測之見，每立一說，必求其例證。」這是胡適崇敬清代訓詁學的鐵證〔註357〕。要寫《現代訓詁學史》，這篇小文章還得提一下。

（3）清朝的訓詁學極為昌盛，訓詁學理論和方法非常成熟完備，不能說沒有「學」。我以為何先生過分看重黃侃的《訓詁學講詞》，以為是訓詁學理論的開端，這是不符合事實的。我在上文述論《中國現代語言學史》時甚至認為黃侃不是一個真正的訓詁學家。真正的訓詁學家沒有一個人看重玩理論的訓詁學小冊子。我認為何先生對「訓詁學通論」性質的作品評價太高了，若起王氏父子於九原，也未必認同。中國古典學術其實一直遵循孔子的傳統：「我欲載之空言，不如見之於行事之深切著明也。」〔註358〕《史記·高祖本紀》劉邦稱：「空言虛語，非所守也。」王念孫的訓詁學理論和方法散見於《廣雅疏證》，張其昀歸納而撰成《〈廣雅疏證〉導讀》，不能因此說《廣雅疏證》不是訓詁學，而《〈廣雅疏證〉導讀》才是訓詁學。段玉裁文字學和訓詁學的理論和方法散見於《說文解字注》，閔元召《說文段注摘例》〔註359〕將其歸納為四卷，不能說《說文解字注》不是訓詁學，只有《說文段注摘例》才是訓詁學。不能說王筠《說文解字句讀》不是訓詁學，只有王筠《說文釋例》才是訓詁學（當然此書是研究《說文》的名著）。不能說王念孫《讀書雜志》不是訓詁學，只有孫雍長《訓詁原理》〔註360〕才是訓

〔註355〕中華書局點校本，2009年版，1983年初版。
〔註356〕見姜義華主編《胡適學術文集·語言文字研究》，中華書局，1998年版。
〔註357〕另參看胡適《〈詩經〉中的「於」、「以」字，見姜義華主編《胡適學術文集·語言文字研究》，中華書局，1998年版。
〔註358〕見《史記·太史公自序》。
〔註359〕收入舒懷主編《〈說文解字注〉研究文獻集成》（下），湖北教育出版社，2018年。
〔註360〕語文出版社，1997年。

詁學。訓詁學實踐與訓詁學理論在我國的訓詁學史上從來沒有分割過，厚此薄彼是不應該的。更何況，八十年代後的訓詁學理論從來沒有超越清儒。

（4）訓詁學自先秦以來就是一門實戰性的學問，訓詁學理論從《爾雅》以來就一直貫穿於訓詁學實踐。王引之為阮元的《經籍籑詁》所撰的《序》稱：「訓詁之學發端於《爾雅》，旁通於《方言》，六經奧義、五方殊語，略備於此矣。」〔註361〕而且訓詁學條例在民國以前早已有豐富的總結，斷然不能將訓詁學的成立歸功於寫了一兩部談訓詁學理論小冊子的人。何先生此文在評述五十年代以前的訓詁學一字不提訓詁學大家楊樹達（只在語源學上提到楊樹達〔註362〕），大概是因為楊樹達先生沒有專門談訓詁學理論的文章或專著。然而陳寅恪《楊樹達〈積微居小學金石論叢續稿〉序》〔註363〕稱：「寅恪嘗聞當世學者稱先生為今日赤縣神州訓詁小學之第一人。今讀是篇，益信其言之不誣也。」楊樹達《積微翁回憶錄》〔註364〕1942年12月13日記載楊樹達收到陳寅恪的來信，陳寅恪在信中稱：「論今日學術，公信為赤縣神州文字、音韻、訓詁學第一人也。」可知，四十年代的學術界公認為楊樹達為訓詁學第一大家，其《積微居小學金石論叢》、《積微居小學述林》就是正宗的訓詁學，《論語疏證》也是訓詁學的一種方法，乃是仿傚阮元《詩書故訓》〔註365〕。更何況楊樹達並非不研究訓詁學理論。考楊樹達《積微居小學述林全編》〔註366〕之《補編》有《與沈兼士論字音義通讀書》、《聲訓舉例》、《訓詁學大綱》、《訓詁學小史》、《漢字聲統序例》；楊樹達《積微居小學金石論叢》〔註367〕卷五《釋名新略例》（撰於1925年）。這些文章都是專談訓詁學的方法、理論和條例以及訓詁學史。另外，《劉申叔先生遺書》中研究訓詁學的論著甚多，不僅僅是語源學研究，劉先生校釋群書有輝煌的業績，研究《毛詩》、《荀子》、《史記》的訓詁學極為精湛。劉申叔、楊樹達、于省吾、高亨校釋漢代以前古書，就是正宗

〔註361〕參看阮元《經籍籑詁》上冊第2頁，中華書局，1995年版。

〔註362〕另參看卞仁海《楊樹達文字語源學研究述評》，見《中國文字研究》第二十一輯，上海書店出版社，2015年。

〔註363〕見《陳寅恪集》之《金明館叢稿二編》260頁，三聯書店，2011年，此文作於1942年。

〔註364〕北京大學出版社，2007年，137頁。另見劉正《陳寅恪史實索隱》（上海書店出版社，2014年）《新發現的陳寅恪書信15通考釋》6，327頁。

〔註365〕可惜陳寅恪《論語疏證·序》未能指出這點，只是強調了《論語疏證》的方法與宋代史學家編撰史料長編考異的方法相雷同。

〔註366〕上海古籍出版社，2007年。

〔註367〕上海古籍出版社，2007年。

的訓詁學。劉文典《莊子補正》、《淮南鴻烈集解》也是訓詁學。章太炎《春秋左傳讀》、《膏蘭室箚記》也是訓詁學專書。類例尚多，難以枚舉。何先生文章談到了古書的「今譯」，例如《論語譯注》、《孟子譯注》、《左傳譯文》、《詩經直解》、《莊子今注今譯》、《尚書今注今譯》、《禮記今注今譯》、《周禮今注今譯》、《呂氏春秋譯注》、《古文觀止譯注》、《白話史記》，注釋古書的《春秋左傳注》，全都歸於訓詁學，那麼二十世紀以來訓詁學家劉申叔、楊樹達、高亨、劉文典、楊明照、王利器、王叔岷等等校釋古書，更應該歸入訓詁學範疇，何先生對此絕口不提，似乎不妥。我以為將「訓詁」與「訓詁學」過分割裂，可是又將古書今譯（還有專書詞典、古書新證）這種與理論不沾邊的書也當做訓詁學來介紹，這是不能自圓其說的。訓詁學理論和訓詁學實踐是密不可分的，二者都是訓詁學，具體的訓詁研究是更加重要的訓詁學。僅僅讀了《訓詁學通論》之類小冊子不能作訓詁研究，猶如只是讀了翻譯理論不能從事翻譯工作，讀了文學理論不能搞文學創作，讀了音樂理論不能成為歌唱家。但先生此文確實下了很大的工夫，有一些理論上的辨析，至今依然是研究二十世紀訓詁學史最好的論文。

6.《魯國堯〈盧宗邁切韻法〉序》〔註368〕

要寫好學術性的書評是非常艱難的事，在國際學術界往往是該領域的權威學者才能撰寫好的書評。何先生的兩部《語言學史》帶有書評彙編的性質，所以先生撰寫書評往往得心應手，評述精要，深中肯綮。先生《魯國堯〈盧宗邁切韻法〉序》，實際上是對魯國堯先生的名篇《盧宗邁切韻法》撰寫的書評。何先生以極其專業的學術素養，概括出了《盧宗邁切韻法》的六大學術發現和優點：1. 盧宗邁《切韻法》所依據的韻圖是反映《集韻》音系的四十四個韻圖。2.《切韻法》多出的一個韻圖是《韻鏡》、《七音略》所不載的幽韻靜母字和生母字的韻圖。3. 切韻圖是層累地造出來的。這是借用了顧頡剛研究上古史的說法。4.「等韻」這個術語不是產生於宋代，而是明清時代。5. 楊忠修《切韻類例》和盧宗邁《切韻法》屬於同一系統的韻圖，所依據的音系相同。《切韻指掌圖》的著作權不能歸於楊忠修。《切韻指掌圖》的時代要略晚於盧宗邁《切韻法》。6. 考證出了盧宗邁是江西人。何先生認為以上六點是魯國堯先生

〔註368〕收入何先生《語言叢稿》，商務印書館，2006 年，初載於《古漢語研究》1999 年第 1 期。

此文的主要貢獻，概括得十分精準。何先生此文還敏銳地發現：盧宗邁《切韻圖·跋》提到的四十四圖的萬一千五百二十聲，正好對應《切韻指掌圖》的二十個韻圖的萬一千五百二十個方格，這表明《切韻法》和《切韻指掌圖》之間應該存在某種聯繫。何先生還注意到漢語語法史的「底」（即後來作定語標誌的「的」字）可能來源於「者」，因為《切韻法·序》有兩個「者」字用作定語的標誌，相當於「底」。何先生認為這為「底」不僅來源於「之」，而且來源於「者」增添了新的佐證。可以說何先生此文是對魯國堯先生《盧宗邁切韻圖》最好的導讀和學術評論。

何先生的另一篇重要書評是《讀〈漢語詞彙計量研究〉》〔註369〕，對蘇新春等著《漢語詞彙計量研究》〔註370〕做了學術性的評述，也指出該書的一些錯誤，是此書的一篇精彩的導讀。

二、音韻學研究

先生是音韻學大家，對古漢語音韻學有全方位的精湛研究，在音韻學研究學術史上貢獻甚大，地位尊顯。本書對其音韻學精要略加述論。

（一）《古韻通曉》

由何先生主撰的《古韻通曉》〔註371〕「瑰穎獨標」〔註372〕，是先生嘔心瀝血的代表作之一，深得學術界好評。著名學者李學勤先生撰文評論，頗為讚譽：「《古韻通曉》是一本難得的好書。」〔註373〕著名古文字學家李家浩先生當面對我說：「何先生此書有考證，體例有特色，水平很高。」李無未主編《漢語音韻學論著指要與總目》〔註374〕對《古韻通曉》有所概述，較為膚泛，未能睹奧。今略述如下：

最早編撰上古音韻表的是董同龢《上古音韻表稿》〔註375〕，此書體例頗為科學嚴密，利用了等韻學的原理，以上古音的韻部為經，區分聲調，以聲母為

〔註369〕收入何先生《語言叢稿》，商務印書館，2006年，初載於《語言文字應用》2003年第1期。
〔註370〕廈門大學出版社，2001年。
〔註371〕與陳復華合撰，中國社會科學出版社，1987年。
〔註372〕語出《文心雕龍·才略》。
〔註373〕見李學勤《〈古韻通曉〉簡評》，載《中國社會科學》1991年3期。
〔註374〕作家出版社，2007年，197頁。
〔註375〕見《歷史語言研究所集刊》第十八冊。商務印書館，1948年版。

緯，最能見出聲韻調的組合。前半部分是關於上古音系的研究，考論詳密，構擬出自己的聲母系統和韻部系統，在此基礎上製作表稿。此書在我國上古音學界有很高的令譽，音韻學者莫不人手一編。然而考鏡學術源流，這種利用等韻學原理描寫語言的最早經典卻是趙元任的《現代吳語的研究》〔註376〕。此書初版於 1928 年，1935 年再版，是第一部用現代語言學方法研究吳方言的科學著作。第一表《聲母表》將 33 處吳方言的聲母與古音三十六字母（分文白與開合）、國語音相配合。第二表《平上去韻母表》和第三表《入聲韻母表》已經全然是聲韻緊密配合和《廣韻》音、國語音、吳語 33 處方言相對應的音韻表，非常清晰，聲韻的搭配和古今音的對照，一目了然。韻母表中還沒有使用四等的方法來區分音值。第四表是《聲調表》，編製也很科學。但全書沒有 33 處吳方言點的同音字表。作為第一部嚴密科學的方言學名著，我們也無需對先賢求全責備〔註377〕。羅常培先生 1930 年出版《廈門音系》，其《廈門單音字表》的體例雖然也是聲韻調的配合，但是沒有分開合與四等，也沒有與《廣韻》音和國語音的對照。1940 年出版的《臨川音系》〔註378〕有《臨川韻鏡》、《臨川同音字表》明顯與等韻學有緊密結合，以四聲為綱，與《廣韻》相關各韻相對照，與聲母相搭配，類聚同音字，這已經是相當完善的方言學《同音字表》。1948 年出版的《湖北方言調查報告》〔註379〕是趙元任先生主編的一部現代方言學名著，不僅在湖北 64 各方言點的音系描寫上充分利用了等韻學的方法，《韻母表》分開合四等，詳細排比各攝與聲母的搭配，而且製作了各方言點的《同音字表》。《同音字表》以四聲為綱（這是古代韻書的慣例），下列方言的「今韻」，相應《廣韻》的韻母（注明開合口），然後標出與各聲母的搭配。這樣的體例成為後來方言學中《同音字表》的通例，是《湖北方言調查報告》創造了這個體例，比羅常培《臨川音系》的《同音字表》還要嚴密。而董同龢先生是本書的編撰者之一，所以對方言學的《同音字表》的體例非常熟悉，因此《上古音韻表稿》

〔註376〕參看商務印書館，2011 年版。

〔註377〕何先生《中國現代語言學史》（修訂本，商務印書館，2008 年）第四章《方言學》第十九節 490～494 頁，對《現代吳語的研究》做了專門評述。另參看李榮《趙元任》（收入李榮《語文論衡》，商務印書館，2014 年，原載《方言》1982 年 2 期）。

〔註378〕《廈門音系》、《臨川音系》皆見《羅常培文集》第一卷，山東教育出版社，1999 年。

〔註379〕收入《趙元任全集》第七卷，商務印書館，2012 年版。

的各表的編製方法實際上是借鑒了《臨川音系》和《湖北方言調查報告》的《同音字表》的方法〔註380〕，也就是利用了等韻學的原理〔註381〕。

何先生等《古韻通曉》直接受到董同龢此書的啟發，對全書有科學的設計和布局。第一章敘述古音學的成立和發展歷程，第五節製作《各家古韻分布異同對照》，方便讀者比對。第二章《諧聲異同比較》依據段玉裁《六書音韻表》「同諧聲必同部」的理論，採用列表的方法將古字的聲符部首分別歸入段玉裁、孔廣森、嚴可均、朱駿聲、江有誥、王力、周祖謨七家的上古音韻部系統，是一個比較性的諧聲譜。有了這個至關重要的諧聲譜，第三章《古韻三十部歸字總表》是水到渠成，順理成章的事情。因此第二章《諧聲異同比較》是全書的樞紐，這是何先生獨立完成的，只是請陳復華校勘過一半的內容。先生獨自撰寫的第四章《歸字總論》〔註382〕舉例分析了各家對歸字問題的分歧，具有極強的考證性質，學術性非常濃厚。此章分析了各家產生分歧的五點原因：一是諧聲方面的原因，這一條又分為三種情況，逐一詳細辨析。二是詩韻方面的原因。三是聲調方面的原因。四是等呼方面的原因。五是異文異讀方面的原因。先生對以上五點均有具體深刻的闡釋，確實能夠啟人疑竇，有很高的學術價值。第五章《上古韻母的構擬》對上古音系的介音、主元音、韻尾都有全面的研究和構擬，許多討論非常深入，而且有自己獨創的見解。

先生此書第三章《歸字表》體例完善，以韻部為經，聲母為緯，每個韻字的聲韻搭配一目了然。同時附錄每個字的中古音的反切和音韻地位，按照「聲母、韻母、聲調、等、開合、攝」的順序排列，一目了然，對音韻學者開啟無數法門。最後一欄是現代讀音，附有漢語拼音，以方便一般讀者。這一章的體例可以說是盡善盡美，無懈可擊。《上古音韻表稿》的歸字還區分了四聲和開合，先生此書沒有採取這個體例，可能是因為先生在每個字後面附錄了中古音的音韻地位，已經不需要董同龢的這個體例了。全書唯一的白圭之玷是只有繁

〔註380〕何先生《中國現代語言學史》（修訂本）第三章《音韻學》的上古音部分沒有專門介紹董同龢《上古音韻表稿》，實在討論聲母和韻母的構擬時提到的。我覺得還是要為此書立專節，因為這是一部劃時代的上古音韻表。

〔註381〕何先生《中國現代語言學史》（修訂本）第四章《方言學》第十九節《方言調查》在評述趙元任的《現代吳語的研究》和《湖北方言調查報告》時沒有強調指出這兩本名著與等韻學的關係。

〔註382〕這一章收入何先生《音韻叢稿》，商務印書館，2002 年，題作《古韻三十部歸字總論》。

體字的筆劃索引，沒有拼音檢索，於當代讀者稍嫌不便。

何先生此書不僅體例至善，而且在韻部歸字上有獨到之處。我們舉「攪」字的古韻問題為例：

郭錫良先生《漢字古音手冊》增訂本〔註383〕259頁，《王力古漢語字典》405頁都將「攪」的上古音歸為覺部入聲的；但何九盈先生等《古韻通曉》覺部不收「攪」字，而是歸入幽部。二者誰更合理呢？考古文獻可知至少在西晉時代「攪」就已經是陰聲韻了，在《廣韻》音「古巧切」，上聲，巧韻。考《昭明文選》卷十六陸機《歎逝賦》：「然後弭節安懷，妙思天造。精浮神淪，忽在世表。寤大暮之同寐，何矜晚以怨早？指彼日之方除，豈茲情之足攪？感秋華於衰木，瘁零露於豐草。在殷憂而弗違，夫何云乎識道？將頤天地之大德，遺聖人之洪寶。解心累於末跡，聊優游以娛老」〔註384〕。注：「言既寤之，則彼死日之方除，豈能亂我情乎？言不足亂也。毛詩曰：日月其除。又曰：祇攪予心。毛萇曰：攪，亂也。」根據李善注可知原文確實是作「攪」，而不是其他字。陸機此文的用韻是「造、表、早、攪、草、道、寶、老」相押。因此陸機此文的「攪」一定是陰聲韻，而不是入聲韻。如果將「攪」的上古音歸為入聲覺部，那麼就必須承認覺部入聲在西晉甚至更早的年代就演變為陰聲韻，失去入聲韻尾。這顯然不符合漢語音韻學的音變規律。我們只有承認「攪」的上古音就是陰聲韻，或者其上古音有陰聲和入聲兩讀才合理。其他稍晚的押韻材料如齊梁時代的劉勰《文心雕龍·雜文》：「贊曰：偉矣前修，學堅才飽。負文餘力，飛靡弄巧。枝辭攢映，嚗若參昴。慕顰之心，於焉祇攪」。其中以「飽、巧、昴、攪」押韻，必是陰聲韻無疑。從文字學上考察，「攪」就是「搞」的古字，而「搞」只能是陰聲韻，從無入聲韻。因此，何九盈先生的觀點比王先生〔註385〕、郭先生更合理。

此書由於採用了等韻學的原理製作歸字表，所以很容易看出上古音中的聲韻搭配，對於研究上古音系的諸多問題有很大的啟發作用，也提供了很多的方便，絕不僅僅是查閱漢字的上古音的工具書而已。郭錫良先生《漢字古音手冊》（增訂本）〔註386〕、唐作藩先生《上古音手冊》（增訂本）〔註387〕、李珍華、

〔註383〕商務印書館，2010年。

〔註384〕又見《藝文類聚》三十四，嚴可均《全晉文》卷九十六。

〔註385〕「攪」字在《王力古漢語字典》收入《卯部》，是王力先生親自撰寫。

〔註386〕商務印書館，2010年，初版於1986年，北京大學出版社。

〔註387〕中華書局，2013年。

周長楫《漢字古今音表》〔註388〕都沒有利用等韻學的方法來編製古音手冊，所以在音韻學研究的功能上較之《古韻通曉》未免遜色。劉博平《說文古音譜》〔註389〕雖然有意識地注意聲韻的搭配，但是沒有充分利用等韻學的方法，體例頗嫌粗疏，方法未能盡善，且對音韻學各家的分歧未能比較折衷，純粹依據黃侃之說製作，此書使用起來有諸多不便，各方面的學術價值都不能與《古韻通曉》相提並論，尤其不能說《古韻通曉》受到《說文古音譜》的啟發。二者的學術價值的高低，一目了然。孫常敘《古漢語語音》〔註390〕書末的《上古音韻字表》使用了聲韻搭配的方法來編製，然而尚屬草創，未能精密，並不區分四等開合與聲調，也不與《廣韻》相對照，此表已經過時。

《古音通曉》初版於 1987 年，其體例今天看來也是「毫髮無遺恨，波瀾獨老成」〔註391〕，雖然沒有用國際音標直接標注上古音和中古音，但並不影響讀者使用。直到整整 31 年之後，郭錫良先生模仿董同龢《上古音韻表稿》的方法，並加以增補完善，出版了《漢字古音表稿》〔註392〕，才與《古韻通曉》雙峰並秀。在古音學史上，《古韻通曉》獨領風騷 31 年，至今也有其重大學術價值，沒有任何同類型的著作可以替代。周法高主編《漢字古今音彙》〔註393〕收錄高本漢、董同龢、周法高三家的上古音和《切韻》音，附錄粵語音和國語音。雖然以三家擬音相對照並列，卻完全沒有利用等韻學原理和方法，在體例上較之董同龢《上古音韻表稿》反而退步。且因為出版時代較早，各種音標排印困難，全書採用手寫，閱讀不便，也是一個缺點。鄭張尚芳先生《上古音系》〔註394〕第四表《古音字表》且不說其對上古音的構擬，這個《字表》是單純的字音表，沒有利用等韻學原理製作，看不出聲韻調的搭配關係。雖然其書晚出，體例上未能轉精，遠遠不如《古韻通曉》科學。

王力先生在為此書撰寫的《序》中對本書予以高度評價：「能充分佔有材料，所以他們分析古韻，確鑿可信。對諸家進行駁議時，又能雄辯縱橫，鞭闢入裏，

〔註388〕中華書局，1993 年。
〔註389〕中華書局，2013 年版。
〔註390〕收入《孫常敘著作集》。上海古籍出版社，2018 年版，孫屏、張世超校訂。
〔註391〕語出杜甫詩《敬贈鄭諫議十韻》。
〔註392〕中華書局，2018 年版，2020 年修訂版。
〔註393〕香港中文大學出版，1973 年，另參看嚴承鈞《周法高〈上古音韻表〉之部字匡謬》，載《音韻學研究》第二輯，中華書局，1986 年。
〔註394〕上海教育出版社，2013 年版。

邏輯性強，因此說服力也很強。……這部書有兩個地方寫得特別精彩。第一，是在討論韻部歸字原則的時候。字的歸屬，是古韻分部的一個重要問題，各家在這方面有分歧意見，這就牽涉到歸字原則問題。這個問題解決了，古韻分部問題才算徹底解決了。第二，是在討論上古韻母構擬問題的時候，特別是討論韻尾構擬問題的時候。韻尾的構擬問題不解決，古韻到底是陰陽兩分還是陰陽入三分或陽入兩分這樣一個最重要的問題得不到解決，古韻構擬就無從下手。本書作者以快刀斬亂麻的手段，作出顛撲不破的結論，是值得讚揚的。我讀完了《古韻通曉》之後，擊節讚賞，認為應該浮一大白。」顯然是對本書予以充分的讚譽。

《古韻通曉》在韻部系統上主張上古音系是六元音系統，有三個帶-i 尾的複合元音，這點與王力《漢語語音史》〔註395〕、《同源字典》〔註396〕相通。王力《漢語史稿》〔註397〕第十三節《上古純元音韻母的發展》（三）的上古音系只有兩個帶-i 尾的複合元音，有兩個帶-u 的複合元音。但是先生關於上古音的韻部音值的擬測，幽部、宵部、支部、脂部這四個韻部（以陰聲賅陽聲和入聲）的主元音音值構擬和王力先生不一樣。這個問題比較專業，只有另撰論文來研究。《古韻通曉》沒有討論複輔音聲母的問題，但在先生《上古音》一書卻有比較詳細的論述。

（二）《上古音》

何先生獨撰的《上古音》〔註398〕是《漢語知識叢書》的一種，帶有普及音韻學的性質，是《古韻通曉》的姐妹篇，卻是一本有特色的音韻學專著，其中的論述有相當的學術性。《上古音》的出版晚於《古韻通曉》四年，其上古音系與《古韻通曉》完全一致。但是多了先生對複輔音聲母的論述。

《上古音》第一章《上古音研究簡述》，與《古韻通曉》第一章《古韻分部的歷史概述》差不多，也可與先生的兩部《語言學史》的相關章節合觀，在後者也有細緻的闡述，而且後出專精。第三章《上古聲母系統》採用了王力先生《漢語語音史》的構擬。第四章《上古聲調系統》簡要介紹了關於聲調的各家

〔註395〕見《王力文集》（山東教育出版社，987 年）第十卷 39 頁。
〔註396〕見王力《同源字典》之《同源字典凡例》。商務印書館，1987 年，78～79 頁。
〔註397〕中華書局重排本，2012 年，98～100 頁。
〔註398〕商務印書館，1991 年版。

觀點，最後採用王力先生長入短入之說，主張古無去聲，去聲古讀長入。

　　《上古音》五《餘論》93頁先概括了認定有複輔音的三個主要根據：「（1）諧聲資料；（2）合音詞；（3）漢藏語系的同源詞或借詞。」關於「漢藏語系的同源詞或借詞」一段，利用了嚴學宭《周秦古音結構體系》〔註399〕。本書《二校後記：複輔音問題》稱：「我在《餘論》中說『遠古漢語有可能存在複輔音』。現在我認為：不是『有可能』，而是肯定有。因為不僅某些諧聲資料證明遠古漢語曾經有過複輔音，就是在周秦文獻中某些聯綿字、又音、異文、假借也需要追索複輔音的歷史才能得到合理的解釋。」口氣相當堅決。先生接著說：「但我又不贊同上古漢語（指《詩經》時代，包括戰國時期在內）仍然存在複輔音。我認為在上古漢語中留下了許多遠古漢語複聲母的遺跡，但複輔音聲母作為一個系統已經消失。我們既不可把『遺跡』當作系統來看待，也不應該無視這些『遺跡』，以為漢語中從來就不曾有過複輔音。」隨後先生從七個方面論證了遠古有複聲母：1. 複輔音與連綿詞。2. 複輔音與同源詞。3. 複輔音與異文。4. 複輔音與又音。5. 複輔音與讀若。6. 複輔音與聲訓。7. 複輔音與假借字。先生顯然是在著意論證複聲母的存在，在 98～99 頁還採取了梅祖麟關於複聲母的觀點。何先生還有論文《商代複輔音聲母》〔註400〕，此文舉出很多諧聲字、同源字、假借字的例子論證商代漢語存在複輔音聲母。何先生後來又發表主張古有複聲母的論文《sr-新證》〔註401〕，此文主要是依據「李」字的形聲結構來推論上古有複聲母 sr-。〔註402〕

　　音韻學界主張上古漢語有複聲母，這是一股強大的音韻學學術思潮，並非

〔註399〕載《音韻學研究》第一輯，中華書局，1984年。

〔註400〕發表於《第一屆國際先秦漢語語法討論會論文集》，嶽麓書社，1994年，收入何先生《音韻叢稿》（商務印書館，2002年）。

〔註401〕發表於《中國語文》，2007年第6期；後收入何九盈《古漢語叢稿》，商務印書館，2016年，但沒有收入先生《抱冰廬選集》。

〔註402〕我在沒有注意到先生此文的情況下，發表了《「李」字形聲結構新考》（見華東師範大學主辦的《中國文字研究》第18輯，上海書店出版社，2013年），此文收入我在2015年出版的《上古音及相關問題綜合研究》（暨南大學出版社）。拙文依據甲骨文等古文字資料指出「李」字不是從「子」得聲，而是從「來」得聲，《說文》對「李」的形聲結構分析有誤，因此「李」字不能作為上古音有複聲母的證據。先生在《〈聲韻語源字典〉讀後記》（收入先生《書山拾夢》，商務印書館，2010年，見424頁）一文在評論齊衝天《聲韻語源字典》時專門談到了齊衝天利用複輔音來確認同源詞，先生似乎表示贊成。

何先生一人如此提倡〔註403〕，學者們證據多端，如此主張不為無因。我在 2005
年完成的博士論文《論漢語上古音無複輔音聲母》已經全面論證上古不可能有
複聲母。2015 年，我的《上古音及相關問題綜合研究》（151 萬字）進一步完善
我的研究，全面反擊支撐複聲母觀點的各種證據，並且否定了漢語上古音與藏
緬語族的關係，從而否定了漢藏對音，其論證非前人所能及。我在拙著中闡釋
了上古音的來母分為舌尖邊音和舌根邊音兩系，凡是與見母諧聲和通假的來母
都是舌根邊音 L-；凡是與舌尖塞音諧聲和通假的來母都是舌尖邊音 l-。絕對沒
有同一個來母字既與見母諧聲，同時又與舌尖塞音諧聲或通假，二者紋絲不亂。
漢代以後舌根邊音併入舌尖邊音。這是我在《上古音及相關問題綜合研究》第
三章第一節論證的重大音韻學問題，也是拙著的重大獨創，如此可以在單輔音
框架內合理解釋見母與來母諧聲和通假的問題，希望引起學術界的關注。

　　我與先生在複聲母問題上各自堅守立場，而先生始終愛護我，我始終敬重
先生，這可能只有在北大才能做到。當然，我曾經一再懇請先生為我的代表作
《上古音及相關問題綜合研究》撰寫序文，先生明確表示不寫，大概是我們在
複聲母問題上的不同立場難以調和。直到 2021 年 1 月，我決心全力以赴撰寫本
書，何先生還對秦淑華師姐說，他不贊成我對古有複聲母觀點的抨擊，但是欣
賞我的學問。我很理解先生的學術思想，也常常想起先生對我說：「學術觀點是
不能含糊的。」這重公案，只有留待後世來論說了〔註404〕。

（三）《古漢語音韻學述要》

　　先生《古漢語音韻學述要》（修訂本）〔註405〕是一部普及音韻學的讀物，但
是有自己的特色。正如唐作藩先生在《序》中所評論的，這本書有幾大特色是：
（1）體系新穎。各章「從標題到內容，都給人以新的認識和啟迪。」（2）重點
突出，差不多用一半的篇幅專談等韻學。唐先生指出：江永的古音學之所以能
突破顧炎武，主要是由於他精通等韻學。所以何先生的做法很有見地。（3）材
料豐富，內容充實。（4）融入了何先生自己的研究成果，例如將字母的發展分

〔註403〕最主要的論文資料彙編參看趙秉璇、竺家寧編《古漢語複聲母論文集》，北京語言文
　　　　化大學出版社，1998 年，我的《上古音及相關問題綜合研究》收集相關資料較全。
〔註404〕我反覆思考了到底要不要在本書提到複聲母問題，最後覺得還是要實事求是地擺
　　　　明問題。相信先生能夠理解我的做法。
〔註405〕中華書局，2010 年版，初版於 1988 年，浙江古籍出版社。

為三個階段，對《中原音韻》無入聲之說的補充意見，對《青郊雜著》和《字學元元》兩部等韻書的分析及肯定，吳棫不自覺離析《唐韻》，對《韻鏡》歸字例的詮釋，都體現了何先生自己的學術見解。我認為唐先生以上對本書的論評是十分中肯的，應是學術公論。我自己補充的是這本書可與先生的兩部《語言學史》關於音韻學的部分及《古韻通曉》、《上古音》合觀，這五部書很多方面是相通的。對初學者來說，當然應該先讀本書，再讀《上古音》，然後讀兩部《語言學史》，最後研讀《古韻通曉》。

先生在本書《後記》206～207頁自述：「等韻乃韻學之根本。本書所設計的入門途徑，從等韻圖入手，有看圖識韻、無師亦可自通之效。據使用過本書作為教材的某先生對我說：本書把韻圖與韻書打通了，指點迷津，掃除攔路虎，變絕境為通途，事半功倍。」這是實事求是的評說，我深有同感。

全書分為四章，第一章《緒論》闡述漢語音韻學的功用和學習方法。第二章《反切和韻書》闡述反切和韻書的發展。第三章《字母和等韻》闡述字母和等韻的發展。第四章《古音學》闡述傳統古音學和現代古音學，書末附錄參考文獻。全書繁簡適度，論述精要，材料豐富，例證眾多，分析具體，確實可以為音韻學初學者指點迷津。至今沒有任何音韻學的概論性著作可以取代本書。何先生此書初版在是 1988 年〔註406〕，李無未主編《漢語音韻學論著指要與總目》〔註407〕沒有收錄何先生此書，是明顯的疏漏。

先生在書中有的論述雖然著墨無多，卻立場鮮明，有自己的見識。例如102頁先生對「重紐」問題的態度就很重要：「我並不把重紐問題看得那麼重要，尤其不贊同把重紐推到上古音的構擬系統中去。李方桂先生在上古音中對重紐作了區分之後說：『如此《切韻》裏一切的區別都可以反映出來。』我以為不妥。《切韻》是綜合音系，重紐乃綜合音系的產物；如果是單一音系，就不應該有重紐問題。另外，上古音系與《切韻》音系有非常密切的聯繫，卻不是直線發展關係，為什麼『《切韻》裏的一切區別』要在上古音中求得反映呢？」先生的這個見解十分通達，我贊成先生的觀點，「重紐」問題對於理解《切韻》音系和構擬中古音不是那麼重要〔註408〕。「重紐」問題可以證明《切韻》是綜合音系，

〔註406〕浙江古籍出版社。
〔註407〕作家出版社，2007 年。
〔註408〕我自己在拙著《上古音及相關問題綜合研究》第三章第十四節（暨南大學出版社，

誠如何先生所言。先生此書講等韻非常清晰，是等韻學的最佳入門書。先生闡述傳統古音學和現代古音學都非常清晰明瞭，評論各家的得失要言不煩，一語中的。先生《古漢語音韻學述要》和王力先生《漢語音韻》〔註409〕都是音韻學導論性質的書，二者的目錄大部分是重合的，但所討論的內容卻有各自的側重，何先生此書的述論明顯已經後來居上，主要內容與王力先生並不雷同。

（四）音韻學論文

　　何先生發表了音韻學的三部專著，其中以《古韻通曉》為最高水平的代表作。此外還有很多音韻學的專題論文，主要收入先生的兩部論文集《音韻叢稿》和《語言叢稿》，我總覺得這兩部論文集應該定名為《音韻學叢稿》、《語言學叢稿》，少了一個「學」字是不大好的。先生如此命名，大概是受到了李榮的《音韻存稿》〔註410〕的影響。擇要簡述如下：

1.《上古並定從群不送氣考》〔註411〕

　　考證上古音的全濁聲母不送氣。音韻學界有清朝的江永《音學辨微》、洪榜《四聲韻和表》、陳澧《切韻考外篇》，現代的高本漢《中國音韻學研究》〔註412〕、羅常培《漢語音韻學導論》〔註413〕、李方桂《上古音研究》〔註414〕、王力《漢語史稿》〔註415〕等學者都認為上古音系全濁聲母送氣配次清聲母的觀點，是送氣的。何先生此文採用陸志韋《古音說略》〔註416〕的觀點，認為上古音中的濁塞音聲母和塞擦音聲母並定從群不送氣。先生此文考證據充分，討論深入，足為一家之言。先生此文主要從兩個方面加以論證：1. 用異文證明並定從群為不

　　2015 年）以是否齶化來解釋三四等重紐韻的區別。拙見以為三等韻重紐聲母有齶化音變，四等重紐沒有齶化音變。

〔註409〕中華書局，1991 年版，初版於 1963 年。

〔註410〕初版 1982 年，商務印書館館。新版，商務印書館館，2014 年，李榮去世後，周磊、李藍編纂了李榮《方言存稿》（商務印書館，2012 年）。

〔註411〕收入何先生《音韻叢稿》，商務印書館，2002 年，原載《語言學論叢》第 8 輯，商務印書館，1981 年，此文沒有收入先生《抱冰廬選集》，中華書局，2021 年。

〔註412〕商務印書館，1995 年版。

〔註413〕收入《羅常培文集》（山東教育出版社，2008 年）第三卷，見第二講《聲類之分析》（丙）《送氣與不送氣》187～189 頁。

〔註414〕李方桂先生的這個觀點應該是沿襲了高本漢之說。

〔註415〕中華書局重排本，2012 年版，第二章《語音的發展》第十節《中古的語音系統》、第十一節《上古的語音系統》。

〔註416〕見《陸志韋語言學著作集》（一）第十四章《上古聲母的幾個特殊問題》貳《古濁音是送氣音麼》247～251 頁。中華書局，1985 年。

送氣音。2. 用異讀證明並定從群為不送氣音。當然，這個問題比較複雜，還可以繼續討論。但先生收集的兩類眾多證據是很堅強的。

2.《上古音節的結構問題》〔註417〕

考證上古漢語的音節結構的陰聲韻不是 CVC，而是 CV，反駁了李方桂、陸志韋的觀點，與王力先生觀點相合。先生稱：「我們現在構擬《詩經》時代的語音系統，很重要的一個依據就是拿《切韻》音系往上推。而《切韻》音系的音節結構是陰陽入三分的，有輔音+元音+輔音（陽，入）這樣的結構，也有以元音收尾的陰聲韻。如果《詩經》時代陰聲韻收-b、-d、-g 等輔音，那麼，它們是什麼時候脫落的呢？為什麼脫落得這麼徹底，連一點殘存的痕跡也找不出呢？中國地區這麼大，漢民族的方言又這麼複雜，許多早已消失的古音現象都可以得到某種方言資料的印證，為何這-b、-d、-g 卻找不到證據呢？如果對這些問題不能作出認真的回答，作出合理的解釋，那麼，CVC 學說就無法令人信服。」何先生的這個批駁是很有說服力的。我在拙著《上古音及相關問題綜合研究》第四章三十二《上古音中的濁塞音韻尾的商榷》也論證了上古漢語的陰聲韻不存在濁塞音尾。

3.《古無去聲補證》〔註418〕

主要是對王力先生《古無去聲例證》一文增補簡帛材料的例證，利用出土文獻的大量資料來證明古無去聲，論證非常綿密，開拓了音韻學材料的新領域。以出土文獻材料論證音韻學問題，何先生蔚為首創。當然，在學術界對這個問題還有不同看法，江有誥、周祖謨、孫玉文都主張古有去聲。孫玉文收集了大量的材料，詳細論述了「四聲別義」的問題，似乎上古音存在去聲，去聲似乎並不讀為長入。這牽涉到至關重要的陰聲韻的去聲與入聲押韻和諧聲的問題。段玉裁首創的「古無去聲」說，後來的章太炎、黃侃、王力、何先生都表示贊同。考《切韻序》：「秦隴去聲為入。」則是自古以來陝西甘肅的方言要將去聲讀為入聲，到了《切韻》時代的陝甘方言都是如此。春秋戰國時代的東方各國應該是有去聲的，並不讀為入聲。由於關中地區是西周和秦漢的政治文

〔註417〕收入何先生《音韻叢稿》，商務印書館，2002 年，原載《音韻學論叢》第 14 輯，商務印書館，1984 年。

〔註418〕收入何先生《音韻叢稿》，商務印書館，2002 年，寫成於 1982 年，原載《語言文字學術論文集》，知識出版社，1989 年。

化中心，所以「秦隴去聲為入」的語音現象作為強勢音有所擴散，波及了廣大的中原地區，造成了陝甘地區以外的區域也有去聲和入聲相通相諧的現象，這確實是去聲讀為入聲的音變，但並不表示春秋戰國時代的東方各國和南楚北燕都沒有去聲。我在拙著《上古音及相關問題綜合研究》第四章三十《去聲為入問題》對此有所討論。

　　4.《〈切韻〉音系的性質及其他──與王顯、邵榮芬同志商榷》〔註419〕

　　先生發表此文時剛剛大學畢業留在北大當助教，這是先生的本科畢業論文（指導老師是魏建功先生）。審閱人周祖謨先生在評語中稱：本文「不為前人成說所囿，能從紛繁的材料中看出問題，提出自己的看法，有分析，有判斷，具有一定的創造性。成績：優。」先生此文批評了王顯、邵榮芬兩位學者認為《切韻》代表了隋唐時代的洛陽音系的觀點，主張《切韻》是雜糅南北的綜合音系，有雜湊的性質。此文當與先生《中國古代語言學史》（第四版）第十四節《〈切韻〉系韻書》合觀。我後來注意到以訓詁學知名的董志翹先生有《〈切韻〉音系性質諸家說之我見》〔註420〕一文，贊成周祖謨的觀點，主張《切韻》音系不是綜合音系，是西晉南渡以前東漢以來的洛陽的讀書音，即「洛下書生詠」。「洛下書生詠」在東晉以後逐漸演變為金陵雅言，成為江南地區的士大夫的讀書音（標準音）〔註421〕。董志翹先生稱：「從外部證據來看，僅本人所接觸到的陸德明《經典釋文》、玄應《一切經音義》、空海《萬象名義》、何超《晉書音義》、慧琳《一切經音義》的反切音系，無一能和《切韻》音系完全密合。這中間可能有諸多原因。如：有些反切系統本身就是兼收並蓄，不屬於一個音系。有些反切系統本身就代表了某一個方面。由於時代上的差異，語音變化所致。也可能是因為《切韻》照顧了南北某些音類。唯《隋韻譜》的韻部系統倒是和《切韻》比較貼近。這也可能說明了隋時文人用韻正是採用了當時的雅言（讀書音）。」〔註422〕董先生注意到了《隋韻譜》〔註423〕的韻部系統與《切韻》

〔註419〕收入何先生《音韻叢稿》，商務印書館，2002 年，原載《中國語文》1961 年第 9 期。

〔註420〕收入董志翹《中古文獻語言論集》，巴蜀書社，2000 年。

〔註421〕見董志翹《中古文獻語言論集》380～382 頁，巴蜀書社，2000 年。

〔註422〕見董志翹《中古文獻語言論集》383 頁。

〔註423〕《隋韻譜》是李榮 1961～1962 年所撰，收入李榮《音韻存稿》（商務印書館，2014 年）。

貼近，這一點是值得學者高度注意的〔註424〕。只是董先生所同情的「洛陽古音」說是發端和論證於陳寅恪先生的《從史實論〈切韻〉》〔註425〕，不是創自周祖謨先生。黃典誠《漢語語音史》〔註426〕第一章第二節《中古聲韻調系統》贊成陳寅恪之說。張建坤《齊梁陳隋押韻材料的數理分析》〔註427〕排比和分析齊梁陳隋押韻材料頗為周詳，其書第五章《總結》三《從押韻論〈切韻〉的性質和語音基礎》對各家說法有所綜述，涉及的文獻較詳，對何先生的論述有所商榷，可以參看。其結論稱（181頁）：「以此來看，《切韻》所記錄的是一個單一音系，但不能排除綜合因素。」此書材料做得很紮實，值得稱道。〔註428〕

5.《〈中原雅音〉的年代》〔註429〕

先生此文贊成蔣希文關於《中原雅音》早於《中原音韻》的觀點，並列舉三種證據來支撐蔣希文之說，批評了邵榮芬的《中原雅音》晚於《中原音韻》的觀點。此文可與先生《中國古代語言學史》（第四版）第六章第二十節合觀。

6.《〈中州音韻〉述評》〔註430〕

這是先生對王文璧《中州音韻》全面研究的一篇重要論文。先生指出：「根據筆者對《中州音韻》（據西吳張漢重校本）的反切進行全面考察的結果，認為此書所反映的並非元代的北方音系，它是為了適應南曲的需要而編撰的一部南曲韻書。」這是先生對此書的重要研究成果。何先生論述到：「《中州音韻》的聲母系統接近《洪武正韻》，韻母系統接近《中原音韻》，聲調系統別具一格，

〔註424〕但是董志翹先生並沒有在文章中指出《隋韻譜》和《切韻》吻合的地方。李榮《隋韻譜》沒有指出與《切韻》貼近。倒是李榮《論李涪對〈切韻〉的批評及其相關問題》（收入李榮《方言存稿》，商務印書館，2012年版，原載《中國語文》1985年第1期）依據李榮《隋韻譜》和六朝韻文，指出了六朝和隋代詩文的東與冬鍾分押和全濁聲母的上去二聲分押，這與《切韻》相合。

〔註425〕收入《陳寅恪集》（三聯書店，2011年版）之《金明館叢稿初編》。初發表於《嶺南學報》1949年第九卷第2期。何先生《中國現代語言學史》（修訂本）討論了陳寅恪的《東晉南朝之吳語》（收入《陳寅恪集》之《金明館叢稿二編》。初發表於1936年《歷史語言研究所集刊》第七本第1分），但沒有注意到陳寅恪的《從史實論〈切韻〉》這篇論證更加綿密的長文。

〔註426〕安徽教育出版社，1993年，11頁。

〔註427〕黑龍江大學出版社，2008年。

〔註428〕關於《切韻》的研究綜述，最詳細的是龍莊偉《切韻研究史稿》，河北教育出版社，2006年。

〔註429〕收入何先生《音韻叢稿》，商務印書館，2002年，原載《中國語文》1986年第3期。

〔註430〕收入何先生《音韻叢稿》，商務印書館，2002年，原載《中國語文》1988年第5期。

這是它在音系方面的根本特點。根據我的歸納，《中州音韻》有二十九個聲母。這就是：幫、滂、並、明、非、奉、微、端、透、定、泥、來、精、清、從、心、邪、照、穿、床、審、禪、日、見、溪、群、曉、匣、影。……跟《洪武正韻》一樣，照二與照三合併，知徹澄娘與照穿床泥合併，敷與非並。疑母在《洪武正韻》和《中原音韻》中都還保存，而《中州音韻》疑母已經消失。」並分別構擬了聲母系統的音值。中古的禪母字，《中州音韻》分為兩類：一類混同於床（澄），一類與船合併。影母和喻母的關係跟《詩詞通韻》近似，並不相混，二者仍然存在對立關係，但這種對立似乎只是陰陽的不同。影喻（疑）二母的字平上去三聲都存在陰陽對立關係，這是南派曲韻書的一個特點。《中州音韻》的韻母系統大體上與《中原音韻》一致，略有不同。先生還重點討論了著全濁聲母的性質和演變，並比較《中州音韻》與《中原音韻》在小韻方面有哪些不同。先生贊同張世祿先生的看法，所以為《中州音韻》構擬了清濁兩套聲母，分析了濁上變去的四種類型。先生的論述察見淵魚，十分精闢深刻。先生最後作結論稱：「《中州音韻》雖然是《中原》系統的韻書，但《中州音韻》並不等於《中原音韻》，用《中州音韻》來『瞭解元代的語音系統』是不恰當的。《中州音韻》是曲韻南化的產物，它以後產生的南曲韻書，都曾受到過它的深刻影響。因此，弄清楚《中州音韻》的語音系統，對於研究南曲韻書發展的歷史，具有重要意義。」這些論述十分精到。此文是研究《中州音韻》的經典之作。

7. 《〈中國字例〉音韻釋疑》 [註431]

這是先生疏證臺灣文字學者高鴻縉的文字學著作《中國字例》中的音韻問題的長篇論文，疏證的疑難字音多達 126 條，先生有理有據，多所釋疑，功力非凡。先生在此文堅持和發揮了自己關於複輔音聲母的觀點。先生評論道：「《字例》有不少創見，無論是六書分類還是具體字的歸類，或是甲、金文之考釋，古今形體關係的分析，常發人之所未發。故此書問世至今，一直見重於學林。然綜觀全書，高氏於音韻之學，似未得其門徑。書中涉及大量音韻問題，或結論正確，而音理不明；或結論錯誤，理據模糊。高氏未能利用清代古音學

〔註431〕收入何先生《音韻叢稿》，商務印書館，2002 年，原載《國學研究》第四卷，1997年。

的研究成果，也完全無視現代音韻學的研究成果。」先生的評論深中肯綮。全文辯駁和闡釋有關的音韻學疑難問題非常到位，只有何先生才能寫出。

8.《上古元音構擬問題》〔註432〕

這是先生研究上古音的一篇重要論文，對音韻學研究的各種錯誤的方法和有侷限的理論予以了批評。先生開篇就說：「漢藏音系的比較研究對《詩經》音系的修補、完善無疑有重要價值，但是在目前條件下，何謂『漢藏音系』說法尚且不一，何況我們所掌握的所謂『漢藏音系』的資料與《詩經》音究竟是一種什麼樣的時間關係、可比性如何、可信程度如何，有誰作過嚴密的考證？甚至連漢語形成於何時、《詩經》以前的漢語是什麼樣子，我們都沒有一個像樣的說法，匆匆忙忙作『比較』，未免有些太性急了。至於梵漢對音資料的使用，問題更多，用這類資料來證明的《詩經》音系尤應慎之又慎。」這種嚴謹的態度是非常研究科學的。我在拙著《上古音及相關問題綜合研究》〔註433〕第一章第八節已經徹底批判了漢藏對音的錯誤做法，否認漢藏對音對漢語上古音研究有任何價值，可與先生此文相輝映。先生明確表達了對在上古音研究中濫用空格理論的質疑，足以喚起只玩西方理論的專家的猛醒。先生嚴肅批評了鄭張尚芳的上古音系的元音系統：「這樣的元音系統破壞了幾百年來多少代人建立的古韻部組織結構，也破壞了相鄰韻部的區別性特徵，韻部的劃分全然失去了意義。而且，o、a、e共居一部，u、ɯ、i別戶同門。前後合一，高低混同，拿侈難分，一部之內三種元音的距離比相鄰韻部元音的距離還要遠，構擬本身同樣也失去了意義。」這個批評可以說擊中了要害，鄭張先生將無辭以解。文章討論了三個專題：1. 元音構擬的三種類型。舉《詩經》為例，深刻批評了鄭張尚芳上古元音構擬的錯誤。2. 韻部不是韻攝。引述王力先生《先秦古韻擬測問題》（1964年）一文，批判了將上古一個韻部構擬多個主元音的錯誤理論，批評了俞敏和鄭張尚芳的觀點，堅持了一個韻部一個主元音的正確理論。反對將十三轍與上古韻部相比附。3. 開合、洪細與上古音。討論了開合口與聲母、韻母的關係問題。批評了李新魁將開口韻與合口韻分屬不同韻的觀點，批評了鄭張尚芳將上古元部合口構擬為 on 的觀點，逐一剖析了鄭張尚芳所列舉的各項主要證據，甚

〔註432〕收入何先生《語言叢稿》，商務印書館，2006年，原載《紀念王力先生百年誕辰學術論文集》，商務印書館，2002年。
〔註433〕暨南大學出版社，2015年。

為精闢。先生作結論道：「現在，主張一部多元音的人，將『偶有相涉』之音、五方不同之音、『間有數字借協』之音、『只取雙聲為聲』之音，乃至音讀『沿訛』之音，通通納入一個音系之中，用元音不同來加以解釋，這實際上是變相的叶音說。叶音說是以今律古，主張一部多元音的人，除了以今（指中古音）律古（指上古音）之外，還要以『五方之音』律《詩經》音系，這樣的元音系統看起來是照顧了方方面面，消除了各種例外，實際上使古韻部經界由密變疏，由整齊變為支離，不能不說是一個大倒退。」先生的這個總結是完全正確的。

4. 重韻、重紐與上古音。先生指出不能將中古音的概念「重紐」運用於上古音，上古音不存在所謂的重紐問題，批評了董同龢的觀點。這是非常正確的。總之，上古音韻學關於元音構擬的各種錯誤方法和理論都是「人用己私，是非無正，巧說邪辭，使天下學者疑」〔註434〕，先生在此詳加批駁，「以理群類，解謬誤，曉學者，達神恉」〔註435〕。

9.《〈說文〉省聲研究》〔註436〕

這是先生研究《說文》學的名篇。根據先生統計，大徐本共有省聲材料310條，經過逐條考察，發現不可信的省聲有158條。這些不可信的省聲是怎麼產生的呢？先生歸結為以下四個方面的原因：1. 不明秦漢古音而誤改；2. 因字形問題而誤改；3. 因版本、傳寫訛誤而誤改；4. 許書原本有誤；每個方面又分為若干類型，貫穿甲骨文金文，考辨精切，闡釋周詳，洵為許書之功臣，乃王念孫所謂「蓋千七百年來無此作矣」〔註437〕。非精通《說文》者不為功。

本文個別例子可以討論。如：「彬（「份」之古文）：從彡、林。林者，從焚省聲。按：小徐無『林者』二字。王筠說：『林者，從焚省聲。此句蓋後人增。彼以『彬、林』聲異，遁詞於焚省，又忘《說文》作燹也。』《說文》有『燹』無『焚』（段注改篆文『燹』為『焚』）。『焚、彬』均文部字，故誤改為焚省聲。原書應作從彡林聲。林，侵部字，與文部之『彬』主要元音同，侵與文通轉。」光華案，何先生這個事例可能搞錯了，不能取王筠之說。「彬」應該是從「焚」省聲，「焚、彬」不僅均是文部字，而且聲母都是唇音（焚是並

〔註434〕語出《說文敘》。
〔註435〕語出《說文敘》。
〔註436〕收入何先生《語言叢稿》，商務印書館，2006年，原載《語文研究》1991年第1期。
〔註437〕語出王念孫《〈說文解字注〉序》。

母，彬是幫母），二者可以諧聲。而「林」是來母，與唇音難以相通。侵部與文部韻尾不同，在《詩經》、《楚辭》都沒有合韻之例，在「彬」字的形聲結構中不應看成是諧聲關係。所以「彬」應該是從「焚」省聲。

10.《〈說文〉段注音辨》〔註438〕

這是先生研究段注音韻學問題的長篇論文，是先生《說文》學的又一名篇。先生表彰了段注在古音學上的五大貢獻（不包含《六書音韻表》）。先生稱：（一）提出「形聲相表裏」（「一」字注），以十七部為標準，注明《說文》九千餘字的古韻地位。（二）凡字之諧聲與讀若、聲訓、反切、假借不一致時，就用「合韻」（也叫「合音、合聲、互轉」）來加以貫通，如「合韻」不靈，就求諸雙聲。段氏的「合韻」包括對轉、旁轉、通轉等內容。錢大昕、陳壽祺、張行孚等都對「合韻」說提出過批評，近人林語堂也認為「段氏之『合韻』則更無聊」（《語言學論叢》17頁）。王念孫《說文解字注序》對「合音」說大加推崇。我是贊同段、王的，用「合音」說明古今音變、方言音轉，從原則上來說無可非議〔註439〕。（三）貫徹因聲求義的原則，揭示《說文》聲訓的雙聲疊韻關係，並利用方言證古音。（四）指出「聲與義同原，故諧聲之偏旁多與字義相近」（「禛」字注），為漢語字族研究提供理論根據。（五）在指出「凡字有不知省聲，則昧其形聲」（「齋」字注）的同時，又指出「許書言省聲，多有可疑者」（「哭」字注）。

先生然後指出其段注在音韻方面的八類問題：（一）從錢大昕到朱駿聲、俞樾都感歎「疊韻易曉，雙聲難知」，「雙聲之法，自來知此者尟矣」。段玉裁也沒有提出過上古聲母系統，但又好談雙聲。他說的雙聲，內容很寬泛，有同紐雙聲、同類雙聲、位同雙聲、諧聲雙聲等，其中謬誤不少。我從大橋由美的《說文解字注にみえる転語につ論》一文中得知倉石武四郎博士於30年代發表過《段懋堂の雙聲說》，但未見到原文。段氏的雙聲說是值得研究一番的。（二）段氏關於同音假借的理論也不成系統，而且前後不一，自相矛盾。前面說「凡假借必同部同音」，後面的注文中又出現「異部假借」，有的注文還說：「假借多取諸同音，亦有不必同音者。」如「童」字注說：「廿本二十並也，古文假為『疾』字，此亦不同音之假借也。」甚至只憑「雙聲」亦可假借。（三）段氏的十七部

〔註438〕收入何先生《語言叢稿》，商務印書館，2006年，原載《國學研究》第一卷，1993年4月。

〔註439〕光華案，王念孫撰有專著《合韻譜》，生前沒有正式刊刻。

由於入聲韻的分合及配置不得當，因此《說文注》的某些「合音」說就顯得粗疏、甚至不科學。還有一些本屬合韻的材料，他只作雙聲處理。（四）某些聲符的歸部標準不一，前後矛盾，或與《六書音均表》的歸部相矛盾。成書時間長達幾十年之久，自相矛盾很難避免。（五）大徐本取孫愐《唐韻》反切注音，段玉裁常常拿上古韻作標準來批評這些反切，以古律今，顯然不當。顧炎武在《唐韻正》中說：「凡韻中之字，今音與古音同者，即不復注；其不同者，乃韻譜相傳之誤。」段氏繼承了這種非歷史主義的觀點。（六）段氏疏於等韻之學，注中常說某字與某字同音，某字讀如某字。或清濁混淆，或平入不分，或等呼不合，悖於音韻常理，其中有的注音是以今律古。（七）對字形結構分析不當。這裡只談跟語音有關的問題，即以非形聲為形聲，以非省聲為省聲；或本為形聲，段氏以為「聲」字衍；甚至改變原文，曲從己說。（八）《說文》中保存一些很複雜的古音資料，由於時代關係，段氏掌握的文字資料、語言資料都有限，因此對某些複雜資料的解釋，不是失之武斷，就是語焉不詳。所謂武斷、不詳，就是不揭示音理上的根據。

　　先生這八點的歸納非常全面該要，然後依卷次分條考辨，有的不是指出其錯誤，而是詮釋或疏證，擘肌分理，發幽掘微，足見先生對段注精熟如流，研究深湛，功力極為深厚，為段注之功臣，茂堂之諍友。段大令再生，亦當對先生合十謝恩，「重與細論文」。

　　以上兩篇關於《說文》學的論文絕對是高水準的力作，可稱「雙懸日月照乾坤」。何先生《僑吳老人三章》〔註440〕稱：「只是早年即好讀段《注》，而從1989年2月至2002年1月，十餘年間，我多次開設『說文段注研讀』。常年跟僑吳老人打交道。或討教，或闡釋，或駁辯，筆記就有十餘冊。論學之餘，亦傾慕其為人。26年前我就寫過一篇小文章：《段玉裁注〈說文〉》，發表在秦似主編的《語文園地》上。」這是先生撰寫的關於段玉裁的專論，可見先生對《說文段注》用功之深，「筆記就有十餘冊」。先生《語言叢稿·自序》〔註441〕說：「從1989年2月起到2002年1月止，我為研究生講了十餘年『《說文》段注』。積稿盈篋，公開發表的成篇之作收入這本小書中的，只有兩篇：《〈說文〉省聲研究》、《〈說文〉段注音辨》。其他講稿何日整理問世，這就要看天老爺肯

〔註440〕收入先生《抱冰廬選集》，中華書局，2021年，912頁。
〔註441〕商務印書館，2006年。

不肯假我以年了。」先生厚積薄發的治學功力於此可窺豹一斑。

11.《漢語語音通史框架研究》〔註442〕

這是長篇論文，含金量很高。先生詳細討論了語音史研究中的從高本漢《中國音韻研究》和《漢文典》以來的三點一線式的研究框架和王力《漢語語音史》開創的九點一線式的研究框架。綜述了音韻學界關於《切韻》音系和《切韻》性質的研究，以及音韻學家關於重要的音韻學問題的各種分歧意見。本文是音韻學有爭議問題的綜述性論文，各家觀點收集分類相當有代表性，表述簡明扼要，何先生的綜述頗能擊中問題的核心，對學者瞭解音韻學中存在的各種問題有很大的幫助。何先生還詳細介紹了王力先生《漢語語音史》探索九點一線式語音史框架的開創性貢獻，同時表明了自己對這種研究框架的批評性意見。然而何先生可能忽視了《漢語語音史》的各個音系是指各個時代的讀書音，並不是可以包括當時各地的方音，所以先生的一些批評還不能難倒王力先生《漢語語音史》的研究格局。但是先生提出了古代方言音系的問題，這確實是非常重要而敏銳的歷史音韻學問題。最後，先生提出「散點多線式框架」，主張將漢語語音史分為五期「先秦秦漢—魏晉南北朝—隋唐五代—兩宋遼金—元明清」，這是頗有見地的研究，先生對此有詳細的論述。有趣的是先生介紹了1960年自己參與編撰《漢語發展史》：「該書建立了六個音系，從西周至西漢，以《詩經》為據；東漢韻部系統以樂府民歌、古謠諺和文人詩文用韻為據；魏晉南北朝也是以民歌和文人詩文用韻為據；唐代韻部以變文中的韻文及白居易的詩歌為據；宋代以辛棄疾、李清照的詞韻為據。」表明先生在50年代末就已經有意識要打破三點一線式的研究框架，堪稱先知先覺。總之，這是先生的一篇關於語音史宏觀研究的重要論文，值得學術界高度關注。此文可與先生為王建喜博士所著《近代中原官話語音演變研究》〔註443〕撰寫的序文合觀。先生《三十年來圓一夢 丹心一片在中原》〔註444〕稱：「本書音系三分，意義有二：一是三大音系的並立，用事實證明了「一源三京」的理論應用於明代是完全可行的。三分的另一層意義是突破了用一個音系涵蓋一個時代的單線發展模式，從而證明「散點多線式」框架是切合實際的理想框架。只有「散點」才可反映一

〔註442〕收入何先生《語言叢稿》，商務印書館，2006年。
〔註443〕語文出版社，2021年。
〔註444〕見何先生《抱冰廬選集》942頁。中華書局，2021年。

個時代語音演變的真實面貌。可以這樣認為：本書的三分框架為漢語語音通史或斷代語音史建立了一種新的範式。意義深遠，值得大大肯定。在明代，之所以三分，而不是四分、五分，這完全是由這些音系本身的價值、地位來決定的。中原、南京、北京，這三種官話音在當時都具有地方通用語的性質（按：「地方通用語」這個概念是我們在交談時由高永安提出來的），如果去掉其中任何一個，對近代官話語音史來說都是不完美的。」先生認為王建喜此書的研究可以印證先生的「散點多線式」理論的正確性。王建喜博士提出了在明代有三種地方性通語，這是有啟發性的觀點，與何先生的觀點相吻合。可能在中古以前也有多種地方通語的存在。漢語語音史的「散點多線式」研究框架是很有啟發性的，值得音韻學家們奮勇探索。研究歷史音韻學實在是不能漠視古代方言和地方通語的問題。

12.《〈詩詞通韻〉述評》〔註445〕

本文研究清朝的王樸隱所撰的《詩詞通韻》這部韻書，先生首先考證他的籍貫是江蘇，主要活動在康熙年間，與閻若璩、潘耒、劉獻廷等是同輩人，比顧炎武、毛先舒要晚一些。先生解析其《例說》的那些專業語句十分精闢：「世傳詩韻」指的是平水韻。「韻目」即106韻的標目。「稍刪僻贅」是指舊韻中的僻字，今悉刪去。「改用通音」是指用「通音」認可的中州音作反切。「不迭於詞者別為一韻」是指按曲韻離析詩韻，如支韻、魚韻、虞韻、佳韻、灰韻、寒韻、麻韻、庚韻、青韻、蒸韻，各分為二，元韻一分為三。「詞曲循音合用」是指把相同的韻合為一音。合起來之後，共有二十個音。這二十個音就是離析詩韻後歸併的二十個曲韻部。樸隱子只是在詩韻目下面分別注明二十音的讀音，並未確立這二十個音的韻部名稱。以上的闡釋十分清晰而專業。先生按照通行的曲韻名稱為二十韻分別命名。先生接著論道：「我認為：《詩詞通韻》並非單一音系，它是取捨於《中原音韻》和《洪武正韻》之間的一部曲韻書，也不是『詞韻專書』。明末清初人所謂的『詞』，並不一定都是指『詩餘』，有些時候指的是曲。『詞曲』連用時，『詞』是指歌詞，『曲』是指曲調。樸隱子所說的『詞曲』就是指南曲。」這個推斷安全正確，而且非常精闢。先生隨後構擬了《詩詞通韻》的聲母系統和韻母系統，並詳細討論了所構擬的音值。在其聲調演變

上，先生指出了《通韻》沒有完全「濁上變去」，絕大多數是變去聲了，與《中原音韻》不同。入聲消失，以兩種方式併入陰聲韻：「《通韻》入聲變為陰聲之後，分布在十五個韻母之中（見下表）。這十五個韻母有兩種不同的類型：一類是與原有的陰聲韻合流，如〔i〕〔uei〕〔u〕〔a〕〔ia〕〔ua〕等十個韻母屬於這種類型；還有一類是沒有相同的陰聲韻，這些韻母的字全部來自入聲，是入聲韻尾脫落之後新產生出來的陰聲韻，〔ei〕〔io〕〔yu〕〔yɛ〕〔iuɛ〕等五個韻母屬於這一類型。」這是非常精確的。先生詳細分析了《通韻》第二類入聲字輔音尾脫落後的歸韻和音值問題，並與《中原音韻》做了比較。全文論述非常專精透闢，《詩詞通韻》的音系從此大白於天下。

13.《商代複輔音聲母》〔註446〕

這是何先生研究上古音聲母的重要論文。何先生並不承認在西周春秋戰國時代還有複聲母，但是認為在商代存在複聲母。文章開宗明義稱複聲母問題極端重要：「在古音研究中，複輔音聲母是一個具有全局意義的問題。既關係到商代音系的建立，也關係到漢藏語系同源詞的研究，文字訓詁中某些疑難問題，也要在複輔音聲母研究的基礎上才有可能求得滿意的解決。」

先生認為研究和構擬複聲母是非常困難的研究，有兩種研究方法，都有侷限性：「研究複輔音聲母，主要途徑有二：一是全面利用《說文》中的諧聲資料，根據諧聲關係的變異規律歸納出複輔音聲母系列；一是利用親屬語言個別詞對應關係的研究，建立起各種類型的複輔音聲母結構。前者著眼於內部擬測，後者著眼於歷史比較。這兩種方法都是行之有效的。問題在於：這兩種材料本身都無法提供明確的時代界限和漢語方言的具體區域。諧聲資料經過上千年積累而成，包含不同時地的語音素材。情況頗為複雜；親屬語言的比較，主要是尋找同源詞。在現階段來說，這項工作還只能說是零敲碎打，各家構擬的所謂『原始形態』，時地觀念同樣是模糊的，所謂的『同源詞』，其可信程度如何，很難判斷。」先生的這段論述很重要，指出了兩種方法的侷限性，尤其是民族語言之間的關係詞難以判斷是真正的同源詞，而不是借詞。

先生嘗試運用自己的方法來研究商代複聲母：「有鑑於此，本文嘗試對複輔

〔註446〕收入《音韻叢稿》，商務印書館，2002年，原載《第一屆國際先秦漢語語法研討會論文集》，嶽麓書社，1994年。

音聲母進行斷代研究，即以殷商時代為基點，以甲骨文中足以說明複輔音形態特徵的資料為本證，再從後世的文獻資料、語言資料中尋找有關的材料作為旁證，把這兩種材料結合起來，對商代複輔音聲母進行全面擬測。這樣，本文所擬測的複輔音聲母，從理念上和邏輯上來說乃屬於紀元前 1300～前 1028 年之間的『殷虛』方言，其地在洹水、淇水、黃河之間。它既不是漢語的『原始形態』，也不屬於我們通常所說的『上古音』（周秦古音）。」先生將複聲母的時代限定在商代，既不是原始漢語，也不是西周以來的上古漢語。這個明確的斷限很重要。對複聲母進行斷代研究，先生此文是導夫先路。

　　但是「殷商卜辭中有哪些材料可以用來證明複輔音聲母的存在呢？」先生研究的具體方法是：「1. 同源分化。卜辭『令』與『命』同字，金文從『令』分化出一個『命』字，『命』從令得聲，二字同源。在商代『令』的聲母應為 mr-。2. 同音假借。卜辭假『各』為『落』，『各日』即『落日』。有的假借材料不見於卜辭，只要借字或本字見於卜辭，也可溝通其語音的聯繫。如卜辭有『獭』，金文中『獭』可借作『熙』；卜辭中未見『柳』借作『酉』，而春秋時代『柳』通『酉』。3. 同字異讀。卜辭中每一個字的音韻形式、地位都要與後世文字材料相比較才可確定，因此，卜辭中的某個字，如果後世有多種讀音，而且這些音讀之間的歷史演變又是可以說得清的，我們就可以假定：它們在卜辭時代，不論是聲母還是韻母，存在某種聯繫。4. 諧聲交替。卜辭『歙（飲）』字見於《說文》，從『禽』聲，禽從今聲，『歙』、『禽』與『今』當有複聲母關係。又如『姬』從臣聲，姜從羊聲，酒從酉聲，都有複輔音聲母的問題。5. 方言轉語。卜辭『甾』字，用作地名。《甲骨文字典》認為：『字形與《說文》甾字篆文及古文相近。』《說文》：『東楚名缶曰甾。』『甾』乃『由』字之誤，其義為『缶』。由與缶在卜辭時代應為複聲母，後世東楚方言名缶曰由，乃複輔音分化後的音變。6. 經傳異文。卜辭中商代開國之君湯的廟號為『乙』，《論語》、《墨子》作『履』。乙、履音通，其聲母為複輔音。7. 經籍舊音。《禮·曲禮上》：『急繕其怒。』鄭玄注：『繕讀曰勁。』『繕』從善得聲，善從言得聲。卜辭無繕有善，善與勁在聲母上必然有聯繫，這種聯繫用單體輔音是無法解釋的，我們很自然就想到複輔音的問題了。」先生由此構擬了四種類型的複聲母，共 32 個。第 1 類，清擦 s 和其他輔音的結合。第 2 類，帶 l／r 的複輔音聲母。第 3 類，章組與舌根音相通。第 4 類，其他類型。先生此文下了很大的工夫，旁徵博引，言必有證，確實令

人佩服。然而對先生的各類證據，我在拙著《上古音及相關問題綜合研究》中幾乎都有所辯駁。這裡只談一兩個我在以前沒有討論過的例子。

（1）先生稱：「卜辭中商代開國之君湯的廟號為『乙』，《論語》、《墨子》作『履』。乙、履音通，其聲母為複輔音。」先生應該是誤解了古人的稱謂。成湯的廟號稱「乙」，按照商朝的文化慣例，是成湯在「乙」這一天死去，其子孫後代要在「乙」這天祭祀商湯。因此「乙」既然是廟號，就是死去才有的稱謂，不是活著的稱號。而「履」才是商湯活著的名。二者是不相干的兩回事，並不是通假關係，不能據此構擬複聲母。

（2）先生稱：「《禮記・曲禮上》：『急繕其怒。』鄭玄注：『繕讀曰勁。』『繕』從善得聲，善從言得聲。卜辭無繕有善，善與勁在聲母上必然有聯繫，這種聯繫用單體輔音是無法解釋的，我們很自然就想到複輔音的問題了。」先生應該是誤解了鄭玄注。《禮記》鄭玄注「繕讀曰勁」，與複聲母無關。「善、繕」可以通假「勁」這個見母耕部音。考《說文》「善」從「誩」會意，而「誩」讀音為「競」，是群母陽部開口，與見母耕部的「勁」音近可通。「善」本來是會意字，但上古時代很可能有一種用法是將「善」分析為從「誩」得聲的形聲字，這個音後來失傳了，所以才能與「勁」古音相通。《禮記》鄭玄注的「讀曰」有十例左右，除此以外確實是明顯的古音通假，鄭玄以此表示有不同的異文，且認為要以「讀曰」後的字為正確的文本，這是漢代學者注釋經典的重要體例。《太平御覽》卷 340 引此文正作「急勁其怒」，注稱：「堅勁軍之威怒。」這個「勁」與「急」意思接近。鄭玄注：「急猶堅也。」更考《素問・平人氣象論》：「急益勁。」王冰注：「勁，謂勁強，急之甚也。」則「勁」是「急之甚」的意思。《玄應音義》卷二十五「淒勁」條注：「勁，切急也。」這個意思的「勁」在古注中就是訓「強、彊」的意思，是常訓，與「堅」義近。鄭玄注是認為《禮記》原文應該是「急勁其怒」，若作「繕、善」，則義不可通。《經典釋文》：「繕，依注音『勁』，吉政反。」則《經典釋文》將鄭玄注解釋為作「勁」是正確的異文版本。如果認為是古音相通，那就只能認為「善、繕」在漢代以前曾有「誩」音，從而與「勁」相通假。《墨子・備水》：「必善」。孫詒讓《墨子閒詁》引畢沅曰：「善，同繕，言勁也。」這應該是採用了《禮記・曲禮》鄭玄注。古代用字情況複雜，各地方言不能統一。有時可能存在對同一個字有不同的形聲分析

的現象。例如齊衝天《聲韻語源字典》〔註447〕第一編八《聲韻語源在異讀、通假中的反映》稱「施」讀審母是從「設」得聲，讀喻四是從「也」得聲。則古人對「施」的聲符有不同的分析，從而造成異讀音〔註448〕。「舉」讀見母是從「廾」聲，讀喻四是從「與」聲。「失」讀審母，但有喻四音，是從「乙」聲。「黏」讀泥母，但有「沾」音，則「黏」的聲符又被當做了「占」。「蜮」從「或」聲讀匣母，又有喻四音，則是被分析為從「弋」聲；「蜮」有見母音，則是被分析為從「國」得聲。齊衝天先生列舉了很多例子，這種現象並非孤立的個別情況，應該是文字學中的重要現象，絕對不能忽視〔註449〕。我在拙著《上古音及相關問題綜合研究》〔註450〕第二章第三節《從異字同形論上古音的複聲母問題》討論了先秦古文字的「匋」字，指出在秦系文字中，讀定母的是「陶」，讀並母的是「匋」，二者不同音。「缶」本是並母音，但作為定母的「匋、陶」的聲符時，「缶」是「繇」的省形，本讀喻四，在上古音中「喻四歸定」，於是讀為定母。這樣的問題往往為文字學家所忽略。我們注意到：《禮記》鄭玄注的「讀曰」都是正常的古音通假，不牽涉到任何複聲母，為什麼偏偏會有一個「繕讀曰勁」呢？不會是鄭玄的審音有問題，而是在鄭玄時代的「繕、善」本身有「詎」音，才可能出現這種「讀曰」現象。當然也可能是「繕」有別本異文作「勁」，鄭玄注採用了「勁」這個異文。類例如《說文》「棽」字，《廣韻》音「醜林切」。《說文》「從林今聲」。但《漢書·翟方進傳》：「中郎將李棽。」蕭該注：「棽，服虔音禁；如淳音琴。《說文》音醜心反。晉灼音參。」光華案，服虔音禁；如淳音琴。則是將「棽」分析為從「今」得聲。《廣韻》音「醜林切」、《說文》「醜心反」，則是古音讀透母，則是分析為從「林」聲，來母與透母上古音相通。則《說文》本作「從今林聲」。〔註451〕晉灼音參，則是晉灼看到的《漢書》的版本「棽」是作「森」，並非「棽」有「參」音（讀森）。所以，古人對於一個形聲字的聲符本來可能有不同的分析，

〔註447〕重慶出版社，1997 年，57 頁。

〔註448〕何九盈先生《〈聲韻語源字典〉讀後記》（收入先生《書山拾夢》，商務印書館，2020年）是對此書的書評，也談到這個例子。

〔註449〕裘錫圭先生《文字學概要》（修訂本，商務印書館，2013 年版）沒有注意到這種現象。

〔註450〕暨南大學出版社，2015 年，218～219 頁。

〔註451〕《說文》的解說中有傳寫倒置的現象。例如《說文》段注本：「槮，長木皃。本作木長。今正。」則段玉裁以為原本的「木長」當作「長木」。

這是多音字產生的一個原因，不能作為構擬複聲母的理據。

趙誠《商代音系探索》〔註452〕利用甲骨文的通假字來探索商代的音系，論文沒有得出一個明確的音系，但對商代有複聲母表示了極大的懷疑。郭錫良先生《殷商時代音系初探》〔註453〕利用《甲骨文編》等材料考證出商代音系的聲母系統是黃侃的古音十九紐，沒有複聲母。張玉金《二十世紀殷代語音研究的回顧與展望》（見《古漢語研究》2001 年第 4 期對學術界的商代語音研究作了綜述）我雖然不贊成古有複聲母的觀點，但對何先生此文所下的工夫感到由衷的欽佩。

以上各篇音韻學的重要論文大致代表了先生對音韻學的專題研究，包含了上古音、中古音、近代音、音韻學方法和理論、《說文》學的音韻問題等尖端的學術問題。先生「落筆驚風雨」，論證廣博，闡發深刻，「文章彪炳光陸離」〔註454〕。唐作藩先生在為何先生《古漢語音韻學述要》撰寫的《序》讚歎何先生的學術成就：「他已後來居上了。他不僅在漢語音韻學方面有深厚的功底，而且對古漢語詞彙學、中國古代語言學史都有較深的研究。他治學勤奮嚴謹，精進不已，我是十分欽佩和讚賞的。」這是對先生學術客觀的評價。

三、古漢語研究

先生在古漢語教育和研究的諸多論文收集於先生《古漢語叢稿》〔註455〕一書，收錄先生各類論文 51 篇，尚有不少掛漏。所收論文以詞義訓詁為主，兼及古音、古書標點、古書辨偽、古漢語語法、詩詞格律、漢語史學習、《切韻》音的構擬、詩詞語言、文體學等等，研究內容極為廣博。另與蔣紹愚先生合著《古漢語詞彙講話》一書。略舉數例如下：

（一）《古漢語詞彙講話》〔註456〕

這是何先生和蔣紹愚先生合撰的學術專著，對於詞彙學諸多方面的問題都有所論述，這是先生在古漢語詞彙學方面的結晶。此書內容比較全面，論述精

〔註452〕收入趙誠《古代文字音韻論文集》，中華書局，2006 年版。
〔註453〕收入郭錫良《漢語史論集》（增補本），商務印書館，2005 年。
〔註454〕語出李白《酬殷明佐見贈五雲裘歌》詩。
〔註455〕商務印書館，2016 年，我以為以後再版最好更名為《古漢語研究叢稿》。
〔註456〕修訂本，中華書局，2010 年，初版於 1980 年，北京出版社。

關，篇幅不大，分量不輕，至今是瞭解古漢語詞彙的最佳入門書。本書主要討論了：詞彙的歷史發展、詞的構成、詞的書寫形式、詞的本義、詞的引申義、同義詞、反義詞、同源詞、固定詞組和特殊詞彙、句中詞義、如何學習古漢語詞彙等等，列舉豐富的例證，予以簡要的分析，與一般詞彙學書的構思確實不同。與著名語言學家張永言先生《詞彙學簡論》（增訂本）〔註457〕的體系相比較，何先生、蔣先生此書也是有特色的，很多內容是張永言先生書沒有的，二者各有千秋。雖然此書的性質是學術指引性的入門讀物，有的詞彙學內容沒有涉獵，諸如「外來詞、詞彙與文化、詞彙的系統性、方言詞、詞的音義關係、詞彙與語法的關係、詞彙與訓詁學、同形詞、字與詞的關係、詞彙化、造詞法、詞義的義位分析、佛經詞彙、道教詞彙、出土文獻詞彙」等等重要詞彙學問題，本書都沒有討論。後來蔣紹愚老師在此書的基礎上，不斷完善自己的古漢語詞彙學研究，終於寫成了《漢語歷史詞彙學概要》〔註458〕，研究更加全面深入，成為古漢語歷史詞彙學的經典之作。

　　我們選取《講話》19～20頁關於反訓詞的論述為例，可以看出其特色，並不是一般的官樣講話所可及的：「這種反訓詞，有人稱為『反義詞』。我們認為這是一個詞的內部存在相對立的兩種意義，不應看做反義詞。這類詞有觀、丐、刪、寡、學、視、飲、食等。觀：『以此視彼曰觀，故使彼視此亦曰觀』。這是兩個義項。第一個義項至今還保存。第二個義項（給人看）如《左傳》中的『觀兵』（顯示軍威給人看）〔註459〕就是。這後一義項後來消失了。丐：乞求叫做丐，給予也叫做丐。《廣雅·釋詁三》：『丐，予也。』《漢書·西域傳》：『我匄（丐）若馬。』《後漢書·竇武傳》：『及載肴糧於路，匄施貧民。』給予的意義容易引起混亂，後來也被淘汰了。刪：在漢代，有刪取、刪掉兩個相對立的意義。《說文》：『刪，剟也。』段玉裁注：『凡言刪剟者，有所去即有所取。如《史記·司馬相如傳》曰：『故刪取其要，歸正道而論之。』刪取猶節取也。……既錄其全賦矣，謂之『刪取』，何也？言錄賦之意在此不在彼也。《藝文志》曰：『今刪其要，以備篇籍。』刪其要，謂取其要也。不然，豈劉歆《七略》之要，孟堅盡刪去之乎！』『刪取』的意思後來也被淘汰了，只保留了刪掉的意思。寡：

〔註457〕復旦大學出版社，2015年版，收入《張永言先生著作集》。
〔註458〕商務印書館，2015年。
〔註459〕光華案，先秦書的「觀兵」就是舉行閱兵式的意思。

從上古到中古，妻子死了丈夫叫寡，丈夫死了妻子也叫寡。不單有寡婦，而且有寡夫。《左傳・襄公二十七年》：『齊崔杼生成及強而寡。』杜注：『偏喪曰寡。』柳宗元《與楊京兆憑書》說自己『寡居十餘年』。寡夫的意義後來也不存在了，寡專指寡婦。」這一段論述確實很精彩，張永言先生《詞彙學簡論》第三章《詞的意義》就沒有類似的研究。

同書 20～21 頁論詞彙的選擇性消亡也很有啟發性：「『鬍鬚』這個詞，在古代原是用三個詞來表示的。上嘴唇的鬍子叫『髭』，下巴頰兒的鬍子叫做『鬚』，絡腮鬍子叫做『髯』。把鬍子分得這麼細，反映了古人對鬍子的重視。自從留鬍子的習慣不風行之後，人們就選擇了『鬚』這個詞來代表整個鬍子。『鬚』的前面要加一個『胡』字作為修飾語，這是因為漢人已經沒有了留鬚的習俗，而『胡人』還是滿臉鬍子，所謂『鬍鬚』，就是像胡人樣的鬚。屬於語法上差異的可拿第一人稱代詞餘、朕、吾、我為例。『余』一般用來作主語和賓語，『朕』一般用來作定語，『吾』字多用作主語，很少作賓語，『我』字可以用來表複數。這些詞後來只保存了一個『我』，吾、余、朕都消失了。」在討論歷史詞彙消亡時，聯繫了語義分析，辨析同義詞，這樣的講話就很生動，而且很科學。

本書 21 頁《統一性》節討論了詞彙擴散的問題：「但從發展趨勢看，方言詞彙總是慢慢地向通語靠攏，而不是分歧越來越大，這也是一種積極規範。方言詞彙進入通語的例子歷代都有。如：藍縷：本是春秋時的楚方言。《左傳・宣公十二年》：『篳路藍縷，以啟山林。』從那時起，這個詞就進入了通語，至今還保存在普通話中。璞：原是戰國時代的鄭方言。《戰國策・秦策三》：『鄭人謂玉未理者璞。』這個詞一直保存在書面語中。老子：作為『父親』的同義詞，本是宋代陝西南鄭的方言詞。陸游《老學庵筆記》卷一：『南鄭俚俗謂父曰老子。雖年十七八，有子亦稱老子。』這個詞後來也進人了通語。」這是方言詞擴散進入通語。當代最典型的例子是東北方言的「忽悠」進入了普通話，粵方言的一些詞彙擴展進入普通話。

23 頁：「同一個字，可以代表幾個毫無關係的詞。例如『咳』字，它可以念ke，意思是咳嗽，《三國志・華倫傳》：『軍吏李成苦咳。』但也可以讀 hai，意思是小兒笑。《老子》：『如嬰兒之未咳。』又如『胄』字，它的一個意義是甲胄，《左傳・成公十三年》：『躬擐甲胄。』另一個意義是胄裔（後代）。《三國志・

諸葛亮傳》：『將軍帝室之胄。』這是兩個毫無關係的詞。其實，在篆文中，它們不僅是兩個詞，而且是兩個字。……從小篆發展到隸書，由於字形變化，才混而為一了。」這其實是裘錫圭《文字學概要》﹝註460﹞一〇《異體字·同形字·同義換讀》的「同形字」，黃侃常說的「異字同形」。本書第四《詞的書寫形式》也討論了「異字同形」。我以為「異字同形」這個術語比「同形字」更加醒目科學。

　　28～29 頁論聯綿詞可以拆開分用和變形使用也很到位：「聯綿字一般是不能拆開的，但是在某些特殊場合，比方說在詩歌或其他韻文中，卻可以拆開來用。例如上面所說的『玄黃』就是一例。又如《老子》：『豫兮若冬涉川，猶兮若畏四鄰。』『猶豫』在這裡也拆開用了。《老子》：『道之為物，惟恍惟惚。惚兮恍兮，其中有象；恍兮惚兮，其中有物。』『恍惚』也拆開用了。而且前後兩句顛倒著說，這顯然是為了押韻。聯綿字有時候也可以倒著說。如『躊躇』也可以說成『躇躊』，『猶豫』也可以說成『夷猶』，『玲瓏』也可以說成『瓏玲』，『狼戾』也可以說成『戾狼』。屈原的詩篇名《離騷》其實也是個聯綿字，就是牢愁或牢騷的意思，這個詞也可以倒過來說成『騷離』，如《國語·楚語》：『德義不行，則邇者騷離，遠者距違。』當然，並不是所有的聯綿字都能倒著說的。哪些能顛倒，哪些不能，要看語言習慣。」這一段論述十分圓通，無懈可擊。

　　第七節《同義詞》有些論述非常有啟發性。例如，65 頁第二類《語音相近》指出：有的語音相近的詞可能是同義詞，這就是一般論著沒有注意到的問題，觀察頗為犀利，已經涉及到同源詞的範疇了。例如：

但：特（定母。）

隄：塘（隄屬端毋，塘屬定毋，二者為旁紐）

零：落（來母）

聊：賴（來母）

軟：弱（日毋）

謔：嘩（曉母）

（以上為聲母相同或相近的同義詞）

憂：愁（幽部）

阯：基（之部）

﹝註460﹞修訂本，商務印書館，2013 年版。

斯：析（斯，支部。析，錫部。主要元音同。）

誇：奢（魚部）

慮：圖（魚部）

命：令（耕部）

貪：婪（侵部）

倀：狂（陽部）

憤：懣（文部）

（以上為疊韻同義詞）

66 頁論詞性相同可能構成同義詞，也是很獨特的學術視角，例如：

倉：廩　　府：庫　　薪：蒸

墳：墓　　堂：殿　　舟：船

棺：柩　　傳：遽　　窗：牖

豕：豨　　券：契　　符：節

（以上為名詞類）

聞：聽　　趨：走　　逃：亡

哭：泣　　劉：殺　　違：離

墮：壞　　陟：登　　追：逐

謗：譏　　觀：察　　恐：懼

（以上為動詞類）

美：豔　　危：急　　快：逞

渺：小　　促：迫　　儇：慧

傍：近　　猛：健　　朱：赤：紅

（以上為形容詞類）

吾：我：余：朕

誰：孰　若：乃　女：爾

（以上為代詞類）

安：焉　奚：何：胡

設：使

（以上為虛詞類）

69頁從漢語史的角度論述同義詞，非常精彩：「囹圄：獄。二者原本不是同義詞。《禮記‧月令》：『命有司省囹圄，去桎梏。』鄭注：『囹圄，所以禁守繫者，若今別獄矣。』『獄』作為監獄的意思比『囹圄』要晚。《詩經》、《易經》、《左傳》、《論語》等書中的『獄』字都不能理解為監獄。先秦時的『獄』字一般都是打官司、案件的意思，『獄』與『訟』有時倒是同義詞。」區分了一般人容易誤解的同義詞，強調了同義詞的時代性問題（囹圄和獄，在上古不是同義詞，『獄』與『訟』是同義詞）。

另外，闡述「反義詞」、「同源詞」都動人極了，讀起來簡直是審美。全書精彩之處不一而足，難以縷述，真可說「遍地是黃金」。全書行文簡淨，沒有一句多餘的話，絕不牽扯任何大而空的理論。讀者可以不折不扣地開卷有益，一旦閱讀就不忍釋手。至今沒有任何古漢語詞彙學的論著可以完全取代這本小巧玲瓏的講話。名家手筆，不同凡響，木秀於林，就是不一樣。

（二）《唐寫本〈說文‧木部〉殘帙的真偽問題》和《再談〈說文‧木部〉殘帙的真偽問題》〔註461〕

先生的這兩篇學術論文詳細考辨了《唐寫本〈說文‧木部〉殘帙》〔註462〕是清代偽書，同時梳理了《唐寫本〈說文‧木部〉殘帙》的出現流傳和前人辨偽的源流，可信其為王宗祈家鄉（安徽歙縣）一位懂點小學的人所偽造，而且反駁了有的學者對這個問題的質疑。這兩篇論文屬於先生的辨偽學，主要是文獻學考辨，涉及語言學不多，先生的觀點主要是繼承了孫衣言、孫詒讓判定殘卷是偽書的觀點。後來，高永安博士在《何為鐵證——唐寫本〈說文‧木部〉殘帙真偽之我見》〔註463〕繼續論證《唐寫本〈說文‧木部〉殘帙》是清代人偽造的，不是唐代的真寫本。這個問題還可以繼續討論。

現在，學術界的主流意見認為《唐寫本〈說文‧木部〉》是真的。清朝的莫友芝對之做了鑒定和《箋異》，他舉出的理由還是要正面回擊一下才行。例如，1. 唐朝殘卷的紙張尺度和質地難以偽造。2. 殘卷有宋代書法家米友仁鑒定為唐人書篆法的題記。含縫有紹興小璽跋。後有寶慶初俞松題記，可知南宋

〔註461〕收入先生《古漢語叢稿》。
〔註462〕參看莫友芝撰，梁光華注評《唐寫本〈說文解字‧木部〉箋異注評》，貴州人民出版社，1998年。
〔註463〕收入高永安《皖南方音史及〈字彙〉研究》，世界圖書出版公司，2017年版。

猶在內府。可知宋朝人確信其為唐朝真蹟。3. 篆體似美源神泉詩碑，楷書似唐寫佛經小銘誌。因此，從書法上不像是偽造。4. 其中的「旦」字上作「口」，明顯是避唐睿宗李旦的諱。「括」缺末筆，當是避唐德宗李适的嫌名諱。「恒聲」的「恒」缺下橫，當是避唐穆宗李恒的諱。這樣富有時代特色的避諱後人難以偽造。5. 書寫的行款是唐人樣式，後人難以偽造。6. 此書出後，學術界都深信不疑，如張文虎、方宗誠、劉毓崧、周祖謨等著名學者都認為此書非偽造。

劉毓崧《通義堂文集》〔註464〕卷四《唐元和寫本說文木部箋異跋》贊成莫友芝的考訂，同意殘卷是中唐人之書。並且稱：「毓崧復就避諱之例參互推求，知此本寫於元和十五年穆宗登極之歲，尚在改元長慶之前。」劉毓崧主要從避諱的角度論證了殘卷確實是元和十五年的真實寫本，肯定其重要價值：「就中字句之詳略異同，足以校補各本之脫訛，印證諸儒之考訂者，斷非後人所能依託。」劉毓崧從古代的避諱制度和祖祧制度論述到：「況『括』字為應避之嫌名，雖亦在耳目之前，然究不若『虎』、『世』兩字熟在人口。豈有能知『括』字當缺，轉不知『虎』字、『世』字當缺，而留此罅隙，授人以攻擊之門？閱者不可競指為白璧微瑕，遽抑連城之價也。用是援引此例，以塞疑竇之端焉。」〔註465〕

周祖謨《唐本說文與說文舊音》〔註466〕對之有長篇考論，結論是「確為唐本無疑」，又說「或疑其為贗品，非也」。周祖謨後來補充了三證說明唐寫本是真實的。（1）殘卷還有明朝人的題記和楊守敬的鑒定。楊守敬跋稱：「此卷黃麻堅韌，墨光如漆，與守敬所藏唐人書《左傳》無異。」（2）書法是唐人筆法，清朝人難以偽造。（3）有三個方面的內容可以證明此卷不是清人偽造。A、木部的字次與二徐本有很多不同。B、唐寫本的說解比二徐本好很多。C、反切與《字林音義》是一個系統，這是唐以前《說文》傳本的舊音，清朝人不可能偽造。〔註467〕

〔註464〕收入《儀徵劉氏集》，吳平等整理，廣陵書社，2018 年，297～300 頁。

〔註465〕原文有小字自注，文煩不錄。另，香港中文大學黃耀堃教授有《劉毓崧〈唐元和寫本說文木部箋異跋〉表微》（見《傳統中國研究集刊》第十一輯，上海人民出版社，2013 年 5 月）一文，專門討論劉毓崧此文關於避諱的問題，有所批評。其文認為莫友芝早知道殘卷是假的。我不能苟同。

〔註466〕收入周祖謨《問學集》，中華書局，1981 年。

〔註467〕參看惲天民、周祖謨《關於唐寫本〈說文〉的真偽問題》，載《中國語文》1957 年第 5 期。

　　李家浩先生《唐寫本〈說文解字〉木部殘卷為李陽冰刊定本考》〔註468〕考證殘卷是唐朝李陽冰刊定的版本，反駁了周祖謨先生的觀點，文章考證很詳細，將殘卷的字形與二徐本保存的李陽冰改寫的篆文逐一比對，發現殘卷的篆文字形多與李陽冰改篆的字形相合，也解釋了周祖謨先生指出的不合的現象。

　　李宗焜《唐寫本〈說文解字〉輯存》〔註469〕是研究此殘卷的最新專著，收集材料很全面，討論很詳細。其書《唐寫本〈說文解字〉殘卷研究》五《真偽問題》比較詳細綜述了學術界對其真偽問題的研究，並增補自己的若干證據，結論是「木部殘卷之為唐寫本應無可疑」。李宗焜的書在注解提到了何先生的兩篇論文以及梁光華、李中華、沈之傑的論文。我覺得在周祖謨、李家浩、梁光華、李宗焜等論證以後，唐寫本殘卷似乎可以判定是真的。

　　我注意到羅振玉《眼學偶得》〔註470〕23《今本〈說文〉「桶」注文脫「十」字》：「《說文》『桶，木方，受六升』，唐本《木部說文殘本》作『木方器也，受十六升』。案：《玉燭寶典》引《月令》『角鬥甬』章句『十六斗曰甬』（原文小字注：斗疑升之誤。古斗字別作什，與升相似）〔註471〕，與唐本同，今本奪『十』字。」

〔註468〕收入《安徽大學漢語言文字研究叢書‧李家浩卷》，安徽大學出版社，2013年。

〔註469〕中西書局，2015年。

〔註470〕收入《雪堂類稿》甲《筆記彙刊》，遼寧教育出版社，2003年，蕭立文編校，99頁。

〔註471〕段玉裁《說文解字注》「桶」字條（中華書局本267頁）稱「方受六升」當作「方斛受六斗」。當以段注為確。因此，《玉燭寶典》引《月令章句》作「斗」保存了古本之真，彌足珍貴。唐寫本的「升」也應該是「斗」之誤。在唐朝的寫本中「斗」與「升」字形很容易相混。更考陳寅恪《韋莊〈秦婦吟〉校箋》（收入《陳寅恪集》之《寒柳堂集》，三聯書店，2011年），《秦婦吟》：「一斗黃金一升粟」。羅振玉校本「升」作「斗」。陳寅恪（145頁）案語稱：「考唐人以錢帛估計米粟之價值時，概以斗言。故斗粟或斗米值若干，乃當時習用之成語也。」列舉《唐會要》、《舊唐書》、《新唐書》、《野客叢書》等眾多資料為證（只是《寒柳堂集》此處原文可能有誤：「寅恪案，作斗粟雖亦可通，作升粟者疑是端己之原文」。可是陳寅恪下文全是論述應該是作「斗」，而不應作「升」。因此，原文此處的「升」與「斗」應該互換，作「斗」是韋莊原文。應該是《陳寅恪集》排印之誤，不是陳先生原文的失誤）。最早指出「斗」容易錯成「升」的，是南宋的王楙《野客叢書》（中華書局點校本，2007年，83頁）卷八《種田養蠶》條。賀昌群《升斗辨》（收入《賀昌群文集》第一卷，商務印書館，2003年）考辨最為詳盡。升、斗互訛，類例多不勝舉。曾良《俗字及古籍文字通例研究》（百花洲文藝出版社，2006年版）120～121頁舉有大量中古文獻的用例。更考公序本《晉語八》韋注：「鳶肩，肩井升出。」「升」當從明道本作「斗」。《淮南子‧齊俗》「故糟丘生乎象，炮烙生乎熱升」，《御覽》卷712引「升」作「斗」。《淮南子‧天文》：「以日冬至數〔至〕來歲正月朔日，五十日〔滿〕者，民食足；不滿五十日，日減一斗；有餘日，日益一升。」《齊民要術‧收種》引《淮南術》「升」作「斗」。《吳越春秋‧闔閭內傳》「臣能還之，不用尺兵斗糧」，《御覽》卷479引「斗」作「升」。《韓非子‧外儲說右上》「升概甚平」，《白氏六帖事類集》卷5、《後

殘卷與二徐本《說文》不合，而與隋代類書《玉燭寶典》所引《月令章句》相合，《月令章句》是東漢文人學者蔡邕所撰〔註472〕，最晚在南宋已經失傳〔註473〕。清人馬國翰《玉函山房輯佚書》〔註474〕第二冊輯錄《月令章句》逸文，並無《玉燭寶典》所引此條。而隋代杜臺卿編撰的《玉燭寶典》〔註475〕原書在我國早已失傳，清代末期遵義學者黎庶昌在日本訪得此書，刊印入《古逸叢書》〔註476〕，才得以流傳於學術界。一代大儒羅振玉據此將二徐本《說文》與唐寫本殘卷《說文》、《玉燭寶典》所引《月令章句》相比對，發現隋代類書《玉燭寶典》所引古本《月令章句》與唐寫本殘卷《說文·木部》相合。清代人如何能偽造唐寫本殘卷《說文·木部》？此例可證唐寫本殘卷確實是真的。我們期待何先生做出新的考證。據羅振玉《長物簿錄》〔註477〕戊之四《藏書目錄題識》，柯劭態撰有《唐本說文木部箋異質疑一卷》稿本，未見〔註478〕。應該說，何先生、永安兄的論文沒有對殘卷本身的字形、解說做出精細的考證，對各種字形的比對工夫做得不夠。文獻記載在相互歧異的情況下，對寫本本身進行精密的考證是比較有說服力的。

漢書·孔融傳》李賢注、《意林》卷1、《類聚》卷94、《御覽》卷905引作「斗」。《抱朴子內篇·仙藥》「得其生花十斛，乾之纏可得五六斗耳」，《御覽》卷989引「斗」作「升」。又《仙藥》「其根有大魁如斗」，《上清道寶經》卷4「斗」作「升」。《抱朴子外篇·酒誡》「管輅傾仰三斗」，《書鈔》卷148引「斗」作「升」。《韓詩外傳》卷7「三斗之稷」，《治要》卷8、《長短經·論士》引「斗」作「升」。

〔註472〕參看姚振宗《隋書經籍志考證》第一冊181頁，清華大學出版社，2014年。

〔註473〕南宋的目錄學名著《直齋書錄解題》和《郡齋讀書志》都沒有提到此書。

〔註474〕江蘇廣陵古籍刻印社，1990年版。

〔註475〕趙國璋、潘數廣主編《文獻學大辭典》（廣陵書社，2005年）居然沒有收錄《玉燭寶典》條，頗令人驚訝。

〔註476〕參看《古逸叢書》（下），江蘇廣陵古籍刻印社，1994年，黎庶昌於1881年出任駐日公使，歷時二年，就輯成《古逸叢書》，於1884年刻印完成。參看黃萬機著《黎庶昌評傳》第六章《出使日本》五《輯印〈古逸叢書〉》，貴州人民出版社，1989年版，111～114頁。黎庶昌在《刻〈古逸叢書〉序》中稱《玉燭寶典》在我國亡於宋代以後，因為南宋陳振孫《直齋書錄解題》猶載之。羅振玉《〈秘府略〉殘卷跋》（見蕭文立編校《雪堂類稿》乙《圖籍序跋》363頁，遼寧教育出版社，2003年）稱：《秘府略》「當與《玉燭寶典》諸書，同為藝林秘笈。」李慈銘《越縵堂讀書記》（由雲龍輯，上海書店出版社，2000年版）549頁（1886年7月初4日所撰的讀書記）《玉燭寶典》條對其評價甚高。稱：「其書皆極醇正，可寶貴。……精刻以傳，有裨民用不少也。」

〔註477〕收入《雪堂類稿》，遼寧教育出版社，2003年，蕭立文編校。1043頁。

〔註478〕承蒙晨友蕭旭兄提供李宗焜《唐寫本〈說文解字〉輯存》，特致感謝。蕭旭兄還指出《玉燭寶典》作「斗」是古本，不當校改為「升」。殊具卓識。

（三）《實用文言詞典・序》〔註479〕

先生在《序》中標舉本詞典的五大優點：第一，分析字頭的形體結構。第二，義項能分則分，釋義力求反映新的研究成果。第三，標明詞性。第四，注明中古韻、調。第五，在三分之一的詞條後面設有「備考」一欄。本《序》討論了一些具體的訓詁問題，可以看成是先生的一篇訓詁學論文和編撰理想詞典的大綱藍圖，對於辭典的編撰有較大的指導意義。此文未收入先生《古漢語叢稿》，而收入了先生《抱冰廬選集》。

（四）《「不立諸部」新解》〔註480〕

考證封演《聞見記》記載李登《聲類》的「不立諸部」的「部」不是韻部，而是「部首」，如同《說文解字》的 540 部。此文批評了趙誠的觀點〔註481〕。先生的新解與臺灣著名學者龍宇純先生的觀點暗合。龍宇純先生《李登聲類考》〔註482〕對「不立諸部」有相當詳細的考證，結論與何先生相同。何先生此文發表於《中國語文通訊》（1983 年第 3 期），龍宇純先生此文發表於 1981 年，時間非常靠近，當時大陸和臺灣的學者之間的學術信息極不暢通，因此兩位大學者的觀點是英雄所見略同。從學術上看，龍宇純先生此文因為是全面考證李登《聲類》，所以論述更加詳細。

（五）《〈曝書雜記〉標點商榷》〔註483〕

先生分類指出其標點錯誤：1. 書名號錯亂之例；2. 誤斷人名之例；3. 因不明韻語而誤之例；4. 當斷不斷、不當斷而斷之例；5. 當屬下而屬上、當屬上而屬下之例；6. 誤用逗號、句號之例；7. 引號當用不用、不當用而用之例。先生這篇論文明顯模仿俞樾《古書疑義舉例》的成例，條理分明，對標點古書、整理古籍、研究古代漢語都有指導意義。先生《〈漢唐方志輯佚〉標點商榷》〔註484〕指謫了《漢唐方志輯佚》數十條標點錯誤。這兩篇論文是非常見功力的，是空

〔註479〕廣東高等教育出版社，1994 年。
〔註480〕收入先生《古漢語叢稿》。
〔註481〕趙誠的觀點見於趙誠《中國古代韻書》（中華書局，1979 年）14 頁。其實也是批評了周祖謨先生的觀點。周祖謨是何先生的老師，何先生為尊師諱。
〔註482〕原載《臺靜農先生八十壽慶論文集》，臺北聯經出版事業公司，1981 年，收入龍宇純《中上古漢語音韻論文集》（《龍宇純全集》二），臺灣秀威信息科技股份有限公司，2015 年，298～299 頁。
〔註483〕收入先生《古漢語叢稿》。
〔註484〕收入先生《古漢語叢稿》。

談理論的人做不了的實學。在標點勘誤上取法俞樾《古書疑義舉例》的體例，此前還有呂叔湘先生《〈資治通鑑〉標點斠例》〔註485〕，呂叔湘此文歸納了三十種標點錯誤類型。何先生或許也受到了呂叔湘先生的啟發。

（六）《〈莊子〉劄記》（一）、（二）〔註486〕

兩篇是先生對《莊子》所作的訓詁學研究，顯示了先生對先秦典籍的訓詁學功力。且舉兩例：

1.《莊子・應帝王》：「猶涉海鑿河而使蚊負山也。」先生曰（454頁）：《莊子內篇譯解批判》257頁將「涉海鑿河」釋為「於大海之中鑿河」。認為「這與莊子精神相合」。《莊子今注今譯》也取此說，譯為「就如同在大海裏鑿河」。此說甚謬，與原意大相徑庭。涉海、鑿河、使蚊負山本是三件事情，都是無法辦得到的。涉海、鑿河都是動賓結構。「涉」的本義是「徒行厲水」（見《說文》，即不要舟橋徒步從水中蹚過去。這裡正是用的本義。徒步不能蹚過大海，比喻事情無法辦得成。鑿河也是不可能的，「河」不宜泛解為一般的河流，應是特指黃河。黃河源遠流長，非人力所能開鑿。光華案，先生的這個訓釋非常精確。

2.《莊子・人間世》：「無門無毒。」先生曰：分歧主要在「毒」字。古人早已指出，「毒」是個錯別字，《莊子》原文應該是「每」字。《莊子淺注》及《莊子釋譯》《莊子今注今譯》等仍然就「毒」字立訓，使一個已經解決了的問題至今糾纏不清。判斷「毒」為「每」之誤，有如下據：1. 以版本為據。《經典釋文・莊子音義》：「崔本作『每』，云：貪也。」崔即東晉人崔譔，一說為晉初人。2.「每」之所以誤作「毒」，乃形近所致。小篆「每」與「毒」字形相近。《說文》：「每，從中母聲。」「毒，從中毒聲。」3. 清人姚鼐已指出：「止、每、已為韻。」即「入則鳴，不入則止。無門無每，一宅而寓於不得已，則幾矣」為韻。「幾」字也應看作韻腳。「止、每、已」均之部字，「幾」屬微部，之微通韻。若是「毒」字則不迭，「毒」為入聲字。4. 何謂「無門無每」？焦竑的解釋最為精確：「廣大無門，澹泊無每。」廣大無門，不開一隙，則對方無可乘之機；心志澹泊，不存貪欲，才能做到「一宅」。以上四點理由都是能成立的，所以朱駿聲在注《說文》「每」字時就引《莊子》的「無門無每」為證，馬其昶的《莊子故》也

〔註485〕收入《呂叔湘全集》第九卷，遼寧教育出版社，2002年，初發表於1979年的《中國語文》。

〔註486〕均收入先生《古漢語叢稿》。

作「無門無每」。他們都將「毒」字徑改為「每」，一掃無稽之談。每，又作「拇」，《方言》十三：「拇，貪也。」《廣雅‧釋詁》：「拇，貪也。」王念孫的《廣雅疏證》、錢繹的《方言箋疏》在引用《莊子》「無門無毒」時，均以崔譔本作「每」為是云云（光華案，我的引文有刪節）。

光華案，依據先生的徵引和討論，《莊子》原文的「毒」應為「每」之誤，可作定論。而方勇《莊子》〔註487〕63 頁注「毒」為「藥味」，顯然沒有讀過何先生《〈莊子〉箚記》。王叔岷《莊子校詮》〔註488〕上 133 頁注解 16 稱：「無門無毒，亦取通達無礙之義。」沒有訓詁學根據。《莊子校詮》號稱校注《莊子》的名著，卻不引「毒」有「每」的異文，十分令人驚訝。王叔岷、方勇皆不及何先生之訓詁精確。可以說，先生的這兩篇《莊子箚記》是先生訓詁學的代表作，水平很高。

（七）《古漢語語法箚記一則：「動‧之‧名」與「動‧其‧名」》〔註489〕

這是先生研究古漢語句法的論文，文章雖短，卻用實證的方法解決問題。先生經過考證稱：「我們的結論是：在上古漢語中，『動‧之‧名』一般是雙賓式，只有當『動‧之‧名』可以轉換為『動‧其‧名』時，其中的『之‧名』才可看作偏正結構，不宜作雙賓語處理。」這是非常精確的。先生列舉《呂氏春秋》、《文子》的材料，與《管子》、《賈誼新書》相比對，得出結論：「我認為『其』作間接賓語在戰國末期就產生了。」從而批評了「其」代替「之」作間接賓語產生於晉代的觀點。

（八）《「家人」解詁辨疑：兼論女強人竇太后》〔註490〕

這是先生訓詁學和詞彙史論文的代表作之一，考論非常詳密，且與文化史相結合，討論了中國歷史上的女性文化以及男性社會對女性的偏見與不公。先生首先指出：「綜覽各種資料，對某些句中的『家人』究竟應作何解，往往互相牴牾；甚至『家人』到底有幾個義項，各義項產生的時代，四種辭書的處理也同中有異。也就是說，『家人』一詞的解詁，至今仍是諸說紛紜，莫衷一是。原因之一是顏師古等人對『家人』的注釋就欠準確，後人亦多受其誤導；

〔註487〕《莊子》，方勇評注，商務印書館，2018 年。
〔註488〕中華書局，2007 年。
〔註489〕收入先生《古漢語叢稿》。原載《中國語文》1993 年第 3 期。
〔註490〕收入先生《古漢語叢稿》。原載《民俗典籍文字研究》第十二期，2013 年。

但最根本的原因是注家及辭書編撰者往往因循舊說，未考鏡源流，進行系統探求。『家人』作為一個具有社會、倫理意義的常用詞應該有三個不同的來源。三個來源之間既有聯繫，又有性質上的差別。解詁者往往將來源不同的『家人』混為一談，加之又不明白『家人』與『庶人』也是既有聯繫又有區別這樣的事實，於是錯解文句，扞格難通，即使是通人大家之言，或亦非的詁也。」這就提出了詞彙和詞義的時代性和系統性問題，以及前人混淆「家人」一詞的三種來源所造成的錯誤。不同來源就是不同的語義系統，這在訓詁學上是必須高度重視的。先生接著考辨「家人」的語義。「家人」可訓為「一家之人」，引申為「人家」，即「凡人之家」。但「凡人之家」並不是在一切情況下都等於「庶人之家」。批評楊樹達《鹽鐵論要釋》：「漢人謂庶民為家人。」將此「家人」與「庶民」畫等號，甚為不當。先生指出「家人」的第二個來源是《周易》中的「家人」卦。先生批評了朱熹《周易本義》「家人者，一家之人」這個釋義與此卦的精神實質全然不符，不可信，認為這裡的「家」已非家庭之家，乃特指婦、妻。「家人」就是婦人、妻子，舉有《左傳》、《離騷》為證。先生說：「從《家人》卦的內容來看，也不是對『一家之人』而言的，所言全屬婦女問題。」先生的分析顯然是正確的。先生注意到：「歐陽修撰《新五代史》，將宗室后妃傳稱之為《家人傳》，其理論根據就來自《周易‧家人》。」先生接著批判了從《易經‧家人》以來的男尊女卑和女禍論的思想。只是先生順便提到唐太宗發動玄武門之變，殺戮兄弟、威逼父皇，以為這是「行同禽獸」。這就忽視了歷史的複雜性和政治鬥爭的殘酷性，過於用人倫道德來評價歷史人物和歷史事件，較為單純化。唐太宗殺兄囚父，卻開創了貞觀之治。武則天大殺唐朝皇族，卻推動了唐朝的進一步的發展，為開元盛世奠定了基業。雍正皇帝迫害骨肉同胞，卻嚴懲貪腐，為隨後的乾隆盛世做了貢獻。唐玄宗強娶兒媳楊玉環，乃《新臺》之惡，乖戾人倫，而大詩人白居易《長恨歌》卻歌頌其堅貞淒美的愛情。

先生批評了顏師古的《漢書》注、俞正燮《癸巳存稿‧家人言解》、楊樹達《漢書窺管》、錢鍾書《管錐編》對《漢書‧儒林傳》「此是家人言耳」的解釋，指出「家人」不是僮隸之屬或匹夫匹婦的庶民，而是《易經‧家人卦》的「家人」，是「女人」的意思，所以轅固生才觸怒了竇太后。先生說：「我認為這個『家人』未必不是指婦道人家。⋯⋯這裡的『家人言』就是指婦人之言，

即婦道人家的見解。」先生的解釋完全可信，超越了先賢。

先生附帶對相關古書的解釋頗新穎：《周易・歸妹》「女承筐」，《詩・豳風・七月》「女執懿筐」，「筐」也可以是婦女盛衣物的箱子。這裡「筐篋」連用，喻老莊書為婦女所用衣物，「故不可揚於王庭也」（《魏書・崔浩傳》812 頁）。先生的這段闡釋很有啟發性。

先生為傳統中國的女性受到不平等待遇抱打不平，多有議論。評論和批判了應劭《漢書》注「禮，婦人不豫政事」。我以為中國文化不准女人干政，不是直接來自《易經・家人》，而是來自比《易經》地位更高的經典《尚書・周書・牧誓》。周武王在牧野發表了討伐商紂王的戰爭宣言，其中列舉了商紂王的主要罪過：「王曰：古人有言曰：『牝雞無晨；牝雞之晨，惟家之索。』今商王受惟婦言是用，昏棄厥肆祀弗答，昏棄厥遺王父母弟不迪，乃惟四方之多罪逋逃，是崇是長，是信是使，是以為大夫卿士。俾暴虐於百姓，以奸宄於商邑。今予發惟恭行天之罰。」明確指出商紂王的一大罪孽是「惟婦言是用」，紂王因此而導致了一系列嚴重的政治後果。孔傳：「雌代雄鳴則家盡，婦奪夫政則國亡。」《詩經・大雅・卬》：「婦無公事，休其蠶織。」毛傳：「婦人無與外政，雖王后猶以蠶織為事。」鄭箋：「今婦人休其蠶桑織紝之職，而與朝廷之事，其為非宜亦猶是也。」不管《詩經》的原文是什麼意思，至少毛傳鄭箋已經有明確的「婦人無與外政」的思想。春秋時代的齊桓公在著名的葵丘會盟上，也與諸侯約定不准女人干政。劉勰《文心雕龍・史傳》概括傳統文化不准女人干政和警惕女禍的觀點甚為精闢：「及孝惠委機，呂后攝政，史班立紀，並違經實，何則？庖犧以來，未聞女帝者也。漢運所值，難為後法。牝雞無晨，武王首誓；婦無與國，齊桓著盟；宣后亂秦，呂氏危漢：豈唯政事難假，亦名號宜慎矣。張衡司史，而惑同遷固，元平二后，欲為立紀，謬亦甚矣。尋子弘雖偽，要當孝惠之嗣；孺子誠微，實繼平帝之體；二子可紀，何有於二后哉？」劉勰批評《史記》、《漢書》為呂太后設立《本紀》，列舉了堅強的證據有「牝雞無晨，武王首誓；婦無與國，齊桓著盟；宣后亂秦，呂氏危漢」。西漢流行的儒家經典《春秋穀梁傳》尤其厭惡女人干政。例如：《穀梁傳・隱公二年》：「婦人在家制於父，既嫁制於夫，夫死從長子。婦人不專行，必有從也。」這是後來儒家綱常倡導的女人要「三從四德」的「三從」的來源。《穀梁傳・僖公九

年》:「葵丘之會,陳牲而不殺,讀書加於牲上,壹明天子之禁,曰:『毋雍泉,毋訖糴,毋易樹子,毋以妾為妻,毋使婦人與國事』。」﹝註491﹞齊桓公葵丘會盟,明確不准女人干政,「毋使婦人與國事」。《穀梁傳·莊公二十四年》:「大夫,國體也,而行婦道,惡之。」﹝註492﹞劉向《列女傳》﹝註493﹞卷七是《孽嬖傳》,專門彙集歷史上禍國殃民的女人,如夏桀末喜、殷紂妲己、周王褒姒、衛宣公姜、魯桓文姜、魯莊哀姜、晉獻驪姬、陳女夏姬等等。要討論中國歷史文化不准女人干政,這些重要的文獻不能不稍加引述。

先生據《妬記》一書記載,議論了晉代謝安的劉夫人反對謝安「立妓妾」之事。我認為這一段應該參考引述錢鍾書《管錐編》的相關論述。考《管錐編》﹝註494﹞第一冊《周易正義》八《大過》條:「九五:枯楊生華,老婦得其士夫,无咎无譽。象曰:枯楊生華,何可久也!老婦士夫,亦可醜也」一事也,皆「過以相與」也,而於老夫則獎之,於老婦則責之。恒之六五:「恒其德,貞;婦人吉,夫子凶。象曰:婦人貞,吉,從一而終也;夫子制義,從婦凶也。」《詩·衛風·氓》:「士之耽兮,猶可說也;女之耽兮,不可說也。」皆乖平等之道,假典常以逞男子之私便,古諔語所謂:「使撰詩、制禮、定律者為周姥而非周公,當不如是」(《藝文類聚》卷三五引《妬記》《謝太傅、劉夫人》條、《綠窗新話》卷上《曹縣令朱氏奪權》條引《青瑣高議》通行本《高議》無、《醉翁談錄》丁集卷二《婦人嫉妒》條、《廣笑府》卷六《周公詩禮》條、《活埋庵道人識小錄》卷一《戲貽客柬》)。明王文祿《海沂子·敦原》篇曰:「制禮者為男子,不免為己謀」,一語道破。以上是錢鍾書的相關論述,可與何先生此文相映襯。另如,《管錐編》﹝註495﹞第一冊《左傳正義》三七《襄公二十一年(三》(353頁)條

﹝註491﹞《孟子·告子下》記載齊桓公葵丘之會,沒有「毋使婦人與國事」一句。廖平《穀梁古義疏》(中華書局點校本,2012年版)248頁僅僅稱:「《傳》與《孟子》語有詳略也。」我以為可能是因為《孟子》不完全否定女人參政,因為《詩經》並不否定一概否定女人參政,而孟子熟讀《詩經》。

﹝註492﹞因為受到《公羊傳》學者的打壓,《穀梁傳》在漢武帝未能立於學官,只在民間傳授。但是漢武帝的衛太子喜歡《穀梁傳》。漢宣帝重視《穀梁傳》,專門選派十人研習。詳見《漢書·儒林傳》。也可能是因為漢武帝前期,由於竇太后和王太后都在垂簾聽政,執掌大權,所以反對女人干政的《穀梁傳》不被漢武帝所立,這個政治原因應該予以考慮。

﹝註493﹞參看清朝王照圓撰《列女傳補注》,虞思徵點校,華東師範大學出版社,2012年。

﹝註494﹞收入《錢鍾書集》,三聯書店,2011年版,43～44頁。

﹝註495﹞收入《錢鍾書集》,三聯書店,2011年版,43～44頁。

稱：程敏政《新安文獻志》卷二四程文《書〈春秋色鑒錄〉後》：「許君少淵取《左氏傳》凡女禍類為一編。」其書未睹，想勿外叔向母之旨，特不知於成公元年申公巫臣之諫楚莊王及子反納夏姬，作何彌縫。沙張白《定峰樂府》卷六《四美人詠》為嫫母、無鹽、孟光、及諸葛亮婦「阿承醜女」而作；蓋既臆斷有貌即無德，推之則以為無貌即有德，更進而昌言有德即有貌，故四婦皆被「美人」之號矣。「女禍」之說亦所謂「使周姥制禮，決無此論」；蓋男尊女卑之世，口誅筆伐之權為丈夫所專也。錢先生的這段議論也是對男權主義的抨擊，慨歎女人在歷史上遭遇不公。

先生論述了「家人」的第三個意思是奴僕，稱：「『家人』的奴僕義在整個古代社會也一直存在。」先生分析了僮奴的四個來源，十分周全。

先生這篇長文是將訓詁學與文化史研究相結合的典範，文章區分「家人」三個意思的不同來源，其中對《易經‧家人卦》的論述最精彩，對於正確解釋有關古文獻中「家人」的語義有重要的啟發。此文行文瀟灑，筆鋒縱橫，貫穿文史，引人入勝。

（九）《從「叔遠甫」談起》〔註496〕

這是一篇極為精要的短篇論文，是古漢語和古代文化相結合的典範。有人以為「叔遠甫」本應作「叔遠」，「甫」訓「始、初」。先生詳細闡述了我國古代的名字文化，指出「甫」本是男子的美稱，常常用於男子成年後的「字」，批評了段玉裁《說文解字注》「甫」字注在這個問題上的偏頗。古人用三個字（帶有「甫、父」字）為男子的「字」很正常，如「仲山甫、叔原父、伯陽父」等等。孔子字仲尼，全稱是「仲尼父」，省稱為「仲尼、尼父」。

（十）《「亭午」解》。

這是先生的訓詁學短文。一般將「亭午」解釋為「正午」，先生指出「亭」與「正」古音不同，沒有通假之例。「亭」訓為「停止」，與「定」義近。日至中午則亭。俗作「停」字。一語道破，要言不煩。確實可以服人之心。

〔註496〕收入先生《古漢語叢稿》，商務印書館，2016 年。原載《中學語文教學》，1983 年第 9 期。

（十一）《古漢語詞義箚記四則》〔註497〕

考證《論語》「行必果」的「果」是誠信的意思，不能訓為「果敢」。考證《資治通鑑》「梟雄」的「梟」與「雄」同義，取《辭海》的解釋。但先生認為這個「梟」來源於古代博弈中的梟〔註498〕，這是先生敏銳的發現，很有啟發性，應屬可信。考證李綱《喜遷鶯‧真宗幸澶淵》中的「坤維」是指成都，結合歷史立論，言簡意明，十分精彩。考證唐宋時代的「廟堂」一詞的含義不是「朝廷」，而是宰相、副宰相議論朝政的地方，可以代指宰相、副宰相。這些訓詁學研究的結論確鑿不移。體現了先生深厚的訓詁學功力。

（十二）《古漢語詞義箚記二則》〔註499〕

此文考證蘇東坡《念奴嬌‧赤壁懷古》的「神遊」時與「身遊、形遊」相對，就是「在想像中遊歷」。考證《史記》的「參乘」的「乘」是古人站立在車上，而不是在車上坐著。精確可信。

（十三）《詞義辨惑》〔註500〕

此文考證古文獻中的「乍—乍—」式的「乍」有「或」的意思，依據文脈可以翻譯為「有時、有的」。考證杜甫《秋興八首》的「平居」當訓為「平時、平常」，與居處無關。考證宋代文獻中的「隱然」一詞當訓為「突出、高起」。考證「爪牙」一詞從先秦到兩漢魏晉唐宋都是褒義詞。

（十四）《詞義商榷》〔註501〕

此文比較詳細地討論了「赤子」的含義，訓「赤」為「尺」。考證蘇東坡《卜算子》「幽人」為囚犯。考證《岳陽樓記》「商旅」不是兩種人，是一種人，是外出經商的人，糾正學者對於鄭玄注的誤解。考證《赤壁之戰》的「惡」不是厭惡、妒忌，而是「擔心、害怕」。考證《左傳》「自今」是從今往後的意思。

〔註497〕收入何先生《古漢語叢稿》。原載《中國語文》1983年第1期。
〔註498〕光華案，「梟雄」的「梟」在下棋博弈中的地位大概相當於現在下象棋的「將、帥」，打撲克牌的「大王」或「大貓」撲克牌稱「大王」為「大貓」，這個「大貓」可能是來自古代博弈的「梟」。
〔註499〕收入先生《古漢語叢稿》，商務印書館，2016年。
〔註500〕收入先生《古漢語叢稿》，商務印書館，2016年，原載《中國語文》1965年第1期。
〔註501〕收入先生《古漢語叢稿》，商務印書館，2016年，原載《中國語文》1987年第2期。

皆是精確訓詁。

　　先生古漢語和訓詁學研究的學術論文相當多，「筆下自有雲煙飛」，難以縷舉。以上只是東海一滴水，太倉一粒粟，遠不足以遍觀先生大雅。只要稍微翻覽先生的《古漢語叢稿》，就知道先生作為訓詁學家是有相當大的成就的。《抱冰廬選集》下冊收錄了詞義訓詁的除了我們這裡所提及的外，還有多篇專論〔註502〕，此不詳及。

四、漢字文化研究

　　先生對漢字文化學有廣博而深入的研究，其代表作是《漢字文化大觀》和《漢字文化學》。現在略作述評：

（一）《漢字文化大觀》

　　何先生主編《漢字文化大觀》〔註503〕，這是一部篇幅浩大的叢書《中國文化大觀》中的一部。該叢書中還有金開誠、王岳川主編《中國書法文化大觀》、段寶林、江溶主編《中國山水文化大觀》等等共七部。《漢字文化大觀》多達百餘萬言，篇幅宏大，洋洋灑灑，論述了漢字的起源、漢字形體的演變、漢字的書寫工具和載體、漢字的特點（表意性、字族系統、構詞力、藝術構型）、漢字的規範、注音和簡化、漢字的研究和應用、漢字與民族文化的關係、漢字與漢語、漢字與方言、漢字與女書、漢字與兄弟民族文字、漢字與年號、姓氏、避諱；漢字與意識形態、漢字與思維方式、漢字與家族宗法制度、漢字與神話、漢字與文學藝術；漢字與兵、法、吏；漢字與衣食住行；漢字與經濟活動；漢字與動植物；漢字在海外。這樣的框架和構思布局可以說是十分完美，照顧了漢字各方面的文化。有此一卷，可以掌握系統的漢字文化。此書得到政府的表彰，被官方評為優秀文化學著作，流傳於海外，發生了國際影響。先生作為第一主編，為此書付出了很大的心血，親自撰寫了部分章節。本書的部分內容可與先生獨撰的《漢字文化學》合觀，例如關於漢字與避諱、漢字與姓氏等節。

　　學術界有人稱一個漢字就是一部文化史，雖然有些誇大，卻不無道理。從語言文字本身來研究文化是一種很重要的研究視角。例如漢字中的「帝、皇、

〔註502〕例如《詞義雜辨》、《詞義瑣談》有四篇，《詞義質疑》、《詞義拾零》、《答〈兩點質疑〉》（原載《中國語文》1984年第4期）等，都是正宗的訓詁學論文。
〔註503〕人民教育出版社，2009年。

王、君、天、地、道、術、德、仁、義、禮、信、智、武、文、莊、成、幽、宣、威、猛、誠、聖、賢、孝、敬、競、境、靜、真、偽、奢、儉、中、庸、常、經、傳、性、愛、情、理、心、物、為、欲、水、土、神、仙、鬼、祀、人、民、君、公、精、怪、妖、靈、魂、家、后、穀、社、剛、柔、勢、風、龍、鳳、龜、山」等等，這些文化關鍵字的每一個字都可以利用文化史的材料寫成一本書，每本書都是一部《漢字文化史》，任何「漢字文化學」的書都應該對這些字重點介紹，因為這些字和中國文化史關係非常密切。然而本書對這些富含重要文化觀念的漢字的闡述未能盡如人意，尚待後起轉精。

《爾雅》既是先秦時代的一部訓詁學工具書，也是一部戰國時代的文化大觀，要研究先秦文化非通讀《爾雅》不可，而且《爾雅》除了前三篇之外，本來就是按照文化類別來分類布局的，就是一部文化百科全書。東漢劉熙的《釋名》體例與《爾雅》接近，探索名物之源，也是一個文化大觀園，是瞭解我國東漢以前文化的百科全書。《說文》的五百四十部的每一部都是中國文化史的一個章節。五百四十部就是五百四十節中國文化史。

前輩大儒劉申叔《左盦外集》卷十二《中國古用石器考》〔註504〕主要是闡發《說文》石部字和玉部字所包含的古代石器文化，同時貫穿群書，厥功甚偉，劉申叔先生此文是「漢字文化學」的先驅。

季羨林《語言學與歷史學》〔註505〕舉了幾個語言文化學或文字文化學的例子，比較有啟發性。其書115頁：「我們先看一看學者所構擬成的原始印歐語言裏究竟有些什麼字，尤其是動物和植物的名詞。動物名詞有牛、馬、羊、狗、豬、熊等；但沒有虎、象、獅子、驢、駱駝。植物名詞有柳樹、梓樹、山毛櫸等。既然沒有虎、象、獅子，可見原始印歐民族還沒見到這幾種動物；因而也就可以推論到，他們的原居地一定不會是熱帶。同時又因為原始印歐語裏沒有表示『海』的字，足見他們住的地方也不近海。沒有『駱駝』，可見他們不是住在沙漠裏。但從這些字裏面，我們仍然不能確定地指出一個地方來。讓我們再看看植物名詞。在這些字裏面，最重要的是『山毛櫸』這個字；因為據學者觀察和研究，倘若在歐洲北部從德國的大城 konigsberg 起向南畫一條經過俄國的

〔註504〕收入《儀徵劉申叔遺書》（萬仕國整理，廣陵書社，2014年）第十一冊，4852～4862頁。

〔註505〕收入《季羨林全集》第七卷《雜文及其他（一）》，外語教學與研究出版社，2009年。

Kiew 一直到黑海岸的 Odessa 止，那麼只有在這條線的西面才有山毛櫸，東面沒有。所以原始印歐民族的老家一定是在這條線的西面。把上面這些歸納起來，我們可以說，印歐民族的原居地大概就在中歐至北歐一帶地方，而且還稍稍偏東。有了這語言學告訴我們的知識作基礎，然後其他科學關於這方面的研究才有所依附，得到的結果才不至茫無邊際。所以在研究這個極重要的歷史的問題的時候，語言學為主，其他如考古學、人類學都只能幫助語言學。原始印歐民族的原居地的問題是個極大的問題。我上面雖然說了許多，而且得到一個似乎是結論的結果；但這問題並不像我上面說的那樣簡單，那結果也還不就是結論。將來的發展還有待於學者的努力。不過，將來無論研究到什麼程度，那些由語言學觀察出來的結果卻絕不會被推翻，學者們只能把這結果補充修正，使它更接近真理。」季羨林先生所舉的這幾個例子令人印象深刻，可見語言文化學或文字文化學對研究歷史文明的重大意義。

郭沫若《甲骨文字研究》〔註506〕通過對甲骨文中的某些漢字的分析，貫穿群書和文化史，很有啟發意義。《甲骨文字研究》其實也是一本《漢字文化學》，其中的《釋祖妣》、《釋臣宰》、《釋干支》、《釋歲》都是「漢字文化學」的好論文。

楊琳《漢語詞彙與華夏文化》〔註507〕討論古漢語詞彙與古代文化的關係，但是範圍有限，沒有構建出一個「漢語詞彙文化學」的體系或大綱，除第一章《方位詞的文化蘊涵》外，其餘論述稍嫌零碎。本書題名《漢語詞彙與華夏文化》，第四章卻是《漢字文化與倉頡傳說的考察》，則主要是討論漢字文化的起源，與「詞彙」無關了。

日本學者藤枝晃《文字的文化史》〔註508〕主要是對漢字的文化史作宏觀考察，並不深入研究每一個重要漢字的文化內涵，與正宗的「漢字文化學」有別。例如其書第一章討論殷人的圖畫文字，第二章《與神的對話》是談甲骨文的概況，第三章《饕餮的北面》是談殷周金文的概況，第四章《皇帝的文字》是談秦始皇統一文字和小篆、秦代刻石文字的概況，第五章談簡牘文字，第六章談印章文字，第七章談帛書文字，第八章談書於紙上的文字。諸如此類只是一部

〔註506〕收入《郭沫若全集・考古編》第一卷，科學出版社，1982 年。
〔註507〕語文出版社，1996 年版。
〔註508〕日文本，日本講談社學術文庫，1999 年版。

漢字書寫的簡史，談不上有學術深度，與何先生主編的《漢字文化大觀》不可相提並論。

《漢字文化大觀》是漢字文化學的巨著，其規模和水平超越了以往的任何關於「漢字文化」的論著，可以說是前無古人的偉業，為漢字文化學的研究和著述開拓了新領域，在漢字文化學史上有開創之功，充分發掘了漢字的文化內涵和文化魅力，讓世界知道漢字不僅僅是一種書寫符號而已。

我自己近年來參加張玉金教授主編的《漢字文化概論》[註509]的編撰，撰寫了《漢字與宗教》一節凡數萬言，也是從《說文》的「示」部字探索我國先秦時代的宗教文化，當然也有所擴展，不限於「示」部字，例如拙文有關於「堯、舜、帝」的語言學考證，為諸家書所無，還討論了「巫、鬼」等字的文化內涵。拙文與《漢字文化大觀》第十三章《點畫解民生》（一）《漢字與民俗》5《漢字與民間俗信》節和 6《漢字與祭禱祈祿》頗有相通之處。但我當時是獨立寫作，沒有參考何先生此書，論述也不盡相同，讀者自能明斷。

我也要略述自己的批評性拙見。我覺得《漢字文化大觀》在討論「漢字與宗教」時，只有《漢字與佛教》，似乎不圓滿。因為佛教是外來宗教，在東漢才傳入我國，東漢以前我國固有的宗教文化是如何體現在漢字上的？這是一個非常有趣的課題。不僅甲骨文時代的殷商文明充滿了鬼神的觀念，就是兩漢時代也充滿了鬼神文化。鬼神文化與我國固有的道教文化有密切關聯，似乎應該有《漢字與道教》一節。道教在文字上經常大做文章，創造了很多獨特的漢字，以自神其說。要注意的是道教似乎特別專注於用會意造字法，而不是形聲造字法。例如，道教合「青氣」二字為「天」，合「多年」二字為「久」，合「萬丈」二字為「長」。這些怪癖的造字並不複雜，都是會意造字法，可以藉此瞭解道教的觀念。道教還常常玩弄拆字的把戲，例如，道教徒自稱「山人」，乃是因為「山、人」二字合為一個「仙」字，就是自稱為神仙。本書忽視了漢字和道教的關係，這是一個遺憾。

民間文化有「白水真人」。本書 68 頁稱：「新莽時期民謠中有人把『貨泉』二字拆成『白水真人』，預言劉秀將出。」光華案，這個解釋不穩妥。王莽簒位後厭惡「劉」字，改「錢」為「貨泉」，民間又稱「白水真人」，體現了對金

〔註509〕暨南大學出版社，2021 年。

錢萬能的崇拜,「白水真人」的意思猶言「錢神」,並非「預言劉秀將出」。我國西晉有文學家魯褒撰寫了《錢神論》〔註510〕一文,正是說錢的能量不亞於神。「白、水」二字合為「泉」字,而「泉」正是戰國以前的貨幣的通稱,用「錢」是秦國文化,開始於秦惠文王。考《史記·秦本紀》:「惠文王生十九年而立。立二年,初行錢。」「真人」是《莊子》和《楚辭·遠遊》創造的概念,是神仙的意思,應該屬於先秦的楚文化。儒家說的「真」和道家道教說的「真」有很大的不同,這都是漢字文化學的好材料。

秦始皇稱皇帝以後有造字,如以「罪」代替「辠」,因為「辠」與「皇」字形相近;王莽篡漢以後有造字,如「星」本從三個日,王莽說「天無二日」,更不能有「三日」,於是「星」所從的三個日就省略為一個「日」。武則天改唐為周,也有武周造字,如改「照」字為「曌」〔註511〕。但是本書對武周造字沒有作詳細的專題研究,有關論述不夠細緻。

此書個別地方還需要增補,例如《漢字與序數》一節,對許多重要的數的文化未能作深入的剖析,收集的材料也不充分。例如,《水滸傳》中的36天罡星,72地煞星,這36和72有什麼文化內涵,這是要解釋的。《西遊記》中的孫悟空有72般變化,孔子有72弟子為賢人。72到底包含了什麼文化觀念?70只是72的整數的說法。我自己曾收集有關數字72或70的材料如下:考《莊子·天運》:「孔子謂老聃曰『丘治《詩》、《書》、《禮》、《樂》、《易》、《春秋》六經,⋯⋯以奸者七十二君。」《莊子·外物》:「知能七十二鑽而無策」。《鶡冠子》卷中《王鈇》:「天子七十二日遣使」。《韓非子·五蠹》曰:「海內說其仁、美其義,而為服役者七十人。」《淮南子·說林》:「黃帝生陰陽,上駢生耳目,桑林生臂手,此女媧所以七十化也。」《韓非子·外儲說左上》:「昔秦伯嫁其女於晉公子,令晉為之飾裝,從衣文之媵七十人」。《漢書·郊祀志上》:「於是從齊魯之儒生博士七十人」。《漢書·郊祀志上》謂李少君「常自謂七十」。《漢書·郊祀志上》:「黃帝上騎,群臣後宮從上龍七十餘人」。馬王堆帛書《易之義》:「龍七十變而不能去其文。」《呂氏春秋·下賢》:「周公旦,⋯⋯所朝於窮巷之中、甕牖之下者七十人。」《呂氏春秋·察今》:「是故有天下七十一聖,其法皆

〔註510〕見《晉書·隱逸列傳·魯褒傳》。
〔註511〕參看張勳燎《武周新字研究》(收入張勳燎《古文獻論叢》,巴蜀書社,1987年)。這是長篇專題論文,研究頗詳。

不同。」《史記·樂書》:「使僮男僮女七十人俱歌。」〔註512〕《論衡·自紀》:
「人面色部七十有餘。」司馬遷《史記》有七十列傳。劉向《列仙傳》有仙人
七十二人。《述異記》卷上:「有蚩尤氏兄弟七十二人」。〔註513〕《風俗通義》序
曰:「七十子喪而大義乖」。漢樂府《相逢行》:「但見雙鴛鴦,鴛鴦七十二」。古
傳登泰山封禪的聖君有七十二人。孔子有七十二弟子。孫悟空有七十二般變化。
《白虎通·謚》:「為謚有七十二品」。《尚書緯》曰:「初,堯在位七十載矣」。
《春秋文耀鉤》:「女媧以下至神農七十二姓。」《鹽鐵論·相刺》:「丘疾之,不
能伏,是以東西南北七十說而不用。」《說苑·尊賢》:「昔在周公旦,制天下之
政,而下士七十人」。《新序》卷二《雜事》曰:「稷下先生淳于髡之屬七十二人
皆輕忌」。《太平御覽》卷七十八《炎帝神農氏》引條《尸子》曰:「神農氏七十
世有天下,豈每世賢哉,牧民易也。」《淮南子·修務》:「古者民茹草飲水,採
樹木之實,食蠃蚌之肉,時多疾病毒傷之害。於是,神農氏乃始教民播種五穀,
相土地之宜,燥濕、肥澆、高下,嘗百草之滋味、水泉之甘苦,令民知所避就。
當此之時,一日而遇七十毒。」神農氏有天下七十世,神農氏嘗百草而一日七
十毒,與女媧一日七十化都是同樣的情形。《六韜》卷三《龍韜·王翼》:「故將
有股肱羽翼七十二人,以應天道,備數如法。」李石《續博物志》稱皇甫謐《高
士傳》有七十二人。宋人周密《癸辛雜識》前集《牛女》條:「然以星曆考之,
牽牛去織女,隔銀河七十二度。」《玉篇》走部「趣」字引《詩》「來朝趣馬。」
〔註514〕又引鄭玄注曰:「馬七二匹也」。〔註515〕《樂府詩集·古樂府·相逢狹路
間》:「鴛鴦七十二,羅列自成行。」取其整數則說七十,取其精確則說七十二。
據此知七十或七十二是上古文化中的一個神秘數字,有學者稱其為一個天文曆
法上的數字,不無根據〔註516〕。女媧七十化而不是八十化、九十化只是沿襲了
一個古老的傳統。這個神秘數字「七十」或「七十二」顯然是一個很吉祥的數

〔註512〕另可參見《春秋繁露·治水五行》篇。
〔註513〕緯書《龍魚河圖》:「黃帝之初,有蚩尤兄弟七十二人」。
〔註514〕今本《毛詩·綿》趣作走。
〔註515〕今本《毛詩》鄭箋無此文。
〔註516〕另參看聞一多《七十二》(收入《聞一多全集》10,湖北人民出版社,2004 年版
(1993 年初版);又,見聞一多《神話與詩》,上海人民出版社,2006 年,此書版
本甚多,內容都一致)。聞一多稱「七十二」這個數字與我國傳統的五行思想和農
業關係密切。楊希枚《先秦文化史論集》(中國社會科學出版社,1995 年)中的《論
神秘數字七十二》一文。

字。《漢語大詞典》「七十二」條稱：「古以為天地陰陽五行之成數。」盧嘉錫總主編、郭書春、李家明主編《中科學技術史・辭典卷》〔註 517〕272 頁「七十二候」條稱：「中國古代用來指導農事活劫的物候曆。以五日為一候，一月六候，三候為一氣。一年分二十四節氣，共七十二候。每候以一物候現象相應，『候應』。七十二候應的依次變化，反應一年中氣候變化的一般情況。七十二候的完整記載始見於公元前 2 世紀的《逸周書・時訓解》〔註 518〕，北魏正光元年（520）起列入曆法《正光曆》（又稱《神龜曆》）。元代王禎《農書・農桑通訣》以節氣與七十二候為時令指標，製作《授時指掌活法圖》以指導全年農業生產。七十二候是中國最早的結合天文、氣象、物候知識指導農事活動的曆法，是中國古代的獨特創造，對中國古代的農事活動有一定的作用。七十二候起源於黃河流域。由於中國地域遼闊，南北寒暑差異較大，同一候應，出現的時節可相差很遠。」（艾素珍撰）。同書 276 頁「氣候」條：「中國古代對氣候的認識大致可分成四個時期：從遠古至西漢為氣候概念的形成時期，其標誌是二十四節氣、七十二候的概念出現。」可知「七十二候」的觀念在上古已經形成，不可能戰國以後才有的。我認為我國古代的「七十二」這個神秘數字的觀念正是來源於天文曆法的「七十二候」，是我國古代天人合一的文化觀念。歷史文化上的「三十六」的文化概念，除了先秦兵書《三十六計》為重要代表之外，在我國文化史上影響深遠。我認為我國古代文化史以一年為十二個月，每個月分為三旬，一年共有三十六旬。因此，神秘的文化數字「三十六」應該是來源於一年的三十六旬。而「旬」是十日，表示十個太陽輪流在天上運行一天〔註 519〕，是太陽在天空的運行，所以「三十六旬」是「天罡」。而「七十二候」是關於地上的農業節氣物候，是人類生產生活的事情，所以稱為「地煞」。〔註 520〕

〔註 517〕科學出版社，2011 年。

〔註 518〕光華案，《逸周書・時訓》的成立在先秦，不可能晚至公元前 2 世紀的西漢。

〔註 519〕參看龐光華等《我國「天有十日」的神話考》，載韓國交通大學、上海師範大學聯合主辦《東亞文獻研究》21 輯，韓國交通大學出版社，2018 年 6 月。

〔註 520〕《中國科學技術史・辭典卷》156 頁「渾天說」條引張衡《渾天儀注》稱：「其兩端謂之南北極。北極乃天之中也，在正北，出地三十六度。然則北極上規徑七十二度，常見不隱。南極天地之中也，在正南，入地三十六度。南規七十二度，常伏不見。兩極相去一百八十度強半。天轉如車轂之運也，周旋無端，其形渾渾。故曰輝天。」從張衡《渾天儀注》可知，三十六度和七十二度都是「渾天說」的觀念，而渾天說是在西漢武帝時代才傳入漢民族的。我國先秦的漢民族的宇宙觀只有蓋天說，沒有渾天說。而「七十二」、「三十六」的文化數字觀念在先秦早已

另外，「五行」的觀念在我國文化史上至關重要，不能不闡述相關的文化。從「五行」衍生出來的「五」文化非常多：五土、五才、五大、五山、五尸、五色、五音、五味、五刃、五天、五木、五元、五五、五厄、五牙、五日、五內、五臟、五體、五牛、五公、五方、五火等等，太多了，都是從「五行」這個根本的觀念生發出發來的。

《易經》的「八卦」是文化史的重要內容，不能僅僅是介紹，要多發揮一下，因為由「八卦」衍生出來的「八」文化太多了。

關於「七」的文化也非常豐富，主要是因為在古代天人合一的觀念下，「北斗七星」對我國文化有巨大的影響。《論語‧憲問》子曰：「作者七人矣。」東漢末年有「建安七子」，西晉有「竹林七賢」。文學名篇有東方朔的《七發》，並且形成一個文化傳統類型，參看《文心雕龍‧雜文》。連《水滸傳》第十六回智取生辰綱之前的第十四回有晁蓋夢見北斗七星，第十五回有「公孫勝應七星聚義」。這些歷史文化是應該闡述的。

「十三」這個數字在西方是不吉利的，有不同的解釋，應該與宗教有關，一種觀點是耶穌有十二門徒，加上自己是十三人，最後一個是猶大，最後的晚餐正好又是十三日。猶大後來為了三十塊銀元出賣耶穌，於是「十三」在西方文化是禁忌，隨著西方文化傳入了現代中國。另一個說法是：古代的波斯人相信天空中的黃道十二星座掌控著一年的十二個月，而每個星座會統治地球一千年。等到十二個輪迴結束，天空和大地就會崩塌。因此，第十三就和混亂聯繫了起來。波斯人在波斯曆上的第十三天會外出、以避免厄運，這個傳統被稱為「Sizdah Bedar」，意思是「十三戶外」。但在中國文化中，「十三」倒是有自己的文化傳統，最早的是《孫子兵法》有十三篇，開啟了關於「十三」的文化，以至於後來曹操的《孟德新書》也是十三篇。到了宋代，正式形成了儒家經典《十三經》（當然，這與《孫子兵法》應該沒有關係）。歷史傳說少林寺十三棍僧救唐王。還有十三太保的故事。

本書對「神」和「仙」沒有做詳細的辨析，似乎是疏忽。中國人雖然經常使用「神仙」一詞，但是「神」與「仙」有著完全不同的文化內涵，而且二者產生的年代也有早晚的不同。「神」是商代以前就有的觀念，來源於「閃電」；

出現，因此不能依據《渾天儀注》來解釋神秘數字「三十六、七十二」的來源。

「仙」是戰國時代才有的字，本作「僊」，與「遷」同源。「神」重在「怪力神通」，「仙」重在「延年益壽，長生不死」。

古稱天神地祇，因此最早與「神」相對的是「祇」，而不是「鬼」。人死為鬼，是與活人相對，不是與神相對。

以上只是吹毛求疵。本書在每個細節上當然還可以挖掘更深，打磨更精，但整體上已經很了不起了。

本書漢字文化的信息量真是大極了，各節都出自專家手筆，論述很專業，也很簡明。本書篇幅宏大，每一節卻絲毫不繁瑣，可讀性很強。我自己在大學要開設「漢字文化學」的選修課程，主要就是用此書為教學參考書。此書對於向世界傳播漢字文化有極大的貢獻。何先生與眾賢的辛勞沒有白費，此書的業績是不會被歷史遺忘的。

（二）《漢字文化學》

何先生獨撰《漢字文化學》〔註 521〕，此書 1999 年出第一版。2016 年出第二版，先生做了相當的增補修訂，構建了先生自己的文化語言學的框架和理論體系。先生對相關問題的論述是很全面的，要注意的是本書與先生主編的《漢字文化大觀》在理論體系和全書框架上有很大的不同，有各自的重點，二者正好互補。全書分為「總論、本體論、關係論」三大板塊。《總論》又分為七節，分別論述漢字文化學的性質、研究史、理論背景、方法論以及漢字與文明、文化的關係，尤其是詳細闡釋了「文明、文化」這兩個概念的源流，漢字在世界文明中獨特的地位。先生在此表現出了高度的文化自信，有力批判了「漢字落後論」，反擊了「要革漢字的命」這樣的歪理邪說。《本體論》主要研究「漢字形體的文化功能」和「漢字音讀的文化功能」。《關係論》主要研究「漢字與漢語的關係」、「漢字與精英文化的關係」、「漢字與大眾文化的關係」、「漢字與漢文化傳播的關係」。全書材料非常豐富，各節的論述都能密切結合文化史，行文流暢，結構嚴密，論述精確，異彩繽紛，常有先生的文化學觀點。此書被翻譯為韓文，產生了國際影響。先生在《後記》中稱：「書雖然寫得很艱苦，心裏卻深感快慰。」這是著作家的甘苦之言，不足為外人道。我覺得先生窮盡一生的心血來寫作那麼多那麼好的學術著作，給人間留下了珍貴的文化遺產，而「所

〔註 521〕商務印書館，2016 年。

失重山嶽，所得輕埃塵。精魄漸蕪穢，衰老相憑因」〔註522〕。先生沒有任何彷徨躊躇，義無反顧，獻身於學術。先生曾對我說，他一生研究學問，就是為振興中國學術而拼搏，並無所求。這是聖賢的精神！與我同輩的學者只有蕭旭兄可當此美譽。此書有極強的人文精神，先生廣徵博引，無書不窺，充分展現了一個醇真讀書人和學問家的人格魅力和廣博學識。閱讀此書，我們會有很多意外的知識和文化的收穫。

先生在43～45頁批評了著名歷史學家劉起釪先生《古史續辨》和馬敘倫對「堯」的考證，批評劉起釪、馬敘倫先生缺乏正確的音韻學知識，導致了錯誤的結論。我自己有對「堯、舜」這兩個遠古聖王名號和至上權力者名號「帝」的考證〔註523〕。

第一章第五節《漢字文化研究史》是很精彩的一節。先生詳細論述了漢字的忌諱文化和吉祥文化，分類研究，十分明細：（1）地名改字；（2）改元用字；（3）因諱改字，這一節又細分為：因字形近似而諱、因字形不祥而諱、因帝王名字而諱等等很多類型。「因帝王名字而諱」下又分為多種情況，先生逐一加以討論，闡述十分周詳。

85～86頁，先生介紹了關於「中國文化西來說」的論爭。88頁先生稱：「陳鍾凡對人種起源的研究沒有取得滿意的成績，而利用字形研究『初民之習性』，頗有創意。」這是很正確的學術評論。

92～95頁闡述「對漢字進行心理學研究」，先生引述了多篇我們不知道的先賢的論著，我們才得以瞭解相關的學術史。

98頁論述了「漢字文化研究中的三種通病」：1. 字形考證上的牽強附會。2. 語音通轉上的主觀隨意。3. 字形分析上的粗疏失據。都列舉豐富例證予以闡明，確實能針砭學術界的痛處。

先生此書是宏觀考察和微觀研究完美結合的典範，從大處著眼，從小處著手。既有文化學的通論和漢字文化的理論闡發，也有漢字文化的細微的考證和分析，高屋建瓴和精密考證融化無間，且引證文獻極為廣博，很多文獻是一般學術界所忽略的，由何先生發掘出來加以引述和表彰，才得以重見天日，例如

〔註522〕語出李白《潁陽別元丹丘之淮陽》詩。
〔註523〕參看龐光華《上古音及相關問題綜合研究》第一章第六節94～95頁。暨南大學出版社，2015年。

丁興瀜《文字學上中國古代社會勾陳》、傅東華《書同文考》、劉節《研究中國語言文字的新路徑》等等難以枚舉。這種學術境界可不是凡夫所能為。此書文化信息量真是浩瀚如銀河，含金量極高，本書難以逐節述評，讀者諸君親自閱覽，如入崑山，到處是美玉。此書流傳於世界，真是「良有以也」。

五、親屬語言和華夷語系研究

（一）《重建華夷語系的理論和證據》〔註524〕

這是何先生近幾年的精心撰論，要在陳舊的漢藏語系這個概念之外嘗試建立「華夷語系」，是何先生最新的理論創造。先生在《序》中稱：「百餘年來，漢語和親屬語言關係的研究未能走上正軌，主要原因有四：一、疑古；二、崇洋；三、概念不切實際；四、方法尤為不切實際。」有鑑於此，先生要從這四重困境中奮力掙脫出來，上下求索，自鑄概念。先生決心放棄「漢藏語系」這個過時的概念，提出「華夷語系」的理論。先生從《淮南子‧齊俗》中受到啟發，提出的「華夷語系」包括了四大語族：苗蠻語族、百越語族、羌戎語族、華夏語族。這四個語族並不是同一個時代產生的，是在新石器時代晚期最後形成的，可稱華夷語系的四大家族。先生從歷史文獻、口傳歷史、親屬語言、考古學文化各個方面大量舉證，論證了「華夷語系」及其四大家族確實存在過，華夷原本是一家，也就是有發生學上的同源關係。從先生列舉的海量證據中，我們可以看到先生對「華夷語系」這個理論構想下了很大的工夫，看看此書的《參考文獻選目》就可知道先生要從跨學科來論證這個理論。先生對我說，今後還要繼續加大論證的力度，要從民族語言學多所舉證。我們期待先生的最新理論能夠得到學術界的高度重視，並引起學術界的熱烈討論。無論如何，「漢藏語系」這個概念確實已經十分陳舊。先生在耄耋之年，劈荊斬棘，以大無畏的勇氣進行理論創新，而且有車載斗量的證據，確實令我們感到無限的欽佩！當然，在具體的論證細節和材料運用上，學術界有充分討論的自由。何先生絕不會將嚴肅的學術爭鳴看成是「不友好的調子」。先生此書強調了民族語言學的調查研究必須與古文獻相結合，並且得到古文獻的印證，對現代民族語言的研究難以得出漢藏語同源的結論。

〔註524〕商務印書館，2015年。

　　我仔細看了何先生「華夷語系」的理論實質，其內涵是包括四大語族：苗蠻語族、百越語族、羌戎語族、華夏語族。我覺得在理論上似乎與李方桂對漢藏語系的描述內容幾乎是一樣的，沒有超出李方桂的理論，但提法比較新穎。李方桂《中國的語言與方言》（1937 年）提出「漢藏語系」分為漢語、侗台語族、苗瑤語族、藏緬語族。在 1973 年，李方桂發表的同名論文《中國的語言與方言》依然堅持這樣的分類〔註525〕。羅常培、傅懋勣《國內少數民族語言文字的概況》〔註526〕（1954 年）提出了漢藏語系的分類表，與李方桂的分類基本相同。從此，大陸民族語言學者主流認為壯侗語族、苗瑤語族和漢語、藏緬語族不僅在現狀上有很多共通的特徵，而且有語言發生學上的同源關係，屬於同一語系。馬學良主編《漢藏語概論》〔註527〕在漢藏語系的框架上依然將漢語、藏緬語族、苗瑤語族、壯侗語族都納入漢藏語系。孫宏開等主編《中國的語言》〔註528〕第二編《漢藏語系》依然包括漢語、藏緬語族、侗台語族、苗瑤語族，並沒有將侗台語族歸入南島語。歐陽覺亞、孫宏開、黃行主編《中國少數民族語言文字大辭典》〔註529〕也是堅持漢藏語系分為四大家族，並沒有動搖。邢公畹《漢台語比較手冊》〔註530〕對於上古漢語和侗台語族古語的關係詞進行了大面積的比對，結論是漢語和侗台語有發生學上的同源關係。也就是我國的民族語言家和漢藏語系的相關論著從來都是漢語和藏緬語族、侗台語族、苗瑤語族有發生學上的同源關係，沒有將侗台語族排斥在漢藏語系之外。孫宏開、江荻《漢藏語言系屬分類之爭及其源流》〔註531〕從十九世紀初開始梳理學術界對這個問題的研究史，有詳細的綜述，第 18 頁和 22 頁的譜系表頗為明晰。此文也指出：「20 世紀也並非李氏觀點的一統天下。一些斷斷續續的歧見火花逐漸匯聚起來。例如早在 1902 年施萊格爾（Schlegel）就表示過台語和南島語的關係。奧德利古爾利用戴維斯對苗瑤語和孟高棉語的論證，主張苗瑤語屬於南亞語系

〔註525〕重刊本只是增加了注釋，論文的主體內容與 1937 年本一樣。收入《李方桂全集》1《漢藏語論文集》，清華大學出版社，2012 年。
〔註526〕收入《羅常培文集》第九卷，山東教育出版社，2008 年，原載《中國語文》1954 年 3 月號。
〔註527〕民族出版社，2003 年。
〔註528〕商務印書館，2007 年。
〔註529〕中國社會科學出版社，2017 年。
〔註530〕商務印書館，1999 年。
〔註531〕見《當代語言學》1999 年第 2 期。

（Haudrircourt，1948）。1940 年中國學者聞宥就強調過越南語和台語的關係，後來，1957 年在《台語和漢語》一文中也通過比較基本詞彙而認定台語和漢語沒有同源關係（聞宥，1940，1957）。1955 年謝飛（Shafer）提出了漢藏語的一種分類，他雖然將台語放入漢藏語中，但明確表示台語與漢語的關係是很遠的，較之藏語跟漢語的關係更遠，並且放棄和藏緬語族並立的漢台語族。謝飛的分類，還將苗瑤語從漢藏語系中擲出了局。」關於李方桂理論的質疑和反對，也不是只有白保羅，一直有學者主張侗台語族歸屬於南島語，苗瑤語族歸屬於南亞語。此文當然也提到了白保羅「他的一篇最重要的論文《台語、加岱語和印度尼西亞語——一個新發現的東南亞語言聯盟》早在 1942 年就已在《美國人類學家》雜誌問世，這篇文章是本氏『澳泰假設』的奠基石。本氏主張中最重要的一點就是，把壯侗語和苗瑤語從傳統的漢藏語系中清理出去，他最基本的觀點是無論漢語還是壯侗語，其所共有的根詞都不過是早期的借詞，反之，壯侗語與印度尼西亞語卻有著真正的同源詞對應關係（Benedict，1942）。至於原來界說漢藏語系的標準，如單音節性，聲調和語序等，則都可以證明是語言接觸影響造成的，或者更多的是類型關係而不是發生學關係（Beneidct，1972）。」該文提到：羅美珍、倪大白、董為光等結合壯侗先民的歷史和語言的具體情況對本氏觀點予以支持。1996 年陳保亞發表了他的博士論文《論語言接觸與語言聯盟》〔註532〕，該書根據詞階理論論證侗台語與南島語有同源關係。既然壯侗語和南島語同源，那麼就與漢語不同源，雖然後來法國的沙加爾提出了漢語和南島語同源這種驚世駭俗的假設。

何先生在書中提出了自己要創立「華夷語系」這個概念的三個理由：

「20 世紀 80 年代考古尋根也取得了前所未有的好成績，中國文明起源的研究進入了一個嶄新的階段。口傳歷史由於得到考古文明的印證，早已被埋沒的資料重新顯示其應有的價值。對於研究史前語言史的人來說，不應該對頗有影響的基因尋根的語言起源論再保持沉默了，這是我提出重建華夷語系的第一個原因。

「因為《漢藏語概論》所建立的漢藏語系不僅排除了壯侗語，也排除了苗瑤語。在 2007 年的一次『關於藏緬語研究的對話』中，馬提索夫仍然堅持：漢

〔註532〕語文出版社，1996 年。

語和苗瑤語之間的關係是接觸關係，非親緣關係。我很不贊同這樣的觀點，這是我提出重建華夷語系的第二個原因。

「李方桂最早將漢藏語系分為四個語族，馬學良主編的《漢藏語概論》繼承和發揚了這個四分格局，我個人也很贊同這樣的分類。《重建》的分類看似和李氏一樣，實則有兩點原則性的不同。一是出發點不同，李氏的分類是從當代各族語言的現狀著眼，我的分類是從原始時代各族的分合著眼。前者在於描寫、對比，後者的目的是語言尋根。由於出發點不同，對語系、語族的命名也隨之而別。『漢藏』作為語系名稱實有欠缺，『漢』與『藏』是兩個族稱，它們並不能代替苗瑤、壯侗。我用『華夷』作為語系名稱，因為從古以來，凡是與『華』文化、語言、習俗、制度有別的族群，不論中外，全都可以稱之為『夷』。『夷』原本無貶義，而且『華』『夷』可以互變，故中國內部的『華』『夷』的的確確原本是一家。至於語族名稱，我用『華夏』『羌戎』『苗蠻』『百越』，都含有深遠的歷史感，與尋根的目的正好相應。另外，『漢語』和『華夏語』雖說一脈相承，二者卻不能等同；『羌戎』與『藏緬』更不可等同，而『羌戎』的豐富歷史內涵以及對國內與之相關族群的全面覆蓋，都是比較理想的。語系、語族研究，原本屬於史前語言史的範疇，屬於語言尋根性質的研究。基於這一立場，我提出了重建華夷語系，這是第三個原因。」何先生的這三點理由非常鮮明，在學理上也很充分。先生認為：「國外某些研究史前中國語言的專家，大談苗瑤、侗台與漢語只是接觸關係，而非親緣關係，缺乏起碼的歷史證據，只立足於片面的語音對比，完全昧於歷史事實，結論當然不可信。」〔註533〕

何先生提倡的「華夷語系」中的「羌戎語族」相當於藏緬語族，「苗蠻語族」相當於苗瑤語族，「百越語族」相當於壯侗語族。從此可知，何先生的「華夷語系」的理論似乎與傳統的「漢藏語系」在系屬分類上沒有本質的分別，只是「華夷語系」這個概念從表述上比「漢藏語系」這個概念的範圍更廣，更有包容性，因為「漢藏語系」這個概念從字面上看只有漢語和藏語。然而理論的創新應該有理論實質的創新，不能僅僅是變換一個概念而已，我們期待何先生能夠為學術界提供更多的「華夷語系」特有的理論內容或更加堅實有力的科學論證。

〔註533〕見何九盈《重建華夷語系的理論和證據》（商務印書館，2015 年）壹《總論：何謂華夷語系》。35～36 頁。

　　我們要注意的是先生此書對在語言同源問題上濫用基因的理論表示了明確的批判。其書 34 頁：「基因尋根終究敵不過考古尋根。20 世紀 80 年代考古尋根也取得了前所未有的好成績，中國文明起源的研究進入了一個嶄新的階段。口傳歷史由於得到考古文明的印證，早已被埋沒的資料重新顯示其應有的價值。對於研究史前語言史的人來說，不應該對頗有影響的基因尋根的語言起源論再保持沉默了，這是我提出重建華夷語系的第一個原因。」88 頁：「基因是生物現象，語言是文化現象。同一基因的人群可以操不同的語言，不同基因的人群可以操同一語言。語言不可能跟基因在數萬年間保持一種不變的關係。如果是這樣則人類就只有一個共同的大語系了，而他們又是如何隨著基因的變異而分化的呢？李濟於 1962 年在一次演講中說了下面一番話：我們現在知道，有不少的史學家想利用各種時髦的社會學理論解釋中國上古史。但是他們不但對於社會學這門學問本身沒有下過工夫，連中國上古史的原始資料也認識不了許多。不過，一般的讀者因為他們說法新穎往往就被迷住了。這一類的發現對史學這門學問本身是不幸的。同樣，靠基因分析來重建『語系』的時髦理論對史前語言學史這門學問本身也是『不幸的』。」90 頁在引述了蘇秉琦和吳新智的論文之後，稱：「這樣的結論，你也可能抱懷疑態度，但你還能相信基因分析所推測出來的無根之言嗎？他們所說的這個『語系』、那個『語系』與『東亞大陸土著居民』、與『200 萬年傳統的土著文化』有一絲一毫的關係嗎？任何一個對『中國上古史的原始資料』有點認識的人都不至於『被迷住』吧。吳新智的『多地區進化假說』，蘇秉琦的『獨特體系』論，為我們重建華夷語系設置了大前提，徹底排除了『夏娃說的干擾』，『一證』就是以『中國考古學派』的理論為基礎的。」先生利用我國史前考古學研究的成果反駁在語言起源問題上濫用基因理論，這是完全正確的，是非常科學的，必須引起學術界的高度重視。

　　先生在 97 頁提出一個重要的觀點：華夏族和華夏語從帝堯時代開始獨立：「由於五帝時代長達一千四五百年之久，正好為重建華夷語系找到了最恰當的時間背景。也就是說，華夷語系正是五帝時代的語言實際狀況。四大語族的獨立發展都應該有上千年的演變過程。華夏族及華夏語大約從帝堯時代開始獨立。最能證明這一點的是他們已經視周邊某些族群為『蠻夷』了。《堯典》有『蠻夷率服』『蠻夷猾夏』。『夷』與『夏』已作為四裔與『中國』對立的地

區概念而存在了。」先生此段立論的主要依據似乎是《尚書・堯典》。今本《堯典》學術界多以為最終寫定於戰國時代，這容易產生誤會，《堯典》的產生必在遠古，因為今本《尚書》是孔子所編的，孔子沒有讀過《堯典》，怎麼能將《堯典》編入《尚書》？孔子之所以在《論語》中稱道堯舜，肯定是因為孔子看到過《堯典》，不然孔子如何知道堯舜之事？《左傳》中最早提及「堯」的故事是在文公十八年（公元前 609 年），此後多次言及「堯」的事蹟，足見「堯」的故事在公元前 609 年之前已經廣為流傳，所以季文子使大史克應答魯宣公時，可以長篇詳細講述「堯」的事蹟，必是大史克讀過關於「堯」的歷史記載。《堯典》的古老性斷然不可置疑。胡厚宣《甲骨文四方風名考證》〔註 534〕將甲骨文和《堯典》的四方風名予以比對，得出結論稱：「《堯典》者今人所認為秦漢時之書，甚者或以為乃出於漢武帝時，亦難以念及其所包含之史料，能早至殷之武丁。今由早期之甲骨文字，乃知此三種史料所紀四方風名，實息息相通，完全密合，豈非古史上一饒具興會之發現耶？」胡厚宣的這個考證表明《堯典》起源很古老。丁聲樹《〈甲骨文四方風名考〉補證》〔註 535〕舉《山海經・北山經》和《說文》「𡿦」字條所引，以證成胡厚宣此文的觀點。楊樹達《甲骨文中之四方風名與神名》〔註 536〕、李學勤《商代的四風與四時》〔註 537〕，饒宗頤《四方風新義》〔註 538〕，李學勤《申論四方風名卜甲》〔註 539〕，對此繼續有所闡發，皆證明《堯典》的四方風名與甲骨文相合，已經成為學術界的定論。

　　李學勤《〈堯典〉與甲骨卜辭的歎詞「俞」》〔註 540〕將只有《堯典》和《皋陶謨》才有的而且是多次出現的歎詞「俞」與甲骨文的「俞」相比對，認為二者正相符合〔註 541〕。以上兩個典型例證表明今本《堯典》的內容與商代甲骨文

〔註 534〕收入胡厚宣《甲骨學商史論叢初集》（外一種），河北教育出版社，2002 年，271 頁。此文撰寫於 1941 年。

〔註 535〕收入《丁聲樹文集》上卷 132 頁。商務印書館，2020 年，此文撰於 1942 年。

〔註 536〕收入《楊樹達文集》之《積微居甲文說》（上海古籍出版社，2006 年）第五類，撰寫於 1945 年。

〔註 537〕收入《李學勤集》，黑龍江教育出版社，1989 年。

〔註 538〕原載《中山大學學報》，1986 年第 4 期；收入《饒宗頤二十世紀學術文集》卷四之《古樂散論》，中國人民大學出版社，2009 年。

〔註 539〕收入李學勤《中國古代文明研究》，華東師範大學出版社，2005 年。

〔註 540〕收入李學勤《通向文明之路》，商務印書館，2010 年。

〔註 541〕最早甲骨文和《堯典》的「俞」相比對的是郭沫若《卜辭通纂》530 頁，科學出版社，1983 年。

相吻合，《堯典》的產生必然很古老，不能因為有文字或內容的流變而拉晚其產生的年代〔註542〕。

先生在 98 頁稱：「華夏語有複聲母也是無可懷疑的。與之同源的羌戎語、百越語、苗蠻語都有複聲母，華夏語豈能例外。尤其是與華夏語關係最密的羌戎語至今仍有不少語支保留複聲母，早期華夏語有複聲母幾乎是一個無需論證的問題。」先生這裡的「華夏語」應該是原始漢語。我雖然不贊成漢語有複聲母之說，也不贊成漢藏語同源，但是先生的觀點表達得很鮮明，自成一家之言。但不能說華夏語有複聲母是個無需論證的問題。

先生在《口傳歷史》中認為羌族和姬姓說的是一種語言，這種語言還不等於後來的華夏語，應屬於原始華夷語的初步分化階段，所以羌人「聽話不用翻譯」。先生最後推論道：「從炎黃時代的同一母語到商末周初的『兩個方言』，再到春秋時代的兩語『不達』，這中間起碼有兩千年的演變過程。」這確實是理論

〔註542〕古書產生後，在流傳中發生變異是很正常的現象。參看李學勤《對古書的反思》（收入《李學勤集》，黑龍江教育出版社，1989 年；又收入《當代學者自選文庫‧李學勤卷》，安徽教育出版社，1999 年）。其文稱：「第四，後人增廣。古書開始出現時，內容較少。傳世既久，為世人愛讀，學者加以增補，內容加多，與起初大有不同。如阜陽雙古堆和定縣八角廊都出有一種竹簡古籍，審其內容，大多述孔子及其弟子言行。查《漢書‧藝文志》，記述孔門事蹟的書有《論語》、《家語》，此書體裁與今《家語》接近，許多內容同於《說苑》等，也與今《家語》一致。今本《家語》久為人所懷疑，指為王肅偽作。從新發現看，《家語》還是有淵源的，只是多經增廣補輯而已。今本後序所述《家語》傳流經過，也許並非盡出子虛。」又稱：「第五，後人修改。古書傳流多賴師傳，有時僅由口傳，沒有書於竹帛，因而弟子常據所見，加以修改，不能斥為作偽。在新出簡帛中，例如長沙馬王堆帛書和江陵張家山竹簡都有《脈書》（帛書發表時題為《陰陽十一脈灸經》、《脈法》、《陰陽脈死候》），經研究系今傳《內經‧靈樞》書中《經脈篇》的祖本，有很多文句是相同或類似的。不過，《經脈》比《脈書》要豐富得多，而且即以最中心的脈數而言，《脈書》是十一脈，《經脈》則增加到十二脈。這不只是文字內容加多，而是在觀點上有了根本性的變化。然而，雖有這樣的重大改動，仍不能否認《脈書》是《經脈》的濫觴。」又稱：「第六，經過重編。以馬王堆帛書《周易》為例。帛書有經有傳，其傳文多與今有異。與今《易傳》『十翼』對比，可知『十翼』中的《繫辭》、《說卦》都曾經重新編寫，和帛書本的編次有許多不同。帛書本好些富有哲理的段落，也不見今本。至於帛書《周易》的經文部分，則是對傳世本加以重編，在卦序上更合於陰陽學說，其年代反晚於今本經文的成立。因此，出土古籍有時也不一定是最早的本子。」其文又稱：「第十，改換文字。古人傳流書籍係為實用，並不專為保存古本。有時因見古書文學艱深費解，就用易懂的同義字取代難害。《史記》引用《尚書》使用過這一方法，看本紀部分即可明白。臨沂銀雀山竹簡《尉繚子》的發現，初看與今本不同，頗多艱奧文句，細察也是經過類似改動，以致面目全非。這大概是由於《尉繚子》是兵書，更需要讓武人能夠學習理解。」李學勤先生這篇文章很重要，議論很通達。

創新。但還需要進一步考證。最好是歷史文獻的記載能夠與考古學的材料密切結合，確定炎黃時代到底相當於考古學上的那個時代？這是很重要的。羌族語和周族語是否真的是一種語言的兩個方言？這需要多方考證。在先生列舉的四大類證據以外，我以為還需要民族史的證據。

從歷史文獻和民族史考察，似乎周族本來就是華夏民族，後來才與羌族有文化交流，看不出羌族和周族的語言本來是同源的。略考如下：

（一）考《史記·周本紀》：「棄為兒時，屹如巨人之志。其遊戲，好種樹麻、菽，麻、菽美。及為成人，遂好耕農，相地之宜，宜穀者稼穡焉，民皆法則之。帝堯聞之，舉棄為農師，天下得其利，有功。帝舜曰：『棄，黎民始饑，爾后稷播時百穀。』封棄於邰，號曰后稷，別姓姬氏。后稷之興，在陶唐、虞、夏之際，皆有令德。后稷卒，子不窋立。不窋末年，夏后氏政衰，去稷不務，不窋以失其官而奔戎狄之間。不窋卒，子鞠立。鞠卒，子公劉立。公劉雖在戎狄之間，復脩后稷之業，務耕種，行地宜，自漆、沮度渭，取材用，行者有資，居者有畜積，民賴其慶。百姓懷之，多徙而保歸焉。周道之興自此始，故詩人歌樂思其德。公劉卒，子慶節立，國於豳。」這段文獻有幾個要點：（1）周族的始祖后稷喜歡農業種植，培植的農作物主要是「麻、菽」，這應是周族最早的農作物，沒有大麥小麥和水稻。（2）后稷在帝堯時代做官為農師，即主管農業的最高長官。可見后稷在帝堯時代應該是華夏民族人。《尚書·堯典》也有關於后稷的記載。（3）后稷族在陶唐、虞、夏之際，皆有令德，有很好的發展，對華夏民族有貢獻。《左傳·昭公二十九年》：「周棄亦為稷，自商以來祀之。」可見商朝人都祭祀后稷。（4）在夏朝後期，朝政凋敝，忽視農業，疏遠后稷一族。后稷之子不窋已經到了晚年，被朝廷罷免官職，並遭到流放，於是「不窋以失其官而奔戎狄之間」。這句話非常重要。周族的祖先不窋是在夏朝後期被夏后氏免官並流放到了西部的戎狄之間，從而與西方的藏緬語族的戎狄民族有了接觸和交流，這是在夏朝後期和不窋晚年，是在周族興起至少百年後的事情。通過梳理《周本紀》，我們知道了在夏朝的華夏民族已經有了戎狄是外族的民族意識。而周族的祖先從帝堯時代就在中央政府做官，管理全國的農業事務，明顯是華夏民族，此後一直做官到夏朝政衰，周族的掌門人不窋被夏后氏罷官，並流落到了戎狄之間，與藏緬語族混雜。因此，似乎不能說周族與羌戎族原本是說一種語言。白保羅諸人稱周朝人本來操藏緬語，完全無根之談，完

全忽視了周族人是從東到西有個西遷的歷史。

（二）《尚書·周書》中凡是周初所作的幾篇，明顯是承襲了《商書》的文化傳統並有所變異，其變遷是漢民族內部文化思想和語言的變遷，與異民族無關。這說明周族和華夏民族的商族肯定是使用同一種語言和文字，並不是與羌戎族相同的語言。且不說《古文尚書》，就《今文尚書》而言，就有《牧誓》（周武王作）、《鴻範》（箕子傳與周武王）、《大誥》（武王死後，周公作）、《金縢》（周公作）、《康誥》（周成王作，史官述）、《酒誥》（周成王作，史官述）、《梓材》（周成王作，史官述）、《召誥》（周成王時召公作）、《洛誥》（周公作）、《多士》（周公作）、《無逸》（周公作）、《君奭》（周公作）、《多方》（周公東征後作）、《立政》（周公作）、《顧命》（周成王駕崩時，召公畢公等作）等等。這些極為深刻的思想和文字顯然是漢民族長年文化的結晶，與氐羌族無緣。

更何況羌戎族長期都沒有文字。1980 年，俞敏發表《漢藏兩族人和話同源探索》〔註 543〕一文，何先生高度評價為「堪稱典範之作」。何先生認為：該文「得出了幾個重要的結論。如：姜（羌）跟姬兩個部族說的是一種語言的兩個方言。用姜（羌）、姬做骨幹，吸收了別的部、姓的血液，形成一個統一的『華夏族』。」俞敏文章舉了一個證據：武王伐紂時，在軍隊面前做了一個演說（《尚書·牧誓》）在當時聽講的聯軍裏就有羌人……而且他們聽話不用翻譯。我們認為俞敏的推測過於大膽。《尚書·牧誓》確實提到了周武王面前有包括羌兵在內的少數民族軍隊，而且不僅僅是羌兵，還有其他種族的軍隊，但是沒有說這些軍隊是沒有翻譯的。俞敏先生憑什麼說「他們聽話不用翻譯」？甲骨文研究顯示出，商朝和羌族這些藏緬語族有長期的戰爭，彼此勢不兩立，至少有幾百年的敵視，彼此各有勝負〔註 544〕。甲骨文五期的每個時期，從武丁開始直到帝辛（紂王），都有對羌人的戰爭〔註 545〕。因此，商朝的漢民族人在戰爭中被俘虜，或在商朝內部的鬥爭中遭到迫害而投奔羌族，或者羌族常常騷擾商朝邊疆，抓

〔註 543〕收入《俞敏語言學論文集》，商務印書館，1999 年。

〔註 544〕參看王宇信、楊升南主編《甲骨學一百年》（社會科學文獻出版社，1999 年）第十一章《商代社會結構和國家職能研究》第七節《商代的對外戰爭》；軍事科學院主編《中國軍事通史》第一卷《夏商西周軍事史》（羅琨、張永山著，軍事科學出版社，2005 年版）第五章《商代後期的對外戰爭》第三節《康文武前後對羌人的戰爭》。

〔註 545〕參看《甲骨學一百年》498～501 頁，材料豐富，論述清晰。

走漢人，這應該不是個別的事情，漢語因此而傳入羌族。但是商朝最終在軍事抗爭上佔上風，羌人被俘後往往被處以極刑，死得很慘。商朝軍隊攻破羌人後，也是大肆殺戮。詳細參看董作賓《甲骨文斷代研究例》〔註546〕五《方國》、董作賓《殷代的羌和蜀》〔註547〕、蔡哲茂《逆羌考》〔註548〕、王慎行《卜辭所見羌人考》〔註549〕、陳福林《試論殷代眾、眾人與羌的社會地位》〔註550〕。因此，羌人痛恨商朝，聽說周王起兵伐商，羌人馬上趁火打劫，參加了周武王的軍隊聯盟，這並不意味著羌人和周族人是說同一種語言，不能說周武王訓話，羌人不用翻譯就能聽懂。舉一個後世的例子，康熙28年（公元1689年），大清帝國欽差大臣索額圖與沙皇俄國簽訂《尼布楚條約》，雙方談判是通過在大清朝的西洋天主教傳教士徐日昇（葡萄牙傳教士）、張誠（法王路易十四派遣來華的傳教士）用拉丁文為中介進行〔註551〕，《尼布楚條約》有滿文本、俄文本，還有拉丁文本，最早反而沒有中文本。如果有人不知道這個細節，似乎就會說沙皇俄國與清朝的官員彼此能聽懂對方的話，因此俄語和漢語原本是一家。考《禮記·王制》：「中國、夷、蠻、戎狄，皆有安居、和味、宜服、利用、備器。其事雖異，各自足。五方之民，言語不通，嗜欲不同。達其志，通其欲，東方曰寄，南方曰象，西方曰狄鞮，北方曰譯。」鄭玄注：「皆俗間之名，依其事類耳。鞮之言知也。今冀部有言狄鞮者。」孔疏：「此一節論中國及四夷居處言語衣服飲食不同之事，各隨文解之。」《王制》是戰國時代的儒家之作，當時的漢語和周邊異族的語言不能溝通，必須要有翻譯。因此，戰國時代的四方民族語言和漢語有本質的不同，是完全不同的語言，當時的民族語言對於構擬漢語上古音已經無用。因此，我堅決反對立足於漢藏同源的漢藏對音，依據七世紀以後的藏語的語音來構擬春秋時代的漢語語音，這無異於怪力亂神，君子所不語。

〔註546〕見裘錫圭等編校《中國現代學術經典·董作賓卷》，河北教育出版社，1996年，58～60頁。

〔註547〕原載《說文月刊》第3卷7期《巴蜀文化專號》，1942年8月。收入

〔註548〕載臺灣《大陸雜誌》第52卷第6期，1976年6月。

〔註549〕收入王慎行《古文字與殷商文明》，陝西人民教育出版社，1992年。

〔註550〕載《社會科學戰線》1979年3期。

〔註551〕參看方豪《中國天主教史人物傳》（宗教出版社，2007年）《閔明我、徐日昇、安多》節（403頁）、《張誠》節（406頁）。意大利傳教士閔明我也曾奉朝廷命令出使俄羅斯。

（三）從先周的考古學來看，周文王時代的豐鎬遺址出土的典型器物有漢民族文化才有的器物類型。例如，在張家坡和客省莊發現了聯襠鬲、乳狀袋足鬲，還有周式簋。紋飾如菱文乳釘紋、網底乳釘紋〔註552〕，都是漢民族文化所有。在陝西寶雞地區的鬥雞臺墓地發現了先周時代的錐足鬲，明顯是漢民族文化。在周公廟遺址和廟王村遺址都出土了甲骨文。甲骨文有「周公」二字，學者認為就是周公旦〔註553〕。先周考古發現有甲骨文，這是先周是漢民族文化的重要證據，也表明先周已經與商文化有密切交流。關於周族的甲骨文，詳細研究可參看王宇信、楊升南主編《甲骨學一百年》〔註554〕第八章《甲骨學研究的新發展——西周甲骨分支學科的形成》，綜述有關研究頗詳。氐羌民族從來沒有用過甲骨文，雖然羌族和商族經常發生戰爭，有很多接觸，甲骨卜辭文化沒有傳入羌族。

（四）學術界公認《易經》與周文王關係密切。《史記‧太史公自序》所謂：「文王拘而演周易。」《易經》八卦相傳是伏羲所作，周文王將八卦演為八八六十四卦。當然這是說的卦象，今傳《周易》的卦辭可能是西周時代所作，甚至可能到了西周晚期。但卦象和卦辭是不同時代的東西，不能以為卦辭產生較晚，就以為卦象產生晚。如果在伏羲時代存在漢藏民族共同體，為什麼古代的藏緬語民族完全沒有八卦的文化傳統？如果周文王時代是周人和羌人的語言僅僅是方言的不同，而擁有歷史文化共同體，那為什麼古代的氐羌民族沒有周文王的八八六十四卦的文化跡象？只有對漢字文化和華夏民族的歷史文化都非常精通的人才能創作《易經》的卦辭，因為《易經》卦辭中有很多漢民族的文化內涵。例如《既濟》九三：「高宗伐鬼方，三年克之。」高宗是殷高宗武丁，是商朝的中興之主，一代明君，曾出兵討伐鬼方。甲骨文中有鬼方。《泰》六五：「帝乙歸妹。」帝乙是商王，文丁之子，是紂王之父。「歸妹」是嫁出了自己的妹妹。《明夷》六五：「箕子之明夷，利貞。」箕子是商朝王族，商朝亡後，逃亡遼東，建立箕子朝鮮。參看顧頡剛《〈周易〉卦爻辭中的故事》〔註555〕、郭沫若《〈周

〔註552〕參看《中國考古學‧夏商卷》第八章《夏商王朝周邊地區的考古學文化》四《灃鎬遺址發現的商代末年先周遺址》。533～535 頁。

〔註553〕參看雷興山《先周文化探索》（科學出版社，2010 年）第四章《先周文化辨析》271～272 頁。

〔註554〕社會科學文獻出版社，1999 年。

〔註555〕見《古史辨》第三冊，上海古籍出版社，1982 年。

易〉之製作時代》〔註556〕、胡樸安《周易古史觀》〔註557〕，類例甚多。操藏緬語的人斷無可能製作《易經》的卦辭。商朝末年的氐羌族人絕對不可能熟悉《易經》這種正宗的漢民族文化。即使今本《易經》的完全成立在西周末年（如同李鏡池所推斷〔註558〕），但是八卦卦象的成立必在遠古的商代以前，六十四卦這些卦象的成立應該在周文王時代，只是卦辭爻辭可能有的起源比較晚。但是藏緬語民族的遠古文化根本沒有八卦和六十四卦的筮占文化。

（五）先周人必定已經有了「明德、聖人」的文化概念，用以代替商朝的神道文化。參看郭沫若《先秦天道觀之進展》〔註559〕。周人克殷後，周公很快制禮作樂，並且創作多篇《尚書‧周書》和《逸周書》的周初的幾篇，這是有很深漢文化修養的人才能做得到的，怎麼可能是來自藏緬語族的文化？這時候之前的周族例如武王克商時候在牧野發表的《牧誓》，克商後作了《逸周書》的《世俘》〔註560〕，商朝傳給周武王的《鴻範》，周公東征三年，平定三監叛亂後作的《大誥》、周公作的《無逸》和《多士》等等，這難道是說藏緬語的人所能懂的嗎？如果周族原本說藏緬語，怎麼可能這麼快就有如此深厚的漢文化造詣？簡直不可思議。

（六）如果在先周的周族與藏緬語民族的羌人只是方言的不同，那麼為什麼周族在周文王時代（甚至之前）已經廣泛使用漢字，而羌族幾千年與漢字無緣？這是何道理？只能認為周族在古公亶父以前就是說漢語，與羌族早已是不同的語言。周族東遷後，深受商文化影響，文化日益昌盛。羌族無論怎樣與商族接觸，始終沒有學會漢字文化。這是因為周族在先周時代本來就是漢民族，周族學習商文化，猶如陝西人學習北京文化，周族和商朝才是方言的不同，與羌族是語言的不同。先周的周族與羌族是不同的民族，說不同的語言，不僅僅是方言不同而已。如果僅僅是方言不同，那麼一定有共同的書面語。猶如重慶人與廣東人、福建人說不同的方言，但是有共同的書面語。這是判斷是方言的不同還是語言的不同的重要標準。古代羌族人從來沒有用漢字作為書面語，只

〔註556〕收入《郭沫若全集歷史編》1《青銅時代》，人民出版社，1982年。

〔註557〕上海古籍出版社，2005年。

〔註558〕參看《李鏡池周易著作全集》三《周易通論》論一章二《考年代》。中華書局，2019年，977～981頁。

〔註559〕收入《郭沫若全集歷史編》1《青銅時代》，人民出版社，1982年。

〔註560〕這就是《孟子‧盡心》所說的原本《尚書》的《武成》，是周初文獻。

有在漢化後才用漢字。先秦的羌族和周族不可能僅僅是方言的不同，因為周族人有書面語的漢字，而羌族沒有。這是鐵證。

（七）現在發現的周朝最早有銘文的青銅器是周武王時代，銘文都是醇正的漢語言文字，這是絕無可能偽造的。可證周武王時代的周族絕對是漢語民族。例如《利簋》記載了是周武王伐商的歷史事件〔註561〕，是周武王時代的青銅器，銘文不可能是說藏緬語的人所能製作的。其他周武王、周成王時代的銅器銘文參看郭沫若《兩周金文辭大系》〔註562〕；陳夢家《西周銅器斷代》〔註563〕；劉志基、臧克和、王文耀等主編《金文今譯類檢》（殷商西周卷）〔註564〕；上海博物館商周青銅器銘文選編寫組《商周青銅器銘文選》〔註565〕第一冊；中國社會科學院考古研究所《殷周金文集成》（修訂增補本）〔註566〕。

（八）《國語‧魯語上》：「稷勤百穀而山死，文王以文昭，武王去民之穢。故有虞氏禘黃帝而祖顓頊，郊堯而宗舜；夏后氏禘黃帝而祖顓頊，郊鯀而宗禹；商人禘舜而祖契，郊冥而宗湯；周人禘嚳而郊稷，祖文王而宗武王。」這段春秋時代的文獻非常重要，記述的都是華夏民族所崇拜和祭祀的祖先，「周人禘嚳而郊稷，祖文王而宗武王」。從來沒有聽說藏族人有關於「黃帝、顓頊」的傳說和崇拜，羌人從來沒有崇拜過「帝嚳」。這是因為藏緬語族人根本不承認本民族的遠祖是「黃帝、顓頊、帝嚳」。藏族人關於民族起源的神話是藏族的遠祖女性和一個獼猴交配而生育繁殖了藏族人。這與華夏民族的起源神話毫不沾邊。從比較神話學也可以看出藏民族和華夏民族是不同系統的民族，不可能有共同的語言起源。

（九）春秋秦穆公時代的由余就是由晉國而入西戎，後來由戎王派遣而出

〔註561〕參看張政烺《利簋釋文》，收入《張政烺文史論集》，中華書局，2004 年，李學勤《利簋銘與歲星》，收入李學勤《夏商周年代學劄記》，遼寧大學出版社，1999 年，李學勤此文稱《利簋》的文字近於甲骨文。李學勤還採納劉雨、張亞初將《利簋》的「又吏」讀為「右史」的觀點。于省吾《利簋銘文考釋》，見《文物》1977 年第 8 期。學術界的相關討論和研究參看劉志基、臧克和、王文耀等《金文今譯類檢》（殷商西周卷）62 頁的「參考文獻」所收錄的論著。董蓮池《商周金文辭彙釋》（中）彙編了各家關於《利簋》銘文的研究資料，頗便於參考。作家出版社，2013 年。
〔註562〕收入《郭沫若全集考古編》，第七卷、第八卷，科學出版社，2002 年。
〔註563〕中華書局，2004 年版，2011 年第二次印刷。
〔註564〕廣西教育出版社，2003 年。
〔註565〕文物出版社，1986 年。
〔註566〕中華書局，2007 年。

使秦國，反而得到秦穆公的青睞，在秦國受到重用，助力秦穆公稱霸西戎，向西開拓十二國（一說二十國）。但是先秦和漢代人常常將由余看成是戎人〔註567〕，所以在戎人中有懂得漢語的人，這些人往往本來華夏民族，因為各種原因避難西戎，從而將漢語傳入西戎。關於「由余」的史料，馬非百《秦集史》〔註568〕之《人物傳五之三·由余》條收集最為詳備，可以參看。今略考《史記·秦本紀》：「戎王使由余於秦。由余，其先晉人也，亡入戎，能晉言。聞繆公賢，故使由余觀秦。……三十七年，秦用由余謀伐戎王，益國十二，開地千里，遂霸西戎。」《正義》稱「由余」是「戎人姓名」。「由余，其先晉人也，亡入戎，能晉言」，這幾句話包含幾層意思：（1）由余的祖先是晉國人，所以能晉言，這表明由余所在的西戎人是不能晉言的。（2）稱由余能「晉言」而派遣由余出使秦國，則晉言和秦國方言能夠相通，只是方言的區別。也可見西戎的藏緬語族是不能與秦晉的語言溝通的。不然戎王為什麼偏偏派遣能「晉言」的由余出使秦國呢？（3）從秦穆公和由余的問答來看，由余深通聖賢之道，對華夏族的歷史文化非常瞭解。由余明顯是對漢語和西戎語都很精通的人。（4）《史記》強調由余能「晉言」，就是為了要突出西戎語言與華夏語言是不能直接溝通的，不是方言的區別問題。秦晉之間的語言區別才是方言的區別，這是可以溝通的。因此，《史記》此言表明春秋時代的西戎語與華夏語是本質不同的兩種語言。但是有由余這樣的華夏賢人逃亡入西戎，從而為西戎溝通華夏民族。古人的語言能力是不能低估的，不能說兩個民族可以溝通，就以為二者的語言同源，他們其實是通過翻譯溝通的。這樣的翻譯在古代有很多，下面提到的春秋時代的《古越人歌》就是有翻譯將古代壯侗語的歌詞翻譯為華夏方言之一的楚語（其實就是當時通行的漢語）。唐朝的西域人安祿山通曉多國語言，活躍於唐朝的邊境貿易。唐朝的王玄策出使古代印度，一定帶有梵語翻譯，這種翻譯可能是來華的印度和尚，他們本來通曉自己的母語梵語，來華後又學了漢語，於是可以出任翻譯。

（十）《史記·匈奴列傳》：「匈奴，其先祖夏后氏之苗裔也，曰淳維。」《集解》引《漢書音義》曰：「匈奴始祖名。」《索隱》引張晏曰「淳維以殷時奔北邊。」絕對不能依據《史記》此文以為「匈奴」在上古與夏后氏同源同種。現

〔註567〕例如《史記·李斯列傳》：「是以秦用戎人由余而霸中國，齊用越人蒙而彊威、宣。」同篇又曰：「昔繆公求士，西取由余於戎，東得百里奚於宛。」
〔註568〕中華書局，1982年，267～270頁。

在民族語言學者已經非常清楚匈奴語是阿爾泰語系，絕對與漢語不是同一種系屬語言〔註569〕。所謂「匈奴，其先祖夏后氏之苗裔也，曰淳維」，意思只能解讀為匈奴的先祖淳維是夏后氏當君王時代的一個諸侯或部族，其父王可能與夏后氏有婚姻關係，夏朝的公主嫁與匈奴的先祖，所生兒子淳維繼承了匈奴的王位，這只是夏朝拉攏匈奴民族的一種策略，所以可以說「匈奴」是夏后氏的苗裔（其實只是匈奴王淳維是夏后氏的苗裔）。猶如漢朝與匈奴的和親政策，漢朝公主與匈奴單于所生之子可能在匈奴繼承王位，於是可以說漢代以後的匈奴是漢朝後代。唐朝的文成公主、金成入藏和親，生下的兒子繼承吐蕃贊普的職位，因此，可以說吐蕃有的贊普是唐朝皇室的之後。這與語言的同源毫不沾邊。千萬不能依據《匈奴列傳》此文就說「匈奴語」和華夏語原本是一家。何先生稱北狄語也屬於華夷語系，就是認為與漢語同源，這是我們不能贊同的。但是可以從此看出，在夏朝，華夏族人已經與匈奴民族有很多的接觸和交流，這時華夏語和阿爾泰語已經有接觸。對古文獻的正確讀解是萬分重要的。俞敏《漢藏兩族人和話同源探索》〔註570〕稱：「姜（羌）跟姬兩個部族說的是一種語言的兩個方言。請想想，棄學話不是跟姜原學麼？姜原跟棄的父親說話，古公跟太姜說話還用翻譯麼？在北美印第安人那裡，凡是從一個母系氏族分出來的部落，都說一種話的方言，彼此聽得懂。姜、姬的情況也正一樣。」俞敏完全是主觀臆測。古代不同民族通婚是為了優生優育，也是為了政治聯盟，後來的滿族和蒙古族長期聯姻，也是如此，這與語言同源絕對不沾邊。難道王昭君嫁到匈奴可以與匈奴單于自由交談而不通過翻譯？難道文成公主嫁到西藏可以與松贊干布自由交談而不通過翻譯？照此臆測，唐初畫家閻立本《步輦圖》中表現的唐太宗坐在美女抬的步輦上接見西藏的兩個使臣，似乎沒有翻譯，是不是可以就此推斷唐太宗和西藏使臣可以自由交流，彼此聽得懂，因此在唐朝的漢語和藏語只是

〔註569〕參看日本學者白鳥庫吉《匈奴屬於怎樣的種族》、《關於匈奴的人種》（日文本，均收入白鳥庫吉《塞外民族史研究》上，日本東京：岩波書店，1986年）。林幹《匈奴史》第一章《匈奴族的來源及其形成》，內蒙古人民出版社，2007年版，陳連開主編《中國民族史綱要》第三篇《北方民族》第七章《匈奴》第一節《匈奴的崛起》，中國財政經濟出版社，1999年，王鍾翰主編《中國民族史》（增訂本）第三編《統一的多民族國家的建立和南北朝各民族的融合》第四章《匈奴》第一節《匈奴的來源與興起》，中國社會科學出版社，2001年，陸思賢《匈奴族名原義探源》，見《內蒙古師範大學學報》1982年第2期。
〔註570〕收入《俞敏語言學論文集》，商務印書館，1999年，213頁。

方言的不同。這樣的推論太荒唐。俞敏此文的論述隨意性很大，論證很散漫，不像是嚴謹的學術論文，而像是一篇漫談。例如，其書 214 頁稱：「就有周武王姬發當統帥，姜姓的呂尚，也就是姜太公，當參謀長。」這樣講歷史很不嚴肅。周武王伐商，姜子牙是「師」或「太師」，即軍隊總司令，古書稱姜子牙為「師尚父」，「師」是姜子牙的官位，帶兵的長官。考《詩經・大明》：「維師尚父，時維鷹揚。涼彼武王，肆伐大商，會朝清明。」〔註 571〕毛傳：「師，大師也。」大師即太師。《經典釋文》：「大音泰」。鄭箋：「尚父，呂望也。」《太平御覽》卷 209 引《博物志》：「文王乃拜太公為大司馬。」大司馬是漢武帝所設的最高軍事長官。後代以姜子牙的官職是軍隊長官，相當於「大司馬」，所以有此稱謂。《史記・齊太公世家》：「故號之曰『太公望』，載與俱歸，立為師。」《六韜・文韜・文師第一》：「乃載與俱歸，立為師。」「師」是「太師」，是軍事長官。《搜神記》卷四《灌壇令》條：「文王乃拜太公為大司馬。」〔註 572〕《逸周書・世俘》：「武王在祀，大師負商王紂懸首白旂。」孔晁注「大師」為「樂師」。陳逢衡注以為「大師」是太公望〔註 573〕。顧頡剛取孔說，我取陳說。《左傳・僖公二十六年》：「昔周公、大公股肱周室。」杜注：「大公為大師，兼主司盟之官。」顧炎武《補正》、楊伯峻《春秋左傳注》反對杜注，顧頡剛也不取杜注。但是至少杜注認為「太公」是擔任「大師（太師）」這個官職，這是符合歷史的。我認為杜預注是正確的。姜太公從來沒有擔任過音樂長官，只擔任軍事長官。

（十一）俞敏《漢藏兩族人和話同源探索》〔註 574〕最後稱：「語言跟氏族血緣不必吻合，因為沒一個民族不和別的族混血。血緣跟名稱也不必吻合。」這倒是對的。其實薩丕爾《語言論》〔註 575〕第十章《語言、種族和文化》早已經有詳細的論述：「一群語言完全不必和一個種族集體或一個文化區相應，這很容易舉例證明。」文煩不錄。所以將種族同源和語言同源參合在一起，是要小心謹慎的。近年有學者在國際著名刊物《自然》發表論文從基因角度論證漢藏語同源。這在方法上是完全站不住的。因為蒙古族、滿族、朝鮮族等阿爾泰語系

〔註 571〕《韓詩外傳》卷三引《詩經》此文。
〔註 572〕參看《漢魏六朝筆記小說大觀》（上海古籍出版社，1999 年）本《搜神記》。303 頁。
〔註 573〕見黃懷信等《逸周書彙校集注》440 頁，上海古籍出版社，2013 年版。
〔註 574〕收入《俞敏語言學論文集》，商務印書館，1999 年，217 頁。
〔註 575〕陸卓元翻譯，商務印書館，2003 年版，薩丕爾此書初版於 1921 年。

民族和漢族在人種上都是蒙古人種東亞類型，在體質人類學上都是鏟形齒，沒有人說阿爾泰語和漢語同源。日本人和中國人從體質人類學上很難分別，毫無疑問是一個人種，但日語和漢語絕對不同源。這些民族在基因上很可能有吻合的地方，但這與語言同源沒有任何關係。

（十二）古書中還有具體詞彙的例子。考《後漢書‧西羌傳》：「羌無弋爰劍者，秦厲公時為秦所拘執，以為奴隸。不知爰劍何戎之別也。羌人謂奴為無弋。」西羌人無弋爰劍是秦厲公時代人，而秦厲公元年是公元前 475 年〔註576〕，在春秋晚期（當時吳王夫差強盛）。這個時代的西羌語將「奴隸」稱為「無弋」。學者們對此頗有興趣，結果找出藏語中的『無弋』的關係詞是〔milag〕。我們絕對沒有根據說羌語『無弋』或藏語〔milag〕與漢代的表示奴隸的漢語詞有同源關係。考上古文獻《左傳‧昭公七年》（公元前 535 年）：「天有十日，人有十等，下所以事上，上所以共神也。故王臣公，公臣大夫，大夫臣士，士臣皂，皂臣輿，輿臣隸，隸臣僚，僚臣僕，僕臣台。馬有圉，牛有牧，以待百事。」這是我國上古時代最早的關於奴隸名稱的詳細記載。其中的『皂、輿、隸、僚、僕、台』都是等級不同的奴隸，『民』字最早有可能是對奴隸的泛稱。但這些最早的漢語表示『奴』的詞沒有一個可以與漢代的羌語『無弋』或藏語〔milag〕存在同源關係，彼此之間不能建立語音對應關係。這樣的材料反而證明春秋時代的古漢語與西羌語、古藏語恐怕沒有同源關係。其間比較有把握的關係詞只能解釋為借詞，而不是同源詞。因此，古代羌人說的藏緬語和周族人說的語言不是同源的語言，是根本不同的語言，而不僅僅是方言的不同。

（十三）考古文獻如《呂氏春秋‧用眾》：「戎人生乎戎，長乎戎而戎言，不知其所受之；楚人生乎楚，長乎越而楚言，不知其所受之。今使楚人長乎戎，戎人長乎楚，則楚人戎言，戎人楚言矣。」這段話表明先秦時的戎人的語言與楚人的語言是不能相通的，這斷然不是方言間的不同，已經是不同的語言了。而按照一般的說法，先秦時的戎言和楚言（就是漢語的楚方言）肯定都屬於漢藏語系，作為藏緬語族的戎言與漢語方言的楚言在先秦是不能相互溝通的，完全是不同的語言。《荀子‧勸學》：「干、越、夷、貉之子，生而同聲，長而異俗，教使之然也。」這說明上古時的『干、越、夷、貉』各民族之間的語言是

〔註576〕關於秦厲公，參看馬非百《秦集史》37～39 頁，中華書局，1982 年。

不相通的。彼此間即使有發生學上的同源關係，也早已分化為不同的語言了，更何況還沒有證據說這些語言真的是同系的語言。《淮南子·齊俗》:「羌、氐、僰、翟，嬰兒生皆同聲，及其長也，雖重象狄騠，不能通其言，教俗殊也。」可見在西漢前期的《淮南子》已經注意到在種族關係非常密切的羌族和氐族之間就早已是說不同的語言，甚至借助翻譯有時還不能彼此溝通〔註 577〕。彼此之間最多只有對應關係，不可能有比較精確的對音關係。更考《漢書·匈奴傳下》:「夷狄之人貪而好利，被髮左衽，人而獸心，其與中國殊章服，異習俗，飲食不同，言語不通。」上古時代的漢語與周邊藏緬語之間的區別非常大，決不是方言之間的不同。如果當時漢語和藏緬語族之間的區別還限於方言之間的不同，那麼藏緬語民族學習漢語就如同現在的廣東人福建人學習普通話，不會是很困難的，然而事實根本不是如此。《後漢書·南蠻西南夷列傳》所載的白狼夷歌的《遠夷懷德歌》曰:「荒服之外，荒服之儀。土地墝埆，犁籍憐憐。食肉衣皮，阻蘇邪犁。不見鹽谷，莫碭粗沐。吏譯傳風，罔譯傳微。」西南夷與漢民族是說不同的語言，他們甚至認為『吏譯傳風，罔譯傳微』，就是說雖然有翻譯官（即「吏譯」），也不能夠把對方高深微妙的文化精確地翻譯出來。《文獻通考》卷 148 稱:「白狼:東漢明帝永平中，朱輔為益州刺史，移檄西南夷，喻以聖德，白狼王唐菆等百餘國重譯來庭，有歌詩三章。輔所獻也。《東觀漢記》備載其詞及夷人本語，皆重譯訓詁為華言，使覽曉焉。」《文選·蜀都賦》:「陪以白狼，夷歌成章。」李善注:「朱輔驛傳其詩奏之。」這明明是說《白狼歌》是從夷語翻譯為漢語，有的學者竟然說《白狼歌》的原文是漢語，其夷語是從漢語翻譯過去的，此說當不可信。更考《後漢書·西南夷列傳》:「永平中，益州刺史梁國朱輔，好立功名，慷慨有大略。在州數歲，宣示漢德，威懷遠夷。自汶山以西，前世所不至，正朔所未加。白狼、盤木、唐菆等百餘國，戶百三十餘萬，口六百萬以上，舉種奉貢，稱為臣僕，輔上疏曰:「臣聞詩云:『彼徂者岐，有夷之化。』傳曰:『岐道雖僻，而人不遠。』詩人誦詠，以為符驗。今白狼王唐菆等慕化歸義，作詩三章。路經邛來大山零高艋，峭危峻險，百倍岐道。繈負老幼，若歸慈母。遠夷之語，辭意難正。草木異種，鳥獸殊類。有犍為郡掾田恭與之習狎，頗曉其言，臣輒令訊其風俗，譯其辭語。

〔註577〕《淮南子》的『重象狄騠』就是指翻譯。

今遣從事史李陵與恭護送詣闕，並上其樂詩。昔在聖帝，舞四夷之樂；今之所上，庶備其一。」帝嘉之，事下史官，錄其歌焉。」這段文獻極為重要。要點有：1. 白狼國在益州刺史梁國朱輔眼中是「遠夷」。2. 在東漢的朱輔之前沒有與益州地區的漢民族交流，沒有受到漢文化的影響（即「自汶山以西，前世所不至，正朔所未加」）。3. 白狼國等是說異民族語言的人群，當時的漢民族無法理解，其生活環境及文化皆與漢民族有本質的不同（即「遠夷之語，辭意難正。草木異種，鳥獸殊類。」）。4.「有犍為郡掾田恭與之習狎，頗曉其言，臣輒令訊其風俗，譯其辭語」。有個叫田恭的掾吏經常與白狼國人交往〔註578〕，混熟了，懂得白狼人的語言。於是朱醋令田恭翻譯三章白狼歌（「譯其辭語」）。5. 李賢太子注：「《東觀記》載其歌，並載夷人本語，並重譯訓詁為華言，今范史所載者是也。」從《東觀漢記》所記載的白狼語原文來看，顯然是外族語，絕不可能是漢語方言，與古代漢語絕對沒有任何同源的對應關係。可知在東漢的朱醋時代以前，即東漢明帝永平年間以前（公元58～75年以前）白狼語和古漢語是沒有任何對應關係的。白狼語被漢族人當作是遠方外民族的語言。

　　《後漢書‧種嵩傳》：種嵩「出為益州刺史。嵩素慷慨，好立功立事。在職三年，宣恩遠夷，開曉殊俗，岷山雜落皆懷服漢德。其白狼、盤木、唐菆、漻、槧諸國，自前刺史朱輔卒後遂絕。嵩至，乃復舉種向化。」可見在東漢時代，白狼族確實屬於「遠夷、殊俗」。白狼語現在公認是一種藏緬語〔註579〕，而早在漢代就與上古漢語有天壤之別，借助翻譯還不一定能精確交流。朱輔死後，白狼國又不與漢朝往來了，直到種嵩又開始「宣恩遠夷，開曉殊俗」，居住在岷山一帶的白狼國等異民族又來歸化漢朝。

　　以上的證據表明在東漢早期的西南地區的藏緬語民族的語言和漢語是有本

〔註578〕關於「掾」，參看呂宗力主編《中國歷代官制大辭典》（修訂本）842頁「掾」條。商務印書館，2015年。

〔註579〕參看何九盈先生《中國現代語言學史》（修訂本）第八章《非漢語語言文字學》第三十五節《非漢語古語言考證》二《白狼語研究》所提到的諸家研究論文，主要介紹了丁驌《白狼語彙訂》、董作賓《讀方編麼些文字典甲種》。何先生依據諸家之說認為古白狼語是一種藏緬語，跟彝語、納西語比較接近，「其他的情況已無法詳考」。何先生在714頁對丁驌文章評論道：「由於材料非常有限，加上漢字不是拼音文字，再加上白狼語已經消失，這種一鱗半爪的考證無助於對白狼語的全面瞭解。」先生的這個評論是很嚴謹的。另參看鄭張尚芳《「灆分拤草灆」「知唐桑艾」和最古譯詩》（收入鄭張尚芳《胭脂與焉支》，上海教育出版社，2019年）。41～43頁。鄭張先生認為《白狼歌》是一種古緬語。

質區別的不同的語言，不具備任何歷史語言學上的同源對應關係。當然這種本質性的分別不可能是東漢時代才有的，應該是早在遠古時代就已經如此。

如果深挖下去，我們還可以舉出可多的證據。

我對民族語言學沒有專門研究，平素研究只是參考利用學者們的研究成果，對侗台語族與漢語是否同源不敢發表意見。但是我提出兩個問題供民族語言學家思考：

一、《說苑·善說》篇的《古越人歌》，幸虧《說苑》明說了是有翻譯在場做了翻譯，就證明在春秋時代不同的語言溝通是需要翻譯的。《古越人歌》的原文音譯和漢語翻譯具在，斷無可能只是方言的不同。這證明在春秋時代，古代壯侗語和漢語是不能溝通的，完全沒有對應關係，絕對不是方言的不同而已，明顯是兩種不同的語言。春秋時代已經是兩種不同的語言，二千五百年後要證明漢語和壯侗語同源，這可真不容易。希望專家們認真考證。鄭張尚芳先生在韋慶穩等學者論文的基礎上發表了《〈越人歌〉解讀》〔註580〕，完全依據自己的上古音系的構擬來對應《古越人歌》的音寫古壯侗語和泰語，非常不科學，主觀性、隨意性太大〔註581〕。此文的研究完全不可信。而且，我看出鄭張先生對《古越人歌》的高度文學性完全沒有理解。例如：鄭張先生（《論文集》647頁）稱：「拿『山有木兮木有枝』來說，它在意義上與上下文沒有直接聯繫，只不過用『枝』（klje）來跟下行的『知』（te）押韻。」這是完全錯誤的解讀，而且就是他自己的這段話就可以攻破他自己對漢語上古音的聲母的構擬。我分析考論如下：《古越人歌》的關鍵性名句「山有木兮木有枝」，絕不是與上下文沒有意思上的關聯，而是有非常密切的關聯。只是鄭張先生沒有讀懂而已。其美妙的藝術在於「山有木兮木有枝」的「枝」與下一句「心說君兮君不知」的「知」不僅押韻，而且諧音。意思是：山上的樹木尚且有「枝」（諧音「知」），我在心中愛慕你，你卻無「知」（諧音「枝」），含蓄地表達了「你連木頭都不如」呢，太不解風情，太不懂我的心，樹木還有「枝（知）」，你這個大活人卻無「知（枝）」。正因為如此，我說「山有木兮木有枝，心說君兮君不

〔註580〕收入《鄭張尚芳語言學論文集》，中華書局，2012年，本文為英文發表於法國的《東亞語言學報》20卷第2分冊，中文翻譯本載《語言研究論叢》第七輯，1997年。

〔註581〕另參看鄭張尚芳《「濫兮抃草濫」「知唐桑艾」和最古譯詩》（收入鄭張尚芳《胭脂與焉支》，上海教育出版社，2019年）。40～41頁。

知」是絕妙好辭，鄭張先生居然說此二句在意思上全無關聯，顯然沒有看懂原文的奧妙。由於此二句不僅是押韻，而且以「枝」與「知」諧音，猶如「春蠶到死絲方盡」的「絲」與「思」諧音，所以「枝」與「知」二字的上古音必然字音相同或非常相近，而鄭張先生對此二字的上古音構擬是「枝」（klje）與「知」（te），「枝」是複聲母 kl-，這萬不可能與單聲母的 t-構成諧音字。而依據王力先生的上古音系，「枝」是支部章母，章母上古音為舌面清塞音，與舌尖清塞音的端母音近相通，「知」為支部端母（即錢大昕所說的「古無舌上音」），二者正好可以諧音，不僅僅可以押韻而已。按照鄭張尚芳的構擬，「知」與「枝」只能押韻，不能諧音，從而只好說「山有木兮木有枝」與上下文沒有關係。從此可以看出鄭張尚芳的上古音的構擬肯定不可信，經不住古漢語材料的檢驗。鄭張尚芳將二等韻的「枝」構擬為複聲母 kl-，應該是輕信了雅洪托夫的謬論〔註582〕。《古越人歌》用諧音之法實是承襲了《詩經》的技巧。例如：

（1）《詩經·檜風·隰有萇楚》曰：「隰有萇楚，猗儺其枝。夭之沃沃，樂子之無知。」此詩之美妙也在「枝」與「知」的諧音。

（2）《詩·芄蘭》亦曰：「芄蘭之支（魯詩作「枝」），童子佩觿。雖則佩觿，能不我知。」亦以支（枝）與知諧音。用諧音來增加藝術性是《詩經》的慣用妙法，《詩經》中極為普遍。

　　二、壯侗語存在內爆音，而且這種內爆音在南方的壯語民族漢化的過程中帶入了松江吳語、潮州閩語、海南閩語、吳川粵語等多地的漢語方言〔註583〕。可是，漢語上古音的各家構擬都沒有內爆音。那麼語言學家就要面對兩個問題：一是壯侗語的內爆音如果是壯侗語的遠古形態，那就只能表明漢語和壯侗語不同源，因為上古漢語從來沒有過內爆音，這是各家都公認的，沒有一家的上古音系構擬過內爆音。也沒有學者主張遠古漢語有內爆音，因為沒有證據。二是壯侗語的內爆音如果是後起的，那麼專家還是要解釋一下是怎樣後起的？受到了什麼樣的外力影響而興起？必須有力地證明內爆音是晚起的，不是壯侗語的原始形態，這樣壯侗語才可能與漢語同源，因為漢語方言的內爆音

〔註582〕參看雅洪托夫《漢語史論集》（唐作藩、胡雙寶選編）中的《上古漢語的複輔音聲母》一文，北京大學出版社，1986年。

〔註583〕關於內爆音的介紹和語音學系統研究，參看寸熙《中國境內內爆音的語音學研究》（高等教育出版社，2019年12月）。這是寸熙在香港科技大學的博士論文。書末有中國境內的內爆音分布示意圖。

絕對是晚起的。

　　我以為侗台語和古漢語的關係詞與其用同源詞來解釋，不如用借詞來解釋。現代漢語方言中的幫母端母讀為內爆音的現象，方言學者已經公認這是受到了古百越語底層的影響。古百越語有內爆音是學者公認的。所以，我們似乎能夠據此認為古漢語和古百越語不是同源的語言。二者之間的關係詞屬於借詞的可能很大。考《史記‧南越列傳》：「秦時已併天下，略定楊越（《索隱》案：《戰國策》云：吳起為楚收楊越。《正義》：夏禹九州本屬揚州，故云楊越）。置桂林、南海、象郡（《索隱》案：《本紀》始皇三十三年略陸梁地，以為南海、桂林、象郡）。以謫徙民，與越雜處十三歲」。秦始皇派五十萬大軍平定南越，這五十萬人後來並沒有回到中原，而是留在了南越，與當地古百越語的民族雜居。從此以後的南越統治者和政府高層一直是漢族人。漢武帝大軍收復南越後，南越地區與中原漢文化的交流更多。而且後來由於漢文化的強勢影響，有很多百越民族漢化了，其中古百越語的成分必然傳入漢語中來。因此，我認為漢語和古百越語之間肯定存在大量的借詞。我現在甚至認為在吳方言區和海南方言中能夠講內爆音的人群在上古時期根本就不是漢民族人，而是古百越族人，只是在後來的歷史中漢化了，把原來自身固有的內爆音帶進了漢語。我認為由於漢文化和漢語在我國歷史上的長久的優勢地位，要把以純粹漢語方言為母語的幫端二母音變為內爆音是很困難的（據陳鴻邁《海口方言詞典》的考察，海口的長流地區的方言中，還把漢語古音的明母和微母讀成內爆音。漢語方言自身恐怕難以發生這樣的音變），只有解釋為古百越語民族在漢化過程中由於本民族固有語音習慣的影響，才把漢語的幫端二母音變為內爆音。後來也許稍稍擴散到了一些漢語方言中，造成一些特殊音變。但漢語方言中內爆音的主要來源應該是壯侗語民族漢化帶來的。我希望這個觀點能夠得到學術界的重視。如果這個觀點將來能夠得到多學科的進一步證實，那麼漢語就不會是與侗台語同源的語言。邢公畹先生《漢台語比較手冊》中所揭示的漢語和台語的一切關係詞材料都是借詞，而不是同源詞。要論證漢語和侗台語同源，內爆音這個難題是必須要解決的。但是依據梁敏、張均如《侗台語概論》〔註584〕第

〔註584〕中國社會科學出版社，1996年版，關於內爆音在現代壯語方言中的保留情況，參看張均如、梁敏、歐陽覺亞等合著《壯語方言研究》（四川民族出版社，1999年版）

四章《原始侗台語音類的構擬》二《古聲母的構擬》93～95 頁，內爆音是古侗台語的原始形態，ʔb、ʔd 這兩個內爆音聲母在侗台語不是後起的，是古老的原始聲母。另參看此書 52～53 頁。如果梁敏、張均如的觀點是正確的，那麼侗台語和古漢語很可能不同源。

　　這兩個問題是語言學家要認真對待的。如果不能解決，那就不能完全否定侗台語和南島語可能有親緣關係。

　　先生在《親屬語言》中列舉了幾個「化石詞」詳加討論，例如「華胥、嫘祖、黃帝女魃、海神若、鹵鹽、鹹鹺」，考論周詳，思路獨特，可供學術界討論。但先生在論證這些化石詞時，似乎沒有聯繫甲骨文，其古老的時代性還需要進一步的論證。在《考古文化》中更是列舉了眾多的考古材料和研究作為證據。這些論證都是前輩學者如李方桂等人所沒有提供的。希望引起學術界的關注和討論。先生的「華夷語系」在語言系屬分類上與李方桂是一致的，但是論證的方法是不同的。先生這本專著的重大意義在於 1. 創建了「華夷語系」這個新的學術概念，取代陳舊的「漢藏語系」這箇舊觀念。2. 從歷史文獻、口傳歷史、親屬語言的化石詞、考古學材料多個方面為「華夷語系」及其四大家族的存在做出廣泛深入的論證，先生的論證方法是有新穎之處的。3. 先生強調以古證古，不能用現代民族語言學的材料來論證古代語言是否同源。先生說還可以找到更多的化石詞。我們熱烈期待更多的學者加入討論。

（二）《漢語和親屬語言比較研究的基本原則》〔註585〕

　　這是何先生研究漢語和親屬語言進行比較研究的基本原則的長篇論文，先生下了很大的工夫，做了很詳細的梳理和論辯。先生開篇提出問題：「從 1974 年馬蒂索夫批判李方桂到 2001 年有人批判王力，這兩個事件前後呼應，一脈相承，有明顯的內在聯繫。這不是門戶之爭，也不是個人意氣之爭，而是各人所選擇的構擬原則不同。在臺灣語言學界，這種爭論似乎早已成為過去，而大陸內地，白保羅、馬蒂索夫、奧德里古爾、蒲立本的某些主張仍被少數人奉為『新說』，奉為『主流』，所以我們有必要對他們的主張作一次梳理。我們所得出的

第二章《語音》第二節二《36 個代表點的音系》和第三節《各地壯語語音的對應》一《聲母的對應》。

〔註585〕收入何先生《語言叢稿》，商務印書館，2006 年，原載《語言學論叢》第 29 輯，2004 年。

結論是，這不是什麼『新』『舊』之爭，也不是什麼『主流』與『非主流』之爭，而是基本原則的論爭。也就是在漢語和親屬語言的比較研究中，我們應當堅持什麼樣的基本原則。是用假設剪裁事實還是用事實驗證假設，是尊重李方桂、張琨等人所開創的傳統還是從根本上否定這一傳統。」

先生隨後論述了幾個原則問題：基本原則之一：遠程構擬應與層級構擬相結合，應以層級構擬為基礎。先生詳細梳理了漢藏語系的提出和學術界討論的源流。從學理、邏輯和方法上嚴屬批判了白保羅、馬蒂索夫的遠程構擬。先生明確稱：「白保羅的系屬分類是建立在沙灘上的大洋樓。白保羅用遠程構擬法建立了兩座『大洋樓』：一座是澳泰語系，認為台語、加岱語和印尼語（南島語）有發生學的關係；一座是漢藏語系，認為漢語族、藏—克倫語族有親屬關係，而苗瑤語、侗台語不在其中。」先生嚴肅地批評馬蒂索夫的文風：「我讀馬蒂索夫的那篇『評論』，明顯感覺到他是那樣盛氣凌人，自以為是。」

先生直截了當地批評白保羅、馬蒂索夫：「白保羅、馬蒂索夫所犯的大忌，就是沒有把『近距離』和『遠距離』很好地結合起來。澳—泰語系的失敗就是沒有堅實的『近距離』作為基礎，不是『從平地壘起，一塊磚一塊磚地砌，一層一層地加高』，所以成了沙灘上的大洋樓。具體來說，就是沒有解決親屬語言之間語音上到底有什麼樣的對應規律這一根本問題。」這個抨擊無疑是非常科學的，是純學術批評，絕無半點「民族主義傾向」。

先生繼續批評國際學術界的遠程構擬：「事實上，不僅澳—泰語假設是不成功的，迄今為止，在中國內地遠程構擬法還沒有構擬出一個成功的範例。相反，倒是製造了一批豆腐渣工程。我們若問：漢語有多少親屬語言？從遠程構擬者那裡得到的回答是：溥天之下皆親屬也。在南美，我們和瑪雅人五千年前是一家；在北方，我們和葉尼塞語、北高加索語是一家，和通古斯、蒙古、突厥語也是一家；在西方，我們和巴斯克語是一家；在南方，我們和南亞語、南島語是一家。在世界範圍內，我們和印歐語系是一家。白保羅似乎早已預見了這一點，他說：『不加鑒別地使用遠程構擬可能導致語言學的災難。』他的話不幸而言中。我們現在正面臨著這樣的『災難』。這種『災難』的製造者，他們既沒有白保羅那樣的人類學視野、語言學視野，又沒有白保羅那樣豐富的田野調查經驗，而他們的『大膽和冒險』卻遠遠超過白保羅。他給漢語建立了那麼多『八竿子打不著』的親屬關係，憑什麼？在非漢語那邊，就憑幾本字典，或幾份不

全面的調查報告。在漢語這邊，就憑高本漢或李方桂或王力的上古音系。這就大成問題。以元音系統為例，高、李、王三家的元音系統很不一樣。用高的元音系統來比較說得通，用王的元音系統就根本無法比。而且，上古元音有特定的時空制約，各種非漢語語言也不是直線發展，直線分化，也都有自己的方言，也都與周邊語言有各種各樣的接觸關係。任何語言都有漫長的歷史，要一個一個研究才能說得清。總之，上古音萬能論是錯誤的，非漢語一成不變論也是錯誤的。」先生的批評十分尖銳和辛辣，同時也十分科學，完全是正常的學術性批評，指出了遠程構擬法給漢語親屬語言的比較研究帶來的嚴重後果。

　　先生對學者的學風和學術素養提出了要求，指出很多搞遠程構擬的國際學者根本不具備相應的學術涵養：「更何況，由於比較者對漢語和非漢語的知識有各種各樣的缺陷，對古今音義及語法結構沒有全面深入的研究，甚至只能利用第二手材料，比較的結果會是一個什麼樣子，可想而知。兩種或幾種語言的比較研究，是語言學中最精密最複雜的一門學問，即使像李方桂這樣的語言學大師也不敢輕言比較。巨觀語言學把複雜的問題簡單化，為『好高騖遠，好大喜功』者大開謬誤之門，這已經是有目共睹的事實。在這種情況下，我們呼喚李方桂的構擬原則，應當是很有意義的一件事情。……白保羅跟蒲立本一樣，連商周是否操同一語言的問題都不清楚，說什麼『周民族也許被認為是操藏漢語者，此語言融合或滲入於商民族所操之非漢藏語中』。他們對漢語的知識基本上是來自書本，來自一些似是而非的零零碎碎的介紹，對漢民族歷史的瞭解也很膚淺。知道得越少，膽子就越大，他們可以毫無根據地說『泰語對漢語必定也有巨大的影響』。」先生這個批評打中了七寸。學問不淵博而妄談遠程構擬，只是「用繒繳之說而徼幸其後」〔註586〕。他們以小本錢做大買賣，空做發財夢。先生作結論道：「在構擬路線上我們可以肯定地說，白保羅、馬蒂索夫是錯誤的，李方桂、張琨是正確的。」先生的論斷是完全正確的。那些濫用遠程構擬和亂搞同源詞的人真的該醒醒了，沒有必要在學術界留下笑柄。先生主張將「遠程構擬」和「層級構擬」相結合，以『層級構擬』為基礎；將「比較構擬」和「內部構擬」相結合，以「內部構擬」為基礎。這是完全正確的科學方法，無懈可擊，必須遵循。

〔註586〕語出《韓非子‧五蠹》。

　　何先生此文引證了李方桂、張琨、朱德熙、張光直、諾貝爾獎得主魏惜理‧李昂迪夫的意見，批評美國學風浮躁，在學術研究上亂造假設，缺乏科學研究應有的嚴謹。看看 2020～2021 年美國新冠疫情不斷惡化，禍害無窮，美國全國慘遭塗炭，美國人的浮躁作風和輕薄判斷就是罪魁禍首。我們可以毫不誇張地說：美國人的學風輕浮與新冠疫情重創美國有因果關係。英國學者甚至嘲笑美國人：「不把所有的錯誤都嘗試完，美國人不會知道什麼是正確的做法。」美國上下在應對新冠疫情上的全局性錯誤和災難性後果表明美國人絕不是什麼都先進。

　　先生此文有非常重大的歷史意義，是所有反擊濫用遠程構擬的論文中最經典的名篇，邏輯謹嚴，論必有據，氣象宏大，學理精深，論證嚴密，盛水不漏，足以駁得白保羅、馬蒂索夫、蒲立本之流汗顏羞慚。先生也善意批評國內某些人的學風：「改革開放以來，西方學術像潮水般湧入中國，白保羅、馬蒂索夫、蒲立本等人的一些主張，乃至他們的學風，對某些缺少傳統訓練的人，對某些既不搞田野調查又不認真鑽研文獻的人，簡直如獲至寶，奉若神明，這對中國歷史語言學的獨立發展是極為不利的。」先生此文一出，摧陷廓清，「玉宇澄清萬里埃」，國際上的那些慣於大言欺人的冒牌學者和國內的應聲蟲應該就此緘口。

　　國內有些人只要見到有嚴肅的學者批評外國語言學家的半生不熟的理論，馬上就抱怨說這是「民族主義」。那些人學無根柢，好作大言，學風輕薄，不懂得什麼是實事求是，動不動疾言厲色，狂嚷尖叫，只會扣帽子，打棍子，不可理喻，乃姦佞小人，不足共高士語，正直的人們當鳴鼓而攻之。亂搞遠程構擬和巨觀語言學的文章無論多少，也只是「魚目高太山，不如一璵璠」，必將被學術界「棄之如塵埃」。

　　先生此文還有很多精闢的論述，有極大的啟發性，讀者千萬要留意。文章雖長，卻「繁而不可刪」，乃如《莊子‧駢拇》所言：「鶴脛雖長，斷之則悲。」此文還體現出了先生極高的人文學養和人文精神，引證廣博，行文瀟灑，令人歎奇。閱讀先生此文是一種審美享受，這是我要特別強調的親身體驗。

　　馬蒂索夫兩年後發表《歷史語言學研究不是奧林匹克競賽——回覆何九盈〈漢語和親屬語言比較研究的基本原則〉一文》〔註587〕，分四點對何先生的論

〔註587〕見《語言學論叢》第 34 輯，商務印書館，2006 年，這篇文章的翻譯有嚴重問題。例如，347 頁馬蒂索夫稱受到趙元任教授的「親炙」。這是完全亂用「親炙」一詞。照原文的表述，其意思是趙元任向馬蒂索夫本人學習。歷史的真實是馬蒂索夫向

文做了回應：1. 中西方漢學研究的合作歷史；2. 學術批評的規範；3. 歷史語言學的一些原則；4. 語言的類型演變和聲調發生學的一些原則。此文開篇聲稱：何先生「這篇文章具有不友好的調子，同時它的論證也有嚴重的問題。」那麼馬蒂索夫是怎樣駁論的呢？完全是東拉西扯，毫無學術性論證，牽扯一些與上古漢語本身毫無關係的語言演變現象，對其漢藏語研究的觀點和方法沒有任何支撐，其文沒有任何說服力，我們也看不到他如何指出了何先生的論證有任何嚴重問題。我將馬蒂索夫之文的要點做出分析與歸納，並作辨正與批駁如次：

1. 他聲稱在美國得到了趙元任、李方桂、張琨的指導，而且非常尊重這三位語言學家，因此中西方語言學者是有友好合作研究的歷史。何先生不能將白保羅、馬蒂索夫與李方桂、張琨的分歧，看成是中國學者與西方學者的批評。光華案，馬蒂索夫這樣的辯解完全混淆了問題的實質，何先生論文一直是實事求是地進行學術性的批評，雖然非常尖銳，但始終在學術層面，並沒有將白保羅、馬蒂索夫的國籍問題當作攻擊的目標。但是何先生確實批評過白保羅和馬蒂索夫的漢學修養太差，沒有能力做遠古漢語的比較語言學研究。如果馬蒂索夫不服氣，就應該展示自己上古漢語的專業學養和研究，這才是回應何先生最好的方法。但是從他的文章中，我們絲毫看不出他有專業的漢語史造詣。因此，何先生對他和白保羅的批評絲毫不差，十分精準，沒有任何冤枉。

2. 何先生批評馬提索夫「口氣傲慢，盛氣凌人，自以為是」。誰知馬提索夫倒打一耙說這是何先生不友好的表現。光華案，我不知道這是何邏輯？別人指出他的文章的口氣「盛氣凌人，自以為是」，他反而說別人不友好。天下竟有這樣滑稽的事情？馬蒂索夫不知道中國有句成語叫「只許州官放火，不許百姓點燈」。

趙元任學習。348 頁稱高本漢是瑞士學者，應該是瑞典學者。這樣的文章也能在北大的《語言學論叢》發表，真是不可思議。馬蒂索夫此文的中文名是《歷史語言學研究不是奧林匹克競賽》，書末所附的英文題目是：historical Linguistics as an Olympic Sport。光華案，這個中文標題和英文標題意思正好相反。英文是：歷史語言學是奧林匹克運動。或：作為奧林匹克運動的歷史語言學。中文翻譯正相反。哪個翻譯的？意譯也不能把意思翻譯反了。這樣亂搞，怕是要不得。馬蒂索夫此文有個副標題：回覆何九盈《漢語和親屬語言比較研究的基本原則》一文。其英文翻譯是：A Reply to He Jiuying's Hanyu he Qinshu YuyanBijiao Yanjiu de Jiben Yuanze. 光華案，這樣翻譯副標題，簡直滑天下之大稽。將何九盈先生的論文完全用漢語拼音寫出來。這哪裏能叫英文翻譯？沒有一個英美人看得懂。這樣的工作態度真是瞎胡鬧，還是要守住底線。

3. 他說在美國學術界有自由批評的傳統，他與他的學生之間經常互相批評，彼此促進，彼此獲益，並不影響師生關係。光華案，馬蒂索夫大概不知道我們中國的北京大學自從成立之日起就有「兼容並包，思想自由」的學術文化傳統。北京大學學者之間常常發生學術上的爭鳴，並不傷害學者之間的私人友誼。何先生堅決主張遠古漢語有複聲母，我作為晚輩學生堅決主張沒有複聲母，但是何先生與我是親密的師生，對我非常包容、愛護和贊許。我受何先生囑託撰寫先生學行述論，但我對於不苟同的地方依然旗幟鮮明地發表異論，「當仁不讓於師」。北大自由寬容的學風並不亞於美利堅合眾國的大學。何先生坦率真誠地對馬蒂索夫發表批評性學術論文，這完全是學術爭鳴，是出於對學術的真誠態度，也是對馬蒂索夫本人的尊重。馬蒂索夫居然上綱上線地宣稱這是對他本人不友好的舉動，並且暗示這是中國學者的排外行為。這簡直是顧左右而言他，並且反咬一口。

4. 何先生引述了許多學者的意見，對美國學術界輕事實重理論、輕論證重假設的傾向提出了嚴厲批評，這有什麼錯嗎？這怎麼能說是攻擊外國學者？難道馬蒂索夫無理批評李方桂就是學術自由和科學精神，何先生批評他就是民族主義的排外行為？真是豈有此理！我國著名的美學泰斗朱光潛先生留學英法八年，一生研究和介紹西方美學，撰寫了學術名著《西方美學史》，書末的《簡要書目》之「西方美學史」類和「西方美學論著選集」類的每一部書都有朱先生的簡要點評，對這些西方學術著作多有批評。從來沒有聽說過一代美學宗師朱光潛先生是民族主義者。一代大儒饒宗頤先生也批評西方的人文科學研究和漢學研究，西方漢學不懂貫通。莫非獲得法國儒蓮獎的饒宗頤也是民族主義者？學貫中西的一代宗師錢鍾書多次嘲笑西方漢學家水平低劣，難道錢鍾書是民族主義者？

《胡適日記全編》[註588] 第一冊卷五 402～403 頁三十五《解兒司誤讀漢文（八月二日）》：「偶讀《英國皇家亞洲學會報》，見彼邦所謂漢學名宿 Lionel Giles 所作《敦煌錄譯釋》一文，附原稿影本十四頁《敦煌錄》者，數年前敦煌石室發見古物之一也，所記敦煌地理古蹟，頗多附會妄誕之言，抄筆尤俗陋，然字跡固極易辨認也。不意此君（解兒司）所釋譯，乃訛謬尤數，其最可笑者，如……類此之謬處尚多。彼邦號稱漢學名宿者尚爾爾，真可浩歎。」胡適批判英國著

[註588] 曹伯言整理編校，安徽教育出版社，2001 年。

名漢家解兒司（Giles，後音譯為「翟理斯」，此人曾任劍橋大學漢學教授，曾英譯唐詩）對中國歷史文化的錯誤理解，總不是民族主義者吧？

我在何先生的舉證之外，還可以補充一個意見：著名政治學家和史學家蕭公權院士《問學諫往錄》〔註589〕六《問學新大陸》（二）《康奈爾大學的三年》39 頁稱：「學者、思想家的錯誤假設，非同小可，可能會產生重大的後果。照我看來，不曾經由放眼看書，認清全面事實而建立的『假設』，只是沒有客觀基礎的偏見或錯覺。從這樣的假設去求證，愈小心，愈徹底，便愈危險，近年來有若干歐美的『學者』因急於『成一家言』，不免走上這一條險路。楊聯陞教授在一九六〇年參加中美學術合作會議（SinoAmerican Conference on Intellectual Cooperation）時曾含蓄地指出這個傾向。他說美國『史學家』的長處是富於想像力（imaginative）。如不加以適當的控制，他們可能會『誤認天上的浮雲為天際的樹林』。我想這和把月亮呼作白玉盤，同樣不足為訓。」這是兩位著名學者楊聯陞和蕭公權對部分歐美學者的嚴厲批評，這兩位傑出的學者都身在美國，在美國的大學任教，難道也在搞民族主義？蕭公權院士接著說：「我所謂放眼看書包括兩層工作：一是儘量閱覽有關的各種資料，二是極力避免主觀偏見的蒙蔽。」這樣的建議是完全正確的，值得歐美學者反思。確實有相當的歐美學者有急於求成、跑步當名家的野心。

5. 他批評何先生把遠程構擬和超級構擬搞混了。說「遠程構擬」是白保羅的理論，「超級構擬」是他自己的發明。光華案，二者固然在理論上有所區別，但是在何先生看來都是謬誤，都是不科學的構擬，不存在搞混的問題，因為沒有紮實的層級構擬的基礎。其「遠程構擬」和「超級構擬」構擬程序就是不科學的，結果自然不可信。何先生不信，我也不信。

6. 何先生強調遠程構擬和巨觀語言學必須要以層級構擬為基石，否則是無源之水，無本之木。馬蒂索夫居然答覆說，藏緬語族至少有 250 種語言，要把這些語言的詳細情況搞清楚再去構擬原始藏緬語或原始漢藏語，需要幾個世紀的時間。因此不可能等這麼久。而白保羅憑藉完美的直覺能夠從一大堆雜亂無章的材料發掘重要現象，所做出的遠程構擬令人難忘。光華案，沒有想到馬蒂索夫竟然如此輕率對待科學問題，又如此胡亂吹捧白保羅。而且評價白保羅的

〔註589〕中國人民大學出版社，2015 年版，《蕭公權文集》本。

遠程構擬是用「令人難忘」這個極具主觀性的表述，根本不考慮科學性。這哪裏還像一個真正的學者？他大概不知道中國的聖人孔子有句名言：「君子於其所不知，蓋闕如也。」〔註590〕

7. 他說遠程構擬和層級構擬不相衝突。光華案，這完全是無的放矢。何先生沒有說這二者相衝突，而是說層級構擬是遠程構擬的前提和基礎，不能越過層級構擬去亂搞遠程構擬，科學研究的程序不能亂來。何先生的觀點毫無破綻。馬蒂索夫簡直是無理取鬧。

8. 他（349～350頁）說：「用什麼方法是由材料的多寡來決定的，兩種方法在研究的過程中都是必要的。當材料夠多時，我們在下位層級上的構擬就會取得令人滿意的成果。同時，我們也可以放膽去做上位高層次的構擬工作。」光華案，這正是何先生堅決反對的工作程序。何先生在文章中舉了李方桂先生的言論為例，表明李方桂調研台語四十年，發表了諸多關於台語的論著，但是從來沒有發表過一篇關於漢語和台語比較研究的論文。這就是說明歷史比較語言學必須建立在各方言的徹底研究和層級構擬的基礎上，否則就是不科學的，是站不住的。齊頭並進、雙管齊下的做法並不可取。老馬對這個科學研究的方法和程序問題完全不予以正面答覆，只管自說自話。因此，馬蒂索夫的答辯是蒼白無力的。

9. 他說的宏觀比較是原始語言分化六千年左右的，他認為還可以確認各語支的親屬關係。這完全是異想天開。西方的歷史語言學的同源詞都在青銅時代以後，沒有早到石器時代的。我國六千年前是仰韶文化，是新石器時代晚期，當時的語言應該是比較簡單的，沒有那麼複雜。而且仰韶文化時代甚至更早的中原地區的各地文化之間已經常常有文化交流，因此各地語言之間必然產生借詞，不能將六千年前的關係詞一概認為是同源詞。馬蒂索夫只提概念，沒有論證，其言虛妄不可信。因為他沒有論證六千年前的不同語言之間的親屬關係如何確定？同源詞如何確定？他的這話主觀性太強，哪能取信於人？

10. 他說的超級比較，是指在一兩萬年以前就分化的語言之間進行比較。這種異想天開的神話，他居然說得出口，哪有絲毫的科學性可言？宏觀比較和構擬、超級比較和構擬表面上玄之又玄，其實都是異想天開，圖畫神怪，並不困

〔註590〕語出《論語·子路》。

難。要對舊石器時代的語言進行構擬，是典型的畫鬼容易，是十足的偽科學，無異於怪力亂神，君子不語。

11. 他列舉了一些國際學術界的比較語言學的例子，例如漢藏語和蘇美爾語之間的比較，日語和泰米爾語之間的比較，漢語和日語、朝鮮語的比較。這些比較研究是可以的，但不能做出二者有發生學上的同源關係的結論。我自己做過漢語和日語之間的比較，將甲骨文和最古老的日語「萬葉假名」所表記的日語詞彙相比較，絕無同源的可能。日語和泰米爾語的比較研究是日本學者大野晉做的，他發表了一系列的著作，例如《溯源日語》〔註591〕、《日語的起源》〔註592〕（新版，此書有《日語和泰米爾語關係詞一覽表》〔註593〕）、《日語以前》〔註594〕、《日語和泰米爾語》（日本新潮社版），他確實找出了一系列的關係詞，彼此似乎有對應關係，但是時代非常近。因為日語最古老的用漢字記音的「萬葉假名」是公元五世紀以後才有的，最早不過公元五世紀初期，距今只有1600多年的歷史，根本沒有此前的古老日語的資料。據日本國語學會編《國語學大辭典》〔註595〕845～849頁《萬葉假名》條，迄今為止發現最古的萬葉假名是公元五世紀中葉的金石文字，主要材料是熊本縣江田船山古墳出土的「太刀」銘文、埼玉縣行田市稻荷山古墳出土的「太刀」銘文。在此之前倒是中國古人最早對古日語有記錄。這就是《三國志‧魏志‧倭人傳》中用漢字記音的日本人名「卑奴母離、卑彌呼」等〔註596〕，時代在公元三世紀〔註597〕。這與馬蒂索夫說的六千年前的宏觀比較、一兩萬年前的超級比較哪有一星半點的關係？馬蒂索夫東拉西扯一些不相干的語言比較來替自己的超級比較和構擬裝點門面，簡直信口開河，毫無道理。而且我懷疑他根本沒有讀過日本學者大野晉的以上日語書。而且日本學者春日和男編《新編國語史概說》〔註598〕第二編第一章《上古》第一節《時代概觀及資料特色》（72頁）稱：「推古時代以後的文獻，尤其

〔註591〕日文本，岩波新書，日本岩波書店，1993年版，1974年初版。

〔註592〕日文本，岩波新書，日本岩波書店，2003年版，1993年初版。

〔註593〕光華案，日語是「對應語」，我翻譯為「關係詞」。

〔註594〕日文本，岩波新書，日本岩波書店，1987年。

〔註595〕日文本，東京堂出版，昭和五十九年版（第四版），即1984年。

〔註596〕參看石原道博編譯《新訂〈魏志倭人傳〉》（外三種），岩波文庫，1996年版。

〔註597〕另參看日本學者春日和男編《新編國語史概說》第二編第一章《上古》第一節《時代概觀及資料特色》，日本有精堂，1995年版。

〔註598〕日本有精堂，1995年版。

是依據《故事記》、《日本書紀》、《萬葉集》之類奈良時代的文獻，嘗試復原上古日語，可以發現：存在『元音和諧』，在詞頭沒有 ra 行音和濁音，沒有二重複合元音，再加上語法和語序方面的考察，可以認為上古日語的主體與北方系的烏拉爾語‧阿爾泰語‧朝鮮語關係密切。只是在詞彙方面，學者指出有相當的詞彙屬於南方系語言。但從語言學上看，日語到底屬於北方系還是南方系的語言都還沒有得到證明。」我翻譯這一段日本學者的論述供學術界參考〔註599〕。

12. 他（351頁）說：「我們很幸運有上百種語言跟漢語有親屬關係。」這個論斷是極其草率的，把假設當前提。到底藏緬語族和漢語有沒有同源關係，還是未知數。現在有民族語言學者如瞿靄堂先生明確反對漢語和藏緬語族同源。我自己也從多學科多角度論證了漢語和藏語不可能同源〔註600〕。「漢藏語系」這個假設根本不能成立。

李方桂有一段話很有參考價值，今引錄如下：比如說，傣語有一種聲調系統與漢語的非常相像。那該說什麼呢？說它們有聯繫，因為它們有同類的聲調系統，在這方面或多或少比較發達嗎？人們會說：「噢，這種相似一定有某種原因。所以它們可能從根本上是相互有聯繫的語言。」而別的人又會反駁說：「哎，這種語音變化在任何古語裏都會產生。它們並不表示任何明確的、根本的關係。」所以，我認為可以得出不同的結論，但其中沒有一種確定無疑。如果你研究傣語就知道，傣語聲調系統與漢語的聲調系統非常相似。同樣，苗瑤語聲調系統同傣語，還有漢語等非常相近。另外，像藏語這樣的語言就有非常不同的聲調系統——一不同於漢語，不同於傣語，也不同於苗瑤語。但是人們認為：「藏語與漢語是發生學上的關係。」反而認為「苗瑤語和傣語與漢語之間沒有系屬關係」等等。這些觀點，大多是想方設法根據這一種觀念形成的：什麼種類的相似點可構成某種發生學關係。〔註601〕

瞿靄堂《論漢藏語語言聯盟》〔註602〕指出了確定漢藏語同源的五大困難：

〔註599〕另參考日本學者安本美典《日語的成立》（講談社現代新書，昭和五十四年，即1979年）2《音韻和語法的比較》（北方諸語言的可能性更大。光華案，這是副標題，日語原文是「優位性」，我翻譯為「可能性更大」。更容易理解）。

〔註600〕參看龐光華《上古音及相關問題綜合研究》第一章第八節。暨南大學出版，2015年。

〔註601〕見《李方桂先生談話言研究》，載《中央民族大學學報》1994年6期。

〔註602〕原載於《民族語文》2013年第5期。收入瞿靄堂、勁松《漢藏語言研究新論》，中國藏學出版社，2016年10月。本書依據《漢藏語言研究新論》本引述。

「研究漢藏語言語族層級同源關係產生的困難是由於：1. 語言結構系統差異大，2. 同源詞數量少，3. 確定同源詞和借詞困難，4. 同源詞語音對應規律的判斷缺乏規則性和嚴密性，5. 記載語言發生期的文化、歷史和民族關係的文獻少。」〔註603〕這幾個質疑應該是比較尖銳和正確的，我完全贊成。同文三、《漢藏語言聯盟》還稱漢語和藏語是語言聯盟關係，不是發生學上的同源關係，觀點非常鮮明：「根據上文的探索和對同源的理解，漢語和藏緬語族的語法結構具有根本性的差異，完全不屬於同一類語言。簡單來說，漢語屬於孤立語，藏緬語族屬於黏著語。按照單一分化起源的理論，漢藏共同語必定屬於這兩類語言中的一種。如果是孤立語，就得證明藏緬語族是如何從孤立語演變成黏著語的；如果是黏著語，就得證明漢語是如何從黏著語演變成孤立語的。南島語言和南亞語言是多音節的黏著語，漢語是單音節孤立語，三系一體觀點還得證明華澳語系共同語是單音節的還是多音節的，是黏著語還是孤立語。……多音節變成單音節和黏著語變成孤立語容易說得通，反過來就無法設想。必然的結果是：三個語系的語言互有同源詞，語言結構又如此不同，它們的原始共同語只能是多音節的黏著語。持譜系分類單一分化論的人都在努力證明，只是成果了了，缺乏嚴密的論證和事實根據，沒有說服力。」〔註604〕同文又稱：「我們的語言聯盟框架包括藏緬語族，實際上不承認漢藏語系的存在。」〔註605〕我對於瞿靄堂先生此文，贊成其否定漢藏語同源的觀點。對此文的其他觀點卻有些不同意見。瞿靄堂認為：「漢人的語言發端於中原語言，逐漸形成於夏、商、周時代前後，周代出現雅言，不等於漢人的語言，特別是漢語類型的語言形成於周代。」這將漢語的形成時間拖後了，考古材料證明漢民族的文化特徵在新石器時代早期的河南新鄭的裴李崗文化已經基本成形，距今 9000 年前～8000 年前，這時原始漢語已經存在了。而且依據考古學的研究，新石器時代早期的漢民族文化的分布已經廣泛見於河南（裴李崗文化、舞陽文化）、河北武安（磁山文化）、陝西（老官臺文化或李家村文化）、山西翼城縣（棗園 H1 遺存）、甘肅天水秦安

〔註603〕見前揭書 5～6 頁。

〔註604〕見前揭書 14 頁。瞿靄堂先生接著論述了自己的漢藏語聯盟的觀點與陳保亞先生的《論語言接觸和語言聯盟——漢越（侗台）語源關係的解釋》（北京大學出版社，1995 年）一書的研究語言聯盟上的五點不同。但瞿靄堂先生的研究方法是吸取了陳保亞該書的方法，而有發展（例如，陳保亞專注於同源詞，而瞿靄堂強調語法結構的異同）。

〔註605〕見前揭書 15 頁。

縣（大地灣文化）、山東淄博（後李官莊文化，考古學簡稱後李文化），這些可以確定的漢民族文化都在仰韶文化以前，因此可以說距今九千年以前（至少八千年以前），漢民族和漢語已經成形，與藏緬語民族已經是不同語言的民族，二者根本不同源。瞿靄堂先生前些年的理論文章就已經對漢藏語是否同源提出過質疑，認為確定漢藏語是否同源比確定印歐語語系要困難很多，並在方法和原則上做過一些論述，當然那時還沒有明確否定漢藏語同源，可以參看瞿靄堂、勁松《漢藏語言研究的理論和方法》〔註606〕二《系屬篇》中的三篇論文《漢藏語言歷史研究的新課程》、《漢藏語言的系屬研究》、《漢藏語言的關係研究》。

　　魏建功《古音系研究》五《研究古音系的條件》〔註607〕稱：「過去的漢學先生講究不用單文孤證。如今只憑了比較同語族語的時興，單舉一二例來比附，是危險的！」這真是學者態度。

　　李榮先生在 1983 年的上古音學術討論會上發言（見《語言學論叢》第 14 輯第 5 頁，商務印書館，1984 年）說：「至於漢藏語的比較，現在還處在『貌合神離』的階段，看着藏文有点兒像，就湊上了。目前，漢藏語的研究還在起步時期，我們不能過分苛求。要依據漢藏語的比較來研究上古音，現在恐怕為時尚早。」李榮先生的態度是科學的。

　　朱德熙先生《方言分區和連讀變調芻議》〔註608〕一文所舉的動物的分類與演化的例子對於漢藏語學者也有參考作用。朱先生曰：「有的生物學家指出，鳥類和哺乳動物之間確實存在不少共同的特徵，但是這並不能證明二者有直接的共同祖先，這種共同點不過是器官或功能在演化過程中的『趨同現象』（convergency）。例如蝙蝠的翼手和鳥類的翅膀在構造、形狀和飛行方式上有驚人的相似之處，但是並沒有人因此推斷鳥類和蝙蝠有共同的祖先。」朱先生的質疑十分有力。

　　日本著名語言學家服部四郎《日語的系統》〔註609〕一書中的《對安田德太郎博士的著作的批評》在論述日語中的一些基本詞彙和南方諸語言之間存在較大的相似性的問題時認為：「日語和南方諸語言比較的時候，太相似的反而可能是借詞，這一點必須充分予以考慮。」他還舉例說：英語中的 face 和法語中的

〔註606〕中國藏學出版社，2000 年。
〔註607〕中華書局，1996 年，279 頁。
〔註608〕收入《朱德熙選集》，東北師範大學出版社，2001 年。
〔註609〕日文本，岩波文庫，1999 年。

face 當然有對應關係，但這不是英語和法語都共同保留了遠古印歐語的原始形態，而是英語從較古的法語中借入了 face 一詞，這是一種借詞現象，與語言之間是否有同源關係無關。服部四郎此文還認為即使語言中的基本詞彙也會發生緩慢的變化，並非長久不變。服部四郎對安田德太郎的有些批評富有啟發性，例如安田德太郎說日語基本詞彙的一些語根和南方諸語言有對應關係，而在阿爾泰語系中絕對找不到關係詞。但服部四郎指出安田德太郎的觀點忽視了阿爾泰語學的研究成果，事實上，日語的基本數詞就和朝鮮語、阿爾泰語有明顯的對應關係；而且日語的三身代詞（表示『你、我、他』的基本代詞）以及近稱、中稱、遠稱三個代詞的語根和阿爾泰語系諸語言也有明顯的對應關係。因此，不能根據日語中的這些基本詞彙和南方諸語言有對應關係就說日語和南方諸語言同源，因為這些基本詞彙在北方的阿爾泰語系中也可以找到關係詞以及有對應關係的語根。服部四郎的研究態度是比較嚴謹的。

因此，在在研究兩個語言是否同源的問題上必須採取慎重的態度，要考慮到各方面的情況，要做深廣的基礎研究。老馬和老白顯然沒有下過這種工夫。

13. 他說何先生可能不相信早期漢語可能沒有聲調、有複輔音、有前後綴、SOV 語序。老馬的這些任性胡扯的話，表明馬蒂索夫根本不瞭解何先生的學術著作。何先生是堅決主張遠古漢語有複聲母的，有先生的專著《上古音》〔註610〕和論文《商代複輔音聲母》〔註611〕、《sr-新證》〔註612〕為證。何先生對上古漢語的聲調問題也有專門研究，發表了論文《古無去聲補證》〔註613〕。而且黃侃《詩音上作平證》〔註614〕，主張「古無上去二聲」。黃侃此說的實質就是認為上古漢語沒有聲調。楊樹達《詩音有上聲說》〔註615〕反駁了黃侃的觀點。我國音韻學界有許多著名的學者都對此發表了學術研究，何先生《中國現代語言學史》（修訂本）〔註616〕對這個問題也有所討論。上古音有聲調已經是定論。老馬居然說何先生不瞭解早期漢語沒有聲調，彷彿早期漢語沒有聲調是學術界的公

〔註610〕商務印書館，1991 年版。

〔註611〕收入何九盈《音韻叢稿》，商務印書館，2002 年。

〔註612〕發表於《中國語文》2007 年第 6 期。收入何九盈《古漢語叢稿》，商務印書館，2016 年。

〔註613〕收入何九盈《音韻叢稿》，商務印書館，2002 年。

〔註614〕參看滕志賢編《新輯黃侃學術文集》，南京大學出版社，2008 年。

〔註615〕見楊樹達《積微居小學金石論叢》卷三，上海古籍出版社，2007 年。

〔註616〕商務印書館館，2008 年。

論，這完全是閉眼瞎說。現在所能知道的早期漢語是商代的甲骨文，甲骨文的諧聲系統和通假字系統，與春秋戰國時代沒有什麼區別。在甲骨文中的文字根本沒有前後綴的可能。甲骨文已經是 SVO 語序為主的語言〔註617〕。馬蒂索夫對上古漢語根本沒有專業研究，對中國學術界的研究成果一無所知，胡說一通，真是膽大臉厚。我們可舉一例說明商代漢語沒有形態。在甲骨文中的人身代詞有「我、余、朕」，其中「我」表示第一人稱的複數，可作領格、主格和賓格。「朕」表示第一人稱單數領格。「余」作第一人稱單數的主格和賓格〔註618〕。這表明第一人稱代詞的單數和複數，主格、賓格、領格是用不同的漢字來表示，而不是用一個漢字的形態變化（聲調的變化、聲母的清濁變化、元音的變化、增加前後綴等）來表示。

14. 他（351 頁）說：「既然漢語和藏緬語很多詞存在著密切的對應關係，那麼假想漢藏語系裏個姊妹語言曾經有相同的形態和句法特徵也是很自然的事情。」這完全是似是而非。漢語和藏緬語族有很多關係詞，很可能全部是借詞，沒有一個是發生學上的同源詞。「對應關係」不等於「同源關係」。絕對不能「假想」漢語和藏緬語族曾經有過相同的形態和句法特徵，這完全是異想天開。一切假設都必須經過嚴密的考證，否則不能作為立論的依據。

15. 他（351 頁）說：「在歷史的長河裏，很多語言都經歷了激烈的類型演變，何教授漢語性質不變論的觀點缺乏這種意識。」光華案，這是他對何先生極大的誤解和污蔑。何先生數十年研究漢語語言學史和漢語史，洞察漢語的歷史演變，撰有學術名著《中國古代語言學史》和《中國現代語言學史》，並且多次修訂再版，精益求精。尊師王力先生是研究漢語演變史的語言學泰斗，著有

〔註617〕參看沈培《殷墟甲骨卜辭語序研究》，臺灣文津出版社，1992 年，在甲骨文中 SOV 句式需要有「惠」等做標記，還有代詞賓語在否定句中等等條件，不是正常的語序。張玉金《甲骨文語法學》（學林出版社，2001 年）第二章二《動賓短語》、第三章第二節《賓語的位置》、第四章第一節四《賓語前置句》、第四章第四節二《賓語前置句》。潘玉坤《西周金文語序研究》（華東師範大學出版社，2005 年）。另參看楊伯峻、何樂士《古漢語語法及其發展》（修訂本，語文出版社，2001 年）第十章《詞序》第一節和第二節。易孟醇《先秦語法》（修訂本，湖南大學出版社，2005 年）第八章《詞序》8.3《謂賓次序》。李載霖《古漢語語法學述略》（吉林大學出版社，2011 年）第十四章《賓語前置和賓語提前》。李佐豐《古代漢語語法學》（商務印書館，2005 年）第五章《短語》第一節《述賓短語》。這些語法學書都稱上古漢語的語序是 SVO。SOV 是有條件的特殊句式，不是普通語序的正常狀態。

〔註618〕參看陳夢家《殷虛卜辭綜述》（中華書局，1992 年版）第三章《文法》96 頁。

《漢語史稿》，《漢語語法史》、《漢語語音史》、《漢語詞彙史》。王先生的這些著作，何先生早已爛熟於心。中國學術界的漢語史研究成果非常豐富，何先生非常熟悉。至於漢語的性質在漢語發展史上是否有根本性的改變，馬蒂索夫根本拿不出任何過硬的證據來，只是一派胡言，信口亂說。例如，甲骨文是 SVO 為主的句型。甲骨文時代已經有聲調。甲骨文的語言絕對沒有前後綴。據我的研究也沒有複輔音聲母。這些都與戰國秦漢的語言沒有區別。絕不能說漢語的性質發生過根本的變化。

16. 他（352 頁）列舉了一些在歷史上因為外力的影響而發生類型改變的語言，例如越南語受到漢語影響而產生聲調，變為單音節詞。這些語言史的常識不能說明任何問題，沒有意義。難道以此可以證明遠古漢語發生過實質性的變化嗎？這些類比根本不能代替對漢語本身的實證性研究。

17. 他（352 頁）認為語言的一切部分都是可以傳播和借入的。這點我是同意的。但正是因為如此，所以才不能輕易斷定兩種語言之間的關係詞為同源詞，很可能是不同歷史階段的借詞。這點萬分重要。

18. 他談到了原始語言階段的聲調發生的四種理論，雖然藏緬語族的聲調豐富多彩，結論是無法構擬原始語言的聲調系統。我不知道他說些話是要表達什麼意思？聲調能夠在語言中傳播，這是事實，但是傳播是語言之間的接觸和影響，與同源無關。因此，藏緬語族聲調豐富，不能證明漢語和藏緬語族有發生學上的同源關係。

19. 他說何先生的論文使得中美學者的關係倒退。這從何談起？難倒批評你的觀點，就使得中美學者的關係倒退？你批評李方桂和何先生就是促進中美學者的關係進步？這是什麼邏輯？何先生什麼時候說過美國學者沒有資格研究中國語言？這樣對何先生潑髒水，實在是要不得。何先生有論文《中國語言學史研究芻議》[註619]（本書前面有述評），其中有《克服封閉式的研究方法》第二稱：「從事語言學史的研究，必須要及時獲取各種新的信息，而我們在這方面是做得很不夠的。從 1949 年到現在，我們對臺灣有關中國語言學史的研究情況，對美國、日本、蘇聯等有關中國語言學史的研究情況，都知道得不多。這對我們提高研究水平是非常不利的。」這段思想是先生在學術研究上睜眼看世

〔註619〕收入先生《語言叢稿》，商務印書館，2006 年，看 261 頁。發表於 1987 年。

界的鐵證，這是在二十世紀的八十年代。

20. 他（353～354頁）說：「沒有一個國家可以在真理面前壟斷。我們不應該有這種幻想：可以構擬幾千年前原始語言的每一個細節。我們也不必害怕改變想法，以及承認以前的錯誤。承認錯誤意味著你現在比以前更聰明。」這段話的意思沒有錯。但實際上，面對何先生嚴厲的學術批評，馬蒂索夫根本沒有承認任何錯誤，反而極口狡辯，甚至倒打一耙。他說一套做一套，言而無信，不知其可，學風很不好。我們對他還是要像孔夫子說的一樣：聽其言而觀其行。

21. 他（354頁）說：「我們相信，中外學者需要的是一種相互尊重的態度唯此才能將漢藏語的研究推向前進。」說得很好，但是對外國學者予以學術性的批評絕不意味著不尊重外國學者。恰恰相反，只有更多予以嚴肅的科學的爭鳴，才能將漢藏語研究真正地推向前進，只有這樣才能防止有些學問淺薄的人渾水摸魚。

以上是我對馬蒂索夫文章的全面批評，知我罪我，付之悠悠！

如果我們將何先生之文和馬蒂索夫之文相對照，立刻可以發現二者的學術水平相差不可以道里計，何先生論文的學術水準遠遠超過馬蒂索夫，簡直是雲泥之別，一覽即明。

何先生在為高永安博士《明清皖南方音研究》撰寫的《序》〔註620〕對馬蒂索夫的答覆做出了初步的回應：「我以為像白保羅那種所謂的『遠程構擬』，就是一團亂蓬蓬的『茅草』，而大搞偶像崇拜，下大力氣點燃這團『茅草』的馬蒂索夫先生又出來為之辯護。他在《語言學論叢》34輯『回覆』我的那篇文章，從題目到內容幾乎談不上有什麼學術含量，極不嚴肅。他並沒有從學術上正面回答我對他的批評，相反，只不過是盡情發洩對批評者的不滿，其手法是：玩弄概念，轉移話題，節外生枝，歪曲事實，製造不和，想以威脅的語言來堵住批評者的嘴，將學術爭鳴引入歧途。他是如此容不得不同聲音，對自己的不良學風毫無反省之意，仍然是那副裝腔作勢、盛氣凌人的架子。」

先生2015年的專著《重建華夷語系的理論和證據》〔註621〕的長篇《序》中，也對馬蒂索夫的《回覆》做出了比較詳細的回應，引述了張琨的學術演講、《李方桂先生口述史》、邢公畹《我和漢藏語研究》，對老馬予以堅決的反擊。

〔註620〕收入何先生《書山拾夢》，商務印書館，2010年，此文撰寫於2007年。
〔註621〕商務印書館，2015年。

先生（6～7頁）說：「讀了他的《回覆》之後，深感失望。從文章的題目到通篇的內容，毫無學術含量可言，卻有一股輕浮驕矜之氣。他沒有拿出任何一個漢語或與漢語有關的具體事實來反駁我們提出的兩個『結合』、兩個『基礎』。他有意歪曲矛盾的性質，挑撥離間，企圖將學術爭鳴引入歧途。……把明明是學術上的分歧歪曲成『是中國學者與非中國學者的分歧』，真是邏輯混亂。胡攪蠻纏。我的文章只是我個人的意見，不代表任何其他「中國學者」，你馬蒂索夫，再包括白保羅、蒲立本等人就能代表整個『西方學者』嗎？何況，我也與蒲立本教授有過接觸，很敬重他的探索精神，他的學風似乎與你馬蒂索夫先生大不相同。說到底，你們可以任意評判李方桂、王力先生，而我的文章批評了白保羅，你馬蒂索夫就沉不住氣了。為什麼？……老馬同志的這一表白頗有江湖意識，不幸的是他把這種濃厚的江湖意識引進了學術研究，以致連李方桂都『不太明白他的研究』。」先生以其淵博的學識和昂揚的學術自信繼續反駁老馬的拙劣學風：「其實，只要不是頭腦過於簡單的人就可看出，老馬表面上氣壯如牛，實則學術底氣嚴重不足呀！只有靠大帽子來壓人了！他甚至忘記了這樣的基本事實：嚴厲指斥白保羅的李方桂、張琨也是美國國籍，也在美國任教呀！真正的學術是不分國籍的，拿『中美學者的關係』來說事，太拙劣了！玩弄概念也是老馬的強項，如什麼『遠程構擬、超級構擬、超級比較』之類，誰要盲目地跟著這類『概念』跑，肯定要『誤入歧途』，因為這種缺乏史實聯繫和系統關係的所謂『構擬、比較』，正如季羨林所言：『美國學派提倡的平行研究，恍兮惚兮，給許多不學無術之輩提供了藏身洞』[註622]。」先生（20頁）最後表明與馬蒂索夫不同的嚴正立場：「馬教授的認識論與我大不相同。他是概念重於事實，從先驗的立場出發，把不同層次的未經嚴格檢驗的語言事實聚集在一起，建立所謂的『譜系』；他甚至還向我們鼓吹什麼『偶像』，簡直到了不可思議的地步。他批評我的『文章具有不友好的調子』，因為我根本就藐視『偶像』；又說我的『論證也有嚴重的問題』，是因為我否定了他的先驗模式。這就是『分歧』的實質所在。如果我也向他的『偶像』三鞠躬，那當然就太『友好』了；如果我也鼓吹他的先驗模式，那當然就什麼『問題』也沒有了。可我的認識論不允許我這麼做。真對不起啊，我的馬教授，我可不是『唯馬首是瞻』的人！更不是傍

〔註622〕季羨林《痛悼鍾敬文先生》，《病榻雜記》94頁，新世界出版社，2007年。

『遠來和尚』『以自衒的』的『牛後』之徒！」先生明確表示在對待科學的態度上和學術作風上，要堅決與老馬劃清界限，顯示了我國當代偉大學人的崇高風範和中國科學家的學術自信。何先生的這些銳利的抨擊都是堅強有力的，擲地有聲，響徹大洋彼岸。國內還有一些人敲鑼打鼓作應聲蟲，只是如《文心雕龍‧知音》所言：「俗鑒之迷者，深廢淺售，此莊周所以笑《折揚》，宋玉所以傷《白雪》也。」何先生如同楊子云「心好沉博絕麗之文」，「不事浮淺，深識鑒奧」〔註623〕，對偽學予以迎頭痛擊，導引在學術上迷途的羔羊，功在中華。何先生此文還做了很詳細的學理分析和答客難。老馬這回只有低頭俯首，繳械投降，別無出路了。何先生的這兩篇重要論文為中國學者揚眉吐氣，堅定了文化自信，必定會「被金石而德廣，流管絃而日新」〔註624〕。老馬口口聲聲表示自己會改正錯誤，服從真理，但願不是口是心非的兩面人。作為嚴肅的學術刊物《語言學論叢》發表老馬的這篇完全不符合學術規範的本科生水平的文章，會影響刊物的學術聲譽，希望今後能夠真正做到在科學面前人人平等，洋大人也要遵守學術規範。

（三）《所謂「親屬」語言的詞彙比較問題》〔註625〕

何先生此文從六個方面廣舉例證，科學辨析，嚴厲批判了法國漢學家沙加爾《論漢語、南島語的親屬關係》這篇長篇論文，一是「將後起字當上古漢語」；二是「把假借字當本字」；三是「把聯綿字當單字」；四是「雙方意義不能對比」；五是「照抄有錯誤的原文」；六是「不可思議的條目」。先生此文的重要意義是通過對沙加爾此文各類錯誤的剖析，強調了在考證同源詞時必須要有嚴謹而科學的方法。像沙加爾這樣的外國學者，其古漢語的專業學識非常有限，根本沒有駕馭古漢語語言文字學和漢語古文獻的能力，而好作大言，妄談歷史比較語言學，居然可以像電影明星一樣迷惑了一些淺薄的中國學者，可歎我國學術界竟然如此陸沉。先生此文對於當今學術界那些高唱漢藏語同源和漢藏對音的人，是當頭棒喝，應該引起他們的反省。

〔註623〕語出《文心雕龍‧知音》。
〔註624〕語出陸機《文賦》。
〔註625〕收入何先生《語言叢稿》，商務印書館，2006年，原載董琨、馮蒸主編《音史新論》，學苑出版社，2005年。

六、《全球化時代的漢語意識》

何先生的《全球化時代的漢語意識》〔註626〕是關心漢語的命運和漢語在全世界的地位的重要論著。

全書分為五個部分，一是提出要討論的問題，首先闡明什麼是全球化、漢語意識、全球化與漢語意識之間有什麼關係；二是母語意識，分為四節：母語意識是近代民族的產物、臺灣的兩次母語危機、海外華人的母語意識、大陸內地的母語意識；三是傳播意識，分為三節：語言的兩種身份、漢語傳播意識的發展過程、傳教士與漢語傳播；四是民主意識，分為兩節：為什麼要對語言將民主、語言民主意識的兩個層面。五是規範意識，何先生因為學術界對漢語的規範性談論較多，所以省略不論。

先生 8～9 頁指出：「我以為王韜是最早研究『全球化』的中國人。他的著作中還根本不可能出現『全球化』這個詞，可他的思想認識確已達到了至少是接近了這個境界。他對哥倫布發現新大陸對整個地球會產生什麼重大影響已有相當清楚的認識。他的《哥倫布贊》說『獲從古未獲之地，開歷來未有之局，名著地球，功在寰宇，惟哥倫布以當之而無愧矣』所謂『歷來未有之局』，就是一個全球化新時代開始了，所以『功在寰宇』。在《弢園文錄外編》中有關『全球化』的思想表述得相當充分：1.『今日歐洲諸國日臻強盛，智慧之士造火輪舟車以通同洲異洲諸國，東西兩半球足跡幾無不遍，窮島異民幾無不至，合一之機將兆於此。……故泰西諸國今日所挾以凌侮我中國者，皆後世聖人有作，所取以混同萬國之法物也。』盈按：王韜說的『合一』『混同』就有『全球化』的意思。他是那個時代最具世界眼光、最具獨立思考能力的知識分子。『東西兩半球』的溝通，『火輪舟車』的製造，即新的地理發現和新的交通工具的產生，為『合一』『混同』創造了條件。但王韜畢竟是秀才出身，所以還是寄希望於『後世聖人』。2.『故吾向者曾謂數百年之後，道必大同。蓋天既合地球之南朔東西而歸於一天，亦必化天下諸教之異同而歸於一源。』。」何先生認為王韜是中國近代第一個有「全球化意識」的人，並加以詳盡的闡述，這是很敏銳的觀察。王韜認為歷史的發展會導致天下混一。後來的康有為《大同書》也有全球化意識，但遠遠在王韜之後。先生的第一章有很強的歷史文化色彩，展現了先生廣

〔註626〕語文出版社，2015 年。

博的人文學識，讀來趣味橫生。先生對王韜的文章分八點予以分析，對王韜的全球化觀點予以充分肯定和表彰。

先生在 10 頁說：「我個人以為，無論是現在還是未來，孔子的學說都很難成為救世良方。孔子的能量有限，價值也有限，未來的人類究竟用什麼思想什麼理論什麼哲學來指導『全球化』，誰也無法預言。」先生對孔子學說的現代性表示質疑，認為無法知道「全球化」。這個觀點可能有爭議，但也是先生的一家之言。

先生在 13～14 頁論述到：「王韜是個世界主義者、全球主義者，他的思想觀念已大大超前。最為重要的有兩點，一點是大膽預言『六合將混為一』。這跟《禮記·禮運》中的『天下大同』性質不同。王韜的分合論，『聖人出　四海一』的理論，是根據東西兩半球溝通之後所出現的碰撞、爭奪、融合而提出來的。『一』的過程不可能是和平過渡，而是充滿『機變』『智慧』的鬥爭過程、發展過程。《禮運》的『大同』屬於烏托邦，王韜的『四海一』是『按諸古今中外之事』，『稽天道』『悉民情』提出來的。世界眾多民族誰來承擔混一六合的任務？一般的回答，不要說在清末，就是在今日，仍會選擇西方。而王韜竟然寄希望於中國。為什麼？『凡今日挾其所長以凌制我中國者，皆中國之所取法而資以混一土宇也。』這比魏源 1842 年提出的『師夷長技以制夷』，又大大進了一步。魏源還停留在『夷』與『夏』之爭，王韜根本不用『夷』這個詞，他『取法』『凌制我中國者』的根本目的，是要『混一土宇』。這一大膽預言非常難得，我們說王韜是預言英雄，恐怕不算過分吧。」先生高度讚美王韜「六合將混為一」的預言，認為這種理念遠比魏源的「師夷長技以制夷」要高明。王韜認為將來混一天下的是中國，不是西方，這是很獨特的觀點，顯示了王韜的文化自信。

先生 14 頁畫龍點睛：「像王韜這樣的文化人，很值得研究。他長期與洋人合作，卻不迷洋；一生處於『國將不國』的亂世之中，卻不自卑，也不盲目排外。他對災難深重的中國充滿自信。信心從何而來？來自傳統，他的傳統底氣很足。傳統底氣一旦流失，文化人就會變得自輕自賤，在西化大潮面前抬不起頭，從而成為『醯雞』『夏蟲』。現在的國力大大強於王韜時代，而文化人的『傳統底氣』反而越來越差。物質技術進步了，『漢語意識』反而越來越模糊了。」先生的擔憂絕不是杞人憂天，他注意到王韜在國將不國的時代反而充滿了文化自信，承認我國落後，但並不自卑，絕不盲目崇洋，而今中國國勢日漸強盛，

中國人對自己的母語卻不斷缺少「漢語意識」。先生後面對「漢語意識」有詳盡的分析。

先生 14 頁闡述「漢語意識」產生的背景：「漢語意識是在全球化背景下提出來的，是在國際語言競爭的形勢下提出來的，而且是在國際語言競爭中形勢對漢語很不利的情況下提出來的。如果根本不存在全球化，根本不存在語言競爭，或者漢語在競爭中處於絕對強勢的地位，我們不可能也沒有必要提出漢語意識這樣的問題。總結 160 多年來的經驗，我們才有可能提出這樣的問題：漢語是有意識地參加國際語言競爭呢，還是聽其自然甚至自愧弗如，從而迴避競爭甚至退出競爭，『臣服』某一種強勢語言呢？這就是漢語自身的意識問題。從長遠來看，全球化帶給漢語的是什麼？是喪失自我還是發展自我？它的地位、身份、前景、命運如何？這都是漢語意識問題，也都是國際語言競爭過程中提出來的問題。」這就是先生說的「漢語意識」，簡單地說，是漢語在全球化時代如何與英語競爭？如何維護漢語在世界語言中的地位？

先生 15 頁將本書的主要內容做了精要的概括：「正確的漢語意識應包括哪些內容呢？我以為有四個方面：母語意識，傳播意識（或曰國際意識），民主意識，規範意識。這四種意識全部體現兩個字：競爭。」就是漢語和英語的競爭。

先生 18 頁認為漢語在全球化時代的國際地位不但不會降低，反而會增強：「漢語地位的提升，就是全球化所造成的。因為有了『全球化』，中國迎來了從未有過的大好商機。跨國公司要『跨』進中國來，中國也要『跨』出去。跨來跨去，漢語就成了某些跨家『不得不學的語言』。因為『只說英語的人都會感到在政治活動和商務活動中難度增加，並會對周圍的社會和文化現象感到不解』。在歷史上，傳教士為上帝而學漢語，現在商人們為金錢而學漢語。上帝不能使鬼推磨，錢卻能使『鬼推磨』。如果不加小心，全球化有可能『化』掉漢語。但只要中國強大，不走或少走彎路，漢語就能吸引世界各地的『化外之民』。」先生明確認為全球化時代的經濟會吸引很多外國人來主動學習漢語，近數十年的世界經濟發展的事實證明「漢語熱」在多國方興未艾，來華的留學生雖還不能步武盛唐，也是與日俱增。當然，我也注意到一種現象：有的國家與中國做生意，不一定是外國人學習漢語，漢語實在太難學了，而是他們利用懂英語的中國人來與中國溝通，從前叫做買辦，日本的企業有很多中國人，他們會說日語，但在為日本企業工作，這是比較普遍的事情。

　　先生 19～20 頁呼籲：「漢語不應該自輕自賤，向英語俯首稱臣，讓英語破壞自己的體系，破壞自己的純潔性。『全民學英語』『瘋狂學英語』，甚至連結婚證的封皮也印有『英文標注』，是不是過了頭？『據估算：每年在學習英語上的浪費也數以億計。』香港中文大學某教授『也曾警告內地，盲目地全民學外語，會造成全民時間和金錢的巨大損耗』。『一項不完全統計表明，全國每年圖書總碼洋數為 370 億元人民幣，其中 25% 上的出版物是各類型的英文書。』『還有人說，這世界上只有一個國家的人敢不懂其他國家的語言就滿世界轉悠，而且一開口就是本國語言，好像世界上每個人都必須懂他們的語言，這就是美國人，我們稱之為話語霸權。』我們沒有必要搞什麼反『霸權』運動，也沒有必要向霸權卑躬屈膝，圍繞著『霸權』瘋狂跳舞。漢語要自尊、自愛、自強。」先生發出了「漢語要自尊、自愛、自強」的號召，這是學者有文化自信、民族自信的體現。

　　先生筆端滿帶情感，詳細地闡述了在全球化時代的漢語必須自尊自愛自強，絕對不能自輕自賤，更不能放棄漢語，不能盲目崇拜英語。先生認為漢語在全球化時代會走向世界，同時也將中國文化傳播於全世界。漢語完全有能力與英語競爭。中國人對漢語應該充滿信心。事實上，在全世界，所謂的世界通用語英語也沒有取代德語、法語、俄語、日語、西班牙語、意大利語、印地語等諸多語言，為什麼有些中國人要迷信英語，並妄圖以之取代漢語呢？

　　先生在接下來的《母語意識》章、《傳播意識》章、《民主意識》章繼續深入廣博地論述了漢語意識各方面的問題，這些論述在前人是不曾有過的。先生可謂始作俑者，導夫先路，其論述之淵博精湛，在當今學者還未曾有過。本書是先生作為中國學者，關注漢語的命運和前途的人文研究，具有極大的啟發性和前瞻性，有鮮明的愛國主義情懷。此書可與先生《漢字文化的昨天、今天和明天》、《百餘年間兩種漢字文化觀的較量》、《〈漢語三論〉後記》、《漢語「主導語言」地位不可動搖》、《大道之行也，語言領先》〔註627〕這五篇文章合觀。

　　何先生之前有少數人關注過在全球化時代的漢語的地位和命運。例如許國璋先生其論文《從〈說文解字〉的前序看許慎的語言哲學》〔註628〕注解 2 稱：「我們非常驚訝，為什麼我們有那麼多的語言研究者，在狂熱地鼓吹廢棄漢字、

〔註627〕以上五篇文章都收入先生《抱冰廬選集》下冊，中華書局，2021 年。
〔註628〕收入《許國璋論語言》，北京：外研社，1991 年，75 頁。此文撰寫於 1985 年。

代以拉丁字母拼音的時候，那樣不經意地將語言的區別性原則置諸不顧。中國青年中對漢文化那樣缺乏『我是此根生』的從屬感，這個禍是誰闖的？」這只是一點感想，不是詳盡的學術闡述，與何先生的專門研究不可同日而語。

季羨林先生晚年主張二十一世紀的世界主流文化是東方文化，東風會壓倒西風〔註629〕，也有文化自信，只是沒有從學術上論證漢語和英語的競爭關係。但季先生的立場是很明顯的。季先生《東方文化和東方文學》〔註630〕稱：「東方綜合的思維模式，當然就是東方文明或文化的基礎，表現在詩歌創作上，就是不確定性和朦朧性。西方文學使用的西方語言是分析思維模式的產物，它同東方文學，比如說中國文學所使用的漢語是完全不同的。兩者比較起來，正如我在上面分析的那樣，中國的漢語有明顯的優越之處。」季先生稱漢語優越於西方語言。

如果我們深入研究材料，可知從五四新文化運動時代以來，中國學者一直在關注中西文化比較的問題，包括中西語言的比較，有很多的論著發表。在二十世紀初，確實有一股思潮要主張廢除漢字（如錢玄同〔註631〕、傅斯年〔註632〕、魯迅〔註633〕），主張漢字拉丁化，用拼音書寫，便於在民眾中普及文化和文字，

〔註629〕參看季羨林《「天人合一」新解》、《關於「天人合一」的再思考》，收入《季羨林全集》第十四卷，外語教學與研究出版社，2010年。

〔註630〕收入《季羨林全集》第十四卷，外語教學與研究出版社，2010年，493～494頁。

〔註631〕參看《錢玄同文集》（中國人民大學出版社，1999年）第三卷《漢字革命》等文章，此文提到了譚嗣同、吳敬恒、褚民誼、李煜瀛、傅斯年等人也都主張廢除漢字。魯迅《三閒集·無聲的中國》：「就因為當時又有錢玄同先生提倡廢止漢字，用羅馬字母來替代。」

〔註632〕傅斯年《漢語改用拼音文字的初步談》（收入《傅斯年全集》第一卷，湖南教育出版社，2000年）。

〔註633〕參看《魯迅全集》第一卷《熱風》之《三十八》、《四十六》；《魯迅全集》第五卷《花邊文學·漢字和拉丁化》表達廢漢字的觀點很明確，稱：「如果大家還要活下去，我想：是只好請漢字來做我們的犧牲了。現在只還有『書法拉丁化』的一條路。這和大眾語文是分不開的。也還是從讀書人首先試驗起，先紹介過字母，拼法，然後寫文章。開手是，像日本文那樣，只留一點名詞之類的漢字，而助詞，感歎詞，後來連形容詞，動詞也都用拉丁拼音寫，那麼，不但順眼，對於瞭解也容易得遠了。至於改作橫行，那是當然的事。這就是現在馬上來實驗，我以為也並不難。」《魯迅全集》第六卷《且介亭雜文·答曹聚仁先生信》更是詳細論述了應該廢漢字，採用拼音書寫的觀點，略引其文：「現在寫一點我的簡單的意見在這裡：一，漢字和大眾，是勢不兩立的。二，所以，要推行大眾語文，必須用羅馬字拼音（即拉丁化，現在有人分為兩件事，我不懂是怎麼一回事），而且要分為多少區，每區又分為小區（譬如紹興一個地方，至少也得分為四小區），寫作之初，純用其地的方言，但是，人們是要前進的，那時原有方言一定不夠，就只好採用白話，歐字，甚而至

甚至主張乾脆使用英語，以便文化與世界接軌。但全國絕大多數的學者都主張中西合璧，都沒有盲目崇拜西方文化，更不贊同廢棄漢字。當時的文人學者雖然大都有留學的經歷，但很少人主張全盤西化的〔註634〕。就連青年時代主張全盤西化的胡適，在中年後也轉變觀念，胡適自稱在國學研究上的成就遠遠大於在西學上的成就。通曉西學和十餘種西方語言的辜鴻銘一生崇敬中國文化，熱愛漢字和漢語，反而看不起西方的語言和某些西方文化。英語比英美人還要好的林語堂有堅定的文化自信，反對做「西崽」，他用英文寫作向西方傳播中國文化。陳寅恪學習過二十多種東西方古今語言，卻稱最有用的還是漢語。陳寅恪先生不是西學研究家，而是國學家，主要研究中古史的歷史學家和文史專家，還是詩人，從來沒有主張要廢棄漢字。錢鍾書通曉英語、法語、德語、意大利語、拉丁語，但他最喜歡的還是漢語言文學。所以，主張在全球化時代要有漢語意識和母語自信的何先生並不是孤軍奮戰，有很多的同道。

以上是何先生的主要學術撰述，然而掛一漏萬，遺珠實多。例如，何先生還著有《漢語三論》〔註635〕，此書後來修訂為兩本書《中國現代化進程中的語文轉向（外一種）》〔註636〕，外一種《普通話的歷史發展》，這兩部書有獨特的價值，體現了先生對漢語的人文關懷，與《全球化時代的漢語意識》構成「三部曲」。《普通話的歷史發展》尤其有學術價值。先生和夫人李學敏老師共同編撰有《實用文言詞典》〔註637〕，頗有特色，體例完美，至今是一部實用的古漢語詞典。《書山拾夢》〔註638〕是先生的散文集以及為他人學術著作撰寫的序文

於語法。但，在交通繁盛，言語混雜的地方，又有一種語文，是比較普通的東西，它已經採用著新字彙，我想，這就是『大眾語』的雛形，它的字彙和語法，即可以輸進窮鄉僻壤去。中國人是無論如何，在將來必有非通幾種中國語不可的運命的，這事情，由教育與交通，可以辦得到。三，普及拉丁化，要在大眾自掌教育的時候。現在我們所辦得到的是：（甲）研究拉丁化法；（乙）試用廣東話之類，讀者較多的言語，做出東西來看；（丙）竭力將白話做得淺豁，使能懂的人增多，但精密的所謂『歐化』語文，仍應支持，因為講話倘要精密，中國原有的語法是不夠的，而中國的大眾語文，也決不會永久含糊下去。譬如罷，反對歐化者所說的歐化，就不是中國固有字，有些新字眼，新語法，是會有非用不可的時候的。」

〔註634〕詳細的文獻資料參看陳崧編《五四前後東西方文化問題的論戰文選》（增訂本），中國社會科學出版社，1989年。
〔註635〕語文出版社，2007年，丁啟陣《文章合為時而著》是對何先生《漢語三論》的書評，收入張渭毅主編《漢聲》（中國文史出版社，2011年）。
〔註636〕語文出版社，2015年。
〔註637〕廣東教育出版社，1994年。
〔註638〕商務印書館，2010年。

和書評彙編，其中頗有獨到見解和真情實感。《古漢語叢稿》所收的學術論文眾多，廣泛涉獵古漢語的各個方面，每篇皆有可觀。據我粗略統計，何九盈先生在《中國語文》上至少發表了十一篇學術論文，可能還有遺漏，比裘錫圭先生在《中國語文》上發表的論文還要多。限於篇幅和精力，我們對論著沒有作窮盡式的述論，這些都是很有分量的學術著作，讀者諸君千萬不要錯過。先生臨文不苟，每一篇論著都是精心結撰，都是有的放矢，廣大如鄧林，玄奧如九垓。學者「掇拾片言，莫非金玉」。

先生論著多能「吐言貴珠玉，落筆回風霜」〔註639〕。先生的浩繁撰著和海量博覽，使我驚歎先生之學「無窮如天地，充實如太倉，浩渺如四海，眩曜如三光」〔註640〕。何先生這樣的學問大師在這個極端功利化的世界，恰似仁者如山的學術崑崙。先生的淵博學術、光輝著作和人格精神必能「不假良史之辭，不託飛馳之勢，而聲名自傳於後」〔註641〕。

先生在《抱冰廬選集・自序》稱：「我的文章有自己的風骨與氣象。我面臨的是一個須要重新評價傳統文化、重建學術話語體系的新時代，我沒有重複任何一位先賢，任何一位先賢也沒有在我開拓的領地上作『鶷之先鳴』。這些領地如『中國現代語言學史』、如『漢字文化學』、如『漢語意識』、如『華夷語系』、如『散點多線式』框架、如『家人』解詁、如『五音與四聲』研究、如『諧聲比較』研究、如古韻『歸字』研究。此時此刻，當我列舉這些新概念、新方法、新學說時，回首六十餘年，一介終身北漂，牛衣歲月，雞鳴風雨，衣帶漸寬，生死相許。夢裏幽州，臺高千古，野雲孤飛，古人何處？嗚呼，天地悠悠，誰是來者？」在《抱冰廬選集》的扉頁有先生《題辭三首》，其一有曰：「書生報國千行字，字字星火欲燎原」，稱自己文章的每一個字都可以「星火燎原」。其二有曰：「『漢語意識』破天荒，『華夷』重建第一章。『散點多線』風光好，蒼聖騎龍下西洋。」這首詩囊括了先生在學術上的幾項開拓性的研究：關於「漢語意識」的研究、重建「華夷語系」、「散點多線」的音韻史格局。最後一句「蒼聖騎龍下西洋」是說漢字將在全世界流行，「蒼聖」是創造漢字的倉頡。先生對自己能夠開拓語言學研究的新領域而頗為自信，這是當之無愧的！中國語言學

〔註639〕語出李白《贈劉都使》詩。
〔註640〕語出《三國演義》第一百回。
〔註641〕語出曹丕《典論・論文》。

對於先生來說，真如元好問詞所謂：「問世間情為何物？直教生死相許」。先生為自己心愛的語言學事業奉獻了一生，「為往聖繼絕學」，在學術史上留下了豐功偉績，必將與日月同輝，共山河永存！

先生《語言叢稿·自序》〔註642〕稱：「網上有人說：『何先生把漢語音韻學這只冷板凳坐得有滋有味，真讓人佩服。』我真不知道有什麼可『佩服』的。坐冷板凳的滋味是苦澀的。我不只坐了十年，而是坐了幾十年，幾十年如一日。我並不甘心坐冷板凳，而命運又注定我不得不坐冷板凳，理智也告誡我，必須坐冷板凳。何況，我這種笨人也只配坐冷板凳。我時常想，與其浮遊會海，朝發紐約，暮宿東京，疲精力於道路，耗日月於空談，還不如『貓』在圖書館裏。外面的世界很精彩，書裏的世界也許於我更有意義。18世紀東普魯士那位哲學之王終其生極少離開過哥尼斯堡喲〔註643〕。那樣一位天才式的學術巨人都如此愛惜時間。我這樣平凡而又平凡的笨人還能對冷板凳三心二意嗎？人生苦短，即使我能活過三萬六千天，其中起碼有四千天而且是屬於青春期的四千天早已打了水漂兒；還有少不更事老來糊塗；還有吃飯、睡覺、散步、生病以及種種雜務，剩下的還有多少天？這筆賬是不可不算的。坐冷板凳是學院式學人的一種生存方式，獲取這種生存方式當然得有必要的條件。除了你自己願意之外，還要有允許你坐冷板凳的環境。燕園是坐冷板凳的好地方。你願意怎麼坐就怎麼坐。你願意坐圖書館就坐圖書館，你願意坐家裏就坐家裏。我所認識的燕園品牌的書呆子，大抵都有坐冷板凳的經歷。這種『呆子』。不論是年輕的還是年老的，多有這個品牌的特質：寓嚴謹於散漫，託靈氣於清徹；率性難免不逾矩，放言有時也越規；人人都以自己為上帝。不屑拉夥結幫；悠悠萬事，學術為大。」先生珍愛北大的學術環境，全神貫注於學術、將冷板凳坐到底的精神非常人所能為，而這正是先生在學術上取得豐碩成果的主要原因，當然不是唯一原因，還要加上先生獨秀於林的生知之才。我從中也看到了先生的學術自信和北大學者的人格精神。先生在此說自己是「笨人」，只是一時謙遜的戲言，讀者諸君千萬不可當真。先生英才卓絕，遨遊書海，一目十行，過目不忘，在當代學術界可以比肩錢鍾書和饒宗頤。

〔註642〕商務印書館，2006年，8頁。

〔註643〕光華案，這個哲學王子是指康德。先生原文是「哥尼斯堡喲」，其中的「喲」疑是衍文。「哥尼斯堡」又譯為「柯尼斯堡」。康德1740年進入柯尼斯堡大學學習。

我們通覽何先生的這些璀璨的論著，可以做出一個鮮明的結論：何先生是卓越的漢語言文字學家、古文獻學家、教育家、散文家，還是一位有廣泛學術興趣和人文關懷的人文主義者和愛國主義者。先生在學術上的貢獻與其精神情操，會被後人長久傳頌。我們還應該提及的是先生是一位有成就的辭書學家。

七、主持修訂《辭源》

（一）身擔重任

《辭源》是研究古漢語和古代文化的重要工具書，但是自二十世紀八十年代以後長期沒有修訂，在諸多方面都未能與時俱進。何先生曾與夫人一起編撰《實用文言詞典》，頗受讀者歡迎。又參與編撰《王力古漢語字典》。因此，先生有豐富的編撰辭典的各種經驗。且先生有專題論文《〈辭源〉午集釋義商榷》[註644]，對第二版《辭源》在釋義上面的問題提出 22 條商榷意見，頗為犀利，針針見血。先生《古漢語叢稿》所收訓詁學論文甚多，可知先生不僅是音韻學大家，而且是訓詁學家。先生作為訓詁學家的地位常常被不恰當地忽視，這是學術界的不幸。先生「聰穎特達，文而又儒。擢秀幹於一時，騁絕轡於千里；固諸儒之所揖讓，日下之所無雙。」[註645]主持修訂大型辭書，捨先生而誰？商務印書館於 2011 年聘請何先生為第一主編，主持修訂《辭源》，另兩位主編是北師大的王寧教授、中國社科院語言所的董琨研究員。何先生參與《辭源》的工作實際上在 2010 年已經開始，商務印書館要求一定要在 2015 年出書。工作量和難度非常大，在一般學者看來，真是「頭白可期，汗青無日」[註646]。先生提出「一切為了 2015」的口號，「爰召學人，共成勝業」，激勵近二百名有關學者全力以赴，攻堅克難。先生作為第一主編，與人謀而忠，盡職盡責，事必躬親，嘔心瀝血，宛如諸葛孔明。「高人坐臥才方逸，援筆應成六出詞」[註647]，在長達五六年的時間裏，先生放棄了個人的一切學術研究，以年近八十的耄耋高齡，「翱翔乎書圃」[註648]，每日為修訂《辭源》工作八小時，經常審稿盈尺，

〔註644〕收入何九盈《古漢語叢稿》，商務印書館，2016 年，撰寫於 1988 年，原載《王力先生紀念論文集》，商務印書館，1990 年。

〔註645〕語出《毛詩正義·序》。

〔註646〕語出劉知幾《史通·杵時》。

〔註647〕語出方干《敘雪寄喻見》。

〔註648〕語出司馬相如《上林賦》。又見《文心雕龍·麗辭》。

全面審查文字的形音義，詞語的釋義、書證的年代，提出各種修訂意見。先生常常為審慎研究各種疑難而長時間「含毫不斷」。《史記·太史公自序·論六家之要旨》有曰：「夫神大用則竭，形大勞則敝。」工作過於繁劇，案牘勞形，傷身伐性，先生在 2014 年終於病倒，頭暈難忍，頸椎病痛，且手長皰疹，筆耕為難。但工作進度不能耽誤，先生鍥而不捨，口授要旨，由夫人代勞寫成文稿，先生對文稿再度審查，確保嚴謹。日月遄邁，寒暑屢遷，「道不虛行，弘在明德」〔註649〕，在先生的督導下，修訂《辭源》這件浩大工程如期克竣。《辭源》浴火重生，「法雲再陰，慧日重明」〔註650〕，成就恢弘，功不唐捐！學者歡抃，好評如潮。先生及眾多學者的心血終成正果，嘉惠學林，豈曰淺鮮！

（二）嘔心瀝血

先生作為第一主編擔負總責，為修訂《辭源》制定詳細的工作條例和工作標準、組織全國相關專業學者〔註651〕、建立各個分工的專業團隊，為新版撰寫前言《〈辭源〉：通往傳統文化的橋樑》〔註652〕，此文可以見出先生編撰大型辭書的思想。先生指出：「從《辭源》自身而言，有諸多問題、缺失，亟待改進，如字頭要適當增加，語詞條目要限量增加，百科條目要大幅度增補，插圖也要重點增補。須新增的內容還有音項、義項、書證等。修舊也很艱巨，如釋義是否準確，如何保持價值中立；音項、義項的或分或合；書證的全部核實；異文、標點的斟酌；書名、篇名、卷次、作者的查對；人物生卒年涉及新舊紀年的換算；古地名與今地名的對應；書名線、地名線、人名線的落實；參見條目的照應、溝通；凡此種種，都有可修可補之處。辭書無小事，標點之微，一線之細，都關乎信息、知識的準確性問題。修舊的最大難點還不在此，而是所謂『《辭源》無源』的問題。此說雖言過其實，但『源』的問題的確非常複雜，故此次修訂的重點在正本清源。」這些意見深中肯綮，針針見血，不是功力深厚的大家，難以做出這樣精湛的學術評論。何先生隨後闡述了新版《辭源》必須注意的「形源問題、音源問題、義源問題、典源問題、證源問題」。先生論述到：**形源問題**，有造字之源、用字之源，《辭源》講究用字之源，原則上不

〔註649〕語出辯機《大唐西域記·記贊》。
〔註650〕語出辯機《大唐西域記·記贊》。
〔註651〕何先生對我說：推薦有關參與學者，王寧教授做了很多工作。
〔註652〕收入何九盈《抱冰廬選集》，中華書局，2021 年。

涉及造字之源〔註653〕；音源問題，作為《辭源》，不注上古韻部，乃系統上的缺失。至於今音與反切的對應關係，總體而言是正確的，可往往一個今音與多個反切相對應，今音與反切的匹配很不嚴格，散漫無紀，殊乏裁斷。另外，對反切上字聲類的標注，內部也不統一。此次修訂伊始，即規定了《辭源》第三版審音注意事項二十條。總的原則是：音義契合，古今貫通。同時，設立審音組，專司其職。義源問題，每一個字都有自己的意義系統，本義就是「源」。不能離開書證說義源，也不必涉及造字理據和事物得名之由之類的問題。典源問題，力求搜尋記載該典發生時的原著，儘量不用後起的類書代替第一手資料。證源問題，書證力求用「始見」例，可以借助計算機來搜尋。這中間有兩點要注意：一是「始見」必須要可信，宜排除偽書的干擾；一般不應捨經典名句而用時代雖早卻很冷僻的作品中的例子來作證。二是書證提前，宜以大的歷史時期為斷限。從南宋提前到北宋，意義就不大，而從隋唐提前到秦漢，意義就不一樣了，這是由中古提前到上古，字頭的音韻地位也變了。先生的這些論述是其編撰大型辭書的重要思想，對今後各種辭書的編撰和修訂創立了乾坤大法，雖百世不能易！此文可與先生《〈現代漢語詞典〉第 5 版的新面貌》〔註654〕合觀。

　　先生在《喬永〈辭源史論〉序》〔註655〕中不無感歎地說：「為了確保《辭源》

〔註653〕光華案，李學勤先生主編有《字源》（天津古籍出版社、遼寧人民出版社，2012 年版）三冊，專門分析漢字演變的源流。日本學者前田富祺監修《日本語源大辭典》（日本小學館，2005 年版）對日語詞彙的語源研究很重要，彙編各種觀點，有相當大的學術性和資料性，方便學者使用。何先生提出新版《辭源》不搞形源，只搞用源，這固然是一種學術取向，也許是因為李學勤先生已經主編了《字源》，為了避免重複，這並非說形源不重要。從前的《漢語大字典》已經盡可能地排比了從甲骨文到隸書的字形，只是沒有分析。在古文字學中，各種文字編非常多，對於研究形源已經夯實了堅固的基礎。綜合性的有徐無聞主編《甲金篆隸大字典》（四川辭書出版社，2005 年）；高明等編撰《古文字類編》（增訂本，上海古籍出版社，2008 年）；上海古籍出版社還出版了黃德寬主編、徐在國副主編的「古漢字字形表系列」，包括《商代文字字形表》、《西周文字字形表》、《春秋文字字形表》、《戰國文字字形表》。還有于省吾主編《甲骨文字詁林》、周法高主編《金文詁林》和《金文詁林補編》、何琳儀《戰國古文字典》、劉志基等主編《古文字考釋提要總覽》（四冊）。李圃主編《古文字詁林》（12 冊，上海教育出版社，2004 年）。黃德寬主編《古文字譜系疏證》（四冊，商務印書館，2007 年）。作為新版《辭源》完全不顧形源，從而放棄了百年來古文字學研究的巨大成就，可能會有爭議。

〔註654〕收入先生《書山拾夢》，商務印書館，2010 年，此文表述了何先生關於編撰和修訂《現代漢語詞典》的一些觀點，讚揚其成績，也指出某些不足。

〔註655〕收入先生《抱冰廬選集》下冊，中華書局，2021 年，945 頁。

第三次修訂的學術質量，商務印書館從全國各地遴選一百多名專業人才，聘請了三位主編，組建統一的工作平臺，從宏觀與微觀兩方面對《辭源》進行全面檢修。如何修？哪些該修？哪些不該修？理據是什麼？自然會有不同看法。這就須要討論、交流，甚至是反覆切磋，最後達到和諧統一。而公開出版後的《辭源》，讀者只能看到結論，看不到過程。」此中甘苦不足與外人道。我聽語言學界流傳一個段子：「如果要和一個人過不去，就讓他去編辭典。」關於第三版《辭源》的修訂的明細，可以參看喬永《辭源史論》〔註656〕和高小方《〈辭源〉修訂匡改釋例》〔註657〕。

（三）我的商榷

天下事難以盡如人願。何先生對我說：「新版《辭源》也有問題沒有解決，未能至善。」我冒昧略抒鄙陋，不辭見笑通人。

1.《漢語大字典》、《漢語大詞典》都充分利用了清朝小學家和二十世紀學術界的研究成果，可以反映出學術研究的最新進展。新版《辭源》由於強調辭書的穩定性，不免過於謹慎，對於學術界在二十世紀和本世紀以來的研究成果基本不予以吸收，不能擇善而從，這就未能與時俱進，學術的尖端性有所缺失。對字詞的解釋未能超越二十多年前的《漢語大字典》、《漢語大詞典》，很多時候有時反而失諸簡略。《故訓匯纂》已經彙編了相當完備的訓詁資料，可以供我們判斷歧義時作有益的參考，編者似乎未能充分利用《故訓匯纂》，以改進《辭源》的釋義。

2. 對日本學術界的重要古漢語辭書未能充分參考。例如，日本的《大漢和辭典》、《廣漢和辭典》、《大字源》、《學研漢和大字典》都未能儘量利用，很多解釋和引證不如《大漢和辭典》、《廣漢和辭典》詳細。

3. 引據經典有時只引經文，不引古注，不便於學者精確理解書證。

4. 割愛了所有的古文字材料、出土文獻材料及其研究成果，在溯源上難免美中不足，也未能充分反映學術界的新進展。一概漠視層出不窮的出土文獻，終究可惜。

5. 參考百科專業工具書不夠充分，沒有足夠吸取各專業的研究成果。

〔註656〕商務印書館，2016年。
〔註657〕商務印書館，2019年，何先生撰序。

6. 從佛典和道藏中取材不夠，吸取佛學和道教研究的學術成果明顯不足。佛學是世界性的學問，日本學者多有研究成果，理應在新版《辭源》中有所反映。

以上是綜合性批評。現略舉數例，只是吹毛求疵，苛責聖賢。瑾瑜微瑕，不能減其價〔註658〕。

1. 新版《辭源》1963頁「朝元」條有二義：（1）古代諸侯和臣屬於歲首元日朝賀帝王。（2）道教徒禮拜神仙，舉白居易《尋郭道士不遇》詩為例。考《大漢和辭典》卷五1059頁「朝元」條，釋義為：「朝拜玄元廟，玄元指老子。」舉例有王建《宮詞》：「太平天子朝元日，五色雲車駕六龍。」《大漢和辭典》的這個釋義是準確的，可以精確解釋王建《宮詞》的「朝元」。因為是天子朝元，所以不可能是臣屬在元日朝拜天子，而是天子朝拜老子（太上老君）。唐朝以道教為國教，李唐王朝以老子李耳為遠祖。公元666年，唐高宗尊老子為「太上玄元皇帝」。考《舊唐書·高宗本紀》：「麟德三年二月己未，幸老君廟，追號曰太上玄元皇帝，創造祠堂。」《舊唐書·玄宗本紀》：「天寶元年丁丑，兩京玄元廟改為太上玄元皇帝宮，天下準此。」同篇：「（天寶）二年春正月丙辰，追尊玄元皇帝為大聖祖玄元皇帝，兩京崇玄學改為崇玄館，博士為學士。三月壬子，親祀玄元廟以冊尊號。」唐玄宗親自祭祀「玄元廟」，給老子加尊號為「大聖祖玄元皇帝」。因此，「玄元廟」是老子廟。「朝元」是朝拜老子，這是精確的訓詁。白居易《尋郭道士不遇》詩「洞裏朝元去不逢」的「朝元」也是朝拜道教始祖的老子，不是禮拜一般的神仙。類似的例子可以舉出非常多。

2. 1963頁「朝日」條只引《周禮》和《禮玉藻》的經文，不引鄭玄注，一般學者難以準確理解經文。鄭玄注：「朝日，春分拜日於東門之外。」鄭注清楚揭示了「朝日」的時間和地方，這是重要文化信息，惜墨如金也不能把鄭注省了（《大漢和辭典》就引了鄭注，還引有《漢書·郊祀志》和《漢書·賈誼傳》）。另外，最好引文作《禮記·玉藻》，而不是《禮玉藻》，因為單獨一個《禮》，容易誤會為《禮經》，即《儀禮》，但是《儀禮》沒有《玉藻》篇。雖然清人常常引作《禮玉藻》，但是新版《辭源》在引述文獻上可以更加完美一些。另外，《國語》的時代性很早，絕大部分是春秋時代的文獻，肯定早於《禮記》，只有《吳

〔註658〕反用李清照《詞論》：「譬如良玉有瑕，價自減半。」

語》、《越語》可能成書於戰國初期。因此,在文獻溯源上應該充分利用《國語》。例如《國語·周語上》:「於是乎有朝日、夕月以教民事君。」韋昭注:「禮,天子搢大圭,繅藉五采五就,以春分朝日,秋分夕月,拜日於東門之外,然則夕月在西門之外也。」韋昭注比鄭玄注更加詳盡精審。如果引書證採用《國語》和韋昭注,則更加完善,可惜《辭源》一字不提鄭玄注和韋昭注,導致重要學術信息缺失。

3. 2317 頁「泰山」條有三義,(1)山名。(2)郡名。(3)岳父。這就忽視了至少自東漢以來就有的泰山是地府的文化,泰山是人死後亡魂所歸的陰間地獄。這是非常重要的傳統文化,《辭源》非收不可,不應該遺漏。《漢語大詞典》「泰山」條列舉七個義位,也沒有泰山是地府這一義項,屬於關於泰山文化的重大遺漏〔註 659〕。

4. 3437 頁有佛教術語「般若」:「梵語,猶言智慧,或曰脫離妄想,歸於清淨。為六波羅蜜之一。」書證引《大智度論》。這個解釋過於簡單,缺乏專業性,還不如《漢語大詞典》「般若」條:「梵語的譯音,或譯為『波若』,意譯為『智慧』。佛教用以指如實理解一切事物的智慧,為表示有別於一般所指的智慧,故用音譯。大乘佛教稱之為『諸佛之母』。」〔註 660〕舉《世說新語》等為證。《漢語大詞典》在書證上不舉早期大乘佛經《般若經》如東漢末年支婁迦讖翻譯的《般若道行品經》或《大智度論》而引《世說新語》,固然不妥。二者都應該更多列舉「般若」不同的音譯名。《辭源》稱「或曰脫離妄想,歸於清淨」,這實在是片面的發揮,沒有圓滿闡釋「般若」的含義〔註 661〕。如果重視參考佛學專

〔註 659〕參看趙翼《陔餘叢考》卷三十五《泰山治鬼》條,見《趙翼全集》三 657～658 頁,鳳凰出版社,2009 年;陳寅恪《〈魏志·司馬芝傳〉跋》(收入陳寅恪《金明館叢稿二編》,三聯書店,2011 年,撰寫於 1949 年);余嘉錫《〈積微居小學金石文字論叢〉序》(收入《余嘉錫論學雜著》下冊,中華書局,2007 年版,577～579 頁。初版於 1963 年,撰寫於 1936 年)。呂宗力、欒保群《中國民間諸神》(河北教育出版社,2001 年)《東嶽大帝》條(所引文獻頗為完備,已經引述錢鍾書《管錐編》,所以我們不再提及)。

〔註 660〕如果不是泛稱大乘佛教,而是具體說是《大智度論》卷一百稱:「般若波羅蜜是諸佛母。」則更加精確。

〔註 661〕關於「般若」的解釋可參看丁福保《佛學大辭典》、星雲大師監修、慈怡法師主編《佛光大辭典》、任繼愈主編《佛教大辭典》和《宗教大辭典》、中村元《佛教辭典》(日文本第三版,日本誠信書房,平成 18 年即 2007 年)、日本創價學會教學部編、池田大作監修《佛教哲學大辭典》(昭和四十八年版)第五卷 101～102 頁「般若」條。學術性最強的是《望月佛教大辭典》(日文本)「般若」條。

業工具書和研究成果（有條件還要參考日本學者的研究成果），應該會解釋得更好。

　　例如《佛光大辭典》「般若」條：「又作波若、般羅若、鉢剌若。意譯為慧、智慧、明、黠慧。即修習八正道、諸波羅蜜等，而顯現之真實智慧。明見一切事物及道理之高深智慧，即稱般若。菩薩為達彼岸，必修六種行，亦即修六波羅蜜。其中之般若波羅蜜（智慧波羅蜜），即稱為『諸佛之母』，成為其他五波羅蜜之根據，而居於最重要之地位。以種類而言，般若有二種、三種、五種之別，二種般若有如下之三者；（一）共般若與不共般若。共般若，即為聲聞、緣覺、菩薩共通而說之般若；不共般若，則僅為菩薩所說之般若。（二）實相般若與觀照般若。實相般若，即以般若智慧所觀照一切對境之真實絕對者；此雖非般若，但可起般若之根源，故稱般若；觀照般若，即能觀照一切法真實絕對實相之智慧。（三）世間般若與出世間般若。世間般若，即世俗的、相對的般若；出世間般若，即超世俗的、絕對的般若。又實相般若與觀照般若，若加上方便般若或文字般若則稱三般若。方便般若係以推理判斷，瞭解諸法差別之相對智；文字般若係包含實相、觀照般若之般若諸經典。又實相、觀照、文字三般若加境界般若（般若智慧之對象的一切客觀諸法）、眷屬般若（隨伴般若以助六波羅蜜之諸種修行），則稱五種般若。〔大品般若經卷一序品、大寶積經卷五十三、解脫道論卷九分別慧品、梁譯攝大乘論卷中、大智度論卷四十三、卷七十二〕」

　　丁福保《佛學大辭典》「般若」條：「又作班若、波若、鉢若、般羅若、鉢剌若、鉢羅枳娘、般賴若、波賴若、鉢賢禳、波羅娘。譯曰慧、智慧、明。智度論四十三曰：『般若者，秦言智慧。一切諸智慧中，最為第一，無上無比無等，更無勝者。』同八十四曰：『般若名慧，波羅蜜，名到彼岸。』大乘義章十二曰：『言般若者，此方名慧，於法觀達，故稱為慧。』往生論注下曰：『般若者，達如之慧名。』法華義疏四曰：『無境不照，名為波若。』慧琳音義十二曰：『般羅若，正云鉢羅枳娘，唐云慧或云智慧。』慧苑音義上曰：『般若，此云慧也。西域慧有二名：一名般若。二名末底。智唯一名，謂之諸般，即是第十智度名也。』瑜伽倫記九曰：『梵云般若，此名為慧，當知第六度。梵云若那，此名為智，當知第十度。』楞嚴經四曰：『鉢剌若。』慧琳音義四十七曰：『鉢羅賢禳，唐言智慧。』」

　　任繼愈主編《佛教大辭典》1026 頁「般若」條闡釋更加清晰，很有特色，有學術性：「教義名詞。亦譯『波若』、『缽若』、『缽羅若』、『班若』、『般羅若』、『般賴若』等，意譯『智慧』、『智』、『慧』、『明』等。為『般若波羅蜜』（智度）之略稱。是佛教特別提倡的一種觀念體系。《大智度論》卷四三：『般若者，秦言智慧。一切智慧中最為第一，無上無比無等，更無勝上。』同論卷 100：『般若波羅蜜是諸佛母。諸佛以法為師，法者即是般若波羅蜜。』東晉道安《道行經序》：『大哉智度，萬聖資通，咸宗以成也。地合日照，無法不周。』『智慧』在大乘佛教中佔有特殊重要的地位。印度佛教據以發展出龍樹、提婆之中觀學派，中國佛教則據以形成專門的『般若學』，亦為三論宗的理論基礎，並為一切大乘宗派所運用。據大小品《般若經》和《大智度論》等解釋，『般若』的功能在體認『諸法實相』，所謂『本無』（真如）、『性空』，同時提倡從『緣起』關係上分析世界現象，所謂『因緣所生法』，並以對此兩者的覺悟，作為實現解脫的根本途徑。其結論是：人的認識本性不可能把握純粹的真實，所有對象都不出名言臆想的範圍，所謂『如夢如幻』。眾生的謬誤，在於錯把自己名言臆想的產物，當作真實不虛的存在，從而成為自己的束縛。能夠覺察一切名相『本無所有』即是『實相』，亦稱為『真諦』；而承認名言假有的存在及其在世俗世界中的實用性，則名『俗諦』，亦稱『方便』。此『真諦』與『俗諦』、『性空』與『方便』的統一，及其貫徹於佛教的全部踐行，說為『中道』。為了闡述『般若』這個特殊的概念，以及通過『般若』向解脫過渡，有關宗派對佛教傳統概念作了全新的詮釋，並創造了一系列新的概念。」任繼愈主編《宗教大辭典》93 頁「般若」條也有特色，與《佛教大辭典》的解釋頗有不同，應參考，不再轉錄。

　　另外，「般若」還是唐朝的一位佛經翻譯家、密宗高僧的法名，很有成就，《辭源》應該介紹。

　　5. 2381 頁「涅槃」條：「亦作『泥洹』，意譯為滅度。」丁福保《佛學大辭典》「涅槃」條列舉異譯「又作泥曰，泥洹，泥畔，涅槃那等。舊譯諸師，譯為滅，滅度，寂滅，不生，無為，安樂，解脫等。」另參看《佛光大辭典》「涅槃」條。《辭源》提供的各種音譯和意譯的學術信息顯然不夠。更重要的是在佛經翻譯史上，「泥曰、泥洹」在漢譯佛經中的出現要早於「涅槃」，在東漢三國西晉甚至東晉的漢譯佛經中沒有使用「涅槃」的。例如東漢桓帝靈帝之間支讖所譯

有《胡般泥洹經》一卷〔註662〕；魏文帝時，支謙在東吳孫權處翻譯了《大般泥洹經》〔註663〕；西晉竺法護翻譯了《方等泥洹經》；東晉法顯譯《大般泥洹經》六卷和《方等泥洹經》二卷。可知東晉法顯還用「泥洹」一詞。但是天竺沙門曇摩讖（或作曇無讖）到了西涼州，於河西王沮渠蒙遜玄始十年十月二十三日（即公元421年）翻譯完了《大般涅槃經》〔註664〕，用的是「涅槃」一詞。這部重要經典流行後，「涅槃」逐漸取代了「泥洹、泥曰」等，在宋文帝時代還翻譯了《泥洹經》一卷〔註665〕，還是用「泥洹」，沒有用「涅槃」，是因為《大般涅槃經》的傳播和流行有一個過程。更考慧皎《高僧傳》〔註666〕卷第七《宋京師龍光寺竺道生》條：「又六卷《泥洹》先至京師，生剖析經理，洞入幽微。……後《涅槃大本》至於南京，果稱闡提悉有佛性，與前所說合若符契。」足見六卷本的《泥洹經》（當是法顯翻譯）先流行，用了「泥洹」一詞。到了劉宋時代，在北涼翻譯的《大般涅槃經》南傳至南京。「涅槃」一詞在南朝流行，實在是從劉宋時代《大般涅槃經》〔註667〕南傳才開始的。梁代法朗奉梁武帝之命，製《大般涅槃經集注》72卷，甚為梁武帝所重，從此「涅槃」在江南地區幾乎完全取代「泥洹、泥曰」，因此「涅槃」在南朝廣泛流行是在梁武帝時代。而北魏酈道元《水經注》只有「泥洹」，沒有「涅槃」。《水經注》的產生年代在公元520～527年，是酈道元晚年〔註668〕，可知《大般涅槃經》翻譯出來後在北朝反而不如在南朝流行。直到北朝的曇延（516～588）撰著《涅槃經疏》之後，才廣泛流行〔註669〕。這個詞彙史的源流是很重要的，而且關係到文化史的變遷。

　　6. 在歷史地名上，例如574頁「南京」條，列舉歷史上四個叫「南京」的地名，而《中國古今地名大詞典》〔註670〕中冊2059頁「南京」條列舉了歷史上

〔註662〕見僧祐《出三藏記集》卷第二，27頁，中華書局點校本，2013年版。
〔註663〕見僧祐《出三藏記集》卷第二，28頁、31頁，中華書局點校本，2013年版。
〔註664〕見僧祐《出三藏記集》卷第二，52頁，中華書局點校本，2013年版。
〔註665〕見僧祐《出三藏記集》卷第二，60頁，中華書局點校本，2013年版，另參看僧祐《出三藏記集》卷第二66～67頁的《般泥洹經》條所輯錄的都是《泥洹經》，只有曇摩讖所翻譯的是《大般涅槃經》。
〔註666〕湯用彤校注，唐一玄整理，中華書局點校本，1992年，256～257頁。
〔註667〕參看任繼愈主編《佛教大辭典》149頁《大般涅槃經》條。上海辭書出版社，1998年。
〔註668〕參看陳橋驛《酈學劄記》之《〈水經注〉成書年代》，上海書店出版社，2000年。
〔註669〕參看劉保金《中國佛典通論》第八章《涅槃師典籍》。河北教育出版社，1997年。170頁。
〔註670〕上海辭書出版社，2005年。

的「南京」地名有八個，多出《辭源》一倍：渤海國以南海府為南京；契丹升東平郡為南京；遼國升幽州為幽都府，升為南京；金國以平州為南京，後廢。另參看魏嵩山主編《中國歷史地名大詞典》〔註671〕「南京」條（列舉九個「南京」）。而且，據慧皎《高僧傳》〔註672〕卷第七《宋京師龍光寺竺道生》條，劉宋時代有都城「南京」（上文已引），各書都不提，尚應補苴罅漏。《中國古今地名大詞典》的解說也很細緻，例如二者都稱在安史之亂後，朝廷將成都府建號南京，但是《大辭典》還稱：「上元元年（760年）撤銷京號。」這個重要信息在新版《辭源》沒有，實為不應該。類似的情況很普遍，表明在百科上面的專業性不夠。

7. 在歷史人物上，2726頁「王應麟」只有區區數十字的簡介：「公元1223～1296年宋慶元郡縣人，字伯厚。淳祐元年進士，官至禮部尚書給事中。博學多識，著有《深寧集》、《通鑑地理通釋》、《困學紀聞》、《玉海》等二十三種。《宋史》有傳。」評價僅有「博學多聞」四個字，然後著錄其主要著作。不免過於簡略，文化含金量太少。而錢仲聯等主編《中國文學大辭典》〔註673〕「王應麟」條可稱核而能要，精而不泛，學術價值高下立判，而且注明《深寧集》100卷，今不傳。又稱其《困學紀聞》20卷和《玉海》200卷「徵引宏富、貫串古今，考訂精深，尤詳於宋代史實。」《辭源》全無如此的說明。其對「王應麟」的介紹和評述頗嫌粗陋，無足參考。1933頁「曹丕」條僅僅略述履歷和著作，其歷史意義只有一句話「所作《燕歌行》是現存最早的七言詩」。錢仲聯等主編《中國文學大辭典》〔註674〕「曹丕」條，事義核要，措辭精密，語無廢墨，句句可觀〔註675〕，《辭源》的評述實在簡陋，這次修訂未能改進，難稱完璧。另外，《中國大百科全書·中國歷史卷》和《中國大百科全書·中國文學卷》的「曹丕」條都是高水平的撰述，學術水準超過了日本學者編撰的《亞洲歷史事典》（日文本）和《世界大百科事典》（日文本）的「文帝（魏）」條、《日本大百科

〔註671〕廣東教育出版社，1995年版，761頁。

〔註672〕湯用彤校注，唐一玄整理，中華書局點校本，1992年，256～257頁。

〔註673〕分類修訂本，上海辭書出版社，2007年版，554頁。

〔註674〕分類修訂本，上海辭書出版社，2007年版，118頁。曹道衡、沈玉成編撰《中國文學家大辭典·先秦漢魏晉南北朝卷》（中華書局，1996年）370～371頁「曹丕」條對曹丕的敘事和文學論評更加專業和細緻。

〔註675〕胡守為、楊廷福主編《中國歷史大辭典·魏晉南北朝卷》（上海辭書出版社，2000年）「魏文帝」條的學術水平明顯不如《中國文學大辭典》「曹丕」條。

全書》（日文本）「曹丕」條、《大美百科全書》〔註676〕第 27 卷 148 頁的「曹丕」條，《不列顛百科全書》〔註677〕第 18 卷 173～174 頁「曹丕」條。《辭源》對類似的重要歷史人物的撰述，大多簡而寡要，省而不精，文化信息未能精粹，難厭人意。

8. 在書證的時代性上，1125 頁「宰相」條，舉書證為《韓非子・顯學》：「故明主之吏，宰相必起於州部。」但更早的文獻是《呂氏春秋・制樂》：「雖然，可移於宰相。公曰：宰相所與治國家也，而移死焉，不祥。」按照《辭源》的原則，應該舉《呂氏春秋》的書證，因為時代更早。更重要的是這表明「宰相」一詞很可能起源於西北地區的秦文化（或三晉文化），不可能是來自北方的燕文化和南方的楚文化。現在學術界對漢以前文化的研究不僅重視時代性，而且重視地域性。另外「宰相」還是遼代的職官，遼朝北面官有北南宰相府，各置左右宰相為長官。參看呂宗力主編《中國歷代官制大辭典》〔註678〕764～765 頁「宰相」條。新版《辭源》漏收，這是應該增補的。

9. 在制度的時代性上，2915～2916 頁，「相」（七）：「官名，後專指示宰相。」書證舉《荀子・王霸》、《呂氏春秋・舉難》、《史記・陳涉世家》。時代嫌晚。《左傳・襄公二十五年》：「生景公。丁丑，崔杼立而相之，慶封為左相。」這是春秋時代齊國有「相」之始。則我國歷史上有「相」是在公元前 548 年。呂宗力主編《中國歷代官制大辭典》〔註679〕627 頁「相」條稱：「春秋齊景公初年置。」這是不可忽視的重要文化信息。

10. 在引述文獻上尚待完善。4314 頁「陳奐」條稱其著有《毛詩傳疏》，這就不精確，應該是《詩毛氏傳疏》〔註680〕。

11. 在標注古人著作上沒有著錄最新整理本。4317 頁「陳獻章」條稱其有《白沙集》、《白沙詩教解》，我以為應該提及其最新的編校本《陳獻章集》（中華書局點校本，1987 年。2012 年第四次印刷）。〔註681〕「錢大昕」條應該著錄

〔註676〕中文翻譯本，臺灣光復書局《大美百科全書》編輯部編譯，1990 年。
〔註677〕國際中文版（修訂本），中國大百科全書出版社《不列顛百科全書》國際中文版編輯部編譯，中國大百科全書出版社，2007 年。
〔註678〕修訂本，商務印書館，2015 年。
〔註679〕修訂本，商務印書館，2015 年。
〔註680〕滕志賢整理，鳳凰出版社，2018 年，四冊點校本。
〔註681〕如果現在修訂，就應該加上最新的《陳獻章全集》、《陳獻章詩編年箋校》，才能提供足夠的學術信息。

《嘉定錢大昕全集》,「戴震」條應該著錄《戴震全書》,「顧炎武」條應該著錄《顧炎武全集》,「俞正燮」條應該著錄《俞正燮全集》,「程瑤田」條應該著錄《程瑤田全集》,「王夫之」條應該著錄《船山全書》,「王鳴盛」條應該著錄《嘉定王鳴盛全集》。「沈括」條,應該著錄胡道靜的《夢溪筆談校證》、《新校正夢溪筆談》、《夢溪筆談補證稿》〔註682〕。李白、杜甫、白居易、韓愈等的專集都應該這樣處理,著錄最新的整理本和校注本,否則不能反映學術的進展。

12.《大漢和辭典》、《漢語大詞典》收錄的很多典故,例如「緊箍咒、期牛」,《辭源》沒有收錄,但在3228頁收有佛教名詞「緊那羅」。《漢語大詞典》和新版《辭源》都不收「六字真言、六字大明咒」,不可思議。可參看《佛光大辭典》、《中華佛教百科全書》的「六字大明咒」條以及相關條目。

從很多方面來看,新版《辭源》不能取代《漢語大詞典》,更不能取代《漢語大字典》。我們也不能忽視臺灣的《中文大字典》。呂宗力主編《中國歷代官制大辭典》〔註683〕對有關歷代官制闡釋較詳,理應充分參考,新版《辭源》對職官的解釋遠遠不如《中國歷代官制大辭典》文化信息量大,此不詳述。又如,任繼愈主編《宗教大辭典》〔註684〕和《佛教大辭典》〔註685〕,還有震華法師遺稿《中國佛教人名大辭典》〔註686〕、《中國古今地名大詞典》〔註687〕(三冊)、七大卷的《中國文學家大辭典》等各專業工具書都未能充分參考利用。在各專科大辭典出版後,其實新版《辭源》在百科上的進步已經明顯緩慢了。

(四)更多期待

我非常看重英文本的《錢伯斯語源學辭典》〔註688〕,分析了超過25000英語單詞的詞源和演變源流,對每一個單詞都能標注其出現在某個年代,其語源是什麼?在某種文獻中作什麼形式,是什麼意義?詞彙源流一目了然。此書初

〔註682〕胡道靜先生有專著《沈括研究》(收入《胡道靜文集》,上海人民出版社,2011年),應該參考。

〔註683〕北京出版社,1994年;修訂本,商務印書館,2015年。

〔註684〕上海辭書出版社,1998年。

〔註685〕江蘇古籍出版社,2002年。另外如丁福保《佛學大辭典》;星雲大師監修、慈怡法師主編《佛光大辭典》;日本學者中村元主編《廣說佛教語大辭典》(林光明翻譯)等等。

〔註686〕上海辭書出版社,1999年第一版,2002年第二次印刷。

〔註687〕上海辭書出版社,2005年。

〔註688〕英文本,2002年版。

版於 1988 年，在《漢語大詞典》之前。這樣編撰辭典的方法值得我們借鑒。劉潔修《漢語成語源流大辭典》〔註689〕的編撰方法對於梳理漢語成語的源流有極大的裨益，對漢語史研究也有很大的幫助，是辭典學的一大進步，我們期待以後有更多這樣富於學術性的工具書。如果新版《辭源》能夠借鑒《漢語成語源流大辭典》的思路和方法，則成就必然更上一層樓。我們期待學術界能夠推出《漢語歷史大詞典》，任重道遠，可能需要幾代人的奮鬥。本師張雙棣教授主編《古代漢語字典·前言》〔註690〕是一篇珍貴的辭典學論文，對於編撰各類古漢語字典、辭典有重要參考價值，辭典學家們不可無視此篇。

　　我頗喜歡閱讀多種百科全書，例如《大英百科全書》、《大美百科全書》、《中國大百科全書》、《日本大百科全書》（日文本）、《世界大百科事典》（日文本），也常常翻閱日本的《國史大辭典》（日文本）、《日本歷史大辭典》（日文本），還有日本學術界編的各種《事典》（我以為日本的各種《事典》就是各專業的百科全書，很有價值），例如日文本《哲學事典》〔註691〕、《日本傳奇傳說大事典》〔註692〕、《日本美術史事典》〔註693〕都很有水平。我國七卷本的《中國文學家大辭典》非常類似日本的《大事典》，不是一般的辭典體例。臺灣學者韋政通編撰《中國哲學辭典》〔註694〕也很像是日本學術界的《事典》。我以為日本的《國史大辭典》（十五卷十七冊）在學術水平上超過了我國的《中國歷史大辭典》（十四卷本），希望引起我國學術界的興趣，以後在修訂辭書時理當關注和借鑒日本學術工具書的編撰方法。

　　有鑒於日本學術界都極其重視各種工具書的索引，《日本大百科全書》、《世界大百科事典》、《國史大辭典》、《日本歷史大辭典》、《亞洲歷史事典》、《大漢和辭典》、《廣漢和辭典》都有專門的《索引卷》。卷帙浩繁的《大正新修大藏經》（100 巨冊），日本學術界也編撰了《大藏經索引》（16 冊），在電子檢索本出現前，為學術界利用《大正藏》發揮了巨大功能。我國的《昭明文選》，現在還只有日本學者編的《文選索引》〔註695〕。日本的《國歌大觀》每一卷原文都配有

〔註689〕開明出版社，2009 年。
〔註690〕北京大學出版社，2001 年版。
〔註691〕日本平凡社，1997 年版，全書 1700 頁。
〔註692〕乾克己等編撰，日本角川書店，昭和六十二年（1987 年）。
〔註693〕石田尚豐等監修，日本平凡社，1987 年。
〔註694〕吉林出版集團有限責任公司，2009 年版。
〔註695〕是逐字索引。斯波六郎編，李慶翻譯，上海古籍出版社，1997 年版。

一大本的索引。《不列顛百科全書》共 20 卷，第 19、20 兩卷都是索引卷。《大美百科全書》共 30 卷，最後一卷是索引卷。我強烈建議商務印書館仿傚國際學術界慣例，編撰一本詳盡的《辭源索引》，以提高學術界對新版《辭源》的利用功效，這並不是無所謂的事。

《辭源》這樣的綜合大型辭書，本來就應該儘量利用學術界的各類專業成果，帶有總結學術成績的性質，沒有必要什麼都是編撰者自己的研究，編者必須博覽學術界的業績，擇善而從，「雖離方而遯圓，期窮形而盡相」〔註696〕。只是近二百位學者的時間太緊，還有各自單位的本職工作，資料收集和研究的工夫不一定很充分，區區五年時間，就有如此的成績，看看高小方《〈辭源〉修訂匡改釋例》〔註697〕修訂《辭源》多達 1718 條，就知道專家們下的修訂工夫真是非同小可，「多才眾君子，載筆久辭場」〔註698〕。對於學者們的卓越貢獻，我唯有合掌禮讚！我的書評實在是苛求聖賢，無傷學者們的歷史性貢獻。我只是出於對學術的責任和我所喜歡的學術評論的傳統。我喜歡的代表性書評有：梁啟超《評胡適之〈中國哲學史大綱〉》〔註699〕、胡適《讀梁漱溟先生的〈東西文化及其哲學〉》〔註700〕、王瑤《評林庚著〈中國文學史〉》〔註701〕、錢鍾書《〈韓昌黎詩繫年集釋〉》〔註702〕、朱光潛《替詩的音律辯護：讀胡適的〈白話文學史〉後的意見》〔註703〕、裘錫圭《談談〈同源字典〉》〔註704〕、《評〈殷虛卜辭綜述〉》〔註705〕、《評〈殷墟甲骨刻辭類纂〉》〔註706〕以及《讀〈小屯南地甲骨〉》〔註707〕、梁思成《讀樂嘉藻〈中國建築史〉闢謬》〔註708〕、魯迅《估

〔註696〕語出陸機《文賦》。

〔註697〕商務印書館，2019 年，何先生撰序。

〔註698〕語出李林甫《秋夜望月憶韓席等諸侍郎因以投贈》詩。

〔註699〕收入《梁啟超哲學思想論文選》，北京大學出版社，1984 年版。

〔註700〕收入陳崧編《五四前後東西文化問題論戰文選》增訂本，中國社會科學出版社，1989 年，又收入姜義華主編《胡適學術文集》之《哲學與文化》卷，中華書局，2001 年。

〔註701〕收入《王瑤全集》第二卷《中國文學論叢》，河北教育出版社，2000 年。

〔註702〕收入《錢鍾書集》之《人生邊上的邊上》，三聯書店，2011 年版。

〔註703〕收入《朱光潛全集》5《詩論》，中華書局，2012 年。

〔註704〕收入《裘錫圭學術文集》4《語言文字與古文獻卷》，復旦大學出版社，2012 年。

〔註705〕收入《裘錫圭學術文集》6《雜著卷》，復旦大學出版社，2012 年。

〔註706〕收入《裘錫圭學術文集》6《雜著卷》，復旦大學出版社，2012 年。

〔註707〕收入《裘錫圭學術文集》6《雜著卷》，復旦大學出版社，2012 年。

〔註708〕收入梁思成《中國建築史·雕塑史》，百花文藝出版社，2004 年版。

〈學衡〉〔註709〕、郭沫若《駁〈實庵字說〉》和《答馬伯樂教授》〔註710〕、齊思和《評馬司帛洛〈中國上古史〉》〔註711〕、余嘉錫《〈積微居小學金石文字論叢〉序》〔註712〕、何九盈《所謂「親屬」語言的詞彙比較問題》〔註713〕和《〈中國字例〉音韻釋疑》〔註714〕、李裕民《錢鍾書〈宋詩選注〉發微》〔註715〕、趙光賢《評童書業〈春秋左傳研究〉》〔註716〕劉釗《評〈金文編〉》〔註717〕，這類書評令我著迷，我特別偏好有個性的有批判性的書評。法國天才東方學家伯希和《評〈王國維遺書〉》〔註718〕對國學泰斗王國維的論著既有崇高的評價，也有批評性意見。我多麼希望我的書評能夠步武先賢！

〔註709〕收入《魯迅全集》第一卷《熱風》，人民文學出版社，2016年版。

〔註710〕收入《郭沫若全集·歷史編》第三卷《史學論集》，人民出版社，1984年。

〔註711〕收入齊思和《中國史探研》，河北教育出版社，2001年。

〔註712〕收入《余嘉錫論學雜著》下冊，中華書局，2007年版，初版於1963年，撰寫於1936年。

〔註713〕收入何先生《語言叢稿》，商務印書館，2006年，原載董琨、馮蒸主編《音史新論》，學苑出版社，2005年，先生《抱冰廬選集》沒有收錄此文，很遺憾。

〔註714〕收入何先生《音韻叢稿》，商務印書館，2002年，原載《國學研究》第四卷，1997年。

〔註715〕載《社會科學評論》2008年第3期。

〔註716〕收入趙光賢《古史考辨》，北京師範大學出版社，1987年，原載《史學史研究》1982年第1期。

〔註717〕收入劉《書馨集》，上海古籍出版社，2013年。

〔註718〕收入馮承鈞翻譯《西域南海史地考證譯叢》第一卷第五編，商務印書館，1995年。

第三章　餘　音

何先生在中華書局出版自己的學術論文選《抱冰廬選集》〔註1〕，選輯了先生部分學術論著，只是閬苑一枝花，泰山一片石，殊不足以探囊先生之學。先生將自己的書齋取名「抱冰廬」〔註2〕，出典於《吳越春秋》卷八《句踐歸國外傳》「冬常抱冰，夏還握火」。這個典故是描寫句踐歸國後臥薪嘗膽的「愁心苦志」。先生當是以素志堅韌、精勵克勤、苦身勞心以自勵。先生「深居絕送迎」，塵俗不能染其心，艱蹶不能損其志，終能「道風昭著，德行高明，學蘊三冬，聲馳萬里」。先生六十多年遊心書圃，「擯落塵滓，藝殫墳素」，以出世的精神做入世的事業，求仁得仁，無怨無悔。先生 2022 年元旦給我的微信說：「仲尼絃歌不衰，回也不改其樂，東坡夜遊赤壁，陽明居夷悟道，顧炎武騎驢訪學，王船山別開生面。噫，微斯人，吾誰與歸？何九盈於北京。」先生尚友古人，希慕聖賢，志宏學術，德參松柏。覽萬卷以廣聞，勤筆耕而求真。絕交遊以抱冰，伴孤燈而無悔。守初心以遷寒暑，闡國故而窮經籍。人不堪其憂，師不改其樂，道勝而心喜，功高而名著，賢聖也夫！

何先生對我說，他從 1976 年結束文革以來，直到今天，整整 45 年，一直

〔註1〕中華書局，2021 年。

〔註2〕清末兩湖總督張之洞的生祠名為「抱冰堂」（1909 年建於武漢）；近代大學者和思想家梁啟超取名書齋為「飲冰室」（1924 年建於天津），出典於《莊子‧人間世》：「今吾朝受命而夕飲冰，我其內熱與。」

珍惜寸陰，博覽群書，潛心學術，從來沒有節假日，元旦春節照常筆耕不輟。先生從來不去參加會議，趁機旅遊，任何時候都不去人多的地方湊熱鬧。先生今年 90 歲高齡，「好道心不歇」〔註3〕，還有宏大的研究計劃，「先生之志氣，薄漢如鴻鵠」〔註4〕。我在動筆以前，先生鼓勵我放開了去寫，不限字數，不要受任何拘束，他不會告訴我怎樣寫一個字，也不會改動我寫的一個字。我未曾受業於先生，竟蒙先生無比的信任和關愛，決心要「閉關草《太玄》」。

先生撰著宏富，學術浩瀚，「法言恢廓」〔註5〕，「博矣，精矣，幾若無涯岸之可望，轍跡之可尋」〔註6〕，道術淵深，學理精微，勢難探賾，述論匪易。我束於末教，褚小懷大，綆短汲深，難言大道，自歎夏蟲不可語冰，井蛙不可語海，只有「重點中抓重點」，評泊考鏡，塵黷聖賢。我「收視反聽，耽思傍訊，精騖八極，心遊萬仞」〔註7〕。然後筆端振風，任性直書，終不免繁詞縟說，「下筆不能自休」〔註8〕。這篇作文雖然「銓貫有敘」，然而「屬辭枝繁」〔註9〕，牽引葛藤；煩辭未剪，膏腴害骨；難云簡要，汩沒性靈。更況「氣無奇類，文乏異彩，昏睡耳目」〔註10〕，難為披覽。不知先生看了，能否批個及格呢？拙文也許只如《紅樓夢》第七十八回賈政評論賈寶玉的《姽嫿詞》：「雖然說了幾句，到底不大懇切。」

〔註3〕語出李白《天台曉望》詩。
〔註4〕語出皮日休《吳中苦雨因書一百韻寄魯望》詩。
〔註5〕語出《出三藏記集》卷八之僧睿《毗摩羅詰提經義疏序》第十四。
〔註6〕語出陳寅恪《王靜安先生遺書序》，見《陳寅恪集》（三聯書店，2011 年）之《金明館叢稿二編》247 頁。
〔註7〕語出陸機《文賦》。
〔註8〕語出曹丕《典論·論文》。又見《文心雕龍·知音》。
〔註9〕語出《文心雕龍·議對》。
〔註10〕語出《文心雕龍·麗辭》。

附錄一　何九盈先生主要學術著作簡目

1. 《中國古代語言學史》（第 4 版），商務印書館，2013 年。

2. 《中國現代語言學史》（修訂版），商務印書館，2008 年。

3. 《語言叢稿》，商務印書館，2006 年。

4. 《音韻叢稿》，商務印書館，2002 年。

5. 《古韻通曉》（與陳復華合撰），中國社會科學出版社，1987 年。

6. 《古漢語叢稿》，商務印書館，2016 年。

7. 《重建華夷語系的理論和證據》，商務印書館，2015 年。

8. 《古漢語音韻學述要》（修訂本），中華書局，2010 年。

9. 《上古音》，商務印書館，1991 年。

10. 《漢字文化學》，商務印書館，2016 年。

11. 《漢字文化大觀》，第一主編，人民教育出版社，2010 年。

12. 《古漢語詞彙講話》（與蔣紹愚先生合撰），第一作者，中華書局，2010 年。

13. 《抱冰廬選集》，中華書局，2021 年。

14. 《全球化時代的漢語意識》，語文出版社，2015 年。

15. 《中國現代化進程中的語文轉向》（外一種），語文出版社，2015 年。

16. 《實用文言詞典》（與夫人李學敏合撰），第一作者，廣東教育出版社，1994 年。

17. 《王力古漢語字典》（撰寫金部至隸部），中華書局，2000 年。

18. 《漢語三論》，語文出版社，2007 年。

19. 《書山拾夢》，商務印書館，2010 年。

20. 《辭源》第三版，第一主編，商務印書館，2015 年。

21. 《古代漢語》（大學教材），參與編撰，商務印書館，1999 年（初版於 1981 年，北京出版社）。

附錄二　漢字與宗教

一、先秦儒家是否是宗教

　　中國在佛教傳入以前到底有沒有宗教，這是一個必須面對的問題。學術界有人慣常用儒教、佛教、道教來總括中國的傳統宗教。這其實是很大的誤會。我們稍稍做一個簡要的辨析。

　　儒家學說有明顯的人文性，沒有什麼宗教性和神秘性。儒教的「教」是教學和教育，不是宗教。儒家追求的是完美的人格，包括「仁、義、禮、智、信」，其思想是服務於修身、齊家、治國、平天下。儒家把理想人格的主體稱為「君子、賢人、聖人」，對於一切神靈，包括上帝，都沒有具體的描述和規範。「帝、上帝」的觀念見於商代的甲骨文和孔子閱讀過的《尚書》、《詩經》，但在《論語》中卻沒有看不到孔子的「上帝觀」。例如，整部《論語》只在最後的《堯曰》篇引述了舜對大禹說的話：「舜亦以命禹。曰：予小子履敢用玄牡，敢昭告於皇皇后帝：有罪不敢赦。帝臣不蔽，簡在帝心』。」這段話實際上是從《尚書・湯誥》引用來的，而且從《論語》的上下文來看，我們完全沒有理由說這是孔子引述了《尚書》中的話，《堯曰》篇實際上是孔子的學生的格言的輯錄，通篇《堯曰》沒有一處提到孔子，完全是孔子學生的語錄。也就是說孔子雖然閱讀過《尚書》，但對其中關於「帝、上帝」的觀念毫無興趣，在《論語》中可以說沒有孔子的「上帝觀」。這是非常重要的事情。孔子的這種人文態度影

響了後世無數的中國人的心態。中國自上古以來並非沒有「天帝、上帝」的觀念，但「天帝、上帝」在中國人心中的地位還沒有孔子的地位高。全國到處有文廟，卻幾乎沒有天帝廟或上帝祠之類〔註1〕。

只要看看明代小說《西遊記》中的「玉皇大帝」的形象，就知道「天帝、上帝」在中國文化中只是一種象徵性的存在，絕不是神通廣大、無所不能的萬物主宰。《西遊記》中的一個「妖猴」就可以「大鬧天宮」，可以直接挑戰「上帝」的地位。在《西遊記》第七回，孫大聖對如來佛祖說：「他（玉帝）雖年劫修長，也不應久占在此。常言道：『皇帝輪流做，明年到我家。』只教他搬出去，將天宮讓與我，便罷了；若還不讓，定要攪攘，永不清平！」〔註2〕《西遊記》既是中國文化的產物，也是民間心態的真實反映。試想想，在基督教國家，哪有人敢說「上帝輪流做，明年到我家」這樣的話。從這一點就可以看出中國人實在缺乏嚴格意義上的宗教情操和上帝崇拜。這種沒有「上帝崇拜」的人格情操從孔子身上就已經很明顯。孔子不但不崇拜上帝，而且對「鬼神」也態度模糊，他不清楚鬼神到底是怎麼一回事？也不真心實意地敬畏鬼神。這從《論語》裏可以看出。

《論語‧雍也》：「樊遲問知。子曰：務民之義，敬鬼神而遠之，可謂知矣。」其中的「知」就是後來「智慧」的「智」。孔子只是「敬鬼神而遠之」。孔子的這種態度對後世的中國文人和民眾影響很大。我們稍微分析一下孔子這幾句話的含義。1. 孔子的話顯示出鬼神不能直接授予人智慧。人生的智慧與鬼神沒有什麼關係；2. 孔子談及鬼神的時候，是著眼於「敬鬼神」與「務民」（也就是治理人民）的關係。孔子認為不能用鬼神來治理人民。也就是不能「神道設教」。3. 對鬼神也不能有意褻瀆，還是要有「敬鬼神」的心態。4. 不要過於執著於「鬼神」，要敬而遠之。孔子的這種觀念和心態不正是我漢民族自古以來就擁有並傳承了數千年的嗎？

〔註1〕晚晴洪秀全利用天主教創立拜上帝會，被正統文化視為妖孽。太平天國為期十餘年就被清朝徹底剷除。

〔註2〕而且根據《西遊記》第七回的如來佛祖的話，「玉皇大帝」的地位只是經過千萬年修行得來的，如來也不認為玉帝有什麼神通。這當然是《西遊記》站在佛教的立場來看待「玉帝」。但《西遊記》之說以能夠說出這樣的話，也是因為中國傳統文化自春秋戰國以後本來就沒有突出「上帝、天帝、玉帝」有什麼神通，所以《西遊記》才有機會鑽了這個空子。

　　《論語·泰伯》:「子曰:禹,吾無間然矣。菲飲食而致孝乎鬼神,惡衣服而致美乎黼冕,卑宮室而盡力乎溝洫。禹,吾無間然矣。」這是孔子讚美人禹的人格精神和事業。孔子讚賞大禹「菲飲食而致孝乎鬼神」,其中的「鬼神」不一定是通常意義的「鬼神」,很可能是祖先的意思,因為前面有「致孝」二字。孔子稱讚大禹自己吃得很節儉但卻對祖先盡孝道,也就是供奉祖先的祭品很豐潔。因此,孔子的這句話是在讚賞大禹有孝心,與宗教意義上的崇拜鬼神沒有關係。

　　《論語·先進》:「季路問事鬼神。子曰:未能事人,焉能事鬼?」這段話最能看出孔子重人事而輕鬼神的態度,孔子完全沒有宗教情操,因為輕蔑鬼神就是輕蔑宗教。

　　《先進》中季路再問孔子:「敢問死。」孔子回答說:「未知生,焉知死?」孔子對死後之事漠不關心。不關心死後的世界,這就不會產生天堂、地獄、輪迴的觀念。

　　《論語·八佾》:「子曰:禘自既灌而往者,吾不欲觀之矣。」在上古,祭祀上帝、始祖的一種隆重的大祭叫做「禘」(並不專門用於祭祀上帝或天),其中有「灌」這個環節,就是把美酒倒在地上以降神。在此之後還有其他的環節,孔子就不想看了。因為禘祭在灌禮之後,要在太祖之廟序昭穆,而魯國逆祀,亂昭穆,所以孔子以為非禮,不想再看〔註3〕。事實上,孔子心中的各種祭祀活動,包括祭祀上帝,與其說是一種宗教活動,不如說是一種「禮儀」。

　　又,《八佾》:「或問禘之說。子曰:『不知也。知其說者之於天下也,其如示諸斯乎!』指其掌。『祭如在,祭神如神在』。」孔子雖然看過「禘祭」,但並不知道這種祭祀有什麼意義。他不知道到底有沒有「神」存在。孔子只是無奈地說既然大家都祭祀神,那麼就當「神」存在吧。可見孔子對「神」根本就沒有深入瞭解的興趣。他也不能證明是否真有神?

　　《論語·述而》:「子不語怪、力、亂、神」。這是一般中國人都很熟悉的話。然而,根據我們的研究,一般人都把這句話的意思搞錯了。我認為這句話應該標點為「子不語:怪力、亂神」。是「怪力」和「亂神」相併舉,這樣才通順。《風俗通義》卷九有「怪神」條,也可作旁證。可見,孔子對神怪之事不感興趣。《易經》上《觀卦·彖辭》所說的「聖人以神道設教,而天下服矣」,

〔註3〕前人對此詳細的注解可參看黃懷信等《論語彙校集釋》(上海古籍出版社,2008年)228~236頁。

這就不是孔子的思想。一切宗教不都是「神道設教」嗎？孔子顯然不主張「神道設教」。作為《易傳》之一的《彖辭》顯然不是孔子所作〔註4〕。

以上的闡述可以證明孔子的思想和情操都沒有宗教性，整部《論語》完全是人文性的思想。孔子的人文精神一直貫穿了其後數千年的中華文明，這奠定了中國文化的人文基石。

孔子之後，在戰國時代的儒家中最有代表性的思想家是孟子和荀子，他們也都充滿了人文性的精神。考《孟子》一書分別引述了《尚書》和《詩經》中的一處「上帝」，也沒有特別的作用。只有《孟子‧離婁下》：「孟子曰：西子蒙不潔，則人皆掩鼻而過之；雖有惡人，齋戒沐浴，則可以祀上帝。」這是《孟子》書中孟子自己唯一一處提到「上帝」的地方，其意思只是說祭祀上帝應該莊重潔淨，沒有說上帝有任何法力神通。「上帝、天帝」在周朝人眼中實在是很模糊的存在，並沒有特別的神格，所以在唐朝以前的中國美術中完全沒有「上帝、天帝」的藝術造型，那是因為唐朝以前的古人根本就不知道遠古所傳的「上帝、天帝」到底是什麼形象？有什麼具體的神通？甲骨文中提到的「上帝」的神通自西周以後就沒有傳下來。其中重要的原因是西周統治集團強調要以「德」治天下，而不能借「天帝、上帝」之類的神靈來威服天下。西周統治者不怎麼崇拜上帝，就是鑒於商王朝過重上帝，喪失仁德，民心皆怨，從而招致亡國。

要注意的是《孟子》一書多次提到的「帝」絕不是「上帝」，而是指遠古聖王「堯舜」。《孟子》將「帝」和「上帝」區分甚明顯。在儒家思想中，《論語》雖然提到「堯舜」，但沒有「帝堯、帝舜」的稱法，不將「堯舜」稱為「帝」〔註5〕，在儒家文化中是《孟子》開始稱「堯舜」為「帝」，《孟子》中的「帝」也是專指「堯舜」，沒有一處指「上帝」〔註6〕。這顯然是戰國時代文化的特徵，

〔註4〕古人以為《易傳》都是孔子所作，這是沒有根據的。現代很多學者都認為《易傳》不是孔子寫的。

〔註5〕考《論語‧泰伯》：「子曰：『巍巍乎！舜禹之有天下也，而不與焉』。同篇又曰：『子曰：大哉，堯之為君也！巍巍乎！唯天為大，唯堯則之。蕩蕩乎！民無能名焉。巍巍乎！其有成功也；煥乎，其有文章！』」孔子敬仰「堯」，但沒有「帝堯」之說。

〔註6〕我們不嫌麻煩地將《孟子》中有「帝」的文句舉例於此：《公孫丑上》：「大舜有大焉，善與人同，捨己從人，樂取於人以為善，自耕稼、陶、漁以至為帝」。這是以「舜」為「帝」；《萬章上》：「帝使其子九男二女，百官牛羊倉廩備，以事舜於畎畝之中，天下之士多就之者，帝將胥天下而遷之焉。……妻帝之二女，而不足以解憂」。同篇：「萬章曰：舜之不告而娶，則吾既得聞命矣；帝之妻舜而不告，何也？」「帝」為「堯」。類例甚多。

是《尚書》的《堯典》和《舜典》影響的結果〔註7〕。

　　《孟子‧盡心下》有句名言；「孟子曰：民為貴，社稷次之，君為輕。」這是孟子的民本主義思想，人民貴於國家和君王。這種以民為本的思想絕不可能發展出任何宗教，因為一切宗教都是以神為本、以上帝為本，宣揚上帝和神靈要高於人類。基督教甚至宣稱人類有「原罪」，這與我國儒家的民本主義思想格格不入。所以儒家文化絕不是宗教。《孟子》同篇又稱：「孟子曰：聖人，百世之師也，伯夷、柳下惠是也。故聞伯夷之風者，頑夫廉，懦夫有立志；聞柳下惠之風者，薄夫敦，鄙夫寬。奮乎百世之上，百世之下，聞者莫不興起也。非聖人而能若是乎？而況於親炙之者乎？」很清楚，孟子崇尚的是聖人，而不是上帝或神靈。中國文化崇拜聖人，西方文化崇拜上帝，這是中西方文化精神的不同。正因為如此，中國的聖人文化、賢人文化、君子文化不可能發展為任何宗教。

　　戰國末期大儒荀子也是唯物主義者和人文主義者。《荀子‧天論》稱：「雩而雨，何也？曰：無何也，猶不雩而雨也。日月食而救之，天旱而雩，卜筮然後決大事，非以為得求也，以文之也。故君子以為文，而百姓以為神。以為文則吉，以為神則凶也」。這段話是典型的無神論，《荀子》說：天乾旱了，用祭祀來求雨因而得到雨水，並不是祭祀得來的，不用祭祀一樣會有雨；用卜筮來決定大事的吉凶，其實卜筮是不起作用的。君子把祭祀求雨和卜筮都只當作一種「文（即『禮儀』）」，一般愚昧的小人卻當作了「神靈」。《荀子》的唯物主義和無神論思想斷然不會發展出任何宗教。

　　我們再從儒家經典中引述兩段文獻，來看看先秦人對於「鬼神」的態度。

　　一是《左傳‧僖公五年》：虞國大夫宮之奇對虞公說：「臣聞之，鬼神非人實親，惟德是依。故《周書》曰：『皇天無親，惟德是輔。』又曰：『黍稷非馨，明德惟馨。』又曰：『民不易物，惟德繄物。』如是，則非德，民不和，神不享矣。神所馮依，將在德矣。若晉取虞而明德以薦馨香，神其吐之乎？」可知在宮之奇眼中，鬼神只會保佑有美德的人，而不會幫助那些只會用各種豐美的祭

────────────────

〔註7〕由於《孟子》的行文慣例是以「堯舜」為「帝」，以「帝」為「堯」或「舜」，從不將「帝」和「上帝」相混。這必然是《尚書‧堯典》、《舜典》影響的結果。由此可推斷《堯典》和《舜典》的成立一定是在《孟子》之前。且在孟子時代已經廣泛流行。這是本文意想不到的一個重要結論。

品來鬼神的人。這是我國先民理性主義的重要體現，也是我國上古人文精神的表徵，與古印度婆羅門教專搞祭祀主義，一味頌神，有本質的不同。

二是《左傳·桓公六年》隨國的大夫季梁對國君說：「夫民，神之主也。是以聖王先成民而後致力於神」。說「民」是「神之主」，這是典型的人文主義和民本主義，與一切宗教以神為本完全不同。看了這兩段文獻，我們可以明白為什麼我國沒有發展出真正意義上的宗教〔註8〕。我國文化為什麼沒有基督教的讚美詩和原罪觀，其原因就是我國傳統的儒家文化是以人為本而不是以神為本，不贊成寄希望於鬼神，愛護人民、同情人民。尤其要注意的是就是《荀子》中有專門的《性惡》論，其觀點這似乎接近於基督教的原罪觀，但《荀子》是從儒家的立場主張用儒家的教育來改善人性，而不是如基督教一樣提倡懺悔。於此可見中國儒家文化與基督教文化本質的不同。

我們總結以上的論述：在先秦的儒家文化始終有很強的人文性，充滿了理性主義的精神，沒有宗教性，儒家文化不可能發展為以上帝或神靈為本的宗教。

《孔子聖蹟圖》

〔註8〕另外可參看西漢成帝時的大臣谷永上書諫漢成帝不要迷信神仙之事，很詳細地表現了西漢時期的我國知識分子的理性主義精神，其文甚美，載《漢書·郊祀志下》和嚴可均《全漢文》卷四十六。

《孔子授業圖》

儒教的「教」是教育，而不是宗教。

二、殷商以來有「鬼神文化」

許多人以為以孔子發端的儒家文化是我國最早的思想文化。其實這是不對的。殷商時代的鬼神文化才是現在可以通過文字和文物來考證的最早的精神文化，這是因為有大量甲骨文和商代青銅器作根據。我強烈傾向於將殷商時代的卜筮文化稱為「鬼神文化」，而不稱為「宗教」。這是因為殷商時代的「鬼神文化」不具有通常意義上的宗教的特徵。凡是真正的宗教一般要有必須的要件，而殷商時代的鬼神文化不具備這樣的條件：

1. 宗教經典。如佛教的佛經，道教的道經、古代波斯火祆教的《阿維斯陀》，古代印度婆羅門教的《吠陀》，猶太教的《舊約》，基督教的《聖經》，伊斯蘭教的《古蘭經》。古代埃及的宗教也有很多經典。但是，我國殷商時代的「鬼神文化」卻沒有一部真正的宗教經典作為依歸。當時只有卜筮、祭祀、崇拜、神話、信仰，其實這些都是一般意義上的迷信和王室生活傳統，而不是宗教，因為沒有至高無上的宗教經典。

2. 宗教都有宗教戒律，如同佛教的戒律，也稱為教條。從甲骨文中沒有發現商代有宗教戒律存在。

3. 宗教都有相應的教團組織。在甲骨文中也沒有發現有宗教組織或教團的存在。我們不能將商朝人祭祀祖先的活動、問卜決疑的活動混同於宗教。

4. 宗教一般有教祖。如同佛教的釋迦摩尼、道教的老子和元始天尊、基督教的耶穌、火祆教的蘇魯支（又譯為「查拉圖斯特拉」）、摩尼教的摩尼、耆那教的大雄、伊斯蘭教的默罕默德。殷商時代的鬼神文化雖然很昌盛，但並沒有宗教教祖的人物存在（顯然不能把殷王當作宗教教祖）。

5. 殷商鬼神文化雖然崇拜宇宙的至上神「帝、上帝」，在甲骨文中「上帝」確實主宰人間的一切禍福。但這是一個模糊的存在，殷商人並沒有將「上帝」人格化。更重要的是殷商人的「上帝」雖然主宰人間禍福，但卻不是人間道德法律的制定者。世界他國的上帝往往是人間道德甚至法律的最早製造者（當然是託名上帝），宗教經典常常闡述宗教道德和法規，例如，《聖經》、《古蘭經》、《佛藏》都有很多宗教道德和法規的闡述。在甲骨文中，我們看不出上帝與殷商人的道德法規有什麼關係。

6. 宗教一般有自己特定的名稱，以顯示出與其他宗教或思想的不同。戰國時代的諸子百家都有自己的名號，也就是《漢書·藝文志》所提到的九流十家。彼此名號斷不會相混同。但是殷商人的鬼神文化卻沒有自己特定的名號作為一個宗教流派的總的名稱。

根據以上六點理由，我們堅決不贊成把殷商的鬼神文化等同於宗教。

《禮記·表記》記載孔子的一段話十分精彩，可以看出夏商周三代文化精神的不同：「子曰：夏道尊命，事鬼敬神而遠之，近人而忠焉，先祿而後威，先賞而後罰，親而不尊。其民之敝，蠢而愚，喬而野，樸而不文；殷人尊神，率民以事神，先鬼而後禮，先罰而後賞，尊而不親。其民之敝，蕩而不靜，勝而無恥；周人尊禮尚施，事鬼敬神而遠之，近人而忠焉，其賞罰用爵列，親而不尊。其民之敝，利而巧，文而不慚，賊而蔽」。這段話到底是否孔子的真實語錄並不重要，但確實是先秦儒家學者對於夏商周三代文化差異的精闢概括。其中說到殷人文化是「殷人尊神，率民以事神，先鬼而後禮」，夏朝和周朝都是「事鬼敬神而遠之」，因此，我國自上古以來的鬼神文化是從商朝人那裡發展出來的。

商代國寶《人面紋方鼎》

商代晚期。1959 年在長沙廢銅倉庫中發現。是否為商代的湖南地
區所鑄造，尚難考證。方鼎的四面都是神面像，是為了辟邪。

殷商時代到底有多少神靈存在？學術界通常認為有各種神靈確實存在於
當時人的精神中，這些神靈根據其職能分為不同的部類，彼此之間並沒有一個
完整的系統，也就是在殷商人的觀念中沒有一個完整的諸神譜系。陳夢家《殷
虛卜辭綜述》〔註9〕第十七章《宗教》列舉了「上帝、帝臣、東母、西母、日、
雲、雨、雪、風」等。我們仔細考察這些所謂的神靈，除了「上帝」為至上神
以外，其餘都只能算是自然崇拜，不是真正意義上的大神。因為這些所謂的神
都沒有自己的專名，戰國時代的日神名羲和，月神名女和，雨神名玄冥或屏翳，
風神名飛廉，雲神和雷神名豐隆，水神稱河伯，名馮夷（另一系的水神為「共
工」）；春秋以後有西王母。世界各國上古諸神都有各自的神名。如古埃及、蘇
美爾（以及後來的阿卡德、巴比倫）、古印度、古波斯、古希臘、古羅馬、古
日本，這些古文明的諸神都有各自的名稱。而甲骨文中只有自然崇拜，只是萬
物有靈的泛神論觀念，這些觀念是很抽象的。殷商人並沒有將「上帝、帝臣、

〔註 9〕中華書局，1992 年版，另外參看陳夢家《商代的神話與巫術》（收入《陳夢家學術
　　　論文集》，中華書局，2016 年）；常玉芝《商代宗教祭祀》（中國社會科學出版社，
　　　2010 年）；王宇信等《甲骨學一百年》（社會科學文獻出版社，1999 年）第十三章
　　　《商代宗教祭祀及其規律的認識》；具隆會《甲骨文與殷商時代神靈崇拜研究》（中
　　　國社會科學出版社，2013 年）；朱鳳瀚《商周天神崇拜》（見《中國社會科學》，1993
　　　年第 4 期）；朱鳳瀚《商人諸神之權能與其類型》（收入《盡心集》，中國社會科學
　　　出版社，1996 年）。

東母、西母、日、雲、雨、雪、風」真正地人格化。我們不知道這些神靈到底是什麼名字，有什麼活動，是什麼形象，穿什麼衣服，有什麼意志和思想，有什麼情感，過著怎樣的生活，是什麼飲食，是否婚嫁，是否生子？沒有以上具體的描寫，抽象的泛神論連神話都不容易產生。即使戰國時代的神話也多半是凌亂瑣碎，不成系統，《山海經》是典型的例子。且中國神話都不與道德法規相關聯，所以都沒有發展出宗教，因為道德與戒律是宗教的重要內容。甲骨文中的「東母、西母」的崇拜到了西周就完全滅絕了，其中的「西母」與《穆天子傳》中的「西王母」絕無任何關係。東漢以來的東王公、西王母的神話與甲骨文中的「東母、西母」沒有任何聯繫，並非「東母、西母」神話的變異。

凡是宗教必須要有相當的民眾基礎，而甲骨文中的上帝崇拜似乎是殷王室才擁有的天神崇拜，並不是全民族普泛的精神信仰。殷王室崇拜上帝是為了得到上帝的保佑，使得商王朝的統治永固。殷王室也決不允許一般民眾崇拜和祭祀上帝，因為民眾一旦崇拜上帝，就會向上帝祈禱殘暴的統治者趕快滅亡。事實上，《尚書‧湯誓》稱：「有眾率怠弗協，曰：『時日曷喪？予及汝皆亡。』夏德若茲，今朕必往。」《孟子‧梁惠王上》也提到：「《湯誓》曰『時日害喪，予及女皆亡。』民欲與之偕亡」。夏朝的君王夏桀自稱是太陽神，夏朝的老百姓實在受不了夏桀的暴政，於是痛恨地說：「你這太陽什麼時候才死啊，我要與你同歸於盡」〔註10〕。從《湯誓》和《孟子》可以看出，夏朝君王的鬼神崇拜不是一般民眾的信仰。老百姓因為夏桀自稱為太陽神就連太陽也一起痛恨，因此夏朝的民眾沒有日神崇拜，崇拜日神是殷王室的特權。我國先民自上古就沒有太陽神崇拜，這是我民族文化的重要特徵，羲和絕不等同於印度、埃及神話中日神，羲和在神格上沒有任何神通，也不是保護神。

要注意的是甲骨文中有太陽崇拜（這是王室才有的祀典，並非民間文化），卻居然沒有月崇拜。古人有月神的觀念似乎要晚至戰國時代。但也沒有形成以月神為中心的宗教。甚至關於月神的神話都只是蛛絲馬蹟。臺灣有的學者認為

〔註10〕孫星衍《尚書今古文注疏》（中華書局點校本，2004年版）218頁引鄭康成注：「桀見民欲叛，乃自比於日，曰『是日何嘗喪乎？日亡，我與汝亦皆喪亡。』引不亡之徵，以脅恐下民也」。東漢大學者名稱是夏朝末代暴君夏桀自比為太陽，也就是以太陽神自居。其目的是為了威脅嚇唬普通老百姓。誰知老百姓恨透了夏桀，寧可與其同歸於盡。這表明當時的民眾不信仰太陽神。而太陽神崇拜是君王自己搞的愚民政策。

中國上古流行月神崇拜，這實在是誤解。

　　我國先民幻想了複雜的自然諸神來分管宇宙間的各種現象，但始終沒有將諸神納入一個完整的各就各位的譜系圖中，哪怕戰國時代我國神話大發展，諸神的來源也是很複雜的，當時人還不可能構造一個體系嚴整的諸神譜系，根本沒有把諸神納入到一個體系完善的宗教系統之中。直到六朝以後的道教才有這樣的嘗試。

　　我們要討論的原始宗教實質上是我國先民對各種神靈的崇拜和祭祀。崇拜是偏於精神信仰方面，祭祀是偏於禮儀活動方面。自殷商以來，我國先民的這些原始宗教在漢字中有相當程度的體現。我們可以通過對漢字體現出的鬼神文化的考察，從而大致瞭解我國先民的原始宗教。我們說的原始宗教當然是指佛教和道教之前的樸素的原始宗教，也就是鬼神文化，因為我們認為中國遠古時代並沒有真正意義上的宗教。

東漢時代流行的伏羲女媧交尾圖

多見於東漢畫像石。西漢以前沒有伏羲女媧交尾的觀念和圖像。

三、漢字中的信仰和神靈崇拜

我們打算從幾個方面來討論漢字中的信仰和神靈崇拜，其中有我們自己最新的研究，並不都是採取學術界已有的觀點：

（一）遠古的聖王及相關崇拜

1. 關於遠古聖王「堯」的語源學考證

西方文化自遠古以來就把神或上帝稱作 god。根據英文本《錢伯斯語源學辭典》〔註11〕440 頁的考證和論述，god 一詞在印歐語系中有極為悠久的歷史，其原始印歐語的詞根的構擬是〔ĝheu-〕或〔ĝhu-〕；據日本學者小稻義男等許多學者共同編著的《新英和大辭典》第五版〔註12〕，god 一詞是由 ghau 一詞演化而成。而我國歷史文化中所稱的上古聖帝「堯」，其上古音為疑母宵部開口四等〔註13〕。上古音的「堯」與〔ĝheu-〕或〔ĝhu-〕相比對，其聲母的 ŋ 與 ĝh／gh 二音在上古漢語中互通〔註14〕，二者的元音成分也很相近。故「堯」與「god」的上古音極為近似，這難道是巧合嗎？「堯」是否有可能是原始印歐語的表示上帝的〔ĝheu-〕或〔ĝhu-〕、〔ghau〕的譯音呢？我認為這種可能性真的不能排除。這是一個很重要而又有趣的思路。我國傳說中的堯、舜、禹這樣的聖王，其名稱皆應是尊號，而非人名，如同成吉思汗乃尊號而非人名。考《史記・五帝本紀》：「帝堯者」。《集解》稱：「諡法曰：翼善傳聖曰堯。」《索隱》：「堯，諡也。放勳，名。帝嚳之子，姓伊祁氏」。則『堯』決為美稱，他的名本是「放勳」。而且自《尚書・堯典》開始，古書中確稱「堯」為「帝堯」，可能『帝』為〔ĝheu-〕或〔ĝhu-〕、〔ghau〕的意譯，『堯』為〔ĝheu-〕或〔ĝhu-〕、〔ghau〕的音譯。合則為帝堯〔註15〕，此為美稱，不是人名。《尚書》以「帝堯」為古聖王之首，而不列舉黃帝、顓頊。可知「堯」一名傳自太古，其名稱的起源恐怕

〔註11〕英文本，2002 年版。

〔註12〕日本國研究社，1982 年版。

〔註13〕據郭錫良《漢字古音手冊》（李珍華、周長楫《漢字古今音表》同）的構擬「堯」的上古音是 ŋiau。這是王力先生《漢語史稿》的上古音系統的處理辦法。據王力《漢語語音史》的構擬則是 ŋio。據趙彤《戰國楚方言音系研究》（北京大學博士論文，2003 年）的構擬，則是 ŋiu。這三種構擬都與原始印歐語的〔ĝheu-〕或〔ĝhu-〕、〔ghau〕音近相通。如果採用四等韻在唐代以前沒有〔i〕介音的觀點來構擬（有些學者和我自己就持這個觀點），也是可以相通的，符合對音的音近範圍。

〔註14〕群母和疑母古音相近，互相通轉是很正常的語音現象。

〔註15〕我國古人在利用外語音譯詞的時候，以意譯與音譯合用之例甚多，此不詳說。

反而在「黃帝」以前。漢語文字學將「堯」解釋為「高」，如《說文》：「堯，高也」。這是聲訓，二者古音相通，當是同源詞。古書常說「堯」以德配天，「天」訓「巔」，正有「高」的意思。所以「堯」的意思與「天」相通，故而可以引申出神聖的含義。我國遠古的「堯」居然與英文的 god 同源，也許一般人覺得不可思議，然而語源學的研究結論就是如此。

2. 關於遠古聖王「舜」的語源學考證

有的比較神話學者認為中國的遠古聖主帝『舜』可能相當於英文中 sun 的古語的譯音。也有人認為舜是女真文中「日」的譯音〔註16〕。這些學者揭示的比較材料的時代性太晚，未能利用西方歷史語源學特別是原始印歐語研究的成果。我們根據英文本《錢伯斯語源學辭典》1091 頁的論述，sun 在古代波斯的阿維斯塔語有同源詞是『xvəng』（意思是『太陽的』，英文解釋是『of the sun』）；《原始印歐語文化百科全書》（英文本）556 頁也提到阿維斯塔語的『xvəng』，並認為這是來自更古老的 suans 這一語形。「舜」上古音是書母文部合口，擬音是〔ɕjwən〕，與 suans 在音理上音近相通。因此，漢民族的上古聖君「舜」這一稱號很有可能是遠古中亞語 suans 的譯音，意思是「太陽」或「日神」。也就是說：「舜」與英文中的「sun」居然是同源詞。確實很有趣。古漢語文字學對「舜」不能做出有神聖意義的分析〔註17〕。

3. 后

夏朝的君王不稱「王」，而稱「后」。「后」字在甲骨文中象人端坐用口發號施令之形。《說文》：「后，繼體君也。象人之形。施令以告四方，故廠之。從一，口。發號者，君后也」。《說文》不把「后」解釋為「王后」，而解釋為「君」，這是精確闡釋了「后」的本義。《說文》的「君后」不是「君王的后」，「君」與「后」是同義詞，猶如「君王」。只是《說文》把「后」分析為完全的會意字，則不完美。從語源學上看，「后」與「口」明顯音義皆通，當是以「口」為聲符，因此，「后」的字形結構是會意兼形聲，不是單純的會意字。「口」是「后」的語源，強調「發號施令」。於此可見夏朝文化中的「后」是

〔註16〕參看蕭兵《楚辭的文化破譯》（湖北人民出版社，1991 年版）78～87 頁。此書所引述的各家材料很豐富。

〔註17〕關於「堯、舜」的語源學的解釋是依據龐光華《上古音及相關問題綜合研究》（暨南大學出版社，2015 年）第一章第六節《關於用對音來研究上古音》。

以「發號施令」為主要特徵,「后」不用自己動手幹事。後人常說的「君子動口不動手」其觀念是源自夏朝文化。

還有一種說法:「后」與「後」是同源詞,《說文》稱「后」為「繼體君」,就含有「后」與「後」同源的意味(「繼體」不就是「後」嗎?)。段玉裁《說文注》〔註18〕也稱:分開來講,開國先君為君,繼體之君為後。渾言之,君與后就沒有區別。這是有道理的。《爾雅》和《詩經》毛傳就將「後」注解為「君」,可見戰國中後期以降的學者都懂得「後」有「君王」之義,不僅僅是「君王的夫人」。

古書常稱「夏后、夏后氏」。如《左傳・僖公三十二年》:「其南陵,夏后皋之墓也。」《詩經・大雅・蕩》:「殷鑒不遠,在夏后之世。」《論語・八佾》:「夏后氏以松,殷人以柏,周人以栗。」〔註19〕到了商朝,最高權力者稱「王」,原來的「后」就降級為「王后」,演變為「王」的夫人了。其實,最早的「后」都是男人,並不是君王的配偶。《孟子・梁惠王下》引《尚書》說:「徯我后,後來其蘇。」〔註20〕意思是「等待我們英明的君主,明君來了,我們的日子就好過了」。只有夏朝才用「后」來指君王,而《尚書》、《左傳》、《詩經》、《論語》在談及夏朝的君主時基本上用「夏后」,不說「夏王、夏君、夏主」,〔註21〕可見夏朝的文化即使到了一千多年後的戰國時代也能被人們大致瞭解。春秋戰國人講的夏朝歷史文化絕不會都是憑空虛構的。知道這點很重要,我們於是可以相信司馬遷的《史記・夏本紀》是有根據的。不能因為《史記》成書於西漢,就說其書關於比司馬遷早兩千年的歷史記載都是虛構的。王國維已經證明《史記・殷本紀》與甲骨文相當吻合〔註22〕。可見司馬遷的《殷本紀》是有根據的,雖然他當時沒有見到甲骨文。現在有的學者一味懷疑中國遠古文化的真實性,真是疑其所不可疑。

〔註18〕段玉裁《說文注》對「后」字的《說文》原文注改動很大。我們暫不討論其得失。

〔註19〕另參看《尚書・湯誓》。

〔註20〕今本《尚書・太甲中》作:「徯我后,后來無罰」。又見《尚書・仲虺之誥》。二者都屬於《古文尚書》,學術界一般以為是後世偽造。

〔註21〕只有《尚書・仲虺之誥》、《咸有一德》、《湯誓》、《湯誥》、《泰誓》作「夏王」,不作「夏后」,這正是這些文獻為後世所作的證據,不能當做是商代文獻。

〔註22〕參看王國維《觀堂集林》卷九《殷卜辭中所見先公先王考》和《殷卜辭中所見先公先王考續考》。

徐悲鴻《徯我后》圖

這是根據《尚書》和《孟子》描繪人民期盼賢明君王的願望。此圖完成於
1933 年，表達了對當時最高權力者不抵抗日寇、不振恤貧民的不滿。

4. 王

到了商朝，國家的最高統治者才稱「王」。「王」在甲骨文中象斧鉞之形
〔註 23〕，是王權的象徵，所以用來代表最高權力者。我們再追問：斧鉞為什麼
能夠代表王權呢？斧鉞本來是刑具，用來執行肉刑的。因此，斧鉞可以代表殺
伐之權。以斧鉞象徵王權，就說明王權可以有殺伐的權力。商朝的開國君主湯就
拿著鉞討伐夏桀〔註 24〕。後來周武王伐商時候，周武王手中就拿著黃鉞〔註 25〕。
可見自商朝以來最重要的權力就是殺伐之權。《說文》：「王，天下所歸往也。」
《呂氏春秋·下賢》：「王也者，天下所歸往也。」《韓詩外傳》卷五：「天下往
之謂之王。」《風俗通義·皇霸》：「王者，往也，為天下所歸往也。」《白虎通
義·號》：「王者，往也，天下所歸往。」《春秋繁露·深察名號》：「王者，往也。」
《春秋繁露·滅國》：「王者民之所往。」《荀子·正論》：「天下歸之之謂王。」

〔註 23〕 參看林澐《說王》（收入《林澐學術文集》，中國大百科全書出版社，1998 年）。另
　　　　參看《甲骨文字詁林》（中華書局，1996 年）「王」字條。劉釗等《新甲骨文編》（福
　　　　建人民出版社，2009 年）19～20 頁「王」字條。
〔註 24〕 《史記·殷本紀》：「湯乃興師率諸侯，伊尹從湯，湯自把鉞以伐昆吾，遂伐桀」。
　　　　《詩經·商頌·長發》：「武王載斾，有虔秉鉞。」毛傳曰：「武王，湯也。」《史記·
　　　　殷本紀》：「紂乃許之，賜弓矢斧鉞，使得征伐，為西伯。」
〔註 25〕 《史記·周本紀》：「武王左杖黃鉞，右秉白旄」。

這是用「往」來聲訓「王」，二者是同源詞，意思是「王」是天下人都匯聚在一起的核心。《說文》的這個語源學的解釋我以為並不錯（雖然《說文》關於「王」的字形分析是錯誤的，與甲骨文字形不合），不能以為「王」在古文字中是「斧鉞」之形就說「王」與「鉞」是同源詞。且不說，在甲骨文中「王」與「戊」字形區別明顯，不可能相混。從語源學上看，「王」與「鉞」的聲母相同，但是韻部差別較大，只是雙聲，並不同音，難說二者上古音可以相通。《甲骨文字詁林》第四冊「王」字條引王國維說，稱「王」與「旺」同語源，是「旺盛」之義。可惜沒有堅強的證據。

甲骨文中的斧鉞象徵王權，但與甲骨文的「戊」字形明顯不同。

5. 君

《說文》：「君，尊也。從尹。發號，故從口。古文象君坐形。」「君」的意思是「尊」，這是訓詁學中的聲訓，二者是同源詞（二者的聲母雖有區別，但在上古音也可以相通）。可見「君」的意思是來源於「尊貴」。尊貴的人是用口來發號施令，叫別人幹活，自己只是用口指揮，不會去幹體力勞動，所以「君」字從「口」。「君」所從的「尹」，《說文》訓「治」，字形象用手握著權力杖。春秋戰國時代的南方大國楚國的各部行政長官的稱號都帶有「尹」字，楚國德最高行政長官稱「令尹」。權力杖是最高統治者「王」授予的。所以，先秦時代所有的「君」和「尹」都不是國家的最高權力者，對商王、周王絕不能稱「君」。但在春秋時代，「君」是用作對諸侯國君的尊稱，而且只能用於諸侯國君，不能用於諸侯國的大臣；到了戰國時代，七國稱王，戰國時代的「君」都是用為有封地的大臣的稱號，例如齊國的孟嘗君、楚國的春申君、趙國的平原君、魏國的信陵君、秦國的武安君白起、商君等等，或小諸侯國的「國君」。這時「君」

的地位與春秋時代已經不同。

　　最高權力者商王、周王的權力象徵是斧鉞，只有天子才能使用。權力杖原本是大臣或小國之君才用。古代巴比倫王國有漢莫拉比法典，刻寫該法典的石柱上端是太陽神沙瑪什坐著將權力杖授予古巴比倫國王漢莫拉比。這顯示出古巴比倫王國使用權力杖象徵王權，而且這種王權是太陽神授予的。這與我國的商周文化用斧鉞象徵王權明顯不同。但漢字的「君、尹」字顯示出我國先秦文化也有用權力杖的文化傳統，這是否與古代的西亞文化有關聯呢？這是一個很有趣味的問題。我們這裡提出來供學術界參考。

　　古代由於貴族有條件受充分的教育，所以國君之子的「君子」成為有教養有身份的人的尊稱。與此類似的還有本來是大貴族公爵的兒子稱「公子」，也稱為對有教養有身份的人的尊稱。

刻有《漢莫拉比法典》的磨光玄武岩石柱上端（碑身刻有法典）。坐著的是遠古西亞的太陽神沙瑪什（椅子最早出現於西亞和埃及），將權力杖授予站著的古巴比倫國王漢莫拉比。石柱是公元前 18 世紀的文物。公元前 12 世紀，埃蘭軍隊攻陷巴比倫城，作為戰利品將之帶到埃蘭的首都蘇薩。1901 年法國考古隊在蘇薩故城遺址發現。這個石碑浮雕圖表現了典型的君權神授意識。

（二）天神及相關崇拜

1. 帝

　　甲骨文中有一個至上神稱「帝」或「上帝」。〔註26〕這個「帝、上帝」真是

〔註26〕基督教的「god」被翻譯為中文的「上帝」，這是明末天主教傳教士利瑪竇用《尚書》中的「上帝」一詞來翻譯西文的「god」。不過當時利瑪竇根據的西文「god」應該不是英文，而是相應的拉丁文。

神通廣大（以下統稱「上帝」，甲骨文中也多稱為「帝」），是宇宙真正的主宰。「上帝」的神通在甲骨文中表現為能夠左右「颳風、下雨、降旱災、降災禍、賜予吉祥（甲骨文叫「降若」）、給予保佑（甲骨文叫「受又」）、賜予糧食豐收（甲骨文叫「受年」）。」等等，真是無所不能〔註27〕，堪比西方基督教的上帝。

關於為什麼「帝」能夠成為最上神的名稱？學者們的研究很多，意見很不一樣。有的解釋為「花蒂」，有的解釋為「審諦」，有的解釋為「象焚柴以祭天」，〔註28〕眾說紛紜，但都不能說清楚「帝」為什麼能成為至上神的尊稱。學者有關的研究可參看《古文字詁林》〔註29〕第一冊「帝」字條。

我認為郭沫若早年有一個研究值得注意。郭沫若《先秦天道觀的進展》〔註30〕首先批評了最上神的「帝」是從「花蒂」的意思引申出來的說法〔註31〕。接著介紹了外國學者波爾的看法：「帝」的字形與古巴比倫文字中表示天神的一個字形相似〔註32〕，那個巴比倫字的讀音是 din-gir 或 di-gir，dim-mer，其首音與「帝」音相近，而又和「帝」字一樣兼有天神和人王二義〔註33〕。郭沫若總結道：「波爾的見解也還不好便立被拋棄，就近年安得生對彩色陶器的推斷以及卜辭中的十二辰的起源上看來，巴比倫和中國在古代的確是有過交通的痕跡，則「帝」的觀念來自巴比倫是很有可能的。我現在對於波爾氏說要提出一番修正，便是巴比倫的※的觀念在殷商時代輸入了中國，殷人故意用了字形和字音相近的「帝」字來翻譯了它，因而「帝」字便以花蒂一躍而兼有天神和人

〔註27〕 詳細的論述參看陳夢家《殷虛卜辭綜述》（中華書局，2004 年版）第十章《宗教》561～571 頁；王宇信、楊升南《甲骨學一百年》（社會科學文獻出版社，1999 年）第十三章《商代宗教祭祀及其規律的認識》592～594 頁；最新最詳細的研究則是常玉芝著《商代宗教祭祀》（商代史卷八，中國社會科學出版社，2010 年）第二章《上帝及帝廷諸神的崇拜》。

〔註28〕 這是徐中舒《甲骨文字典》中的解釋，認為「帝」是「禘」的初文。這是諸家解釋中最合理的。照此說，則「帝」是來源於祭天之名。但古人以祭天之名為「郊祭」，卻從來沒有將「郊」字引申出天神之類的意思。所以徐中舒的解釋也不大可信。更何況燒柴祭天在上古有專名「柴」，不是「帝」。

〔註29〕 上海教育出版社，2005 年，46～56 頁。

〔註30〕 見郭沫若《青銅時代》（收入《郭沫若全集・歷史編》第一卷，人民出版社，1982 年，參看此書 329～330 頁）。

〔註31〕 《說文》說：「帝，諦也。」這也是沒有根據的。

〔註32〕 光華按，巴比倫文字的那個與漢字的「帝」相對應的表示天神的字我們無法寫出，下面用※符號來表示。請讀者參看郭沫若原文 329～330 頁。

〔註33〕 據郭沫若的注解，此處的波爾其人其書是指 C.J.Ball《Chinese and Sumerian》（《漢語和蘇美爾語》）。郭沫若未言其書的出版地和時間。

王的稱號」〔註34〕。波爾和郭沫若的觀點是值得注意的。只是即使承認漢字的「帝」與巴比倫字的 din-gir 或 di-gir、dim-mer 有對應關係，也不好認可「帝」就是後者的音譯，也許是後者的中亞古語的變體音的翻譯，或者另有直接的來源。

我自己進一步做了一些考察，得出了有趣的發現。據《新英和大辭典》第五版 2466 頁〔註35〕，古希臘最上神「宙斯」Zeus，在古希臘文是 Zeús，在梵文是 Dyaus，意思是「天／日」，英語中的 deity 與之同源。考日本學者荻原雲來主編《梵和大辭典》617 頁，梵語的 dyu- 是用在複合詞中的前綴表示「天、日、光明」等意思，其動詞有 dyut 表示「發光、輝煌、照耀」等意思；dyuti 是女性的 dyu。據《牛津古典神話和宗教詞典》〔註36〕580 頁 Zeus 條的解釋，Zeus 在遠古印度的最早經典《梨俱吠陀》（Rigveda）中作 Dyaus，其原始語根似應作 diéu-。意思是「day、sky」。據權威的英文本《錢伯斯語源學辭典》261 頁「deity」條的論述，英語的 deity 有非常古老的來源。在原始印歐語的詞根構擬作 deyeu-，後變作原始印歐語 deiwos→原始日耳曼語 Tīwaz；在拉丁文是 deus，在梵語是 devá-s；總結以上所引的古老印歐語，我相信漢語中的「帝」與原始印歐語詞根 deyeu- 的 de 或 diéu 的 dié，原始印歐語 deiwos 的 dei，梵語 devá-s 的 de 以及梵語的 dyu-、梵語 Dyaus 的 Dy，拉丁語 deus 的 de，原始日耳曼語 Tīwaz 的 Tī，都是同源詞，「帝」表示至上神應該是後者這些古老印歐語的詞根或詞首的音譯〔註37〕，在印歐語中本是表示「天、日、天神、白晝」。我們於是有趣地發現，漢語的「帝」和英語的常用詞「deity」居然有著共同的古老淵源，都源於原始

〔註34〕郭沫若此文的下一段的論述也很有趣，但恐易惹爭議，我們不再引述。

〔註35〕日本國研究社，1982 年版。

〔註36〕英文本，PRICE 和 KEARNS 編撰，牛津大學出版社，2004 年版。

〔註37〕張舜徽先生《解釋帝字受義的根源答友人問》（收入《張舜徽學術論著選》，華中師範大學出版社，1997 年）也注意到了郭沫若和鮑爾的意見，但張舜徽認為「帝」字是得義於「日」。按照張舜徽此文的論述，「帝」和「日」是同源詞，在語音上也有相通的關係。光華按，「帝」的上古音和「日」的上古音在韻部上有明顯區別，不宜看成是同源詞。古文獻張沒有明顯的訓詁學的證據可以表明「帝」有「日」義。例如《易經》所說的「帝出乎震」。古注以「震」為「東方」。張舜徽先生居然根據這個材料認為「帝」有「日」義。我簡直不明白這是什麼邏輯。在《周易》中「震」可指「雷霆」，從未有「日」義。張先生此文沒有提供任何一個過硬的證據可以說明古文獻中的「帝」有「日」的意思，在古書中倒是有很多「帝」與「天」互訓的例子。張舜徽此文之說斷不可信。吳秋輝《侘傺軒文存》（齊魯書社，1997 年）150～153 頁專門討論「帝」字的詞源，然沿襲舊說，沒有發明。

印歐語〔註 38〕。這個有趣的發現當然不能證明漢語和印歐語同源，但可以證明遠古漢語和與印歐語之間早已存在借詞關係，也就是漢語民族和印歐語民族之間的文化交流關係。古希臘神話的上帝「宙斯」、現代英語中的「day」和上古漢語的「帝」居然是同源詞，真是有趣〔註 39〕。於此可見歷史比較語言學的無窮魅力。

2. 天

郭沫若《先秦天道觀的進展》〔註 40〕將甲骨文中的「帝」和「天」做過比較，發現「帝」是至上神，而甲骨文中的「天」是「大」的意思，沒有神秘性和權威性，不是當時人精神世界的主宰，這與周朝人的觀念完全不同。從文字學上看，「天」是由「一」和「大」構成，其中的「一」本不是「一」，而是表示人的頭頂，「大」象人正面站立之形。可知，「天」字本來沒有神秘的意思，只不過是人的頭頂。頭頂以上就可成為「天」。但是這個「天」卻成為西周以來人們心中的造物主。

我們在甲骨文中看不到「上帝」能夠創造萬物，但是在西周以後的文獻中卻有「天」造萬物的觀念。《論語‧陽貨》：「子曰：天何言哉？四時行焉，百物生焉，天何言哉？」孔子的話實際是說「天生百物」。陸賈《新語‧道基》：「傳曰：天生萬物，以地養之，聖人成之」。《孔子家語‧六本》：「天生萬物，唯人為貴。」〔註 41〕《老子》第一章：「無名天地之始；有名萬物之母。」這雖然沒有明確說「天生萬物」，但將「天地」與「萬物」相關聯，而且天地的產生在萬物之前。細讀《老子》這兩句話，我覺得《老子》這裡的「有名」就是「天地」的同義詞，「無名」是「道」的同義詞。《老子》說「道是天地之始，而天地是萬物之母」。這樣解釋是很通達的。我國先民還認為「人」是天生的，與上帝無

〔註38〕 我們也清楚看到了古希臘的至上神「宙斯」Zeus 在語源上居然與普通的英語詞彙 deity 是同源的。

〔註39〕 再結合郭沫若的研究，我認為我國上古經典中如《尚書》中稱的「帝堯」、「帝舜」之類名號一定發生在商代以後；在夏代的國君的名號不是「帝」，也不是「王」，而是「后」，在古書中常有「夏后氏」的說法。而且用「帝」作為至上神也是從商代才開始的，夏代及其以前應該沒有「帝」的觀念。例如夏末暴君夏桀把自己比作「日」，但並沒有涉及到「帝」的觀念。

〔註40〕 見郭沫若《青銅時代》（收入《郭沫若全集‧歷史編》第一卷，人民出版社，1982年，參看此書 329～330 頁）。

〔註41〕 又見劉向《新語》卷十七《雜言》。

關。《詩經·大雅·蕩》:「天生烝民。」「烝民」就是「眾民」,「天生人」猶如說「大自然生人」,這與基督教的上帝造人的信仰完全不同。

商朝人崇拜「帝、上帝」,而周朝人崇拜「天」。這個變化不是小事。由於「天」比「帝」更加朦朧模糊,更加不可捉摸,更加難以人格化,所以周朝人敬天主要是禮儀性和道德性的。孔子不大清楚「天道」,所以《論語·公冶長》中孔子有個學生說:「夫子之言性與天道,不可得而聞也。」這實際是說孔子不怎麼談「天道」的問題。整部《論語》孔子都沒有用過「天道」一詞,但多言「天」。周朝人強調「天、天道」更主要的是用「天、天道」來約束統治者和一切權力者,使所有的權力者有所敬畏,讓他們明白權力者不是最高統治者,不能濫用權力,為所欲為,他們的上面還有「天」來主管他們。權力者要遵守「天道」。如果荒淫無道,「天」就要降下懲罰。所以先秦人尊崇「天」更主要是為了約束權力者,而不是對付平民百姓,與商朝王室崇拜上帝從而欺負老百姓有本質的不同。直到西漢前期的大儒董仲舒提倡「天不變,道亦不變」,這也主要是為了制約統治者,讓統治者要敬畏天道,不能隨便亂搞,不能過分欺負老百姓。「替天行道」的傳統似乎是周武王伐商就開始有了。在《尚書·牧誓》中周武王說:「今予發惟恭行天之罰。」據《尚書·多士》,周成王新營成周後對商民說:「我乃明致天罰。」這些「天罰」都是懲治殘暴無道的君王,而不是針對老百姓。

所以,西周人的「天」與殷商人的「帝」有本質上的不同,這種不同指引了殷商文化和周朝文化不同的特質,而後來二千年的中國文化是沿襲了周文化的傳統,而不是商文化的傳統,這是一定要搞清楚的。

3. 命

「命」在上古漢語的意思就是「天命」,是上天的命令和意志。所以「命」的意思和「天」差不多。只是「命」強調「天」的意志,而不是「天」的神通。「命中注定」和「天注定」是一個意思。「命」跟「天」一樣不可捉摸,所以《論語·子罕》:「子罕言命」。孔子雖然知道有「命」存在,但他搞不清楚「命」到底是怎麼回事?《論語·為政》孔子自稱:「五十而知天命。」意思是孔子到了五十歲就知道自己一生命中注定能有多大的成就,哪些理想不能實現。孔子不信上帝,但似乎相信有「天命」。《論語·雍也》:「伯牛有疾,子問之,自牖執其手,曰:亡之,命矣夫!斯人也而有斯疾也!斯人也而有斯疾也!」孔子感

歎「斯人也而有斯疾也」是命運注定。在孔門諸賢中，學問最大的是子夏。《論語·顏淵》：「子夏曰：商聞之矣，死生有命，富貴在天。君子敬而無失，與人恭而有禮。」「商」是子夏的字。孔子死後，儒家學說能夠發揚光大，子夏的功績最大。子夏感歎「死生有命，富貴在天」，將「命」與「天」等量齊觀，二者在很大程度上就是一回事。《論語·季氏》孔子曰：「君子有三畏：畏天命，畏大人，畏聖人之言。小人不知天命而不畏也，狎大人，侮聖人之言。」君子才懂得「畏天命」，知道很多好事不可求，很多壞事不可免。「小人不知天命而不畏」，是說只有小人才以為什麼都可以心想事成，好高騖遠，異想天開。《尚書·周書·多士》：「時惟天命！無違！」《多士》是西周初年周公以周成王的名義發布的一篇文誥，在儒家聖賢周公心中，「天命」是不可違反的，必須遵循。

「命」字從口，也就是用口來發號施令，其字形結構的原理與「后、君」一樣〔註42〕。《說文》：「命，使也。從口從令」。「命」是用語言來發布命令，而「令」是用書面文告來發布命令，二者不是同源詞。學者們往往搞不清楚這一點，雖然在古文字中，作為偏旁的「口」有時可有可無。

現代人常說「革命」，造反的人常自稱「革命家」。「革」就是「變革」，「命」是「天命」，「革命」就是改變天命。因為從前的帝王總說自己能夠打下江山、成為帝王是「天命」所致。後人要推翻這個帝王就稱要改變天命，這就是「革命」一詞的來源和含義。《尚書·周書·多士》已經說過：「殷革夏命」。可見「革命」的觀念來源很早，至少在周初就有了。

4. 神

「神」的字形結構可以顯示出「神」的最初內涵和來源。《說文》：「神，天神。引出萬物者也。從示，申聲」。段玉裁注意到「天、神、引」三字上古音同部（同為真部）。因此，《說文》是在用「引」來聲訓「神」。《說文》這裡的解釋雖然自成一家之言，但《說文》的「虹」字注：「籀文虹從申，申，電也」。則已經意識到「申」與「電」同源，是「電」的象形初文〔註43〕。所以，漢字中「神」的觀念是來源於「閃電」的，也就是「電神」。著名學者楊樹達不同意《說文》用「引」來聲訓「神」。我認為文字的在字形上的最初來源和語源學上的同

〔註42〕 《說文》將字形結構的原理相同稱為「同意」。

〔註43〕 參看楊樹達《積微居小學金石論叢》（上海古籍出版社，2007 年）卷一《釋神祇》。楊樹達此文明稱：「故在古文字，申也，電也，神也，實一字也」。

源，應該是兩回事。我贊同楊樹達以「神」是來源於「閃電」的象形這一解釋。但在語源學上，「神」和「引」說不定真是同源。《說文》稱「神」有能力「引出萬物」，而不是「生出萬物」，這是很精確的。因為「生出萬物」的是「天」，而不是一般的「神」。「神引出萬物」是強調他的「神通、神化」的能力，當然古人的聲訓不一定科學，只是東漢學者的一種解釋而已。漢字以「閃電」為「神」的來源，由於閃電總是在天上，所以人們常常說「天神」。

雷電之神

三星堆青銅大立神像

　　身高 172 釐米，連底座通高 262 釐米，出土於 1986 年四川廣漢三星堆（現藏於三星堆博物館）。學術界關於此像的宗教意義眾說紛紜。我認為是太陽神的祭司，可以代表太陽神〔註44〕。這個神的形象在中原地區的漢民族是沒有的。要注意的是我國上古文化中沒有埃及、西亞、印度的太陽神一樣的天神。我國商代有太陽崇拜，但沒有太陽神崇拜。

〔註44〕三星堆祭祀坑同時出土有青銅大神數，樹枝上分別站著一隻神鳥，共九隻鳥。這是公認的太陽鳥，即背負太陽飛天的神鳥。另外一隻鳥（第一隻或第十隻）已經托著太陽在天上飛行，所以不在樹上。參照古籍，這棵樹就是神話中的「扶桑樹」。可見扶桑樹和鳥背日飛行的神話在西周以前就已經流行，時代最早恐怕可以追溯到新石器時代的原始社會。這既是扶桑樹的崇拜，也是太陽崇拜。因此，三星堆地區在遠古時代必然流行太陽崇拜。青銅大立人應是祭奠太陽神的祭司，可以代表太陽神。從這個青銅大神像來看，上古時代祭祀太陽神或其他天神的時候，祭司說不定是站著的，不是作跪拜之形。先秦北方地區凡是跪著的人像都是奴僕，無一是神像。

5. 僊—仙

「神仙」的「仙」字本來是「僊」，「仙」是西漢才有的俗字。《說文》：「僊，長生僊去。從人從䙴。䙴亦聲。」《列子‧黃帝》張湛注：「僊，壽考之跡。」東漢末劉熙《釋名》說：「老而不死曰僊。僊，遷也。遷入山也」。可見古人認為「僊」的最大特徵是長生不老。在漢代以來就有兩種寫法，一作「僊」，一作「仙」，「僊」為古字。作「仙」是以「山」為聲符，且表意，因為古人迷信仙人很多住在山上，如遠在春秋時代就已經流傳的周穆王西遊見到了西王母，西王母也是住在崑崙山上的瑤池。《穆天子傳》對此有具體的描寫。戰國時代的《離騷》和《天問》提到「崑崙玄圃」之類，也是神仙的巢穴。《楚辭‧天問》：「增城九重，其高幾里？」「增城」是神仙聚集的山上之城〔註45〕。《楚辭‧九歌‧山鬼》中的山鬼其實是一個仙女，也是住在「山之阿」。明朝的神魔小說《封神榜》稱姜子牙往崑崙山跟元始天尊學道，可見元始天尊這樣的大神仙是住在崑崙山上。《西遊記》中的孫悟空也是住在花果山。要注意的是唐僧取經的西天是北印度的那爛陀寺。但《西遊記》把佛祖的住地和玄奘取經的地方都說成是西天靈山。神話中還有黎山老母，也是住在黎山的女仙〔註46〕。可見神仙住在山上的觀念在我國民間很普遍。其實，「山」是古人類賴以生存的重要資源，俗話說「靠山吃山」，也表明「山」是人類生存的依靠之一。因為山上有木材、水果、植物、野菜、藥材，還可以供人類捕獵，獲取肉食，可以種植蔬菜。山洞可以避風雨和野獸。《說文》稱：「山，宣也。宣氣散，生萬物」。可知古人以為「山」能生萬物，足以供人類獲取。《廣雅》：「山，產也」。《釋名》：「山，產也，產生物也。」《玉篇》：「山，產也。散氣以生萬物也。」更可看出古人心中的「山」確實可以產生萬物。所以上古人類多靠山而居，例如在北京周口店的龍骨山上考古發現了五十萬年前的北京猿人，另外還考古發現了一萬年前的山頂洞人。《詩經‧大雅‧綿》說：「古公亶父，來朝走馬。率西水滸，至于岐下。」周民族的首領古公亶父率領周族人沿著水邊向東遷徙，最終遷移到了岐山腳下，定居下來，就是為了靠山生活。《史記‧匈奴列傳》《正義》引《西河故事》云：「匈奴失祁連、焉支二山，乃歌曰：『亡我祁連山，

〔註45〕今廣州附近有「增城」一地，也是來源於神仙之城。
〔註46〕一種說法是「黎山老母」就是女媧。黎山就是西安的驪山。黎、驪古音相通，是通假字。

使我六畜不蕃息；失我焉支山，使我婦女無顏色』。其惋惜乃如此。」可見北方的游牧民族也要靠山生活，要有山才能蕃息各種家禽，才能有女人用的製作各種化妝品的植物和礦物。「山」在古人的生活中確實有非常重要的意義，以至於古人認為「仙」也是生活在山上，靠吸取山中的靈氣，獲取山中的各種靈物來養生，盼望長生不死。在戲劇中，有的道士往往自稱「山人」，就是因為「山人」二字合成「仙」字。

　　「僊」實際上是「遷」的同源詞〔註47〕，意思是「變遷、遷延」。因為古人以為「仙」的形體可能與常人不同，如同鳥一樣有翅膀，這樣才能騰空飛翔。先秦以來就把這種有翅膀能像鳥一樣飛翔的「仙」稱作「羽人」，「羽」就是翅膀〔註48〕。但翅膀不是人類天生有的，需要不斷修煉才能生出來，從沒有翅膀到生出翅膀，這就是「遷」，又叫做「化」。考《山海經·西山經》：「有神焉，基狀如黃囊，赤如丹水，六足四翼，渾敦無面目，是識歌舞，實為帝江也。」這可能是我國古文獻關於有翼神（帝江）的最早的記載，時代應該早於《楚辭》。帝江是神，而不是仙。

漢代以後的「羽人」造型銅器

唐朝有「羽人」造型的瓦當，應當是來自西亞和中亞的神話觀念。唐朝以道教為國教，神仙思想很流行，同時中外文化交流大發展。

〔註47〕參看《故訓匯纂》「仙」字條的 11～13 項注解。
〔註48〕很多人不能理解《山海經》、《楚辭》中「羽人」的含義，是因為把「羽」誤解成了「羽毛」，以為「羽人」是長有羽毛的人，其實是長有翅膀的仙人，可以飛天。關於「羽人」的詳細考證，參看龐光華《上古音及相關問題綜合研究》（暨南大學出版社，2015 年）的《跋》，舉證頗詳。

東晉道教詩人郭璞寫遊仙詩說：「淮海變微禽，吾身獨不化。」意思是進入淮海中的雉雀之類小鳥都可以變身為異類小動物，我的身體偏偏生不出翅膀，不能飛昇，成不了神仙〔註49〕。

同時「遷」還有「遷延不絕」的意思，也就是可以一直延續下去，長生不死。所以「仙」的含義同時有兩個：一是變化體形，生出翅膀以便飛昇；一是長生不死。西漢時期的大史學家司馬遷，字子長。古人名與字有意思上的關聯，「子長」的「長」就是長生、長壽、長命的意思，而「遷」與「僊、仙」同源，正是說「延年益壽」。但是先秦以來關於「仙」的思想觀念的來源較複雜，其觀念系統很不一致，因此關於「仙」的特徵也是多種多樣，有翅膀能飛天的「仙」只是「仙」的一種形象，並不是所有「仙」都是有這種特徵。先秦兩漢人關於「仙」的觀念也是混亂的。至少在東漢已經產生了託名劉向的《列仙傳》，講了七十來個上古的仙。《列仙傳》中仙的特徵各不相同，共同點是都能長生，而且外物不能危害他們。「神」與「仙」的不同是「神」重在神通廣大，而「仙」重在長生不老。在我國文化中，「神」的觀念出現要遠遠早於「仙」的觀念。「仙」這個字和觀念是戰國中期以後才出現的〔註50〕。「僊」字的產生要早於「仙」。「神仙」一詞出現在漢武帝時代。從時代早晚的序列來看，應該是：僊→僊者→僊人→神僊→神仙。《楚辭》中的「僊」都有異文作「仙」，當以作「僊」為古本。要注意的是：儒家文化從孔子以來就絕口不談「僊、仙」。我國的神仙家文化和道教文化才以成為長生不老的「仙人」為人生的理想。

〔註49〕郭璞此詩收入《文選》卷二十一，逯欽立《先秦漢魏晉南北朝詩》的《全晉詩》卷十一。《昭明文選》卷二十一李善注引《國語》曰：「趙簡子歎曰：雀入於海為蛤，雉入於淮為蜃，黿鼉魚鱉，莫不能化，唯人不能，哀夫！」其中的「化」顯然是身體發生形變的意思，也就是孫悟空七十二般變化的「化」。

〔註50〕《詩經・小雅・賓之初筵》「屢舞僊僊」的「仙」與神仙無關，是形容舞姿。

《山海經》中的鬼怪圖之一，有翅膀是「化蛇」的特徵之一〔註51〕。人獸合體的造型觀念在古代東方文化很常見。古埃及的獅身人面像就是一例，蘇美爾、巴比倫、波斯都有人獸合體的造型，一般都是保護神，與《山海經》中的鬼怪文化有異同。古埃及的獅身人面像沒有翅膀，西亞的獅身人面或牛身人面巨像往往帶有翅膀，這是與古埃及神話的明顯區別。《山海經‧海內西經》：「崑崙南淵深三百仞。開明獸身大類虎而九首，皆人面，東向立崑崙上。」開明獸的形象是虎身人面而九頭。

《閬苑女仙圖》（局部）

五代阮郜作，絹本設色。閬苑是「閬風苑」的簡稱，位於崑崙山上，是女仙聚集的地方。《紅樓夢》稱林黛玉是「閬苑仙葩」。

〔註51〕「化蛇」的記載見《山海經‧中山經‧中次二經》（見袁珂《山海經校注》148頁，巴蜀書社1996年版）：「陽水出焉，而北流注於伊水。其中多化蛇，其狀如人面而豺身，鳥翼而蛇行，其音如叱呼，見其邑大水。」但是袁珂書所附的「化蛇」圖與本文所取的不同。另參看袁珂《中國神話大詞典》（四川辭書出版社，1998年）122頁。

「僊、仙」字顯示出了我國先民渴望長生的思想。

徐悲鴻《山鬼》圖

是根據《楚辭・九歌・山鬼》，描繪作為美女的山鬼乘坐赤豹出
去與情人約會。山鬼的衣裝是用各種香草編成。足見「鬼」可
以是美女，並不都是醜惡可怕之形。後世《聊齋誌異》中有很
多「鬼」都是美女之形，其淵源在《楚辭》。山鬼其實屬於女仙。
有趣的是戰國時期的楚國女仙竟然如此多情。

（三）地祇及相關崇拜

1. 祇

古人往往以「神祇」連稱，是「天神地祇」。《說文》：「祇，地祇，提出萬
物者也。從示，氏聲」。《說文》明顯以「祇」與「提」謂同源詞，是聲訓。從
語源學上看，「祇」從「氏」得聲，是會意兼形聲。「氏」與「氐、低、底、地」
都是同源詞，語源義是「低下」，所以才能表示地上和地下的神靈（即「地祇」）。
古人對地上地下的神靈也很敬仰，祭祀也很隆重。「示」旁表示「事神」。「祇」
的最初含義是對地上地下的神靈虔誠的祭祀，楊樹達《積微居小學金石論叢》
〔註52〕卷一《釋神祇》稱「氏是地上至神之像。」古人信仰中的「地祇」很多，
山神、水神、土神、火神、灶神、財神，以及佛教傳入後的閻王等，都屬於地

〔註52〕上海古籍出版社，2007 年，當然，楊樹達將「氏」解釋為象形字，我們目前還難以
採信，尚待考證。

祇。《說文》訓為「提出萬物」，大概是因為人類獲得資源或者是從天而降，或者是從地而生。地祇能夠從地下提出萬物供人類享用，所以要崇拜地祇。當然，這是先民的神靈意識。「祇」與「地」同源，地之神就是「地祇」，與天神相區別，這是很簡單明瞭的解釋。《論語·述而》：子疾病，子路請禱。子曰：「有諸？」子路對曰：「有之。誄曰：『禱爾於上下神祇。』」子曰：「丘之禱久矣。」「上下神祇」是用上配神，用下配祇，所以祇是地神，與天神相對應。

戰國楚帛畫《河伯出遊》圖（前人誤題為《人物御龍圖》）〔註53〕

描繪戰國時代信仰中的黃河之神河伯在黃河中巡遊的情景。1973年長沙子彈庫戰國楚墓出土。

2. 靈

「靈」的繁體是「靈」從「巫」，或從「玉」。在金文中或從「示」，或從「心」。〔註54〕《說文》：「靈，靈巫，以玉事神。」以時代序列言之，「靈」在春秋時代的金文中從「示」或從「心」，在戰國文字中從「玉」或從「心」。從「巫」作「靈」是靈的或體。從《說文》的解釋來看，《說文》所根據的形體室戰國文字的從「玉」作靈之字。古代祭祀神靈很多時候要用玉，「玉」為祭祀用品，進獻於神靈。「玉」是很珍貴的東西，用玉為祭品是為了表示祭祀者對祭祀鬼神的態度很虔誠。金文中的「靈」從「示」是表示「靈」與「事神」有關。可是，「靈」在金文和戰國文字中有從「靁」從「心」（上下結構）的異

〔註53〕參看龐光華《是御龍昇天還是河伯出遊》，見《五邑大學學報》，2012 年第 1 期。
〔註54〕參看容庚《金文編》26 頁，中華書局，1998 年版。

體，例如《郭店楚墓竹簡》的《語叢一》就有此字。其實，先秦古文字，尤其是在戰國中期以後的楚系文字，加上「心」旁往往並不表示與「心態、思維、精神」有關，只是對文字起裝飾作用，猶如戰國時代的南方文字有加鳥蟲之形來作文字裝飾的現象，並不表示該字與鳥蟲有什麼關係。現在好些學者搞不清楚戰國楚系文字中為什麼有那麼多從「心」的現象，以為是為了表示「心態、精神」，那其實是誤解。

從語源上看，「靈」從「霝」聲，是形聲兼會意。所從的「霝」有「通、透」的意思（其字下面的三個「口」就是窗口，表示通透之義），前輩學者楊樹達對此闡述得很清晰〔註55〕，所以「靈」可以通神，也就是「靈」是作為人和神的中介，將人的願望傳達給神（即「通神」），也把神的意志傳達給人（這也算通神）。「靈」用作「精靈、神靈」，早見於《詩經·大雅·生民》：「以赫厥靈。」鄭玄注「靈」為「神靈」。戰國以後，「靈」有時已經可以用作「神」的同義詞了。《楚辭·九思·疾世》：「求水神兮靈女。」「靈女」就是神女。

《說文》以「靈巫」連言，其實「靈」和「巫」是有區別的。「靈」是以玉事神，而「巫」是用舞蹈來事神。但在戰國時代的楚國，恐怕沒有這個分別。楚國語言確實有時用「靈」來指「巫」，例如春秋時楚國大臣巫臣字子靈，可見在楚文化中「巫」與「靈」確實義近。也許正因為如此，本來從「示」或從「玉」的「靈」就產生了或體字從「巫」的「靈」，這個「靈」字形很可能產生於楚國文字。王國維《宋元戲曲史》第一章《上古至五代之戲劇》〔註56〕稱：「古之所謂巫，楚人謂之靈。……《楚辭》之靈，殆以巫而兼尸之用者也。其詞謂巫曰靈，謂神亦曰靈。」但在迄今為止的戰國楚系文字中還沒有發現「靈」字。

「靈」字可用於對人和事物的美稱。例如，戰國時代的楚國有一個方言詞「靈修」是對男子的美稱，相當於現代漢語的「帥哥、美男子」。「修」的意思是「修長」，古人以身材修長為美（跟現在一樣），屈原就以自己身材修長而自豪。屈原自己的字就是「靈均」，帶有「靈」字，顯然有美好的意思。《廣雅》：「靈，善也。」「靈川」是河流的美稱；「靈士」是道士的美稱；「靈戈」是對干戈的美稱；「靈丘」是祖先墳墓的美稱。《孟子·梁惠王上》：「文王以民力為臺

〔註55〕 參看楊樹達《積微居小學述林全編》（上海古籍出版社，2007年）卷五《字義同緣於語源同續證》二《聰明憭靈》條（265～266頁）。

〔註56〕 見《王國維全集》（浙江教育出版社、廣東教育出版社，2010年）第三卷，第5頁。

為沼，而民歡樂之，謂其臺曰靈臺，謂其沼曰靈沼。」這是以「靈」為美稱的好例子。

「靈」字在我國文化中用途極廣。「靈方」指仙方，靈驗的能治病的藥方。「靈丹」指仙丹，可以治重病。「靈文」之宗教的神聖的經典。「靈丘」指神仙居住的山。「靈芝」指能起死回生的仙草。「靈光」指神異的光輝或帝王的恩澤。「靈谷」指神仙居住的山谷。「靈命」指天命或神的意志。「靈魂」一詞也早見於《楚辭》。

《洛神賦圖》（局部）

晉代畫家顧愷之根據三國時文豪曹植《洛神賦》所作，《洛神賦》稱洛神為「靈」。

3. 巫

《國語・楚語下》楚國大臣觀射父回答楚昭王曰：「古者民神不雜。民之精爽不攜貳者，而又能齊肅衷正，其智慧上下比義，其聖能光遠宣朗，其明能光照之，其聰能聽徹之，如是則明神降之，在男曰覡，在女曰巫。」韋昭注：「巫覡，見鬼者。《周禮》，男亦曰巫。」《說文》：「巫，祝也。女能事無形，以舞降神者也。象人兩褎舞形，與工同意。古者巫咸初作巫。」「祝」就是「祝禱、祝願」，「巫」是女巫，男巫叫「覡」，但也可叫巫。「巫」與「舞」同源，是用舞蹈來歡迎天神降臨，其字形就像女人用兩個長衣袖跳舞〔註57〕。不過，前輩學者羅振玉《殷墟書契考釋》卷中、林義光《文源》卷六都根據古文字中「巫」的字形反對《說文》的解釋。《說文》和《古文四聲韻》所載的「巫」的古文之形象雙手捧玉以事神（羅振玉說）。林義光說「巫」的古文字形與兩袖不類似，象二人對坐相向之形，巫祝常以二人對列〔註58〕。其實羅振玉、林義光的解釋未必正確。因

〔註57〕另參看劉師培《左盦集》卷四《說文巫以舞降神釋》，收入萬仕國點校《儀徵劉申叔遺書》第九冊，廣陵書社，2014 年，3804～3805 頁。
〔註58〕參看林義光《文源》卷六《巫》字條，中西書局，2012 年版，183 頁。

為戰國文字的「巫」加上雙手之形是後起的，在甲骨文和金文中「巫」都沒有「雙手」。戰國古文加上「雙手」也許正是為了突出「巫」用手舞蹈之形。這正好說明戰國時代人們心中的「巫」就是舒展衣袖來舞蹈（成語有長袖善舞），而不是用雙手捧玉獻神。甲骨文和金文中的「巫」完全不像二人對坐之形，林義光之說不可信。羅振玉和林義光之所以犯這樣的錯誤，是因為在古文字學初期，甲骨文中的「巫」字沒有被辨認出來，王國維、商承祚都錯認了「巫」字。王襄、郭沫若、唐蘭根據《詛楚文》的「巫咸」的「巫」字形才認出了甲骨文中的「巫」（首先是郭沫若比對《詛楚文》才認出的）〔註59〕。如果羅振玉、林義光當時辨認出了甲骨文中的「巫」字，他們也不會作出這樣的分析。

　　現在東北地區還有跳大神的女人就是「巫」的殘留。巫通曉鬼神之事。《論衡·訂鬼》：「巫黨於鬼，故巫者為鬼巫。鬼巫比於童謠，故巫之審者，能處吉凶。」「巫」的作用在很大，不僅從事祈禱、占卜、看星象、料吉凶，同時還是遠古時代的醫生〔註60〕。春秋以前巫醫不分。《論語·子路》：「南人有言曰：人而無恒，不可以作巫醫」。其中的「南人」是「商人」之誤〔註61〕，這個文獻材料表明在商朝，巫醫合一。《呂氏春秋·盡數》：「故巫醫毒藥逐除治之」。《尚書大傳》卷五：「卜筮巫醫御於前」。我國傳承了數千年的中醫學恐怕是遠古時代的巫師開創的。只是巫師不完全用藥治病，還要用巫術做法來治病，所以也往往壞事。在春秋時代「巫」和「醫」已經分為不同的職業了。「巫」是用巫術治病，「醫」是用藥物打針治病。《左傳》中偶而還看得出「巫醫」合一的跡象，但二者有區分也是事實。最顯著的例子是晉景公生病時，晉國的桑田巫來為景公診斷，判斷晉景公活不到吃新收的麥子的時候。景公向秦國求醫，秦國派遣名醫「緩」來為景公看病，看後也判斷景公「病入膏肓」，非針藥可治〔註62〕。可見，春秋時代晉國的巫還能診治疾病。不過，「巫」和「醫」的關係，在春秋各國的情況有所不同。

　　「巫」還有一項很重要的職能就是「求雨」。「巫」舒展衣袖跳舞主要的目的一是為人做法治病；二是在天旱時求雨。古人用「巫」求雨，如果求不來雨，

〔註59〕參看《甲骨文字詁林》第四冊 2920～2923 頁所引各家說。

〔註60〕參看陳夢家《商代的神話與巫術》（收入《陳夢家學術論文集》，中華書局，2016 年）下編《巫術》，討論「巫」頗詳。

〔註61〕參看龐光華《訓詁學新證十四則》，見《五邑大學學報》2010 年第 2 期，72 頁。

〔註62〕見《左傳·成公十年》。

就要把「巫」拿去太陽底下曝曬，這叫「暴巫」，後來又寫作「曝巫」;「曝巫」的時候「女巫」是全裸身體的。《禮記·檀弓下》:「歲旱，穆公召縣子而問然。曰『天久不雨，吾欲暴尪而奚若?』曰『天久不雨，而暴人之疾子，虐，毋乃不可與?』『然則吾欲暴巫而奚若?』曰『天則不雨，而望之愚婦人，于以求之，毋乃已疏乎?』」〔註63〕縣子不贊成穆公「曝巫」以求雨，稱「巫」是「愚婦人」，可見「女巫」的地位已經很低了。《春秋繁露·求雨》:「春旱求雨，暴巫，聚尪，八日於邑東門之外。」同篇又曰:「秋暴巫尪至九日。」《論衡·訂鬼》:「童、巫含陽，故大雩之祭，舞童暴巫。」如果「暴巫」還是不下雨，就要把「巫」用火燒死，這叫「焚巫」。《左傳·僖公二十一年》:「夏，大旱。公欲焚巫尪。」杜預注:「巫尪，女巫也，主祈禱請雨者。或以為巫尪非巫也，疾病之人，其面向上，俗謂天哀其病，恐雨入其鼻，故為之旱，是以公欲焚之。」《論衡·訂鬼》:「巫為陽黨，故魯僖遭旱，議欲焚巫。」魯僖公因為巫尪求雨不靈驗，要焚燒巫尪。後經大臣臧文仲勸諫而作罷〔註64〕，巫尪才撿了一條命。焚巫的現象在商代就已經存在了，在甲骨文中已經有所反映。〔註65〕戰國時代楚國文豪宋玉的《高唐賦》中有一個巫女自稱為巫山之女，「旦為朝雲，暮為行雨」。可見這個巫山之女（巫女）和雨的關係密切，有降雨的神通。女巫能做法降雨是來自遠古時代的觀念（可能要早到新石器時代的原始社會），並不是宋玉時代才有的。巫在祭祀中，往往既作求神的靈巫，也可作為神靈的化身，所謂一身二任〔註66〕。

　　不過，由於我國自西周以來人文性文化的巨大發展，商代的鬼神文化（也是巫祝文化）受到很大打擊，巫師在西周以來的政治中並不佔有重要位置，猶如醫生在國家政治中並不重要一樣，過分誇大我國巫祝文化的重要性也是不對的。《史記·曆書》:「故疇人子弟分散，或在諸夏，或在夷狄，是以其禨祥廢而不統。」《史記·五宗世家》稱:江都王劉建「而又信巫祝，使人禱祠妄言。」巫祝禱祠被《史記》稱為「妄言」。《史記集解》:「如淳曰:《呂氏春秋》『荊人鬼而越人禨』，今之巫祝禱祠淫祀之比也。」可見三國時代的學者如淳對巫祝文

〔註63〕又見《論衡·明雩》篇。

〔註64〕臧文仲曰:「非旱備也。修城郭，貶食省用，務穡勸分，此其務也。巫尪何為?天欲殺之，則如勿生;若能為旱，焚之滋甚。」公從之。是歲也，饑而不害。

〔註65〕參看裘錫圭《說卜辭的焚巫尪與作土龍》（收入《裘錫圭學術文集》1《甲骨文卷》，復旦大學出版社，2012年）。

〔註66〕參看錢鍾書《管錐編》第二冊913～915頁，三聯書店，2011年版。

化相當輕視。

薩滿教跳大神的巫師，要戴面具，拿道具。

4. 鬼

《說文》：「鬼，人所歸為鬼。從人，象鬼頭。鬼陰氣賊害，從厶。凡鬼之屬皆從鬼。」徐鍇《說文解字繫傳》說：「按《爾雅》曰『鬼之言歸也』。」據《說文》和《爾雅》，「鬼」的語源義是「歸」，即人死後回歸於黃土。「鬼」的下面部分是「人」和「厶」，上面是鬼頭。但是從古文字學來看，從甲骨文到金文、戰國文字，「鬼」都沒有從「厶」。這個「厶」必是小篆中的訛變，不能作為分析字形的根據，其來源不明。「鬼」字形下部為人，上面是鬼頭，則表明「鬼」的形象與「人」的形象還是很有關係的。我們看看電視劇《西遊記》中各種妖怪的造型，往往都是人身鬼頭。這雖然是現代人設想的造型，但卻與自甲骨文以來的古文字「鬼」的字形相合。東漢時代流行的伏羲女媧的造型是人首蛇身或人首龍身，這是古人幻想的大聖的形象，與「鬼」的形象正相反。埃及金字塔前面的獅身人面像正好與我國遠古聖人的形象有相通之處。我國古文化以「鬼」的形象是人身鬼頭，這是鬼文化的一大特點，與古代埃及西亞的人獸合體的保護神的形象不同。

「鬼」的語源是「歸」，所以「鬼」本身沒有貶義。如果要加貶義，則要在「鬼」前面加貶義詞，如「惡鬼、餓鬼、色鬼、厲鬼」等等，《左傳·僖公十九年》有「淫昏之鬼。」因為人死後就成為「鬼」，所以「鬼」在先秦可以指祖先。如《論語·為政》：「子曰：非其鬼而祭之，諂也。」鄭玄注：「人神曰鬼。非其祖考而祭之者，是諂求福」。明是以「鬼」指「祖考」（就是祖先）。《左傳·宣

公四年》楚國名相子文臨死前傷心地說：「鬼猶求食，若敖氏之鬼不其餒而？」若敖氏之鬼就是若敖氏的祖先。若敖氏為楚國大族，子文擔心本家族的鬭越椒掌權後會有野心而謀反，最終給家族帶來滅族之禍，所以臨終前感歎如果越椒真造反而被滅族，那麼本家族的祖先就得不到子孫的供奉祭祀了，祖先就會因此而在陰間沒飯吃〔註67〕。後來鬭越椒真的造反了，結果被楚國一代英主楚莊王親帥大軍剿滅，鬭越椒一族幾乎滿門抄斬。

　　中國的鬼文化內容極其豐富，鬼的種類也很多，而且無處不在。其中有「疫鬼」是專門傳染疾病的。古人認為生病（尤其是生怪病或重病）都是惡鬼附體，所以要請巫師做法驅鬼。東漢以後雖無巫師，道教徒取代了遠古巫師的職能。道教徒畫符做法，用桃木劍驅鬼，就是為了替人消災治病。這種迷行一直在民間延續，直到二十世紀的上半期在落後的農村還有。現在每年除夕，漢民族的習俗都要放鞭炮，一般人已經不清楚放鞭炮有什麼文化含義了，其實在除夕放鞭炮就是為了驅鬼，在新年前夕把鬼怪攆跑，不讓鬼怪在新年危害自己家族。民間訛傳「除夕」的「夕」和「過年」的「年」是鬼怪，這是沒有根據的，是民間無知的謠傳。

　　在北京故宮的新華門前放有兩個石獅子（《紅樓夢》描寫榮國府門前也有石獅子），其作用也是為了驅鬼（民間又叫「辟邪」），不讓鬼怪進門為害。在南京六朝的貴族古墓前往往考古發現有石獅子（有的還帶翅膀），這也是為了驅鬼辟邪，防止鬼怪攪擾墓中人的安寧。由於要避晉景帝司馬師的諱，所以東晉的王室貴族的墓前石獅不叫獅子，直接叫「辟邪」，更能顯示出石獅子有驅鬼辟邪的作用。只是獅子不是漢民族本來就有的，先秦時從中亞就有獅子進獻來中國，當時不叫獅子，到了西漢才叫「師子」，因為是猛獸，東漢以後才寫成「獅子」。我國土產的猛獸是老虎。我國有一件國寶級的商代青銅器文物叫《虎食人卣》〔註68〕，其實這個命名是搞錯了，應該叫《虎食鬼卣》，猛虎張開大口吞食的不是人，而是鬼。虎能吃鬼，這是我國古文化的特點，故而猛虎可以驅鬼辟邪；到了漢代變成獅子辟邪了。「獅子驅鬼辟邪」是外國文化的影響，「老虎驅鬼辟邪」才是我國自商代以來就有的文化。在東漢的文獻中還有記載。考王充《論衡·訂鬼》：「《山海經》又曰：滄海之中，有度朔之山。上有大桃木，其屈蟠三

〔註67〕參看楊伯峻《春秋左傳注》679～680頁，中華書局，1990年版。
〔註68〕參看梁白泉主編《國寶大觀》（上海文化出版社，1992年版）241～243頁。

千里，其枝間東北曰鬼門，萬鬼所出入也。上有二神人，一曰神荼，一曰鬱壘，主閱領萬鬼。惡害之鬼，執以葦索，而以食虎。於是黃帝乃作禮以時驅之，立大桃人，門戶畫神荼、鬱壘與虎，懸葦索以禦凶魅。有形，故執以食虎。」這是老虎吃鬼的確證。既然《論衡》稱此言出於《山海經》〔註69〕，則必是今本《山海經》的逸文，當是先秦古籍，不可能是東漢才產生的神話觀念。又見於《論衡·亂龍》〔註70〕。《風俗通義》〔註71〕卷八《祀典》「桃梗·葦茭·畫虎」條稱：「謹按《黃帝書》：上古之時，有神荼與鬱壘昆弟二人，性能執鬼。度朔山上立桃樹下，簡閱百鬼，無道理妄為人禍害，神荼與鬱壘縛以葦索，執以食虎。於是縣官常以臘除夕飾桃人，垂葦茭，畫虎於門，皆追效於前事，冀以禦凶也。」《風俗通義》稱這段記載出於《黃帝書》，也是先秦文獻〔註72〕。因此，虎能吃鬼的觀念一定出於先秦，不可能是漢代才有的傳說。《山海經·海內西經》：「崑崙南淵深三百仞。開明獸身大類虎而九首，皆人面，東向立崑崙上。」開明獸的形象是虎身人面而九頭，開明獸應該也是辟邪的〔註73〕。《後漢書·禮儀志中》：「甲作食殟，胇胃食虎，雄伯食魅，騰簡食不祥，攬諸食咎，伯奇食夢，強梁、祖明共食磔死寄生，委隨食觀，錯斷食巨，窮奇、騰根共食蠱。凡使十二神追惡凶。」古代有十二神可以辟邪追惡，其中提到「雄伯」能吃「鬼魅」，「騰簡」能食「不祥」，「攬諸」能食「咎」，於是古人「因作方相與十二獸槺」，是因為方相和十二獸都能辟邪驅鬼。這些都是漢代以前的辟邪文化。

我們隨便走進一所佛教的寺廟或道教的道觀，一進大門口都可以看到在大門後的兩側或正面往往有手持武器、面目猙獰的金剛大神，做出兇惡之狀，似乎要打人殺人。其實那不是要打人殺人，而是要驅鬼辟邪，不准鬼怪進入佛寺或道觀來作祟。

商朝後期王室貴族喜歡飲酒，「酒池肉林」這個成語就是後人形容商紂王時代的奢侈生活。但是很少人知道商朝人喜歡飲酒的目的之一就是迷信酒能驅鬼

〔註69〕今本《山海經》無此文。

〔註70〕另見《論衡·謝短》篇。

〔註71〕參看王利器《風俗通義校注》（中華書局，2010年）367頁。

〔註72〕另參看呂宗力、欒保群著《中國民間諸神》（河北教育出版社，2001年）上冊186～190頁。徵引文獻比較全面。

〔註73〕虎能辟邪的古代文化，蕭兵《辟邪趣談》（上海古籍出版社，2003年）八《猛獸鎮惡》（二）已經有所論述。

辟邪。其實現代醫學也常常用酒精消毒，消毒不就是辟邪麼？喝酒辟邪，以維護身體健康。商朝人沒想到嗜酒太過，以至於亡國了〔註74〕。

　　據學者研究，秦國盛行的屈肢葬的風俗是來源於屈肢葬可以辟邪的信仰，已經得到睡虎地秦簡《日書》的證明。〔註75〕

　　秦漢以前的古人認為鬼的危害很大，例如鬼可以取人為妻，鬼經常在深夜大呼等等，古人也設想出很多驅鬼的方法。在出土文獻中也得到了很多的證明，參看李天虹等《胡家草場漢簡〈詰咎〉篇與睡虎地秦簡〈日書·詰〉對讀》〔註76〕。

　　可見，我國的驅鬼辟邪的文化無處不在，已經深入到了民間生活和平民文化之中。〔註77〕不瞭解鬼文化就不能充分瞭解我國傳統文化。佛教傳入後、道教發展後，我國的鬼文化也隨之不斷發展演變。這是後話了。

國寶級青銅器《虎食鬼卣》

（前人誤題為《虎食人卣》），是商代先民辟邪觀念的一種造型。

　　與辟邪相關的重要文化有「儺」。《論語·鄉黨》:「鄉人儺。」《集解》引孔安國曰:「儺，驅逐疫鬼也。」朱熹注:「儺，所以逐疫。」《呂氏春秋·仲秋》:

〔註74〕這是郭沫若的觀點。郭沫若甚至曾想過要替商紂王平反，他認為商紂王可能沒有那麼暴虐，是被後人妖魔化了。不過，郭沫若的這個觀點最終沒有公開發表。

〔註75〕參看王子今《秦人屈肢葬仿象「窋臥」說》（見《考古》1987年第12期）1105～1106頁；鍾敬文主編、晁福林等著《中國民俗史（先秦卷）》（人民出版社，2008年）第四章《民俗信仰》五《驅鬼與避鬼巫術》。

〔註76〕見《文物》，2020年8月。

〔註77〕關於古代辟邪文化，可參看蕭兵《辟邪趣談》（上海古籍出版社，2003年）。

「天子乃儺。」高誘注：「儺，逐疫除不祥也。」《廣韻》：「儺，驅疫。」「儺」先秦就有驅逐疫鬼的一種宗教儀式，是古代辟邪的一種文化。《後漢書‧禮儀志中》：「先臘一日，大儺，謂之逐疫。」在十二月的臘日的前一天舉行「大儺」，這是儀式最隆重的儺。

上古時代人們認為之所以發生傳染病，是因為有鬼帶來傳染病，這就是「疫鬼」，「疫」就是傳染病。古人舉行「儺」的時間一年有三次。「儺」是通行字，其本字依據《說文》段注作「難」。考《說文》：「儺，行有節也。」段注：「《衛風‧竹竿》曰：佩玉之儺。《傳》曰：儺，行有節度。按此字之本義也。其驅疫字本作難，自假儺為驅疫字，而儺之本義廢矣。其《曹風》之猗儺，則《說文》之旖施也。諾何切。」「儺」是古代重要的辟邪文化，後來演變為戲曲，在我國很多地方至今有儺戲[註78]。在「儺」時，驅逐疫鬼的人要用兵器「殳」來跳舞驅鬼。「殳」是上古時代的五種兵器之一。《說文》：「殳，以杖殊人也。」殊訓斷（依據段注。另參看《故訓匯纂》1190頁）。據《說文》「磬」字注：「殳，所以擊之也。」《說文》「殷」字段注：「殳者，干戚之類，所以舞也。」但是在先秦也用「戈盾」作兵器來驅鬼。《周禮‧夏官‧方相氏》：「方相氏掌蒙熊皮，黃金四目，玄衣朱裳，執戈揚盾，帥百隸而時難，以索室驅疫。大喪，先匶，及墓，入壙，以戈擊四隅，驅方良。」其中的方相氏是專門掌管「儺」這個儀式的官員，也是要表演「儺」來驅鬼的主角，方相氏的形象是值得注意的。鄭玄注方相氏要「蒙熊皮」是為了「以驚疫癘之鬼，如今魌頭也。時難，四時作方相氏以難卻凶惡也。」孫詒讓《周禮正義》[註79]：「黃金四目者，鑄黃金為目者四，綴之面間，若後世假面具也。」「方良」，據鄭玄注是「罔兩」，因為是鬼怪，所以又寫作「魍魎」，《說文》作「蝄蜽」，釋為：「山川之精物也。」「儺」要驅逐的疫鬼就是「方良」，即「魑魅魍魎」的「魍魎」。《周禮》的方相氏是用戈盾來驅鬼，不用殳。

依據《周禮‧方相氏》，古代死人了，在下葬前，要在墓室中舉行儺，用戈敲擊墓室的四個角落，驅趕墓室中的惡鬼，以免傷害死者的亡靈。

〔註78〕關於「儺」文化的詳細論述，可參看蕭兵《儺蠟之風：長江流域宗教戲曲文化》（江蘇人民出版社，1992年）；曲六乙等著《東方儺文化概論》（山西教育出版社，2006年）。林河《古儺尋蹤》（湖南美術出版社，1997年）。

〔註79〕汪少華整理，中華書局點校本，2015年，第七冊，3003頁。

　　跳儺戲驅鬼的人還要戴上兇惡的面具，才能把疫鬼嚇跑。《周禮》規定的是「蒙熊皮」，要裝飾「黃金四目」。儺的面具後來演變為不同的種類，其基本形象都是兇惡。用凶神來辟邪是我國的文化傳統，後世的門神一般也是全副武裝的勇將如秦瓊、尉遲恭之流〔註80〕。在佛寺的彌勒佛殿，彌勒佛的兩邊往往是十分威武，手持兵器的四大金剛作為護法神，後面手持金剛杵的韋陀作為護法神，四大金剛和韋陀都是面相兇惡，這樣的造像是為了嚇跑鬼怪，為了辟邪。

　　但是，我國先秦文化中的「鬼神」還有一個很重要的功能是不能忽視的，就是聖賢利用鬼神來維護社會的和諧，使人們有所敬畏，不敢為所欲為，不敢做傷天害理的事情，這倒是鬼神文化的正能量。《墨子》有《明鬼》篇，正是利用鬼神之威，來讓人們有所敬畏，不敢為非作歹。《史記·樂書》：「大樂與天地同和，大禮與天地同節。和，故百物不失；節，故祀天祭地。明則有禮樂，幽則有鬼神，如此則四海之內合敬同愛矣。」這一段文獻將「鬼神」與「禮樂」等量齊觀，同樣使得「四海之內合敬同愛」。《史記正義》：「幽，內也。言聖王又能內敬鬼神，助天地生成萬物。」鬼神的權威高於君王，使得君王也有所敬畏，不敢胡作非為。

　　在先秦西漢的南越地（浙江南部、兩廣和福建地區），其風俗迷信鬼能保佑人，只要敬鬼，可以長壽。《史記·孝武本紀》：「是時既滅南越，越人勇之乃言『越人俗信鬼，而其祠皆見鬼，數有效。昔東甌王敬鬼，壽至百六十歲。後世謾怠，故衰秏。』乃令越巫立越祝祠，安臺無壇，亦祠天神上帝百鬼，而以雞卜。上信之，越祠雞卜始用焉。」可見「東甌王敬鬼，壽至百六十歲」，鬼能使人長壽。東甌在浙江南部，與福建相接的地區。漢武帝聽信此言，渴望長壽，於是開始「祠天神上帝百鬼」。並且南越地區的雞卜、祠鬼、越巫都被漢武帝信用，進入了中原王朝。

〔註80〕以秦瓊、尉遲恭為門神的觀念，應該起源很晚，始見於元代無名氏的《三教搜神大全》（本名《搜神廣記》。今本混入了明代的文獻，所以也稱為明代無名氏所撰。中華書局，王孺童點校，2019 年版）卷七「門神二將軍」（此條引述到了《西遊記》的小詞）條和明代小說吳承恩《西遊記》第十回。古代神話關於門神的資料，參看袁珂等《中國神話資料萃編》（四川省社會科學院出版社，1985 年）105～106 頁；樂保群編著《中國神怪大辭典》（修訂本，人民出版社，2018 年）425 頁「秦瓊」條；李劍平主編《中國神話人物辭典》（陝西人民出版社，1998 年）519 頁「秦瓊·敬德」條。

儺神廟前的舞蹈，但不是正宗的儺，因為演員手中沒有拿驅鬼的兵器
如「殳」或「戈盾」等，只是用兇惡的面具來驅鬼。而且依據《周禮》，
儺應該在室內舉行，不是在室外。「儺」與「儺戲」有所不同。儺戲
是表演，要方便觀看，不可能在室內舉行。

5. 怪

《說文》:「怪，異也。從心，聖聲」。在甲骨文金文中沒有發現「怪」字，
春秋以前文獻已經有「怪」字。出土文獻中的睡虎地秦簡已經有此字，似乎偏
晚。其作為聲符的「聖」不是「聖賢」的「聖」，讀音與「窟」相同。《說文》
有獨立的「聖」字。「怪」的意思就是「奇怪、離奇、不可思議」。「異」字有
時還有褒義（古人所稱的「異人」往往含有讚歎甚至驚歎的意思。秦始皇的父
親就名「異人」），「怪」這個字在我國文化史上既有褒義用法，也有貶義用法
〔註81〕。《論語‧述而》稱孔子不語「怪力」。古人多用「怪」來指異類〔註82〕。
《國語‧魯語下》記載孔子的話:「以丘之所聞，羊也。丘聞之:木石之怪曰
夔、魍魎，水之怪曰龍、罔象，土之怪曰羵羊。」這裡提到了木石之怪、水之
怪和土之怪，都是異類的禽獸。《山海經‧南山經》:「其中多怪獸，水多怪魚，
多白玉，多蝮蟲，多怪蛇，多怪木。」《呂氏春秋‧諭大》引《商書》曰:「五
世之廟，可以觀怪。」〔註83〕高誘注:「廟者，鬼神之所在，五世久遠，故於

〔註81〕《春秋公羊傳‧昭公三十一年》提到「有珍怪之食」，這裡的「怪」明顯有褒義，這
種用法後世較多。這是修辭學上所謂「美惡不嫌同辭」。參看俞樾《古書疑義舉例》
卷三之三十六《美惡同辭例》，收入《古書疑義舉例五種》，中華書局，2005年版。
〔註82〕偶而可以指人，如《周禮‧天官冢宰‧閽人》:「奇服、怪民不入宮」。
〔註83〕此語不見於今本《尚書》各篇，當是《逸書》，即孔子沒有編錄的《尚書》。

其所觀魅物之怪異也。」〔註84〕《左傳・宣公三年》周朝的王孫滿說：「鑄鼎象物，百物而為之備，使民知神、奸。故民入川澤山林，不逢不若。螭魅罔兩，莫能逢之，用能協於上下以承天休。」杜預注：「圖鬼神百物之形，使民之逆備之。」杜預注應該是錯誤的。「鑄鼎象物」不是圖畫「鬼神百物之形」，而是將青銅鼎鑄造成「鬼神百物之形」，大量的青銅鼎的文物可以證明這點。「螭魅罔兩，莫能逢之」，意思是可以辟邪。

　　要注意的是孔子提到龍是水之怪。可見在孔子眼中，後世一直是華夏民族圖騰的「龍」只是水中的怪物，根本不是什麼吉祥物，更不是漢民族的圖騰。根據《論語》，孔子眼中的吉祥物只是鳳凰和麒麟，整部《論語》完全沒有提到「龍」。原來，孔子心中的「龍」只是水怪而已。《禮記・祭法》：「山林、川谷、丘陵，能出雲為風雨，見怪物，皆曰神。」這裡的怪物顯然是奇異的野獸之類。《搜神記》卷十四：「漢獻帝建安中，東郡民家有怪。」這些「怪」是反常的事物，有的有危害，有的也沒有大的危害，只是怪異而已。《搜神後記》卷二：「高悝家有鬼怪，言詞呵叱，投擲內外，不見人形。或器物自行再三發火。巫祝厭劾而不能絕。適值幸靈，乃要之。至門，見符索甚多，並取焚之。惟據軒小坐而去。其夕鬼怪即絕。」「鬼怪即絕」，就是成功辟邪。

（四）漢字中的祭祀文化

　　我國的原始宗教不僅是信仰，也是祭祀。而祭祀是我國古代的重要禮儀活動。因此，必須對古禮有所瞭解，才能對祭祀文化有全面的理解。我國自古稱為禮儀之邦，其實各種「祭祀」就是各種禮儀的重要內容。我們這裡主要研究漢字中所透露出的古人的祭祀禮儀和文化。

1. 祭

　　《說文》：「祭，祭祀也。從示，以手持肉。子例切」。「祭」在甲骨文中形體多變，有的從「示」，有的不從「示」。到了金文，「祭」都有「示」旁。字形明顯有手持肉之形。前輩大學者羅振玉稱「祭」在甲骨文中的字形還有持酒之形，金文開始有肉沒酒。可知自商代以來的「祭」就是用手拿著肉酒來祭祀，而不是將酒肉供奉在祭壇上。「祭」從「示」則表示與「事神」有關。羅振玉還

〔註84〕另參看王利器《呂氏春秋疏證》（巴蜀書社，2002 年）第二冊 1348 頁，引證王逸《楚辭章句序》、王文考《魯靈光殿賦》來證明帝王之廟裝飾有神怪的壁畫。

說「祭」最初是「祀」的一種，並非群祀的總名。我認為羅振玉的這個觀點很有見地。從「祭」的最古字形來看，「祭」從最初就一定要有肉（和酒）。

2. 祀

《說文繫傳》：「祀，祭無已也。從示巳聲。臣鍇按：《老子》曰『子孫祭祀不輟』是也。祀或從異，臣鍇曰異聲也」。字形從甲骨文到小篆都沒有明顯的變化。「祀」從「巳」聲是形聲兼會意。商朝人盛行各種祭祀，喜歡用「祀」字，以致用「祀」表示「年」。這與商朝的周祭制度有關〔註85〕。考《爾雅·釋天》：「載，歲也。夏曰歲，商曰祀」。宋朝學者邢昺疏：「祀者，嗣也，取其興來繼往之義」。則是以「祀」與「嗣」為同源詞，故「祀」有「祭無已」之義。「無已」就是不斷傳承下去，不會中絕，這正好就是「嗣」的意思。我以為邢昺疏很好地解釋了「祀」的語源問題。這是一般學者所忽略的。古書有時解釋「祭」與「祀」的分別。如《周禮·鼓人》賈公彥疏：「天神稱祀，地祇稱祭」。然而這個分別不是絕對的，古注也常常將「祭」與「祀」混同，但賈公彥疏指出的這個分別可能是很早的用法，只是後人未必遵守這個分別而已。但是「祀」的含義是常規的祭祀，不是為了偶然的目的而進行祭祀。「祭」則可能不是常規的，出了什麼大事，臨時祭祀一下神靈，祈求保佑，這是「祭」。出兵打仗要殺有罪之人或戰俘來「祭旗」，可見「祭」不是一年常規的行為，是臨時性的禮儀。只是到了後代，「祭」和「祀」的區別已經模糊了。「祀」在先秦是很大的事情。《左傳·成公十三年》：「國之大事，在祀與戎。」將祀的地位與戰爭並列。要注意的是《左傳》這裡說的不是「祭與戎」，「祭」的地位不如「祀」。

上古以來承襲了商代的鬼神文化的也許是春秋戰國的楚國，兩湖之地的鬼神文化一直很昌盛，直到二十世紀的湘西都還流行巫鬼文化。這是楚國巫鬼文化的延續，考《楚辭·九歌》序稱：「《九歌》者，屈原之所作也。昔楚國南郢之邑，沅、湘之間，其俗信鬼而好祠。其祠，必作歌樂鼓舞以樂諸神。」南宋學者洪興祖《楚辭補注》引《漢書》曰：「楚地信巫鬼，重淫祀」。又引《隋志》曰：「荊州尤重祠祀。屈原製《九歌》，蓋由此也」。西漢的匡衡《上政治得失疏》：「陳夫人好巫，而民淫祀」〔註86〕。《風俗通義》〔註87〕卷九《怪神》「會

〔註85〕參看常玉芝《商代的周祭制度》，中國社會科學出版社，1987年。
〔註86〕見嚴可均《全漢文》卷三十四。
〔註87〕參看王利器《風俗通義校注》（中華書局，2010年版）401頁。

稽俗多淫祀」條：「會稽俗多淫祀，好卜筮，民一以牛祭。巫祝賦斂受謝，民畏其口，懼被祟，不敢拒逆。是以財盡於鬼神，產匱於祭祀。或貧家不能以時祀，至竟言不敢食牛肉，或發病且死，先為牛鳴，其畏懼如此。」可見古人對於祭祀看得多麼重。

　　古人有反對淫祀的觀點，而且往往是帝王將相或儒家文人。如魏明帝曹叡於青龍元年（公元 233 年）下《禁淫祀詔》：「郡國山川，不在祀典者，勿祠」〔註 88〕。東漢學者應劭《營陵令到官移書申約吏民》：「到聞此俗，舊多淫祀，靡財妨農，長亂積惑，其侈可忿，其愚可愍。昔仲尼不許子路之禱，晉悼不解桑林之祟。死生有命，吉凶由人。哀哉黔黎，漸染迷謬，豈樂也哉，莫之徵耳。今條下禁，申約吏民，為陳利害。其有犯者，便收朝廷。」〔註89〕這是儒家文官禁止淫祀很早的文獻。東漢無名氏所作《西嶽華山廟碑》（東漢桓帝延熹八年，公元 166 年）稱：「高祖初興，改秦淫祀，大宗承循，各詔有司，其山川在諸侯者，以時祠之」。這是說漢高祖劉邦已經廢棄了秦朝的許多淫祀。晉武帝司馬炎泰始元年（公元 266 年）《禁淫祀詔》：「昔聖帝明王修五嶽四瀆、名山川澤，各有定制，所以報陰陽之功而當幽冥之道故也。然以道蒞天下者，其鬼不神，其神不傷人，故祝史薦而無愧辭，是以其人敬慎幽冥而淫祀不作。末世信道不篤，僭禮瀆神，縱慾祈請，曾不敬而遠之，徒偷以求幸，妖妄相煽，捨正為邪，故魏朝疾之。其按舊禮具為之制，使功著於人者必有其報，而妖淫之鬼不亂其間」〔註90〕。這是生活很奢侈的晉武帝禁止淫祀的聖旨，也是儒家人文思想的體現。

3. 柴

　　《說文》：「柴，燒柴焚燎以祭天神。從示此聲。《虞書》曰至于岱宗，柴。古文柴從隋省」。段玉裁注本對《說文》原文有些改動，我們暫不去討論。《爾雅·釋天》：「祭天曰燔柴」。「柴」和「柴」是同源詞，焚燒木柴以祭天，主要是利用燒柴時發出的煙可以直達天上，從而將人們的願望通過煙告知天神。古代的各種祭祀都是禮儀，而一切禮儀都必須講究形式，重視感覺，不能太抽象。柴祭有「煙」就是一種祭祀的形式和感覺。再由於在平地上燒柴祭天，距離天上太遠，所以要到山頂上去燒柴祭天，這樣「煙」才能更容易昇天，祭祀者的

〔註88〕見《宋書·禮志四》、《通典》五十五、嚴可均《全三國文》卷九。
〔註89〕見應劭《風俗通》九、嚴可均《全後漢文》卷 33.
〔註90〕《晉書·禮志上》、《宋書·禮志四》、《通典》五十五、嚴可均《全晉文》卷二。

願望才能更快到達天神那裡。古人祭天有不同的祭祀。在山上燒柴祭天叫做「柴」。在南郊外祭天叫「郊祭」。還有「禪」，根據《說文》也是祭天。《禮記·大傳》：「牧之野，武王之大事也，既事而退，柴於上帝。」可見周武王在克商之後也曾在山上祭祀上帝。到了東漢，柴祭的範圍擴大了，不僅是祭祀上帝。考《後漢書·祭祀志中》：漢章帝二年二月「辛未，柴祭天地群神如故事。」這時候的「柴祭」已經是合祭了。

《說文》說古文「柴」從「隋省」，則更加表明「柴」在山上舉行，因為「隋」從「阜」，就是小山堆。從「隋」還說明要用左手持肉以奉獻給天神。看來，最早的祭祀都是用手拿著肉來祭神，而不是把肉放在祭壇上。

天壇祭天，盛行於明清兩朝，其禮儀與上古祭天的郊禮不合。

4. 禱

《說文》：「禱，告事求福也。從示壽聲」。「告事」表明「禱」時一定要把所求的福用語言說出來，在心中默念不行。這是求福，而不是祭神。從「禱」的文字結構來看，最早的「禱」應該是祈求益壽延年，多活些年歲。可見自古以來人們都把長壽當作福。《尚書·洪範》：「五福：一曰壽，二曰富，三曰康寧，四曰攸好德，五曰考終命。」可見「壽」是五福之首。《洪範》又說：「六極：一曰凶短折，二曰疾，三曰憂，四曰貧，五曰惡，六曰弱」。「凶短折」就是「夭亡不壽」，是人生六大不幸之首。「禱」字顯示出我國先民希望長生的願望。自己難以控制壽命，於是就向神祈求。「禱」的最高目的是為了像「仙」一樣長生不死。《論語·述而》：「子疾病，子路請禱。」孔子病得很厲害，子路請求為孔子祈禱

病早點好，能夠活得長久。這個「禱」應該是其本義，就是求其長壽。參看楊樹達《積微居小學金石論叢》卷一《釋禱》條，上海古籍出版社，2007 年。

5. 祠

《說文》：「祠，春祭曰祠，品物少，多文詞也。從示司聲。仲春之月，祠不用犧牲，用圭璧及皮幣」。古人春夏秋冬四季的祭祀名稱各不同。《爾雅・釋天》：「春祭曰祠，夏祭曰礿，秋祭曰嘗，冬祭曰烝」。郭璞注：「祠之言食」。段玉裁注引《公羊傳》曰：「春曰祠。注『祠猶食也，猶繼嗣也。春物始生，孝子思親，繼嗣而食之，故曰祠』。」段玉裁注意到許慎與何休的解釋不同，東晉郭璞注《爾雅》採用了何休的意見。按照《說文》的解釋，則「祠」與「辭、詞」同源，「祠」主要是用文辭來祭祀鬼神，祭品不多（祭品最多的是冬天的臘祭）。按照何休注《公羊傳》和郭璞注《爾雅》，則「祠」與「嗣」同源（二者都從「司」得聲，有同源的可能）。兩種說都有道理。清代大儒段玉裁也不能裁斷哪一家最正確。

古人祭祀必用酒肉，而《說文》稱「祠」沒有酒肉，「仲春之月，祠不用犧牲，用圭璧及皮幣」，這是解釋前面的「品物少」，同時也可以看出春祭的特點。

古人關於四季的祭祀都有觀念上和語源上的說法。夏祭曰礿，郭璞無注。段玉裁注引《公羊傳》曰：「夏曰礿」。何休注：「始熟可礿，故曰礿」。則是以礿和汋同源。秋祭曰嘗，郭璞注「嘗」是「嘗新穀」的意思；冬祭曰烝，郭璞注「烝」是「進品物」的意思。郭璞注實際上是訓「烝」為「進」〔註91〕；我以為郭璞關於「烝」的注解還不十分準確，「烝」應該訓「眾多」〔註92〕，烝祭在冬天，冬天是農閒時期，人們有時間準備食物，而且冬天為了過年，儲備的食品也最多，所以祭品也是四季祭祀中最多的。

6. 禜 yòng

《說文》：「禜，設緜蕝為營，以禳風雨雪霜水旱癘疫於日月星辰山川也。從示，從營省聲。一曰禜，衛使災不生。」這分明是以禜與營為同源詞，音義皆得於「營」。根據段玉裁注，可知「禜」是在野外用繩子圍一個圈，在圈內再束起一捆茅，樹立起來表示「位」，然後向日月星辰山川祈禱不要發生自然災害和各種傳染病。大概是一捆茅表示一個祈禱的對象。如果同時向「日月山川星

〔註91〕「烝」訓「進」參看《故訓匯纂》「烝」字第 34 條解釋。
〔註92〕參看《故訓匯纂》「烝」字第 38 條解釋。

辰」六種神靈祈禱，那至少要樹立六捆茅來表示六個位。《左傳·昭公元年》子產對晉侯說：「山川之神，則水旱癘疫之災，於是乎禜之。日月星辰之神，則雪霜風雨之不時，於是乎禜之」。子產的話很清晰，說不定《說文》的解釋就是根據《左傳》的這段話來的。可見這種祭祀在春秋以前就存在了。古人搞自然崇拜以禳災求福，有多種方式。防止傳染病要舉行「禜」；前文講過上古時的「儺」是驅鬼辟邪，其中一個目的也是為了防止傳染病。但二者的觀念、方式和內涵有許多不同。例如「禜」是在郊外舉行，而「儺」是在房子裏面舉行，並不是在大門外驅鬼，而且「儺」要用兵器，驅鬼的人要戴面具，裝出很兇惡的樣子，才能把鬼嚇跑，這些是「禜」所沒有的。專門驅除邪惡的祭祀還有「禳」，此不詳說。

7. 祫 xiá

《說文》：「祫，大合祭先祖親疏遠近也。從示合，會意。《周禮》曰：『三歲一祫』。」此字應該是形聲兼會意，不是單純的會意字。《說文》分明以「祫」為合祭先祖，不論親疏遠近，只要沾得上邊的先人都一起來祭祀。這種合祭是三年搞一次，不是年年都有，大概是因為：一、每年祭祀花費太大；二、很多關係較遠的先人沒有必要年年都祭祀。祫祭有一個重要的事項就是要把毀廟的先人的牌位移放到太祖的太廟中去，放在太祖像的旁邊，作為配祀的對象。段玉裁對此字的注解很詳明，他的行文比較艱深，我們就不詳細引了。《春秋公羊傳·文公二年》：「大祫也。大祫者何？合祭也。其合祭奈何？毀廟之主陳於大祖，未毀廟之主皆升，合食於大祖，五年而再殷祭。」《春秋穀梁傳·文公二年》：「祫祭者，毀廟之主，陳於大祖，未毀廟之主，皆升合祭於大祖。」意思是將祭祀的某些祖先的單獨的廟毀掉，將這個祖先的像和牌位陳放於太祖的廟，置於太祖像的旁邊，與太祖享受後人的合祭。作為合祭的「祫」與每年年終舉行的合祭「臘」不同，二者在禮儀上有不同的含義，不能因為都是「合祭」就把二者混同起來。

8. 臘

臘祭是古代很重要的一種祭祀。一般在十二月舉行，所以十二月稱為臘月，這個祭祀中的肉稱為臘肉。《說文》：「臘，冬至後三戌，臘祭百神。」《說文繫傳》：「臘，合祭，合祭眾神也。」段注最賅博，我依據《說文》段注闡釋如下：

臘本祭名，於是有臘月、臘日這樣的稱呼。《禮記‧月令》：「臘先祖五祀。」孔穎達疏：「臘，獵也。」可見臘不僅是祭祀百神，也祭祀祖先。《左傳‧僖公五年》虞國賢臣宮之奇在勸阻虞君無效後稱：「虞不臘矣。」意思是虞國就在當年的十二月之前就要被晉軍滅掉，沒有時間舉行臘祭了。杜預注：「臘，歲終祭眾神之名。」時間都在夏正十月。臘在秦漢以來又寫作「蠟」。《風俗通義》卷八《祀典‧臘》稱：「據《禮傳》，夏曰嘉平，殷曰清祀，周曰大蠟，漢改為臘〔註93〕。臘，獵也。」這可能搞錯了，周名臘，漢曰蠟。《史記‧秦本紀》：「（秦）惠文君十二年初臘。」《史記正義》稱：「十二月臘日也。秦惠文王始效中國為之，故云初臘。獵禽獸以歲終祭先祖，因立此日也。《風俗通》云：禮傳云『夏曰嘉平，殷曰清祀，周曰蠟，漢改曰臘』。禮曰『天子大蠟八，伊耆氏始為蠟』。臘者，索也。歲十二月合聚萬物而索饗之。」這是表明秦國在公元前 326 年開始行周正亥月大蠟之禮。秦始皇三十一年（公元前 216 年）十二月更名「臘」曰「嘉平」。更名臘為嘉平，改臘在丑月，用夏制，於是用夏名。鄭玄注《禮記‧月令》曰：「臘謂以田獵所得禽祭也。」段玉裁稱：「按獵以祭，故其祀從肉。」依據鄭玄注，臘訓為獵，意思是打獵獲取豐沛的肉食來祭祀群神。依據張守節《史記正義》所引《風俗通義》，臘訓為索，意思是索求盡可能多的神靈來一起合祭。這兩家對「臘」語源的解釋不一樣，學術界多採取鄭玄的觀點（如張守節《史記正義》、段玉裁《說文解字注》），但是張守節所引應劭《風俗通義》的觀點也是不可忽視的。《禮記‧郊持牲》及鄭玄注和《風俗通義》都提到是伊耆氏開始舉行蠟禮〔註94〕，則「臘」禮起源在夏朝以前。

　　以上關於漢字與我國原始宗教關係的闡述自然不能在本文這樣有限的篇幅內充分展開。漢字中反映出的原始宗教文化還有很多話可說，例如關於吉祥物「龍鳳龜虎」的崇拜也很重要。我們將在以後的專書中做更加詳盡的論說。

〔註93〕「漢改為臘」，別本作「秦漢曰臘」。參看王利器《風俗通義校注》（中華書局，2010年版）379 頁。

〔註94〕參看《中國歷史大辭典‧先秦史卷》（上海辭書出版社，1996 年）205 頁。考《史記‧五帝本紀》：「帝堯者。」《史記索隱》：「堯，諡也。放勳，名。帝嚳之子，姓伊祁氏。」《史記正義》：「諡堯，姓伊祁氏。」伊祁氏即伊耆氏。「伊祁」，《帝王世紀》作「祁」。